Janet Evanovich

Heiße Beute

JANET EVANOVICH

Heiße Beute

Roman

Aus dem Amerikanischen
von Thomas Stegers

MANHATTAN

Die Originalausgabe erschien 2002
unter dem Titel »Hard Eight«
bei St. Martin's Press, New York

Umwelthinweis:
Dieses Buch und der Schutzumschlag
wurden auf chlorfrei gebleichtem Papier gedruckt.
Die Einschrumpffolie (zum Schutz vor Verschmutzung)
ist aus umweltfreundlicher und recyclingfähiger PR-Folie.

Manhattan Bücher erscheinen im
Wilhelm Goldmann Verlag, München,
einem Unternehmen
der Verlagsgruppe Random House GmbH.

1. Auflage

Satz: deutsch-türkischer fotosatz, Berlin
Printed in Germany · GGP Media, Pößneck
ISBN 3-442-54563-3
www.manhattan-verlag.de

Auf all die tollen Leute, die hier im Team mitgewirkt haben:

Auf Betty und Veronica, Stephanie und Lula, Ralph und Alice und auf mich und Jennifer Enderlin, meine Lektorin bei St. Martin's Press.

Danke, Jen … Du bist die Beste!

1

In letzter Zeit habe ich mich häufig mit Männern am Boden gewälzt, die meinten, ein erigierter Schwanz sei Ausdruck von persönlichem Wachstum. Mit Sex hatte das Ganze rein gar nichts zu tun. Ich wälze mich am Boden, wenn ein Zugriff danebengeht und ich einen letzten halsbrecherischen Versuch unternehme, einen üblen Kunden mit angeborenem Dachschaden außer Gefecht zu setzen.

Mein Name ist Stephanie Plum, und die Ergreifung flüchtiger Personen betreibe ich beruflich, genauer gesagt, ich bin Kautionsdetektivin, tätig für meinen Vetter Vincent Plum. Eigentlich kein schlechter Job, wenn es nicht in erster Linie darum ginge, jemanden festzunehmen, denn genau das lassen sich Kautionsflüchtlinge in der Regel nicht gefallen. Wen wundert's. Damit die Betreffenden auf dem Weg zum Knast nicht auf dumme Gedanken kommen, überrede ich sie, sich Fußfesseln und Handschellen anlegen zu lassen. Meistens gehen die Typen darauf ein. Wenn man es richtig anpackt, hält sich das Herumwälzen in Grenzen.

Heute war leider eine Ausnahme von der Regel. Martin Paulson, drei Zentner Lebendgewicht, verteilt auf ein Meter siebzig Körpergröße, war wegen Kreditkartenbetrugs festgenommen worden und weil er auch sonst ein widerlicher Mensch war. Vergangene Woche war Martin nicht zu seinem Gerichtstermin erschienen, das brachte ihn auf meine

Fahndungsliste. Es war nicht weiter schwierig gewesen, ihn zu finden, denn Martin gehört nicht zu den Klügsten. Er war zu Hause und machte gerade das, was er am besten beherrscht: mit gefälschten Kreditkarten im Internet einkaufen. Es war mir gelungen, Martin in Handschellen und Fußfesseln in meinen Wagen zu bugsieren, ja, es war mir sogar gelungen, Martin zur Polizeiwache in der North Clinton Avenue zu fahren. Aber als ich dann versuchte, ihn aus meinem Wagen wieder herauszukriegen, stolperte er leider über seine Füße und landete auf dem Bauch. Der Kerl sah aus wie eine dressierte Weihnachtsgans und kam von alleine nicht mehr hoch.

Wir befanden uns auf dem Parkplatz neben dem Rathaus, in dem auch das Gericht untergebracht ist. Das Büro des Beamten, der die Prozessliste führt, war nur wenige Meter entfernt. Natürlich hätte ich um Hilfe rufen können, aber dann wäre ich tagelang das Gespött der Polizisten gewesen. Ich hätte die Hand- und Fußfesseln lösen können, aber ich traute Paulson nicht. Er war total stinkig und puterrot im Gesicht, fluchte in einem fort und stieß dazu noch obszöne Drohungen und animalische Laute aus.

Ich stand daneben, schaute zu, wie Paulson sich abmühte, und fragte mich, was ich bloß machen sollte, denn wohl nur ein Gabelstapler hätte Paulson von der Erde aufheben können. In dem Moment fuhr Joe Juniak auf den Parkplatz. Juniak war früher Polizeichef gewesen, heute ist er Bürgermeister von Trenton. Er ist ein paar Jahre älter als ich und einen knappen Kopf größer. Ziggy, Juniaks Vetter zweiten Grades, ist mit meiner angeheirateten Kusine Gloria Jean liiert. Man könnte also sagen, er gehört entfernt zur Familie.

Das Fenster auf der Fahrerseite glitt herunter. Juniak grinste mich an und beäugte dabei Paulson. »Gehört der zu dir?«

»Ja.«

»Er steht im Parkverbot. Sein Hintern ragt über die weiße Linie hinaus.«

Ich stieß Paulson mit der Fußspitze an. »Er sitzt fest.«

Juniak stieg aus seinem Wagen und richtete Paulson mit einem Griff unter die Achselhöhlen auf. »Du hast doch nichts dagegen, dass ich die Geschichte etwas ausschmücke und sie in der Stadt herumerzähle, oder?«

»Und ob ich was dagegen habe! Vergiss nicht, ich habe dir meine Stimme gegeben«, sagte ich. »Außerdem sind wir weitläufig miteinander verwandt.«

»Das wird dir auch nichts nützen, Süße. Polizisten lieben doch solche Geschichten über alles.«

»Ich dachte, du bist kein Polizist mehr.«

»Einmal Bulle, immer Bulle.«

Juniak stieg wieder in seinen Wagen und brauste davon.

»Ich kann in diesen Dingern nicht laufen«, jammerte Paulson und sah an sich hinunter auf die Fußfesseln. »Ich falle sowieso wieder hin. Mein Gleichgewichtssinn ist gestört.«

»Kennen Sie nicht den Kopfgeldjägerslogan? *Her mit dem Gesuchten, tot oder lebendig.*«

»Klar, kenne ich den.«

»Dann bringen Sie mich nicht in Versuchung.«

Eigentlich ist es absolut verpönt, einen toten Kautionsflüchtling abzuliefern, aber für eine leere Drohung schien mir hier und jetzt genau der richtige Zeitpunkt zu sein. Es war Nachmittag, wir hatten Frühling, und ich konnte mir noch etwas anderes vorstellen, als stundenlang auf Paulson einzureden, er solle endlich seinen Arsch in Bewegung setzen.

Am liebsten hätte ich irgendwo am Strand gelegen und in der Sonne gebrutzelt, bis meine Haut wie eine Brathähnchenkruste ausgesehen hätte. Zugegeben, zu dieser Jahreszeit wäre das nur in Cancun möglich gewesen, und eine Reise nach Cancun ließ mein Geldbeutel nicht zu. Ich will damit nur sagen, dass ich keine Lust hatte, mich länger mit Paulson auf diesem blöden Parkplatz herumzutreiben.

»Wahrscheinlich haben Sie nicht mal eine Pistole dabei«, sagte Paulson.

»Halten Sie das Maul. Ich will hier nicht den ganzen Tag mit Ihnen verplempern. Ich habe Besseres zu tun.«

»Und das wäre?«

»Das geht Sie nichts an.«

»Ha! Sie haben gar nichts Besseres zu tun!«

Ich trug Jeans und T-Shirt und schwarze Caterpillar-Boots, und ich verspürte den unwiderstehlichen Drang, meine Cats Größe neununddreißig in seine Kniekehlen zu rammen.

»Was haben Sie denn vor?«

»Ich habe meinen Eltern versprochen, um sechs Uhr zum Abendessen zu Hause zu sein.«

Paulson prustete los vor Lachen. »Ach Gottchen, mir kommen die Tränen. Mir kommen echt die Tränen.« Das Lachen ging über in einen Hustenanfall. Paulson beugte sich vor, schwankte bedenklich nach rechts und links und fiel erneut hin. Ich versuchte ihn aufzufangen, aber es war zu spät. Wieder war er auf dem Bauch gelandet und führte uns seine Nummer als gestrandeter Wal vor.

Meine Eltern wohnen in einer Doppelhaushälfte, in einem Viertel von Trenton, das Burg heißt. Wäre Burg ein Speisegericht, müsste man sich Pasta vorstellen – Penne rigate, Ziti, Fettucini, Spaghetti und Makkaroni, die in Tomaten- oder Käsesoße schwimmen oder mit Mayonnaise angemacht sind. Deftiges, solides Essen, das zu allen Gelegenheiten passt, das ein Lächeln auf dein Gesicht zaubert und Fettpolster auf deinen Hintern. Burg ist ein Viertel, in dem alles bleibt, wie es ist. Die Menschen dort kaufen ihre Häuser und bleiben darin wohnen, bis ihr letztes Stündlein geschlagen hat. Der Hof wird zum Wäschetrocknen, zum Abstellen der Mülleimer und als Hundeklo benutzt. Für aufwändig gestaltete Terrassen oder Gartenlauben haben Burgeraner nichts übrig. Burgeraner hocken vorne auf ihren kleinen Veranden oder auf den Betonstufen vor der Haustür. So kann man die Welt besser an sich vorbeiziehen lassen.

Ich kam gerade rechtzeitig, als meine Mutter das Brathähnchen aus der Backröhre zog. Mein Vater thronte bereits an seinem Platz am Kopfende des Tisches. Er stierte dumpf geradeaus, in der Hand Messer und Gabel. Meine Schwester Valerie, die erst kürzlich nach der Trennung von ihrem Mann wieder ins Elternhaus gezogen war, stampfte in der Küche Kartoffeln zu Brei. Valerie war immer die perfekte Tochter gewesen, als wir beide noch Kinder waren. Ich war diejenige, die in Hundescheiße trat, sich auf Kaugummis setzte und bei dem Versuch zu fliegen ständig vom Garagendach fiel. Valeries letzter verzweifelter Versuch, ihre Ehe zu retten, endete damit, dass sie ihre italienisch-ungarischen Gene ignorierte und sich in eine Doppelgängerin von Meg Ryan verwandelte. Die Ehe war in die Brüche gegangen, die blonden Meg-Ryan-Zotteln hatten überdauert.

Am Tisch mit meinem Vater waren auch die beiden Töchter von Valerie. Die neunjährige Angie saß ergeben mit gefalteten Händen da, bereit, die Mahlzeit über sich ergehen zu lassen, ein vollkommenes Ebenbild von Valerie im Kindesalter. Die siebenjährige Mary Alice, das kleine Monster aus der Hölle, hatte sich zwei Holzstäbe ins braune Haar gesteckt.

»Was sollen die Stäbe in deinem Haar?«, fragte ich sie.

»Das sind keine Stäbe. Das ist ein Geweih. Ich bin ein Rentier.«

Das war mal was Neues, normalerweise hielt sie sich nämlich für ein Pferd.

»Na, was Schönes erlebt heute?«, wollte Grandma von mir wissen und stellte eine Schüssel mit grünen Bohnen auf den Tisch. »Hast du jemanden erschossen? Irgendwelche Gauner geschnappt?«

Grandma Mazur war kurz nach dem Tod ihres Mannes zu meinen Eltern gezogen. Sie ist Mitte siebzig und sieht jünger aus als Neunzig. Ihr Körper altert, aber ihr Verstand entwickelt sich in die entgegengesetzte Richtung. Grandma hatte weiße Sportschuhe und einen fliederfarbenen Trainingsanzug aus Ballonseide an. Ihr stahlgraues Haar trug sie extrem kurz und das auch noch in einer Dauerwelle. Die Fingernägel waren in einem hellen lila Ton lackiert, passend zum Trainingsanzug.

»Heute habe ich zwar keinen Menschen erschossen«, sagte ich, »aber dafür habe ich einen Mann abgeliefert, der wegen Kreditkartenbetrugs angeklagt ist.«

Es klopfte. Mabel Markowitz steckte den Kopf durch die Tür und rief: »Hallöchen!«

Wie gesagt, meine Eltern wohnen in einem Zweifamilienhaus. Ihnen gehört die südliche Hälfte, die nördliche Hälfte gehört Mabel Markowitz. Von den Nachbarn trennen uns eine gemeinsame Innenwand und ein jahrelanger Streit über den richtigen Hausanstrich. Mabel hat Sparsamkeit zur Religion erhoben, aus purer Notwendigkeit; sie lebt von Sozialhilfe und Erdnussbutter aus staatlichen Lebensmittelreserven. Izzy, ihr Mann, war ein guter Ehemann, aber er hat sich früh zu Tode gesoffen. Die einzige Tochter starb vor einem

Jahr an Gebärmutterkrebs, ein Monat darauf kam der Schwiegersohn bei einem Autounfall ums Leben.

Jegliche Bewegung am Tisch kam zum Erliegen, und wir sahen hinüber zur Haustür, denn in all den Jahren, die Mabel nun Wand an Wand neben uns wohnte, hatte sie uns noch nie beim Essen mit einem »Hallöchen« beglückt.

»Ich wollte Sie nicht beim Essen stören«, sagte Mabel. »Ich wollte Stephanie nur fragen, ob sie nachher mal auf einen Sprung vorbeikommen kann. Ich hätte da eine Frage zu so einer Kautionssache. Es ist für eine Freundin.«

»Klar«, sagte ich. »Ich komme nach dem Essen rüber.« Es würde eine kurze Unterhaltung werden, denn alles, was ich über Kautionen wusste, ließ sich in zwei Sätzen zusammenfassen.

Mabel ging wieder, und Grandma beugte sich vor, die Ellenbogen auf den Tisch gestützt. »Ein bisschen viel *Hallöchen* für einen Ratschlag, der nur für eine Freundin sein soll. Jede Wette, dass sie Mabel hochgenommen haben.«

Alle verdrehten gleichzeitig die Augen.

»Na gut«, sagte Grandma. »Kann sein, sie braucht wirklich einen Job. Vielleicht will sie Kopfgeldjäger werden. Wo sie doch immer nur gerade so über die Runden kommt.«

Mein Vater schaufelte gesenkten Hauptes das Essen in sich hinein. Er nahm die Schüssel Kartoffelbrei und klatschte sich einen Nachschlag auf den Teller. »Meine Güte«, murmelte er.

»Wenn einer in Mabels Familie eine Kaution braucht, dann der Exmann ihrer Enkelin«, stellte meine Mutter fest. »Der treibt sich seit einiger Zeit mit einigen finsteren Gestalten herum. Evelyn hat klug daran getan, sich von ihm scheiden zu lassen.«

»Ja, ja, die Scheidung war eine ziemlich scheußliche Angelegenheit«, sagte Grandma zu mir. »Fast so scheußlich wie deine.«

»Ich habe Maßstäbe gesetzt.«

»Du warst einfach Klasse«, sagte Grandma.

Meine Mutter verdrehte erneut die Augen. »Eine Schande war das.«

Mabel Markowitz wohnt in einem Museum. Sie heiratete 1943 und besitzt immer noch ihre erste Stehlampe, ihre erste Topfpflanze und ihren ersten Küchentisch aus Chrom und Resopal. Ihr Wohnzimmer wurde zuletzt 1957 frisch tapeziert, die Tapetenblumen sind verblichen, der Kleister hat gehalten. Den Boden schmückt ein dunkler Orientteppich, und die Polstermöbel hängen in der Mitte ein bisschen durch, darauf die Abdrücke von Hintern von Menschen, die längst verzogen sind, entweder gen Himmel oder nach Hamilton Township.

Den Abdruck von Mabels Hintern jedenfalls sucht man auf den Polstern vergeblich, denn Mabel ist ein wandelndes Skelett, das niemals zur Ruhe kommt. Mabel backt und putzt und geht auf und ab und telefoniert dabei gleichzeitig noch. Sie hat wache Augen, ist leicht zum Lachen zu bringen, schlägt sich auf die Schenkel und wischt sich die Hände an der Schürze ab. Ihr Haar ist dünn und grau, kurz und lockig. Das Gesicht wird als Erstes allmorgendlich kreideweiß geschminkt. Stündlich trägt sie rosa Lippenstift auf, der in die tiefen Falten um den Mund herum ausläuft.

»Stephanie«, sagte sie, »schön, dass Sie da sind. Kommen Sie herein. Darf ich Ihnen ein Stück Mokkakuchen anbieten?«

Mrs. Markowitz hat immer Mokkakuchen im Haus. Das ist so üblich in Burg. Die Fenster sind geputzt, die Autos groß, und immer gibt es Mokkakuchen.

Ich nahm am Küchentisch Platz. »Ich muss gestehen, ich kenne mich mit Kautionen gar nicht aus. Mein Vetter Vinnie ist der Experte auf diesem Gebiet.«

»Eigentlich geht es gar nicht um Kautionen«, sagte Mabel. »Ich muss eine bestimmte Person finden. Und dass ich nur für eine Freundin frage, das war geschwindelt. Die Sache ist mir unangenehm. Ich weiß gar nicht, wo ich anfangen soll.«

Ihre Augen füllten sich mit Tränen. Sie schnitt ein Stück Kuchen ab und stopfte es sich in den Mund, voller Wut. Mabel war nicht der Mensch, der sich leicht seinen Gefühlen hingab. Sie spülte den Kuchen mit Kaffee hinunter, der so stark war, dass er jeden Löffel wegätzte, wenn man ihn zu lange in der Tasse ließ. Niemals eine Einladung auf eine Tasse Kaffee von Mrs. Markowitz annehmen …

»Sie wissen ja, dass Evelyns Ehe nicht funktionierte. Sie und Steven haben sich vor einiger Zeit scheiden lassen, das war ziemlich bitter«, sagte Mabel nach einer Weile.

Evelyn ist Mabels Enkelin. Ich kenne sie mein Leben lang, aber enge Freundinnen sind wir nie geworden. Sie wohnte ein paar Straßen weiter, und sie ging auf eine katholische Schule. Nur an Sonntagen, wenn sie zum Essen zu Mabel nach Hause kam, kreuzten sich unsere Wege. Valerie und ich hatten ihr den Spitznamen »die Kichererbse« gegeben, weil sie über alles Mögliche lachte. Sie kam in ihrem Sonntagskleidchen rüber zu uns, und wir spielten Brettspiele; sie kicherte, wenn sie würfelte, sie kicherte, wenn sie ihre Spielfigur bewegte, und sie kicherte, wenn sie verlor. Sie bekam Grübchen von dem vielen Kichern. Und als sie älter wurde, gehörte sie zu den Mädchen, die von Jungen begehrt werden. Evelyn war weich und rund, sie hatte Grübchen und Temperament.

Später sah ich Evelyn kaum noch, und als ich sie mal wieder traf, war von ihrem Temperament wenig übrig geblieben.

Mabel presste die schmalen Lippen aufeinander. »Bei der Scheidung gab es viel Streit und böses Blut, so dass der Richter Evelyn eine von diesen neuartigen Vormundschaftsvereinbarungen gegen Kaution aufgenötigt hat. Ich glaube, er befürchtete, Evelyn würde Steven nicht zu Annie lassen. Jedenfalls hatte Evelyn nicht genug Geld als Sicherheit für die Vereinbarung. Das Geld, das Evelyn geerbt hat, als meine Tochter starb, hatte Steven an sich genommen, und er hat Evelyn nie was davon abgegeben. Evelyn war wie eine Gefangene in dem Haus in der Key Street. Ich bin fast die einzige Verwandte, die Evelyn und Annie noch haben, deswegen habe ich mein Haus als Sicherheitsleistung angeboten. Hätte ich das nicht gemacht, wäre Evelyn die Vormundschaft nicht zugesprochen worden.«

Das alles war neu für mich. Von solchen Vormundschaftskautionen hatte ich noch nie gehört. Die Leute, die ich aufspürte, hatten ihre Haftkautionen verletzt.

Mabel wischte das Tablett mit einem Lappen sauber und warf die Krümel in den Ausguss. Mabel konnte nie lange sitzen bleiben. »Alles lief bestens, bis letzte Woche, da kam eine Nachricht von Evelyn, sie und Annie würden für eine Weile weggehen. Erst habe ich mir nicht viel dabei gedacht, aber plötzlich sucht alle Welt Evelyn. Vor ein paar Tagen kam Steven hier vorbei, wurde laut und sagte schreckliche Dinge über Evelyn. Sie könne nicht einfach so abhauen, Annie von ihm fern halten und sie aus der Schule nehmen. Und er sagte, er würde sich auf die Vereinbarung berufen. Heute Morgen dann kam ein Anruf von dem Kautionsmakler, sie würden mein Haus pfänden, wenn ich ihnen nicht helfen würde, Annie wiederzufinden.«

Mabel ließ ihren Blick durch den Raum schweifen. »Ich wüsste nicht, was ich ohne das Haus machen sollte. Können die mir einfach so das Haus wegnehmen?«

»Keine Ahnung«, antwortete ich. »Mit so etwas habe ich bislang noch nie zu tun gehabt.«

»Jetzt haben mich alle in Angst und Panik versetzt. Ich weiß nicht, ob es Evelyn und Annie gut geht. Ich habe keine Möglichkeit, Kontakt mit ihnen aufzunehmen. Es war nur ein Zettel, auf dem die Nachricht stand. Ich habe ja nicht einmal mit Evelyn persönlich gesprochen.«

Erneut füllten sich Mabels Augen mit Tränen, und ich konnte nur hoffen, dass sie nicht anfing, richtig loszuflennen, denn mit Gefühlsausbrüchen kann ich nicht gut umgehen. Meine Mutter und ich drücken unsere gegenseitige Zuneigung immer in versteckten Komplimenten über Soßen aus.

»Es ist ein grässliches Gefühl«, sagte Mabel, »nicht zu wissen, was man tun soll. Ich habe mir gedacht, vielleicht könnten Sie nach Evelyn suchen und mit ihr reden. Herausfinden, ob es ihr und Annie gut geht. Das Haus zu verlieren, das könnte ich verschmerzen, aber ich will nicht auch noch Evelyn und Annie verlieren. Ich habe etwas Geld beiseite gelegt. Ich weiß nicht, wie viel Sie für so einen Auftrag verlangen.«

»Gar nichts. Ich bin keine Privatdetektivin. Ich nehme Aufträge dieser Art nicht an.« Ich bin ja nicht mal eine gute Kopfgeldjägerin!

Mabel griff sich einen Zipfel ihrer Schürze, die Tränen flossen jetzt in Strömen die Wangen hinunter. »Ich weiß nicht, wen ich sonst fragen soll.«

Ich glaube, ich spinne. Ich fasse es nicht. Mabel Markowitz weint! Es hatte den Peinlichkeitswert einer gynäkologischen Untersuchung zur Stoßzeit mitten auf der Main Street.

»Na gut«, sagte ich. »Ich will sehen, was ich tun kann, von Nachbarin zu Nachbarin.«

Mabel nickte und wischte sich die Augen. »Das ist nett von Ihnen.« Sie holte einen Umschlag von der Anrichte. »Hier habe ich ein Bild für Sie. Annie und Evelyn. Das ist letztes Jahr auf Annies siebtem Geburtstag aufgenommen. Evelyns Adresse habe ich Ihnen hier auf ein Blatt Papier notiert, dazu ihre Automarke und das Kennzeichen.«

»Haben Sie ihren Hausschlüssel?«

»Nein«, sagte Mabel, »sie hat mir nie einen gegeben.«

»Haben Sie irgendeine Idee, wo Evelyn sich aufhalten könnte? Irgendwas?«

Mabel schüttelte den Kopf. »Ich habe nicht die geringste Ahnung, wo sie hingefahren sein könnte. Sie ist hier in Burg aufgewachsen. Hat nie woanders gelebt. Ist nicht mal auf ein College außerhalb gegangen. Die meisten Verwandten wohnen hier im Viertel.«

»Hat Vinnie die Kautionsvereinbarung ausgestellt?«

»Nein. Die stammt von einer anderen Firma.« Sie fasste in die Tasche ihrer Schürze und holte einen gefalteten Zettel hervor. »Die Firma heißt True Blue Bonds, und der Besitzer ist Les Sebring.«

Mein Vetter Vinnie ist der Besitzer von Vincent Plum Bail Bonds, seine Firma betreibt er von einem kleinen Ladenlokal auf der Hamilton Avenue aus. Vor einiger Zeit, als ich gerade verzweifelt einen Job suchte, habe ich Vinnie praktisch erpresst, mich einzustellen. Seither hat sich die Wirtschaft in Trenton erholt, und eigentlich weiß ich gar nicht so genau, warum ich immer noch für Vinnie arbeite, außer, weil gegenüber von seinem Büro eine Bäckerei ist.

Sebring hat Büroräume in der Innenstadt gemietet, gegen sein Unternehmen ist Vinnies Laden die letzte Klitsche. Persönlich habe ich Sebring nie kennen gelernt, nur Geschichten über ihn gehört. Er soll ein absoluter Profi sein, und man munkelt, seine Beine seien super sexy.

Ich nahm Mabel verdruckst in die Arme, versprach ihr, mich um alles zu kümmern, und ging.

Meine Mutter und meine Oma warteten schon auf mich. Sie standen im Hauseingang, die Tür einen Spalt weit geöffnet, und pressten sich die Nasen an der Scheibe platt.

»Pst!«, sagte meine Oma. »Schnell, komm rein. Wir platzen vor Neugier.«

»Ich darf euch nichts sagen«, wehrte ich ab.

Die beiden Frauen atmeten hörbar scharf Luft durch die Zähne ein. Meine Weigerung war gegen den Kodex von Burg. In Burg war Blut schon immer dicker als Wasser. Gegen einen hübschen Klatsch unter Familienmitgliedern kam kein Berufsethos an.

»Also gut«, sagte ich und huschte ins Haus. »Ihr findet es ja sowieso heraus. Da kann ich es euch auch gleich sagen.« Burgeraner betrügen sich auch gern selbst. »Bei der Scheidung musste Evelyn auf etwas eingehen, das sich Vormundschaftskaution schimpft. Mabel hat als Sicherheitsleistung ihr Haus verpfändet. Jetzt sind Evelyn und Annie irgendwohin abgehauen, und Mabel wird von dem Kautionsmakler unter Druck gesetzt.«

»Ach, du Schreck!«, sagte meine Mutter. »Ich hatte ja keine Ahnung.«

»Mabel macht sich Sorgen um Evelyn und Annie. Evelyn hat ihr eine Nachricht auf einem Zettel zukommen lassen, sie und Annie würden für eine Weile weggehen. Seitdem hat sie nichts mehr von den beiden gehört.«

»Ich an ihrer Stelle würde mir Sorgen um das Haus machen«, sagte Grandma. »Könnte gut sein, dass sie demnächst in einem Pappkarton unter der Eisenbahnbrücke schlafen muss.«

»Ich habe ihr versprochen zu helfen, aber eigentlich ist das nicht mein Gebiet. Ich bin keine Privatdetektivin.«

»Überrede doch deinen Freund Ranger, ihr zu helfen«, schlug Grandma vor. »Das wäre sowieso viel besser, weil der Kerl doch so ein scharfes Teil ist. Ich hätte nichts dagegen, wenn er sich hier im Viertel mal blicken lassen würde.«

Eigentlich ist Ranger nur ein Bekannter von mir, kein Freund, obwohl sicher auch freundschaftliche Gefühle mit im Spiel sind und eine sexuelle Anziehung, die mir Angst macht. Vor einigen Monaten waren wir ein Geschäft eingegangen, das mich seitdem verfolgt. Wieder so ein Sprung vom Garagendach, wie früher als Kind, nur dass diesmal mein Schlafzimmer dabei eine Rolle spielte. Ranger ist Amerikaner kubanischer Abstammung, mit einer Hautfarbe, die an Milchkaffee erinnert, mehr Kaffee als Milch, und einem Körper, den man nur als lecker bezeichnen kann. Er verfügt über fette Aktienpakete, einen unerschöpflichen Vorrat an teuren schwarzen Luxuslimousinen und über Fähigkeiten, gegen die Rambo der reinste Amateur ist. Ich vermute mal, dass er nur wirklich böse Menschen umbringt, und ich glaube, er kann durch die Luft fliegen wie Superman. Letzteres wurde allerdings bisher nicht bestätigt. Ranger ist unter anderem auch für die Ergreifung von Kautionsflüchtlingen zuständig, so wie ich, aber er hat noch immer jeden geschnappt.

Mein schwarzer Honda CRV stand draußen am Straßenrand. Grandma begleitete mich zum Wagen. »Sag Bescheid, wenn ich dir irgendwie behilflich sein kann«, bat sie mich. »Ich würde bestimmt eine gute Detektivin abgeben, weil ich so neugierig bin.«

»Erkundige dich doch mal bei den Nachbarn.«

»Wird gemacht. Und morgen könnte ich zu Stiva gehen. Charlie Shleckner wird aufgebahrt. Ich habe gehört, Stiva hätte mal wieder vorzügliche Arbeit geleistet.«

New York hat sein Lincoln Center, Florida sein Disney World, Burg hat Stivas Bestattungsinstitut. Stiva ist nicht nur allererste Adresse bei den Freizeiteinrichtungen in Burg, Stiva ist auch die Schaltzentrale des hiesigen Nachrichtennetzwerks. Wenn man bei Stiva nicht erfährt, welchen Dreck andere Leute am Stecken haben, dann sind sie sauber.

Es war noch früh am Tag, als ich von Mabel aufgebrochen war, deswegen fuhr ich gleich mal bei Evelyns Haus in der Key Street vorbei. Kleiner Vorgarten, kleine Veranda, kleines zweigeschossiges Doppelhaus. Keinerlei Lebenszeichen in Evelyns Haushälfte. Kein Auto in der Einfahrt. Kein Licht hinter vorgezogenen Gardinen. Nach Grandma Mazurs Auskunft war Evelyn in das Haus eingezogen, als sie Steven Soder heiratete, und hatte dort auch nach seinem Auszug weiter mit Annie gewohnt. Das Haus gehört Eddie Abruzzi, er vermietet beide Einheiten. Abruzzi besitzt mehrere Wohnhäuser in Burg und einige große Bürogebäude in der Innenstadt von Trenton. Ich kenne ihn nicht persönlich, aber er soll nicht gerade der Netteste sein.

Ich stellte den Wagen ab und ging zu Evelyns Vorderveranda. Vorsichtig klopfte ich an die Tür. Keine Reaktion. Ich versuchte, durch ein Fenster zu spähen, aber die Vorhänge waren fest zugezogen. Ich ging ums Haus herum und stellte mich auf Zehenspitzen, um etwas zu erkennen. Mit den Fenstern auf der Seite im Esszimmer und Wohnzimmer war mir auch kein Glück beschieden, aber in der Küche zahlte sich meine Neugier aus. Vor dem Küchenfenster waren die

Vorhänge nicht zugezogen. Auf der Ablage neben der Spüle standen zwei Müslischalen und zwei Gläser. Sonst war alles sauber und ordentlich. Von Evelyn und Annie keine Spur. Ich ging wieder nach vorne und klopfte an die Tür des Nachbarn.

Die Tür flog auf, und mir gegenüber stand Carol Balog.

»Stephanie!«, rief sie. »So eine Überraschung! Wie geht es dir?«

Mit Carol bin ich zusammen zur Schule gegangen.

Nach dem Schulabschluss fand sie Arbeit in der Knopffabrik, acht Wochen später heiratete sie Lenny Balog. Manchmal treffe ich sie in Giovichinnis Deli, aber sonst haben wir keinen Kontakt mehr.

»Ich wusste gar nicht, dass du hier wohnst«, sagte ich. »Eigentlich suche ich Evelyn.«

Carol sah mich entnervt an. »Alle möglichen Leute suchen Evelyn. Und ehrlich gesagt, hoffentlich findet sie keiner. Du natürlich ausgenommen. Die anderen krummen Hunde wünsche ich keinem Menschen an den Hals.«

»Was für krumme Hunde?«

»Ihr Exmann und seine Freunde. Und der Vermieter, Abruzzi und seine Gangster.«

»Bist du mit Evelyn befreundet?«

»So gut wie. Wir sind vor zwei Jahren hierher gezogen, vor ihrer Scheidung. Tagsüber hat sie sich irgendwelche Pillen eingepfiffen, und abends hat sie sich regelmäßig sinnlos betrunken.«

»Was für Pillen?«

»Auf jeden Fall verschreibungspflichtige. Ich glaube gegen Depressionen. Verständlich, wenn man mit Soder verheiratet war. Kennst du ihn?«

»Eigentlich nicht.« Steven Soder habe ich zum ersten Mal

vor neun Jahren auf Evelyns Hochzeit gesehen, und er war mir auf Anhieb unsympathisch. Auch in den nachfolgenden Jahren, wenn wir mal miteinander zu tun hatten, konnte ich nichts an ihm entdecken, was mich veranlasst hätte, meinen ersten Eindruck zu revidieren.

»Er ist ein Schweinehund, der mit den Leuten sein Spielchen treibt. Und er hat Evelyn misshandelt«, sagte Carol.

»Hat er sie geschlagen?«

»Nicht, dass ich wüsste. Mit misshandelt meine ich eher psychisch misshandelt. Ich habe gehört, wie er sie ständig angebrüllt hat. Ihr gesagt hat, sie sei dumm. Sie war ein bisschen pummlig, und er hat sie immer eine Kuh genannt. Dann, eines Tages, ist er ausgezogen und hat sich bei einer anderen Frau einquartiert. Joanne Soundso. Ein Glückstag für Evelyn.«

»Glaubst du, dass Evelyn und Annie in Sicherheit sind?«

»Tja, das kann man nur hoffen. Die beiden haben etwas Ruhe verdient.«

Ich sah zu Evelyns Haustür hinüber. »Du hast nicht zufällig einen Schlüssel zu dem Haus, oder?«

Carol schüttelte den Kopf. »Evelyn hat keinem Menschen getraut. Die Frau litt unter Verfolgungswahn. Ich glaube, nicht mal ihre Oma besitzt einen Schlüssel. Und sie hat mir auch nicht verraten, wohin sie geht, um deine nächste Frage vorwegzunehmen. Eines Tages lud sie einige Reisetaschen in ihr Auto, und weg war sie.«

Ich gab Carol meine Visitenkarte und machte mich auf den Heimweg. Ich wohne in einem dreigeschossigen Mietshaus, knapp zehn Autominuten von Burg entfernt, fünf, wenn ich mich zum Abendessen verspätet habe und alle Ampeln auf Grün stehen. Das Gebäude ist in einer Zeit entstanden, als Energie noch billig zu haben war und die Architektur sich von der Ökonomie inspirieren ließ. Mein Badezimmer ist orange und braun, mein Kühlschrank avocadogrün, und meine Fenster stammen aus einer Zeit, als Doppelverglasung noch ein Fremdwort war. Mir ist es recht. Die Miete ist erträglich, und die anderen Mieter sind in Ordnung. Hauptsächlich Rentner mit festem Einkommen bewohnen das Haus. Die Rentner sind nette Leute, die meisten jedenfalls, solange man sie nicht ans Steuer lässt.

Ich stellte meinen Wagen auf dem Mieterparkplatz ab und stieß die Schwingtür aus Glas auf, die in die kleine Eingangshalle führt. Zum Platzen voll war ich, mit Hähnchen, Kartoffeln, Soße, Schokoladenkuchen und Mabels Mokkakuchen, daher ließ ich den Aufzug links liegen und nahm zur Strafe die Treppe. Na gut, ich brauche nur ein Stockwerk hochzugehen, aber ein Anfang war gemacht. Oder?

Mein Hamster Rex erwartete mich bereits, als ich die Wohnungstür aufschloss. Rex haust in einer Suppendose in einem Aquarium in der Küche. Ich schaltete das Licht an, Rex unterbrach sein Training im Laufrad und zwinkerte mir zu, seine Schnurrhaare zitterten. Ich glaube, es sollte ein Willkommensgruß sein, vielleicht wollte er mir damit aber auch nur sagen: Wer hat das Scheiß Licht angemacht? Ich gab ihm eine Rosine und ein kleines Stück Käse. Er stopfte sich das Fressen zwischen die Backen und tauchte ab in seine Suppendose. So viel zum Thema Kommunikation mit seinem Mitbewohner.

Früher teilten sich Rex und ich meine Wohnung gelegentlich noch mit einem dritten Mitbewohner, Joe Morelli, Polizist in Trenton. Morelli überragt mich um einen halben Kopf, ist zwei Jahre älter als ich, und seine Knarre ist größer als meine. Morelli hat mir schon unters Kleid geguckt, da war ich sieben, und irgendwie konnte er später nie von der

Gewohnheit lassen. In letzter Zeit hatten wir diverse Meinungsverschiedenheiten, und augenblicklich liegt keine Zahnbürste von ihm mehr in meinem Badezimmer. Leider ist es viel schwieriger, Morelli aus meinem Herzen und aus meinen Gedanken zu verbannen als aus meinem Schlafzimmer. Ich gebe mir Mühe, immerhin.

Ich holte mir ein Bier aus dem Kühlschrank und setzte mich vor den Fernseher. Zappte mich durch die Sender, fand aber nichts Interessantes. Vor mir lag das Foto von Evelyn und Annie. Die beiden standen nebeneinander, sie wirkten glücklich. Annie hatte lockiges rotes Haar und porzellanhelle Haut. Evelyn hatte ihr braunes Haar nach hinten gekämmt, das Gesicht dezent geschminkt. Sie lachte, aber nicht so breit, dass ihre Grübchen erschienen.

Mutter und Kind – und ich sollte nach den beiden suchen.

Connie Rosolli hielt einen Doughnut in der einen, eine Tasse Kaffee in der anderen Hand, als ich am nächsten Morgen unser Kautionsbüro betrat. Mit dem Ellenbogen schob sie die Doughnutschachtel über den Schreibtisch, und weißer Puderzucker rieselte von dem Gebäckstück in ihren Ausschnitt. »Nimm dir einen Doughnut«, sagte sie. »Du siehst aus, als könntest du einen vertragen.«

Connie ist Büroleiterin. Sie verwaltet die Portokasse, und sie benutzt das Geld für kluge Ankäufe: Doughnuts, Aktenmappen und gelegentlich für eine Reise zu den Spielsalons von Atlantic City. Es war kurz nach acht Uhr, und für Connie konnte der Tag kommen, sie war startbereit, die Augenbrauen nachgezogen, die Wimpern getuscht, die Lippen knallrot angemalt, das Haar zu buschigen Locken um das Gesicht herum aufgedreht. Ich dagegen ließ den Tag eher langsam auf mich zukommen, hatte mein Haar zu einem misslungenen Pferdeschwanz zusammengebunden und trug das übliche knappe Stretch-T-Shirt, Jeans und Boots. Mit dem Bürstenstift einer Wimperntusche in unmittelbarer Nähe der Augen herumzufuchteln, das war mir heute Morgen als ein zu gewagtes Manöver erschienen, deswegen war ich sozusagen au naturel.

Ich nahm mir einen Doughnut und sah mich um. »Wo ist Lula?«

»Sie hat sich verspätet. Sie kommt schon die ganze Woche zu spät. Mir kann es ja egal sein.«

Lula war eingestellt worden, um die Aktenablage zu machen, aber hauptsächlich macht sie das, was sie will.

»He, das habe ich genau gehört«, sagte Lula und kam durch die Tür gerauscht. »Wehe, du redest hinter meinem Rücken über mich. Ich komme zu spät, weil ich zur Abendschule gehe.«

»Die ist doch nur einmal die Woche«, sagte Connie.

»Ja, schon, aber ich muss ja auch lernen. Und leicht lernt sich der Scheiß nicht. Meine ehemalige Beschäftigung als Nutte kommt mir da nicht entgegen. In den Abschlussprüfungen wird bestimmt nicht nach Handbetrieb und Blastechniken gefragt.«

Lula ist ein paar Zentimeter kleiner als ich und einige Kilo schwerer. Sie kauft ihre Kleider immer mindestens eine Nummer zu klein und zwängt sich dann mit aller Macht hinein. Bei den meisten Menschen würde das nicht klappen, für Lula ist es genau das Richtige. Lula zwängt sich auch ins Leben hinein mit aller Macht.

»Und? Was liegt an?«, fragte Lula. »Habe ich was verpasst?«

Ich übergab Connie die Festnahmebestätigung für Paulson. »Habt ihr schon mal was von Vormundschaftskautionen gehört?«

»Die sind relativ neu auf dem Markt«, sagte Connie. »Vinnie hat sie noch nicht im Angebot. Sie sind mit einem hohen Risiko verbunden. Der Einzige, der sie ausstellt, ist Sebring.«

»Sebring«, sagte Lula. »Ist das nicht der Typ mit den hübschen Beinen?« Sie sah sich ihre eigenen Beine an. »Meine Beine haben zwar die richtige Farbe, aber dafür ist auch mehr dran.«

»Sebrings Beine sind weiß«, sagte Connie. »Und ich habe gehört, er könnte besonders gut Blondinen damit ausstechen.«

Ich schluckte den letzten Doughnutbissen hinunter und wischte mir die Hände an meiner Jeans ab. »Ich muss mit ihm reden.«

»Heute bist du vor ihm sicher«, sagte Lula. »Du bist nicht blond, und ausgehfein bist du auch nicht gerade. Hast du eine schlimme Nacht hinter dir?«

»Ich bin ein Morgenmuffel.«

»Das liegt an deinem Liebesleben«, sagte Lula. »Du hast keins, und was zu lachen hast du im Moment auch nicht. Soll ich dir mal was sagen: Du lässt dich gehen.«

»Ich könnte an jedem Finger einen haben, wenn ich wollte.«

»Und?«

»Es ist kompliziert.«

Connie überreichte mir einen Scheck für die Verhaftung von Paulson. »Du überlegst doch wohl nicht, bei Sebring anzufangen, oder?«

Ich erzählte ihnen von Evelyn und Annie.

»Ich begleite dich lieber, wenn du mit Sebring redest«, sagte Lula. »Vielleicht können wir ihn dazu bringen, uns seine Beine zu zeigen.«

»Nicht nötig«, sagte ich. »Damit werde ich allein fertig.« Auf den Anblick von Sebrings Beinen legte ich auch keinen gesteigerten Wert.

»Guck mal, ich habe meine Tasche erst gar nicht abgestellt«, sagte Lula. »Ich kann gleich mitkommen.«

Lula und ich sahen uns tief in die Augen. Ich würde unterliegen, ich sah es kommen. Lula hatte es sich in den Kopf gesetzt, mich zu Sebring zu begleiten. Wahrscheinlich hatte sie nur keine Lust, Akten abzulegen. »Also gut«, willigte ich ein. »Aber keine Schießerei. Keine Rauferei. Und fragen, ob er mal die Hosenbeine für dich aufkrempelt, wirst du ihn auch nicht.«

»Du immer mit deinen Regeln«, sagte Lula.

Wir fuhren einmal quer durch die ganze Stadt mit meinem Wagen und stellten ihn auf einem Parkplatz neben Sebrings Bürogebäude ab. Das Kautionsbüro befand sich im Erdgeschoss, Sebring selbst hatte einige Räume darüber bezogen.

»Genau wie bei Vinnie«, sagte Lula und bestaunte neidisch den Teppichboden und die frisch gestrichenen Wände. »Nur hat man den Eindruck, dass hier menschliche Wesen arbeiten. Guck dir allein diese Sessel für die Kunden an, die haben keinen einzigen Fleck. Und seine Empfangsdame hat auch keinen Damenbart.«

Sebring begleitete uns in sein Arbeitszimmer. »Sie sind also Stephanie Plum. Von Ihnen habe ich schon gehört«, sagte er.

»Es war nicht meine Schuld, dass das Beerdigungsinstitut abgebrannt ist«, sagte ich zu ihm. »Und auf Menschen schieße ich auch so gut wie nie.«

»Von Ihnen haben wir auch schon gehört«, sagte Lula zu Sebring. »Sie sollen so tolle Beine haben.«

Sebring trug einen anthrazitfarbenen Anzug, ein weißes Hemd und eine rot, weiß, blau gestreifte Krawatte. Er war ein Muster an Respektabilität, vom Scheitel bis zur Sohle, von den Spitzen seiner gewichsten schwarzen Schuhe bis zum perfekt frisierten weißen Haar. Und trotz seines Politikerlächelns sah er aus, als würde er sich nichts bieten lassen. Für einen Moment herrschte Schweigen, während er Lulas Ansinnen überdachte. Dann krempelte er die Hosenbeine hoch. »Nun sehen Sie sich dieses Fahrgestell an, meine Damen«, sagte er.

»Bestimmt trainieren sie täglich«, sagte Lula. »Sie haben ausgezeichnete Beine.«

»Ich würde mich mit Ihnen gerne mal über Mabel Markovitz unterhalten«, sagte ich zu Sebring. »Sie wollen ihre Vormundschaftskaution auf die Enkelin wirksam werden lassen.«

Er nickte. »Ja, jetzt fällt es mir wieder ein. Gerade heute habe ich jemanden damit beauftragt, bei ihr vorbeizuschauen. Bis jetzt hat sie sich wenig kooperativ gezeigt.«

»Sie wohnt Tür an Tür mit meinen Eltern, und ich glaube, sie weiß gar nicht, wo ihre Tochter und ihre Enkelin sich aufhalten.«

»Das ist bedauerlich«, sagte Sebring. »Kennen Sie sich mit Vormundschaftskautionen für Kinder aus?«

»Kann ich nicht behaupten.«

»Der Verband der Kautionsmakler hat sich mit dem Zentrum für vermisste und ausgebeutete Kinder zusammengetan und den Gesetzgeber aufgefordert, etwas zu unternehmen, das Eltern davon abhält, ihre eigenen Kinder zu entführen.

Die Idee ist einfach. Wenn sich der Eindruck aufdrängt, dass ein Elternteil oder beide Eltern mit dem Kind untertauchen wollen, kann das Gericht eine Barkaution verfügen.«

»Es ist also so ähnlich wie die Haftkaution für einen Kriminellen, nur dass in diesem Fall das Kind verpfändet wird, wenn man so will«, sagte ich.

»Mit einem entscheidenden Unterschied«, sagte Sebring. »Wenn der Kautionsmakler eine Kaution für einen Kriminellen stellt und der Angeklagte nicht vor Gericht erscheint, überweist der Makler die Kautionssumme ans Gericht. Dann kann der Kautionsdetektiv tätig werden und den Angeklagten suchen, ihn der Justiz übergeben und vom Gericht die Summe wiederbekommen. Bei einer Vormundschaftskaution wird die Kaution an den geschädigten Elternteil überwiesen. Das Geld soll dann für die Suche nach dem vermissten Kind verwendet werden.«

»Wenn die Summe als Abschreckung nicht ausreicht und das Kind entführt wird, ist wenigstens genug Geld da, um einen Profi mit der Suche zu beauftragen«, sagte ich.

»Genau. Das Problem besteht darin, dass bei Vormundschaftskautionen, anders als bei Haftkautionen, der Kautionsmakler nicht berechtigt ist, nach dem Kind zu suchen. Das Einzige, auf das der Makler zurückgreifen kann, um seinen Verlust aufzufangen, sind Hypotheken auf Grundbesitz, die zum Zeitpunkt der Kautionsvereinbarung eingetragen wurden.

In unserem Fall verfügte Evelyn Soder nicht über die Finanzmittel, um die Kaution zu bezahlen. Deswegen hat sie sich an uns gewandt und das Haus ihrer Großmutter als Sicherheit angeboten. In solchen Fällen hat man natürlich die begründete Hoffnung, dass die Großmutter das Versteck des vermissten Kindes verrät, wenn man sie zur Verantwortung zieht.«

»Haben Sie das Geld schon an Steven Soder ausgezahlt?«
»Das soll in drei Wochen geschehen.«
Drei Wochen blieben mir also, um Annie zu suchen.

2

»Dieser Les Sebring war doch eigentlich ganz nett«, sagte Lula, als wir wieder in meinem Honda saßen. »Der treibt es auch bestimmt nicht mit Haustieren, wetten?«

Lula bezog sich auf ein Gerücht, mein Vetter Vinnie sei früher mal eine libidinöse Bindung mit einer Ente eingegangen. Es muss allerdings hinzugefügt werden, dass es nie einen richtigen Beweis für dieses Gerücht gegeben hatte.

»Was jetzt?«, fragte Lula. »Was liegt als Nächstes an?«

Es war kurz nach zehn Uhr. Soders Bar und Grillrestaurant, *The Foxhole,* würde bald für die Mittagsgäste öffnen.

»Als Nächstes statten wir Soder einen Besuch ab«, sagte ich. »Wahrscheinlich reine Zeitverschwendung, aber es steht sowieso irgendwann an.«

»Nichts unversucht lassen, was?«, kommentierte Lula.

Steven Soders Bar war nicht weit entfernt von Sebrings Büro, eingeklemmt zwischen Carmines Billigmarkt für Haushaltsgeräte und einem Tätowierstudio. Die Tür zum *Foxhole* stand offen. Innen war es schummrig, wenig einladend zu dieser Tageszeit. Dennoch hatten sich zwei Gestalten hierher verirrt und hockten an dem polierten Holztresen.

»Hier war ich schon mal«, sagte Lula. »Ganz passabel hier. Die Hamburger sind gar nicht mal so übel, und wenn man früh genug kommt, bevor das Fett ranzig ist, schmecken sogar die Zwiebelringe ganz gut.«

Wir traten ein und blieben stehen, während sich unsere Augen an das schwache Licht gewöhnten. Soder stand hinter der Theke. Er schaute auf, als wir eintraten, und begrüßte uns mit einem Nicken. Er war knapp einen Meter achtzig groß, von stämmigem Wuchs, hatte rotblondes Haar, blaue Augen, rötliche Gesichtsfarbe. Er sah aus, als sei er sein bester Gast.

Wir schoben uns vor bis zur Bar, und er kam uns entgegen. »Stephanie Plum«, sagte er. »Dich habe ich ja eine Ewigkeit nicht mehr gesehen. Was darf's sein?«

»Mabel macht sich Sorgen um Annie. Ich habe ihr versprochen, mich mal umzuhören.«

»Die sorgt sich wohl eher, dass sie ihre Bruchbude verliert.«

»Das Haus wird sie nicht aufgeben müssen. Sie hat genug Geld, um die Kaution zu decken.« Manchmal schwindele ich nur so, um nicht aus der Übung zu kommen. Als Kopfgeldjäger muss man schwindeln können, und es ist das Einzige an diesem Job, was ich wirklich gut beherrsche.

»Schade«, sagte Soder. »Ich hätte zu gerne gesehen, wenn sie auf der Straße säße. Die ganze Familie ist eine einzige Katastrophe.«

»Glaubst du, dass Evelyn und Annie einfach so abgehauen sind?«

»Ich glaube es nicht nur, ich weiß es. Sie hat mir einen Brief hinterlassen. Ich bin hingegangen, um die Kleine zu holen, und auf der Ablage in der Küche lag ein Brief.«

»Was stand in dem Brief?«

»Dass sie abhaut und dass ich die Kleine nie wiedersehen würde.«

»Evelyn mag Sie wohl nicht besonders, oder?«, sagte Lula.

»Die ist völlig durchgeknallt«, sagte Soder. »Eine durchgeknallte Säuferin. Die steht morgens auf und weiß nicht mehr, wie man sich die Bluse zuknöpft. Hoffentlich findet ihr bald die Kleine, denn Evelyn ist nicht in der Lage, für sie zu sorgen.«

»Hast du irgendeine Idee, wo sie hingegangen sein könnte?«

Er brummte verächtlich. »Keinen blassen Schimmer. Sie hatte keine Freunde, und sie war strohdumm. Soweit ich weiß, besaß sie auch kein Geld. Wahrscheinlich schlafen sie im Auto, irgendwo in der Pampa, und ernähren sich von Essensresten aus Mülltonnen.«

Kein beschaulicher Gedanke.

Ich legte meine Visitenkarte auf den Tresen. »Für den Fall, dass dir doch noch etwas einfällt, das uns weiterhelfen könnte.«

Er nahm die Karte an sich und zwinkerte mir zu.

»He«, sagte Lula. »Hören Sie auf, so zu zwinkern. Wenn Sie ihr noch mal zuzwinkern, steche ich Ihnen die Augen aus.«

»Was hat sie denn plötzlich, die fette Gans?«, wandte sich Soder an mich. »Seid ihr beiden ein Paar?«

»Sie ist mein Bodyguard«, antwortete ich.

»Ich bin keine fette Gans«, sagte Lula. »Ich bin eine starke Frau. Ein Tritt in Ihren pickligen weißen Arsch, und Sie fliegen durchs Zimmer.«

Soder funkelte sie an. »Da freue ich mich schon drauf.«

Ich zerrte Lula aus der Kneipe, und draußen im Sonnenlicht standen wir erst mal auf dem Bürgersteig und blinzelten mit den Augen.

»Ich mag ihn nicht«, erklärte Lula.

»Sag bloß?«

»Schon wie er immer *die Kleine* zu seiner Tochter gesagt

hat. Und dass er die alte Dame aus ihrem Häuschen vertreiben wollte, ist auch nicht gerade nett.«

Ich rief Connie übers Handy an und bat sie, Soders Privatadresse und Angaben über sein Auto herauszusuchen.

»Glaubst du, dass er Annie in seinem Keller versteckt hält?«, fragte Lula.

»Nein, aber es könnte nicht schaden, mal nachzusehen.«

»Was steht als Nächstes auf dem Programm?«

»Als Nächstes gehen wir zu Soders Scheidungsanwalt. Es muss irgendeinen Grund für die Vereinbarung der Vormundschaftskaution geben. Darüber wüsste ich gerne Näheres.«

»Kennst du Soders Scheidungsanwalt?«

Ich setzte mich ins Auto und sah Lula von der Seite an. »Dickie Orr.«

Lula grinste. »Dein Ex? Der hat dich bisher immer noch aus seinem Büro geworfen, wenn wir bei ihm aufgekreuzt sind. Du glaubst doch nicht etwa, dass er sich mit dir über einen Mandanten von ihm unterhält.«

Mit Dickie verband mich die kürzeste Ehe in der Geschichte von Burg. Kaum waren die Hochzeitsgeschenke ausgepackt, da erwischte ich den Saftsack dabei, wie er gerade meine Erzfeindin Joyce Barnhardt auf unserem Esstisch flachlegte. Im Nachhinein begreife ich nicht, warum ich Orr überhaupt geheiratet hatte. Wahrscheinlich war ich nur verliebt in ein Wunschbild.

An die Mädchen aus Burg werden bestimmte Erwartungen gestellt. Man wächst auf, man heiratet, man kriegt Kinder, man geht ein bisschen in die Breite, und man lernt, eine Tafel für vierzig Personen zu decken. Mein Traum war es, bestrahlt zu werden wie Spiderman und fliegen zu können wie Superman. Erwartet wurde von mir aber, dass ich irgendwann heiratete. Ich gab mir alle Mühe, den Erwartungen gerecht zu werden, aber es haute nicht hin. Ich war einfach zu blöd. Verführt von Dickies blendendem Aussehen und seiner Bildung, willigte ich ein. Die Tatsache, dass er Rechtsanwalt war, muss mir den Kopf verdreht haben.

Seine Fehler sah ich nicht: Dass er schlecht über Frauen denkt. Dass er lügen kann, ohne mit der Wimper zu zucken. Für Letzteres sollte ich ihn lieber nicht kritisieren, denn auch ich kann lügen, dass sich die Balken biegen. Aber ich lüge nicht, was intime Dinge angeht, Liebe und Treue und so weiter.

»Vielleicht erwischen wir ja einen von Dickies guten Tagen«, sagte ich zu Lula. »Dann ist er meist in Plauderlaune.«

»Ja, und wenn du nicht wieder über den Schreibtisch springst und ihm an die Gurgel gehst, könnten wir seine Laune ausnutzen.«

Dickies Büro befand sich am anderen Ende der Stadt. Er war aus einer großen Kanzlei ausgeschieden und hatte seine eigene aufgemacht. Er soll ziemlich erfolgreich sein, wie man hört. Er residierte jetzt in zwei Räumen im Carter Building. Ich war vorher schon mal kurz da gewesen und hatte irgendwie die Beherrschung verloren.

»Diesmal bin ich brav«, versprach ich Lula.

Lula sah mich nur komisch an und stieg in meinen Wagen.

Ich fuhr die State Street bis zur Warren und bog dann in die Sommerset ein. Direkt gegenüber von Dickies Büro fand ich einen Parkplatz und interpretierte das als ein gutes Omen.

»Unsinn«, stellte Lula klar. »Du hast einfach nur ein gutes Parkplatzkarma. Das hat mit zwischenmenschlichen Beziehungen überhaupt nichts zu tun. Hast du dein Horoskop heute schon gelesen?«

»Nein. Ist es schlimm?«

»Es hieß, deine Monde stünden nicht im richtigen Haus, und bei Entscheidungen solltest du aufpassen. Und noch etwas: mit den Männern gäbe es Ärger.«

»Mit denen habe ich immer Ärger.« Zwei Männer spielten in meinem Leben eine Rolle, und mit beiden wusste ich nichts anzufangen. Ranger machte mir höllische Angst, und Morelli hatte klargestellt, ich sei ihm zu stressig, als dass es sich lohnte – es sei denn, ich würde mich ändern. Von Morelli hatte ich seit Wochen nichts mehr gehört.

»Ja, schon, aber diesmal soll es richtig Stunk geben«, sagte Lula.

»Das hast du jetzt gerade erfunden.«

»Nein. Das habe ich nicht erfunden.«

»Doch.«

»Also gut, ein bisschen was ist erfunden, aber der Ärger mit den Männern nicht.«

Ich steckte eine Münze in die Parkuhr und überquerte die Straße. Lula und ich betraten das Gebäude und nahmen den Aufzug zum zweiten Stock. Dickies Büro lag am Ende des Gangs. Auf dem Schild neben der Tür stand: Richard Orr, Anwalt. Ich widerstand dem Impuls, *Arschloch* darunter zu schreiben. Immerhin, ich war eine betrogene Exfrau, und das brachte eine gewisse Verantwortung mit sich. Heb dir das *Arschloch* lieber fürs Hinausgehen auf, dachte ich.

Der Empfangsraum von Dickies Büro war von einem bestimmten Industrieschick geprägt, Schwarztöne, Grautöne, und hier und da ein violetter Polstersessel. Hinter einem riesigen Mahagonischreibtisch saß Dickies Sekretärin, Caroline Sawyer. Ich erkannte sie von meinem letzten Besuch wieder. Sie blickte auf, als Lula und ich hereinkamen. Ihre Augen weiteten sich wie in Panik, und sie griff nach dem Telefonhörer.

»Noch einen Schritt und ich rufe die Polizei«, drohte sie.

»Ich möchte mit Dickie sprechen.«

»Der ist nicht da.«

»Wetten, dass sie lügt?«, sagte Lula. »Ich habe einen sechsten Sinn. Ich spüre genau, wann Menschen lügen.« Lula schimpfte Sawyer mit erhobenem Zeigefinger aus. »Der liebe Gott sieht es nicht gern, wenn man lügt.«

»Ehrlich, er ist nicht da.«

»Das grenzt ja schon an Blasphemie«, sagte Lula. »Das wird noch mal schlimm enden mit Ihnen.«

Die Tür zu Dickies Arbeitszimmer flog auf, und Dickie steckte den Kopf hindurch. »Oh, Scheiße«, sagte er beim Anblick von Lula und mir. Rasch zog er sich zurück und knallte die Tür zu.

»Ich muss mit dir reden«, rief ich.

»Nein. Hau ab. Caroline! Ruf die Polizei!«

Lula stützte beide Hände auf Carolines Schreibtisch. »Wenn Sie die Polizei rufen, breche ich Ihnen sämtliche Fingernägel. Dann brauchen Sie eine neue Maniküre.«

Caroline betrachtete ihre Finger. »Die habe ich gerade erst gestern machen lassen.«

»Feine Arbeit«, sagte Lula. »Wo waren Sie denn damit?«

»Kims Nagelstudio in der Second Street.«

»Das ist das Beste. Da gehe ich auch immer hin«, sagte Lula. »Das letzte Mal habe ich meine Nägel verzieren lassen. Gucken Sie mal, ich habe mir Sternchen draufmalen lassen.«

Caroline musterte Lulas Fingernägel. »Ist ja total abgefahren«, sagte sie.

Ich schlüpfte an ihr vorbei und klopfte an Dickies Tür. »Mach auf. Ich verspreche dir auch, dass ich dir nicht an die Gurgel gehe. Ich muss mit dir über Annie Soder reden. Sie wird vermisst.«

Die Tür öffnete sich einen Spalt. »Vermisst? Wieso?«

»Offenbar ist Evelyn mit ihr abgehauen, und Les Sebring will die Vormundschaftskaution geltend machen.«

Jetzt öffnete sich die Tür ganz. »Ich habe befürchtet, dass das passieren wird.«

»Ich bin bei der Suche nach Annie behilflich. Ich dachte, du könntest mir vielleicht ein paar Informationen zu dem Fall geben.«

»Ich weiß nicht, inwieweit ich dir da weiterhelfen kann. Ich war Soders Anwalt. Evelyn ließ sich von Albert Kloughn vertreten. Beide Seiten haben sich gegenseitig gedroht. Die Scheidungssache wurde so erbittert ausgetragen, dass der Richter am Ende die Kautionen verfügt hat.«

»Das heißt also, dass Soder auch eine Kaution hinterlegt hat.«

»Ja. Obwohl die verschwindend gering ist. Soder hat einen kleinen Laden hier im Ort, und die Wahrscheinlichkeit einer Flucht ist gering. Evelyn dagegen hat nichts mehr hier gehalten.«

»Was hältst du von Soder?«

»Ein anständiger Mandant. Hat immer pünktlich seine Rechnungen bezahlt. Vor Gericht ist ihm ab und zu der Kragen geplatzt. Evelyn und er sind sich spinnefeind.«

»Glaubst du, dass er ein guter Vater ist?«

Dickie hob beide Hände hoch. »Da fragst du mich zu viel.«

»Und Evelyn?«

»Auf mich machte sie immer den Eindruck, als kriegte sie gar nicht genau mit, was um sie herum so abgeht. Ziemlich tranig, die Frau. Wahrscheinlich ist es zum Wohl des Kindes, wenn man es schnell findet. Es könnte passieren, dass Evelyn es irgendwo absetzt und einfach tagelang nicht an das Kind denkt.«

»Muss ich sonst noch was wissen?«, fragte ich ihn.

»Nein, aber irgendwie kommt es mir nicht richtig vor, dass du mir nicht an die Gurgel gegangen bist«, sagte Dickie.

»Enttäuscht?«

»Ja«, sagte er. »Ich habe extra Pfefferspray gekauft.«

Als Geplänkel am Rande wäre es ganz lustig gewesen, aber ich vermutete, dass Dickie es ernst meinte. »Vielleicht das nächste Mal.«

»Du weißt ja, wo ich zu finden bin.«

Lula und ich stolzierten aus dem Büro, über den Gang, hinein in den Aufzug.

»Diesmal hat es nicht so viel Spaß gemacht wie letztens«, sagte Lula. »Nicht mal gedroht hast du ihm. Ihn nicht um seinen Schreibtisch herum gejagt. Gar nichts.«

»Ich glaube, ich hasse ihn nicht mehr so wie früher.«

»Wie langweilig.«

Wir überquerten die Straße und gingen zu meinem Auto. Unterm Scheibenwischer klemmte ein Knöllchen.

»Was habe ich dir gesagt?«, meinte Lula. »Es steht in deinem Horoskop. Es war eine schlechte finanzielle Entscheidung von dir, diese blöde Parkuhr mit Geld zu füttern.«

Ich steckte den Strafzettel in die Tasche und riss die Tür auf.

»Pass nur auf«, warnte mich Lula. »Als Nächstes blüht dir Ärger mit Männern.«

Ich rief Connie an und bat sie um die Anschrift von Albert Kloughn. Minuten später hatte ich die Adresse von Kloughns Kanzlei und Soders Privatwohnung. Beide lagen in Hamilton Township.

Zuerst fuhren wir bei Soder vorbei. Er wohnte in einer begrünten Wohnanlage. Die einzelnen Wohneinheiten waren doppelgeschossig, im Kolonialstil entworfen, mit weißen

Fensterläden und weißen Säulen neben dem Hauseingang. Soders Wohnung lag im Erdgeschoss.

»In seinem Keller kann er das kleine Mädchen jedenfalls nicht versteckt haben«, stellte Lula fest. »Es gibt gar keinen Keller.«

Wir blieben sitzen und beobachteten einige Minuten lang die Wohnung. Als sich nichts regte, fuhren wir weiter zu Kloughn.

Albert Kloughn hatte für sein Büro zwei Räume neben einem Waschsalon in einer Ladenzeile gemietet. Zwar gab es einen Schreibtisch für eine Sekretärin, aber eine Sekretärin hatte noch nicht Einzug gehalten. Stattdessen hockte Kloughn selbst an dem Tisch und tippte etwas in einen Computer ein. Kloughn hatte etwa meine Körpergröße und sah aus wie kurz vor der Pubertät. Er hatte rotblondes Haar, das Gesicht einer Putte und einen Körper wie das Knack&Backmännchen von Pillsbury.

Er blickte auf und lächelte zögernd, als wir eintraten. Wahrscheinlich dachte er, wir wollten nur Geld wechseln für den Waschsalon. Ich spürte, wie mir von den rotierenden Trommeln nebenan die Füße bebten, und die großen Reinigungsmaschinen für Berufskleidung erzeugten ein fernes Dröhnen.

»Albert Kloughn?«, fragte ich.

Er trug ein weißes Hemd, eine rotgrün gestreifte Krawatte und eine helle Baumwollhose. Er stand auf und strich sich verlegen die Krawatte glatt. »Ich bin Albert Kloughn«, sagte er.

»Wie schade!«, sagte Lula. »Sie haben ja Ihre rote Nase vergessen. Und wo haben Sie die großen Clownslatschen gelassen?«

»Ich heiße zwar Kloughn, aber ich bin kein Clown. Den

Witz kriege ich zu hören, seit ich im Kindergarten war. Mein Name wird mit K geschrieben, KLOUGHN. Kloughn!«

»Es gibt schlimmere Namen«, sagte Lula. »Zum Beispiel Albert Fickschuster.«

Ich gab Kloughn meine Visitenkarte. »Ich bin Stephanie Plum, und das ist meine Partnerin Lula. Man hat mir gesagt, Sie hätten Evelyn Soder in ihrem Scheidungsprozess vertreten.«

»Junge, Junge«, sagte Kloughn, »sind Sie wirklich Kopfgeldjäger?«

»Kautionsdetektiv«, berichtigte ich ihn.

»Das sind doch Kopfgeldjäger, oder nicht?«

»Was ist nun mit Evelyn Soder?«

»Ja, ja. Was wollen Sie wissen? Hat sie Probleme?«

»Evelyn und Annie werden vermisst. Und so wie es aussieht, hat Evelyn Annie mitgenommen, damit sie nicht ihren Vater besuchen muss. Sie hat hier und da entsprechende Nachrichten hinterlassen.«

»Sie muss einen triftigen Grund gehabt haben wegzugehen«, sagte Kloughn. »Sie wollte das Haus ihrer Oma nicht gefährden. Aber sie hatte einfach keine andere Wahl. Sie wusste nicht, an wen sie sich wegen der Kautionssumme sonst hätte wenden sollen.«

»Haben Sie irgendeine Idee, wo Evelyn und Annie hingegangen sein könnten?«

Kloughn schüttelte den Kopf. »Nein. Evelyn war immer etwas mundfaul. Soweit ich weiß, lebt ihre gesamte Familie in Burg. Ich will nicht schlecht über sie reden, aber sie machte auf mich nicht gerade den intelligentesten Eindruck. Ich glaube, sie hat nicht mal den Führerschein. Immer hat sie irgendjemand zum Büro gebracht.«

»Wo ist Ihre Sekretärin?«, fragte Lula ihn.

»Im Augenblick habe ich keine Sekretärin. Ich hatte eine Halbtagskraft, aber die meinte, ihre Nebenhöhlen würden die Fasern, die die Wäschetrockner in die Gegend pusten, nicht vertragen. Ich muss endlich eine Annonce in der Zeitung aufgeben, aber ich bin nicht so gut im Organisieren. Die Kanzlei habe ich erst vor ein paar Monaten eröffnet. Evelyn war eine meiner ersten Mandantinnen. Deswegen erinnere ich mich an sie.«

Vermutlich war Evelyn nicht nur seine erste, sondern auch seine einzige Mandantin.

»Hat sie ihre Rechnung bezahlt?«

»Sie stottert sie monatlich ab.«

»Sollte sie wieder mal was überweisen, wäre ich Ihnen dankbar, wenn Sie mir sagen würden, wo sie den Betrag eingezahlt hat.«

»Das wollte ich auch gerade vorschlagen«, sagte Lula. »Ist mir eben eingefallen.«

»Ja, mir auch«, sagte Kloughn. »Ich habe genau das Gleiche gedacht.«

Eine Frau klopfte an und steckte den Kopf durch Kloughns Bürotür. »Der Trockner am anderen Ende funktioniert nicht. Ich habe alle meine Vierteldollarmünzen reingeworfen, jetzt bockt das Gerät ganz. Ich kriege nicht mal die Klappe vorne auf.«

»He he«, sagte Lula, »was geht uns das an? Dieser Herr ist Rechtsanwalt. Den kümmert Ihr Kleingeld einen Dreck.«

»Das kommt andauernd vor«, sagte Kloughn. Er holte ein Formular aus der obersten Schreibtischschublade. »Hier«, sagte er zu der Frau. »Füllen Sie das aus, und die Firma wird Ihnen das Geld zurückerstatten.«

»Kriegen Sie deswegen eine Mietminderung?«, wollte Lula von Kloughn wissen.

»Nein. Im Gegenteil. Wahrscheinlich kündigt mir der Vermieter.« Er sah sich im Raum um. »Das ist mein drittes Büro innerhalb von sechs Monaten. In meinem ersten Büro fing versehentlich ein Papierkorb Feuer, das sich im Haus ausbreitete. Und das Haus, in dem mein zweites Büro war, durfte nicht mehr betreten werden, nachdem in der Wohnung darüber ein Klobecken geplatzt war und die Decke einbrach.«

»War das eine öffentliche Toilette?«, fragte Lula.

»Ja. Aber ich schwöre Ihnen, es war nicht meine Schuld. Da bin ich mir ziemlich sicher.«

Lula schaute auf die Uhr. »Zeit für die Mittagspause.«

»Darf ich mit Ihnen zusammen Mittag machen?«, fragte Kloughn. »Ich habe da so ein paar Ideen zu dem Fall. Die könnten wir während der Mittagspause besprechen.«

Lula sah ihn scheel an. »Sie haben wohl niemanden, mit dem Sie zusammen zu Mittag essen können, was?«

»Doch. Ich kenne jede Menge Leute, mit denen ich zu Mittag essen könnte. Ich habe nur für heute niemanden vorgemerkt.«

»Sie ziehen das Unglück ja förmlich an«, sagte Lula. »Da könnte man sich glatt eine Lebensmittelvergiftung zuziehen, wenn man mit Ihnen essen geht.«

»Wenn Sie richtig krank werden, könnte ich viel Geld für Sie herausschlagen«, sagte er. »Und wenn Sie an dem Essen sterben, würde es echt satt Kohle geben.«

»Wir gehen nur zum nächsten Schnellimbiss«, sagte ich.

Seine Augen leuchteten. »Nichts lieber als das. Beim Schnellimbiss weiß man, was man hat. Es ist sowieso immer das Gleiche. Da gibt es keine bösen Überraschungen.«

»Und es ist billig«, sagte Lula.

»Genau!«

Er hängte ein Schild *Bin gleich zurück* ans Bürofenster und verschloss die Tür hinter sich. Dann stieg er auf den Rücksitz meines Honda und rückte nach vorne auf die Kante.

»Was soll das, haben Sie Golden-Retriever-Blut in Ihren Adern?«, fragte Lula. »Pusten Sie mir nicht Ihren Atem in den Nacken. Setzen Sie sich richtig hin, schnallen Sie sich an. Und wenn Sie anfangen zu sabbern, fliegen Sie hochkant wieder auf die Straße.«

»Ist das lustig!«, sagte er. »Was gibt's zu essen? Brathähnchen? Fisch-Sandwich? Cheeseburger?«

Zehn Minuten später fuhren wir mit diversen Hamburgern und Shakes beladen vom McDonalds Autoschalter weg.

»Also, jetzt sage ich Ihnen mal, was ich vermute«, kündigte Kloughn an. »Ich glaube, Evelyns Aufenthaltsort kann nicht allzu weit entfernt sein. Sie ist ganz nett, aber sie ist ein Mäuschen. Wo soll sie schon hingehen? Wissen wir ganz sicher, dass sie nicht bei ihrer Oma ist?«

»Ihre Großmutter hat mich schließlich engagiert. Sie wird ihr Haus verlieren.«

»Ach ja, richtig. Das hatte ich ganz vergessen.«

Lula betrachtete ihn im Rückspiegel. »Wo haben Sie denn Ihr Handwerkszeug gelernt? Im Ausland?«

»Sehr witzig.« Wieder bekam seine Krawatte eine Streicheleinheit ab. »Es war ein Fernstudium.«

»Ist das erlaubt?«

»Natürlich. Man hat Seminare und schreibt Klausuren wie an einer richtigen Universität.«

Ich bog auf den Parkplatz des Waschsalons und hielt an. »Da wären wir. Zurück von der Mittagspause«, sagte ich.

»Schon? Das war viel zu kurz. Ich habe ja nicht mal meine Pommes aufgegessen«, sagte er. »Und danach kommt noch der Kuchen dran.«

»Tut mir Leid. Wir haben zu arbeiten.«

»Ja, ja. Was müssen Sie denn arbeiten? Jagen Sie einen gefährlichen Verbrecher? Da könnte ich Ihnen bestimmt bei helfen.«

»Müssen Sie nicht Gerichtsakten wälzen?«

»Ich habe jetzt Mittagspause.«

»Sie wollen sich doch nicht an uns hängen«, sagte ich. »Wir haben sowieso nichts Interessantes vor. Ich wollte jetzt zurück zu Evelyns Haus fahren und mal mit den Nachbarn reden.«

»Das kann ich besonders gut«, sagte er. »Das war eines meiner Lieblingsseminare: Wie bringe ich Menschen zum Reden.«

»Kommt mir irgendwie gemein vor, ihn rauszuwerfen, bevor er seinen Kuchen gegessen hat«, sagte Lula. Sie schaute über die Rückenlehne nach hinten. »Wollen Sie das ganze Stück allein essen?«

»Von mir aus kann er bleiben«, sagte ich. »Aber er soll nicht mit den Leuten reden. Er muss im Wagen sitzen bleiben.«

»Ihr Mann am Steuer, ja?«, sagte er. »Für den Fall, dass Sie mal ganz schnell die Biege machen müssen.«

»Nein! Wir machen nie schnell die Biege. Und Sie sind auch nicht unser Mann am Steuer. Sie werden das Steuer nicht anrühren. Ich sitze am Steuer.«

»Klar. Schon verstanden«, sagte er.

Ich rollte vom Parkplatz herunter, stieß auf die Hamilton Avenue, folgte ihr bis nach Burg und bog dann links ab zum St. Francis Hospital. Ich schlängelte mich weiter durch das Straßengewirr und kam schließlich vor dem Haus von Evelyn zum Stehen. Jetzt um die Mittagszeit war alles still in dem Viertel: keine Rad fahrenden Kinder, keine Verandahocker, kein nennenswerter Verkehr.

Ich wollte mich mit Evelyns Nachbarn unterhalten ohne Lula und Kloughn im Schlepptau. Lula verschreckte die Leute gewöhnlich, und in Gegenwart von Kloughn sähen wir aus wie religiöse Bekehrer. Ich stellte den Wagen am Straßenrand ab, Lula und ich stiegen aus, und ich steckte den Zündschlüssel ein. »Schauen wir uns erst mal um«, sagte ich zu Lula.

Sie warf einen Blick auf Kloughn, der auf dem Rücksitz saß. »Sollen wir das Fenster nicht lieber einen Spaltbreit herunterdrehen? Ist man dazu nicht sogar gesetzlich verpflichtet?«

»Ich glaube, das Gesetz, das du meinst, gilt nur für Hunde.«

»Für mich hat er irgendwie was Hündisches«, sagte Lula. »Eigentlich finde ich ihn ganz süß, fluffig wie Weißbrot.«

Die Autotür wollte ich lieber nicht aufmachen, aus Angst, Kloughn könnte gleich herauskullern. »Er wird's schon überleben. Es dauert ja nicht lange.«

Wir stiegen die Treppe zur Veranda hoch und schellten. Keine Reaktion. Durch das vordere Fenster konnte man immer noch nichts erkennen.

Lula legte ein Ohr an die Tür. »Ich kann nichts hören da drin«, sagte sie.

Wir gingen um das Haus herum und schauten durch das Küchenfenster. Neben der Spüle standen immer noch dieselben beiden Müslischalen und die zwei Gläser.

»Wir müssen uns im Haus umsehen«, sagte Lula. »Drinnen wimmelt es wahrscheinlich nur so von Spuren.«

»Wir haben aber keinen Schlüssel.«

Lula rüttelte am Fenster. »Dicht.« Ausgiebig musterte sie die Tür. »Wir sind Kopfgeldjäger. Wenn wir der Meinung sind, in dem Haus versteckt sich ein Gesuchter, dann haben wir das Recht, die Tür zu demolieren.«

Man sagt mir nach, ich würde das Gesetz gelegentlich

über Gebühr beugen, aber das hier wäre keine Beugung mehr, es wäre ein Bruch, ein mehrfacher sogar. »Ich will Evelyns Haustür nicht kaputtmachen.«

Lula nahm das Fenster in Augenschein.

»Und ihr Fenster will ich auch nicht einschmeißen. Wir haben keinen Auftrag als Kautionsdetektive, und wir haben keinen Anlass, eigenmächtig einzudringen.«

»Ja, schon, aber wenn das Fenster zufällig zu Bruch gegangen ist, dann wäre es reine Nachbarschaftshilfe, den Fall zu untersuchen. Wir müssten gucken, ob man es nicht von innen reparieren kann.« Lula schwang ihre große schwarze Umhängetasche in einem großen Bogen und zerdepperte damit das Fenster. »Oh!«, sagte sie.

Ich schloss die Augen und lehnte die Stirn an den Türrahmen, holte tief Luft und sagte mir: Ganz ruhig bleiben. Ganz ruhig bleiben. Natürlich hätte ich Lula am liebsten angebrüllt und ihr den Hals umgedreht, aber was hätte ich damit erreicht? »Die Fensterreparatur geht auf deine Kosten, das ist ja wohl klar«, sagte ich zu ihr.

»Ich werde mich hüten. Das hier ist eine Mietwohnung. Für so was hat der Vermieter eine Versicherung.« Sie haute die restlichen Glassplitter aus dem Rahmen, steckte den Arm durch das Loch und schob das Fenster auf.

Ich holte Einweghandschuhe aus Gummi aus meiner Tasche, und wir stülpten sie uns über. Wenn schon ein Einbruch, dann wenigstens keine unnötigen Fingerabdrücke hinterlassen. Bei meinem Pech würde anschließend noch jemand kommen und das Haus ausrauben, und finden würde die Polizei meine Fingerabdrücke. Lieber gleich vorsorgen.

Lula und ich schlichen in die Küche und schlossen hinter uns die Tür. Es war eine kleine Küche, und mit Lula im Raum waren wir beide sozusagen auf Tuchfühlung.

»Ich glaube, es ist besser, wenn du vorne am Eingang Schmiere stehst«, sagte ich. »Pass auf, dass uns keiner erwischt.«

»Schmiere stehen ist mein Spezialgebiet«, sagte Lula. »An mir kommt so leicht keiner vorbei.«

Ich fing mit der Küchenablage an, wühlte in dem üblichen Krimskrams. Auf dem Block neben dem Telefon standen keine Notizen. Ich ging den Stapel Werbepost durch. Außer einem Angebot hübscher Martha-Stewart-Handtücher gab es nichts Interessantes. An der Kühlschranktür hing ein Bild von einem Haus, mit grünen und roten Wachsmalstiften gemalt. Bestimmt von Annie, dachte ich. In den Wandschränken über der Ablage stapelten sich ordentlich die Teller, die Gläser waren blitzblank und in Dreierreihen in Regalen aufgestellt. Im Kühlschrank standen Gewürze, aber keine verderblichen Lebensmittel, keine Milch, kein Orangensaft, kein frisches Obst oder Gemüse.

Die Küche ließ einige Rückschlüsse zu. Evelyns Schrank war besser aufgeräumt als meiner. Sie hatte das Haus in Eile verlassen, aber noch Zeit gefunden, die Milch wegzuschütten. Wenn sie eine Trinkerin war, eine Fixerin oder einfach nur verrückt, dann war sie immerhin eine verantwortungsbewusste Trinkerin oder Fixerin oder Verrückte.

In der Küche konnte ich nichts entdecken, was mir weitergeholfen hätte, deswegen ging ich zum Esszimmer und zum Wohnzimmer über. Ich zog Schubladen auf und schüttelte Kissen.

»Weißt du, wo ich hingehen würde, wenn ich mich verstecken müsste?«, sagte Lula. »Ich würde nach Disney World fahren. Warst du schon mal in Disney World? Besonders wenn mir's dreckig ginge, würde ich da hinfahren, weil – in Disney World sind alle Menschen glücklich.«

»Ich war schon siebenmal in Disney World«, hörten wir Kloughn plötzlich sagen.

Lula und ich schreckten auf beim Klang seiner Stimme.

»He«, sagte Lula. »Sie sollen im Wagen sitzen bleiben!«

»Ich hatte keine Lust mehr zu warten.«

Böse funkelte ich Lula an.

»Ich habe doch aufgepasst!«, sagte sie. »Mir schleierhaft, wie der an mir vorbeikommen konnte.« Sie wandte sich Kloughn zu. »Wie sind Sie hier hereingekommen?«

»Die Hintertür stand offen. Und das Fenster war kaputt. Das haben Sie doch nicht etwa eingeschlagen, oder? Das gibt Ärger, das kann ich Ihnen versprechen. So etwas nennt man Einbruch.«

»Das Fenster haben wir so vorgefunden«, sagte Lula. »Deswegen haben wir uns ja Handschuhe übergezogen. Wir wollen keine Spuren verwischen, für den Fall, dass etwas gestohlen wurde.«

»Kluger Gedanke«, sagte Kloughn. Seine Augen strahlten, seine Stimme stieg gleich um eine Oktave. »Glauben Sie, dass irgendwelches Zeug gestohlen wurde? Ist jemand zusammengeschlagen worden?«

Lula schaute ihn an, als hätte sie noch nie einen so dummen Menschen gesehen.

»Ich gucke mal oben nach«, sagte ich. »Ihr beide bleibt hübsch hier unten und fasst nichts an.«

»Wonach wollen Sie da oben denn suchen?«, wollte Kloughn wissen und kam hinter mir her die Treppe hoch. »Bestimmt suchen Sie nach irgendwelchen Hinweisen, die Sie zu Evelyn und Annie führen. Soll ich Ihnen sagen, wo ich an Ihrer Stelle suchen würde? Ich an Ihrer Stelle würde da suchen …«

Ich fuhr herum und hätte ihn dabei beinahe umgestoßen.

»Runter mit Ihnen!«, brüllte ich ihm ins Gesicht, Nasenspitze an Nasenspitze, und zeigte mit ausgestrecktem Arm auf den Boden. »Sie setzen sich hin und stehen erst auf, wenn ich ich es Ihnen erlaube.«

»Du lieber Himmel«, wehrte er sich. »Deswegen brauchen Sie mich nicht anzuschreien. Sie können es mir auch im ruhigen Ton sagen. Sie haben wohl Ihre Tage, was?«

Ich blinzelte ihn aus zusammengekniffenen Augen an. »Was für Tage?«

»Sie wissen schon.«

»Ich habe nicht meine Tage«, sagte ich.

»Ja ja, auch an guten Tagen ist sie so drauf«, sagte Lula. »Wie sie ist, wenn sie ihre Tage hat, will ich Ihnen lieber nicht verraten.«

Ich ließ die beiden allein und durchsuchte die Schlafzimmer in den oberen Räumen.

Wäsche hing noch immer in den Schränken oder lag gefaltet in Kommodenschubladen. Evelyn konnte nur das Notdürftigste mitgenommen haben. Entweder wollte sie nicht lange wegbleiben, oder sie hatte es eilig gehabt. Vielleicht beides.

Von Steven ließen sich keine Anzeichen finden. Evelyn hatte das Haus gründlich von seinen Hinterlassenschaften bereinigt. Keine Herrentoilettenartikel im Bad, keine herumhängenden Hosengürtel im Kleiderschrank, keine Familienfotos in Silberrahmen. Nach der Scheidung von Dickie hatte ich einen ähnlichen Hausputz gemacht. Und trotzdem, selbst Monate nachdem wir uns getrennt hatten, traf mich, wie aus dem Hinterhalt, ab und zu der Anblick eines vergessenen Gegenstands: ein Herrenstrumpf, der hinter die Waschmaschine gerutscht war, ein Bund Autoschlüssel, der versehentlich unters Sofa getreten worden war und als verloren gegolten hatte.

Das Arzneischränkchen enthielt das Übliche: Kopfschmerztabletten, eine Flasche Hustensaft für Kinder, Zahnseide, Nagelschere, Mundwasser, eine Packung Pflaster, Talkumpuder. Keine Aufputsch-, keine Beruhigungsmittel. Keine Halluzinogene, keine Muntermacherchen. Auffällig war, dass es nichts Alkoholisches gab. Keine Flasche Wein oder Gin im Küchenschrank, kein Bier im Kühlschrank. Vielleicht lag Carol falsch, was den Fusel und die Pillen betraf. Vielleicht aber hatte Evelyn auch alles mitgenommen. Wer weiß.

Kloughns Kopf tauchte neben dem Rahmen der Badezimmertür auf. »Sie haben doch nichts dagegen, wenn ich mich mal umschaue, oder?«

»Doch! Ich habe was dagegen! Habe ich Ihnen nicht ausdrücklich gesagt, Sie sollen auf dem Sofa sitzen bleiben? Was ist mit Lula? Die sollte auf Sie aufpassen,«

»Lula steht Schmiere. Dazu braucht man keine zwei Leute, deswegen habe ich mich entschieden, Ihnen zu helfen. Haben Sie sich schon in Annies Zimmer umgetan? Ich war gerade drin und konnte nichts Auffälliges entdecken, nur ihre Bilder, die sind wirklich gruselig. Haben Sie sich die mal angesehen? Eins sage ich Ihnen, das Kind muss ganz schön verdorben sein. Diese Gewalt überall. Wie im Fernsehen.«

»Ich habe nur das Bild mit dem rotgrünen Haus gesehen.«

»War das Rot so ein Blutrot?«

»Nein. Das Rot war für die Fenster.«

»Achtung«, ließ sich Lula aus dem Zimmer unten vernehmen.

Mist. Ich hasse dieses *Achtung.* »Was ist?«, brüllte ich.

»Ein Wagen hat sich hinter deinen Honda gestellt.«

Ich spähte aus Evelyns Schlafzimmerfenster nach draußen. Es war ein schwarzer Lincoln Towncar. Zwei Kerle stiegen aus und kamen auf die Haustür zu. Ich packte Kloughn an der Hand und zog ihn hinter mir her die Treppe hinunter. Keine Panik, dachte ich. Die Tür ist verschlossen. Und hineinschauen können die beiden auch nicht. Mit stummen Gesten bedeutete ich Kloughn und Lula, sich still zu verhalten. Wir standen da wie lebende Statuen, wagten kaum zu atmen, als einer der beiden Männer an der Haustür rüttelte.

»Keiner da«, sagte einer.

Vorsichtig atmete ich aus. Jetzt würden sie ja wohl wieder abziehen, oder? Falsch. Man hörte, wie ein Schlüssel ins Schloss gesteckt wurde. Es machte Klick, und die Tür wurde aufgestoßen.

Lula und Kloughn duckten sich hinter meinem Rücken. Vor uns standen die beiden Männer, wichen nicht von der Stelle.

»Sie wünschen?«, fragte ich, so als gehörte ich hierher.

Die Männer waren Ende vierzig, Anfang fünfzig, mittelgroß, robust. Sie trugen Straßenanzüge. Beide waren relativ hellhäutig. Über den Anblick des Trio Infernale in Evelyns Haus schienen sie nicht gerade sonderlich erfreut zu sein.

»Wir wollten zu Evelyn«, sagte einer der beiden.

»Die ist nicht da«, sagte ich. »Und mit wem habe ich das Vergnügen, bitte schön?«

»Eddie Abruzzi. Und das hier ist mein Geschäftspartner Melvin Darrow.«

3

Ach du dickes Ei! Eddie Abruzzi. Der Tag war gelaufen.

»Mir ist zu Ohren gekommen, dass Evelyn ausgezogen ist«, sagte Abruzzi. »Sie wissen nicht zufällig, wo sie sich aufhält, oder?«

»Nein«, sagte ich. »Aber wie Sie selbst sehen, ist sie nicht ausgezogen.«

Abruzzi schaute sich um. »Ihre Möbel stehen noch da. Aber das muss nicht bedeuten, dass sie nicht doch ausgezogen ist.«

»Na ja, praktisch gesehen …«, fing Kloughn an.

Abruzzi sah Kloughn scharf an. »Wer sind Sie?«

»Ich bin Albert Kloughn. Evelyns Anwalt.«

Das rief ein Lächeln auf Abruzzis Gesicht hervor. »Evelyn hat einen Clown als Anwalt engagiert. Großartig.«

»Mein Name schreibt sich mit K, KLOUGHN«, verteidigte sich Kloughn.

»Und ich bin Stephanie Plum«, stellte ich mich vor.

»Sie kenne ich«, sagte Abruzzi. Seine Stimme war unheimlich ruhig, und seine Pupillen waren auf die Größe von Nadelspitzen geschrumpft. »Sie haben Benito Ramirez getötet.«

Benito Ramirez war ein Schwergewichtsboxer, der mehrmals versucht hatte mich umzubringen und schließlich auf der Feuerleiter meines Hauses erschossen worden war, als er sich gerade anschickte, durch ein Fenster in meine Wohnung zu springen. Ramirez war ein krankhaft veranlagter Krimineller und ein durch und durch böser Mensch, dem es Vergnügen bereitete und der Kraft daraus schöpfte, andere Menschen zu quälen.

»Ramirez gehörte mir«, sagte Abruzzi. »Ich hatte viel Zeit und Geld in ihn investiert. Und ich habe ihn verstanden. Wir teilten viele Hobbys.«

»Ich habe ihn nicht getötet«, sagte ich. »Das wissen Sie doch.«

»Sie haben vielleicht nicht selbst abgedrückt, aber getötet haben Sie ihn dennoch.« Er wandte sich an Lula. »Und wer Sie sind, weiß ich auch. Sie waren eine von Benitos Nutten. War es schön, zusammen mit Benito? Hat es Ihnen Spaß gemacht? Fühlten Sie sich privilegiert? Haben Sie was dabei gelernt?«

»Mir ist schlecht«, sagte Lula und wurde ohnmächtig. Sie plumpste gegen Kloughn und riss ihn mit sich zu Boden.

Lula war brutal misshandelt worden von Ramirez. Er hatte sie gefoltert und sie liegen gelassen, im Glauben, sie sei tot. Aber Lula war nicht gestorben. Lula umzubringen war gar nicht so einfach.

Im Gegensatz zu Kloughn, der so aussah, als wollte er jeden Moment die Löffel abgeben. Kloughn lag eingequetscht unter Lula, nur ein Fuß ragte hervor, wie die böse Hexe des Ostens aus *Der Zauberer von Oz*, als Dorothys Haus auf sie stürzte. Er gab einen Laut von sich, der irgendwo zwischen einem Quieken und einem Todesröcheln anzusiedeln war. »Hilfe«, flüsterte er. »Ich kriege keine Luft.«

Darrow schnappte sich ein Bein, ich einen Arm von Lula, und mit vereinten Kräften rollten wir sie von Kloughn herunter.

Kloughn blieb einen Moment liegen, die Augen glasig, der Atem flach. »Habe ich mir irgendwas gebrochen? Habe ich mir in die Hose gemacht?«

»Was haben Sie hier zu suchen?«, fragte Abruzzi. »Wie sind Sie überhaupt hier hereingekommen?«

»Wir wollten Evelyn besuchen«, sagte ich. »Die Hintertür war offen.«

»Tragen Sie und Ihre fette Nuttenfreundin immer Gummihandschuhe?«

Lula schlug ein Auge auf. »Wer hat hier *fett* gesagt?« Jetzt schlug sie auch das andere Auge auf. »Was ist passiert? Warum liege ich auf dem Boden?«

»Du bist ohnmächtig geworden«, sagte ich zu ihr.

»Lüge«, sagte sie und kam auf die Beine. »Ich werde nie ohnmächtig. Ich bin noch nie in meinem Leben umgekippt.« Sie sah hinüber zu Kloughn, der immer noch auf dem Rücken lag. »Was ist denn mit dem los?«

»Du bist auf ihn draufgefallen.«

»Sie haben mich zerquetscht wie eine Fliege«, sagte Kloughn und kam nur mit Anstrengung wieder hoch. »Ich kann von Glück sagen, dass ich noch lebe.«

Abruzzi musterte eine Weile unser Gespann. »Das hier ist mein Besitz«, sagte er. »Brechen Sie ja nicht noch mal hier ein. Mir egal, ob Sie Freunde oder Anwalt der Familie sind oder ob doch nur keifende Waschweiber. Kapiert?«

Ich presste die Lippen aufeinander und sagte nichts.

Lula trat von einem Fuß auf den anderen. »Hunh«, brummte sie.

Kloughn nickte heftig. »Ja, Sir, verstanden. Null problemo. Diesmal sind wir nur gekommen, weil wir …«

Lula trat ihm gegen die Wade.

»Aua«, schrie Kloughn, knickte in der Taille um und hielt sich das Bein.

»Raus aus meinem Haus«, sagte Abruzzi. »Und lassen Sie sich ja nicht mehr hier blicken.«

»Evelyns Familie hat mich engagiert, ihre Interessen zu vertreten. Dazu gehört, dass man auch ab und zu hier nach dem Rechten sieht.«

»Sie wollen mich offenbar nicht verstehen«, sagte Abruzzi. »Ich habe Ihnen gesagt, Sie sollen sich verpissen. Halten Sie sich von diesem Haus fern und mischen Sie sich nicht in Evelyns Angelegenheiten ein.«

Sämtliche Alarmglocken schrillten in meinem Kopf. Warum war Abruzzi so besorgt um Evelyn? Er war doch bloß ihr Vermieter. Nach meinem Verständnis war diese Immobilie für sein Unternehmen auch gar nicht von Bedeutung.

»Und wenn wir uns doch einmischen?«

»Könnte es unangenehm für Sie werden. Ich weiß, wie man Frauen das Leben schwer macht. Das war eine gemeinsame Stärke von Benito und mir. Wir wussten, wie man die Aufmerksamkeit von Frauen erlangt. Sagen Sie mir«, bat mich Abruzzi, »welche Gefühle bewegten Benito in seinen letzten Minuten? Hat er leiden müssen? Hatte er Angst? Wusste er, dass er sterben wird?«

»Das weiß ich nicht«, sagte ich. »Er war auf der anderen Seite der Fensterscheibe. Ich weiß nicht, welche Gefühle ihn bewegten.« Außer einer wahnsinnigen Wut.

Abruzzi stierte mich dumpf an. »Das Schicksal ist eine komische Sache. Zum zweiten Mal treten Sie nun in mein Leben. Und wieder stehen Sie auf der falschen Seite. Ich bin gespannt, wie sich dieser Feldzug entwickeln wird.«

»Was für ein Feldzug?«

»Ich habe Militärgeschichte studiert. Und in gewisser Hinsicht handelt es sich hierbei um einen Krieg.« Er vollführte ein kleine Geste mit der Hand. »Das heißt, vielleicht nicht gerade um einen Krieg, aber ein Geplänkel. Wie auch immer, es ist ein Wettkampf, wenn Sie so wollen. Und weil ich heute meinen großzügigen Tag habe, gebe ich Ihnen eine Chance: Sie halten sich von diesem Haus und von Evelyn fern, und ich lasse Sie dafür ziehen. Damit haben Sie sich Amnestie erkauft. Wollen Sie aber weiter im Rennen bleiben, zählen Sie für mich zu den feindlichen Truppen. Das Kriegsspiel kann beginnen.«

Oh, Mann. Der Kerl tickt ja wohl nicht ganz richtig, Totalschaden. *Stopp*! Ich hielt eine Hand hoch als Zeichen, dass er aufhören sollte. »Ich habe keine Lust auf Kriegsspiele. Ich bin nur ein Freund der Familie, erledige ein paar Dinge für Evelyn. Wir gehen jetzt. Und ich finde, das sollten Sie auch tun.« Und mal zum Arzt gehen, sich was verschreiben lassen.

Ich geleitete Lula und Kloughn vorbei an Abruzzi und Darrow durch die Tür nach draußen, schob sie ins Auto, und wir fuhren los.

»Ach, du liebe Scheiße«, sagte Lula. »Was sollte das denn? Ich habe jetzt noch eine Gänsehaut. Eddie Abruzzi hat Augen wie Ramirez. Und Ramirez war gnadenlos. Ich dachte, diese ganze Geschichte hätte ich ein für allemal hinter mich gelassen, aber als ich ihm gerade in die Augen sah, wurde mir selbst ganz schwarz vor Augen. Es war, als wäre ich wieder mit Ramirez in einem Raum. Ich habe vielleicht Schiss, kann ich euch sagen. Ich kriege Schweißausbrüche. Ich hyperventiliere, soweit ist es schon. Ich brauche einen Hamburger, unbedingt. Das heißt, nein, ich habe ja gerade erst einen gegessen. Ich brauche was anderes. Ich brauche … ich brauche … ich brauche Schuhe. Ich brauch unbedingt neue Schuhe.«

Wieder leuchteten Kloughns Augen. »Ramirez und Abruzzi sind also die Bösen, oder? Aber Ramirez ist schon tot, wenn ich das richtig verstanden habe. War Ramirez ein Profikiller?«

»Ramirez war Profiboxer.«

»Ich werd' verrückt. *Den* Ramirez meinen Sie? Über den habe ich ständig in der Zeitung gelesen. Ich werd' verrückt. Dann sind Sie also diejenige, die ihn getötet hat?«

»Ich habe Ramirez nicht getötet«, sagte ich. »Er stand auf der Feuerleiter hinter meinem Haus. Er hat versucht, in meine Wohnung einzubrechen, dabei hat ihn jemand erschossen.«

»Ja, ja, Stephanie schießt so gut wie nie auf andere Menschen«, sagte Lula. »Aber mir ist das egal. Ich will raus hier. Ich muss frische Luft schnappen. Einkaufszentrumsluft. Dann kann ich wieder frei atmen.«

Ich brachte Kloughn zurück zu seinem Waschsalon, Lula setzte ich am Büro ab. Sie röhrte sofort los zur Shopping Mall in ihrem roten Trans Am, und ich trat ins Büro.

»Weißt du was?«, sagte Connie zu mir. »Der Typ, den du gestern geschnappt hast, Martin Paulson, ist wieder auf freiem Fuß. Bei seiner ersten Verhaftung ist irgendwas schief gelaufen, und die Klage wurde abgewiesen.«

»Der Kerl müsste schon hinter Gittern, nur weil er auf der Welt ist.«

»Als er freigelassen wurde, soll er angeblich einige wenig schmeichelhafte Bemerkungen über dich gemacht haben.«

»Toll.« Ich fläzte mich aufs Sofa. »Hast du gewusst, dass Benito Ramirez für Abruzzi gearbeitet hat? Wir sind ihm zufällig in Evelyns Haus begegnet. Ach, übrigens, in dem Haus ist ein Fenster kaputt. Auf der Rückseite.«

»War bestimmt ein Kind, das Baseball gespielt hat, was?«, sagte Connie. »Es rannte weg, gerade als du sahst, wie das Fenster zu Bruch ging. Und du weißt nicht, wo das Kind abgeblieben ist. Moment, ich habe noch einen besseren Vorschlag: Du hast das Kind gar nicht gesehen. Das Fenster war schon kaputt, als du kamst. War es so?«

»Du hast den Nagel auf den Kopf getroffen. Also, was weißt du über Abruzzi?«

Connie tippte den Namen in ihren Computer ein. Nach nicht mal einer Minute spuckte er die ersten Informationen aus. Aktuelle Anschrift, frühere Anschriften, Arbeitsstellen, Ehefrauen, Kinder, Verhaftungen. Sie druckte alles aus und gab es mir. »Seine Zahnpastamarke und Hodengröße könnten wir auch ermitteln, nur dauert das etwas länger.«

»Klingt verführerisch, aber mit seiner Hodengröße könnte ich im Moment wenig anfangen.«

»Sind bestimmt Riesenklöten.«

Ich hielt mir die Ohren zu. »Ich höre gar nicht hin!« Ich sah Connie von der Seite an. »Was weißt du noch über ihn?«

»Viel ist es nicht. Nur, dass ihm einige Immobilien in Burg und in der Innenstadt gehören. Er soll nicht gerade sehr zuvorkommend sein, soviel ich weiß. Einzelheiten kenne ich keine. Vor einiger Zeit wurde er wegen einer Lappalie verhaftet. Der Vorwurf der organisierten Kriminalität wurde wegen fehlender Tatzeugen fallen gelassen. Weswegen fragst du?«, sagte Connie.

»Krankhafte Neugier.«

»Ich habe heute zwei neue Fälle reinbekommen. Laura Minello wurde vor einigen Wochen wegen Kaufhausdiebstahls verhaftet. Sie ist gestern nicht zu ihrem Gerichtstermin erschienen.«

»Was hat sie denn mitgehen lassen?«

»Einen fabrikneuen BMW. Hat ihn bei helllichtem Tag vom Parkplatz des Händlers geklaut.«

»Für eine Probefahrt, nehme ich an.«

»Ja, aber sie hat niemandem Bescheid gesagt, dass sie ihn sich ausleiht. Sie ist vier Tage lang damit zur Probe gefahren, dann wurde sie geschnappt.«

»Alle Achtung vor einer Frau, die solchen Unternehmungsgeist beweist.«

Connie übergab mir zwei Aktenmappen. »Bei dem zweiten Fall handelt es sich um Andy Bender, Wiederholungstäter, häusliche Gewalt. Könnte sein, dass du ihn wegen einer früheren Sache schon mal geschnappt hast. Wahrscheinlich sitzt er stinkbesoffen zu Hause rum und kann links von rechts nicht unterscheiden.«

Ich blätterte in Benders Unterlagen. Connie hatte Recht. Mit dem war ich schon mal aneinander geraten. Bender war der reinste Abschaum, ein dürrer Klepper und ein widerlicher Trinker.

»Das ist der Typ, der mit einer Kettensäge auf mich losgegangen ist«, sagte ich.

»Ja, schon, aber du musst auch das Positive sehen«, sagte Connie. »Wenigstens war es keine Pistole.«

Ich steckte die beiden Mappen in meine Tasche. »Bei Gelegenheit kannst du deinen Computer mal mit Evelyn Soder füttern. Vielleicht entlockst du ihm ja ihre tiefsten Geheimnisse.«

»Die Suche nach tiefsten Geheimnissen dauert achtundvierzig Stunden.«

»Das geht auf meine Rechnung. Jetzt muss ich aber los. Ich muss unbedingt den Hexenmeister sprechen.«

Der Hexenmeister, das ist Ranger. Ranger ist ein Hexenmeister, weil er ein Meister ist und weil er hexen kann. Er geht auf geheimnisvolle Weise durch verschlossene Türen, er liest Gedanken, er lässt jedes Dessert zurückgehen, und eine Berührung mit seinem Finger jagt mir einen Schauer durch den Körper. Ich war hin- und hergerissen, ob ich ihn anrufen sollte oder nicht. Momentan war unsere Beziehung an einem seltsamen Punkt angelangt, es gab viel Zweideutiges und eine unausgelebte körperliche Anziehung. Andererseits waren wir auch Partner, und er verfügte über Kontakte, die ich niemals zu Stande gebracht hätte. Wenn ich Ranger mit ins Boot holte, würde die Suche nach Annie viel schneller zum Erfolg führen.

Ich stieg in mein Auto und wählte Rangers Nummer auf dem Handy. Auf seinem Anrufbeantworter hinterließ ich eine Nachricht, dann widmete ich mich wieder Benders Akte. Anscheinend war nicht viel Aufregendes in seinem Leben passiert, seit ich ihn das letzte Mal gesehen hatte. Noch immer war er arbeitslos, noch immer prügelte er seine Frau, und noch immer hauste er in einer Sozialwohnung am Stadtrand. Es würde nicht weiter schwierig werden, ihn aufzutreiben. Viel schwieriger würde es sein, ihn in meinen Wagen zu bugsieren. Das ging sicher nicht ohne Rauferei ab.

Moment, dachte ich. Warum gleich so negativ? Wie hatte Connie gesagt: Immer das Positive sehen. Also: Das Glas ist halb voll und nicht halb leer. Vielleicht tut es Mr. Bender ja Leid, dass er seinen Gerichtstermin verpasst hat. Vielleicht freut er sich ja über meinen Besuch. Vielleicht hat er kein Benzin mehr in seiner Motorsäge.

Ich legte den Gang ein und fuhr quer durch die Stadt. Es war ein angenehmer Nachmittag, und die Sozialwohnungen sahen eigentlich ganz passabel aus. Der Müll in den so genannten Grünanlagen hatte etwas Hoffnungsfrohes, so dass sich das Gras dieses Jahr vielleicht doch dazu durchringen würde zu wachsen. Die Öltanks der Schrottautos am Straßenrand würden vielleicht nicht mehr lecken. Und vielleicht flatterte ja auch mal ein fetter Lottogewinn ins Haus. Vielleicht aber auch nicht.

Ich stellte meinen Wagen vor Benders Wohnblock ab und sah mir den Bau eine Weile lang an. Gartenwohnungen schimpften sich diese Löcher, was Besseres war den Stadtplanern nicht eingefallen. Bender wohnte im Erdgeschoss. Er hatte eine Frau, die er regelmäßig misshandelte, und, Gott sei Dank, keine Kinder.

Ein Stück weiter hatte unter freiem Himmel ein improvisierter Basar seine Tore geöffnet. Der Handel spielte sich zwischen zwei Autos ab, einem alten Caddy und einem neuen Oldsmobile. Die Besitzer hatten ihre Wagen am Straßenrand abgestellt, den Kofferraum geöffnet und boten Handtaschen, T-Shirts, DVDs und anderen Kram an. Um die Autos herum lungerten einige Gestalten.

Ich wühlte in meiner Umhängetasche und fand eine handliche Dose Pfefferspray. Ich schüttelte sie, um sicher zu sein, dass sie auch gefüllt war, und steckte sie in meine Hosentasche, damit ich, falls nötig, leichter drankam. Aus dem Handschuhfach holte ich ein paar Handschellen und stopfte sie hinten unter den Hosenbund meiner Jeans. Jetzt war ich komplett ausgerüstet. Ich stieg aus dem Wagen, ging zu Benders Tür, holte einmal tief Luft und klopfte an.

Es wurde geöffnet, und Bender steckte den Kopf durch die Tür. »Was ist?«

»Andy Bender?«

Er beugte sich etwas vor und blinzelte. »Kennen wir uns?«

Jetzt bloß keinen Fehler machen, dachte ich, fasste nach hinten an die Handschellen. Eine schnelle Bewegung und das Überraschungsmoment ist auf deiner Seite. »Stephanie Plum«, sagte ich, zückte die Handschellen und legte sie um sein linkes Handgelenk. »Kautionsdetektiv. Wir müssen zusammen auf die Wache, um einen neuen Gerichtstermin zu vereinbaren.« Eine Hand legte ich auf seine Schulter, packte ihn und riss ihn herum, damit ich die andere Schelle um sein rechtes Handgelenk legen konnte.

»He, Moment mal«, sagte er und zuckte zurück. »Was soll das? Verdammt noch mal. Ich gehe nirgendwohin mit Ihnen.«

Er holte mit der Faust gegen mich aus, verlor das Gleichgewicht, hatte plötzlich schwere Schlagseite und knallte gegen einen kleinen Sofatisch. Eine Lampe und ein Aschenbecher gingen dabei zu Bruch. Bender blickte dumpf auf die Scherben. »Sie haben meine Lampe zerdeppert«, sagte er. Er lief rot an im Gesicht, und seine Sehschlitze verengten sich. »Ich kann es nicht ab, wenn man mir meine Lampe zerdeppert!«

»Ich habe Ihre Lampe nicht zerdeppert!«

»Wenn ich's doch sage! Sind Sie schwerhörig?« Er hob die Lampe vom Boden auf und schleuderte sie in meine Richtung. Ich konnte gerade noch zur Seite weichen, die Lampe flog an mir vorbei und knallte gegen die Wand.

Ich stieß mit der Hand in die Hosentasche, doch Bender überlistete mich, bevor ich das Spray zu fassen bekam. Er war groß, überragte mich um einige Zentimeter, und er war dünn. Körperlich war er nicht sonderlich stark, aber er war hinterhältig und gemein, und Hass und Bier feuerten ihn noch an. Eine Zeit lang wälzten wir uns auf dem Boden, kratzten uns, bissen uns. Er versuchte, mir wehzutun, ich versuchte, von ihm loszukommen, aber weder ihm noch mir war Glück beschieden.

Im Zimmer herrschte ein einziges Durcheinander aus alten Zeitungen, schmutzigen Tassen und Tellern und leeren Bierdosen. Wir stießen gegen Tische und Stühle, so dass das Geschirr und die Dosen auf den Boden fielen und wir darüber rollten. Eine Tischlampe kippte um, gefolgt von einer Pizzaschachtel.

Es gelang mir, mich aus seiner Umklammerung zu befreien und auf die Beine zu kommen. Mit einem Hechtsprung stürzte er sich auf mich, und plötzlich hielt er ein dreißig

Zentimeter langes Küchenmesser in der Hand. Vermutlich war es in dem Müllhaufen in seinem Wohnzimmer versteckt gewesen. Ich schrie auf und strebte zur Tür. Für einen Einsatz des Pfeffersprays war es zu spät.

Bender war erstaunlich schnell, dafür, dass er sturzbetrunken war. Ich rannte, was das Zeug hielt, die Straße hoch. Er blieb mir dicht auf den Fersen. An dem Hehlermarkt kam ich schliddernd zum Stehen, den Cadillac zwischen mir und Bender, und ich hatte Zeit zu verschnaufen.

Einer der Verkäufer kam auf mich zu. »Ich habe schöne T-Shirts im Angebot«, sagte er. »Die sehen genauso aus wie die von Gap. In allen Größen lieferbar.«

»Kein Interesse«, sagte ich.

»Ich mache Ihnen auch einen guten Preis.«

Bender und ich vollführten einen wahren Tanz um das Auto herum. Erst rührte er sich, dann ich, dann rührte er sich wieder, dann wieder ich. In der Zwischenzeit versuchte ich, das Pfefferspray aus der Hosentasche zu bugsieren. Leider war meine Hose sehr eng, und das Spray steckte ganz tief unten in der Tasche, und meine Hände waren verschwitzt und zitterten.

Auf der Motorhaube des Oldsmobile saß ein Kerl. »Andy«, rief er Bender zu, »wieso gehst du mit einem Messer auf das arme Mädchen los?«

»Sie hat mir mein Mittagessen versaut. Ich hatte mich gerade gemütlich mit einer Pizza niedergelassen, da kommt sie und macht mir alles kaputt.«

»Das kann ich nachvollziehen«, sagte der Kerl auf dem Oldsmobile. »Sie hat überall Pizzabrocken kleben. Als hätte sie sich in einer Riesenpizza gewälzt.«

Es saß noch ein zweiter Typ auf dem Oldsmobile. »Schrill«, sagte er.

»Kann mir vielleicht mal jemand von Ihnen helfen«, sagte ich. »Er soll das Messer wegstecken. Rufen Sie die Polizei! Tun Sie doch was!«

»He, Andy«, fing wieder einer der beiden an. »Sie hat gesagt, du sollst das Messer wegstecken.«

»Ich zerteile die Alte wie einen Fisch«, sagte Bender. »Ich filetiere sie wie eine Forelle. Einfach reinschneien und mir mein Mittagessen versauen! Wo gibt's denn so was?«

Die beiden Männer auf dem Oldsmobile lachten. »Andy muss lernen, sich besser zu beherrschen«, stellte einer fest.

Neben mir stand der T-Shirt-Verkäufer. »Ja«, sagte er, »und von Fischen versteht er auch nicht viel. Das ist ja nicht mal ein Filetmesser da in seiner Hand.«

Schließlich konnte ich meiner Hosentasche doch noch das Pfefferspray entreißen. Ich schüttelte es und sprühte Bender damit ein. Die drei Männer schlugen daraufhin die Kofferraumklappen zu und hielten Abstand zu uns.

»He, passen Sie gefälligst auf, aus welcher Richtung der Wind weht«, sagte einer. »Ich brauche keine Nasennebenhöhlenspülung. Und meine Ware darf auch nicht beschädigt werden. Ich bin Geschäftsmann, verstanden. Das hier ist mein ganzer Warenbestand.«

»Das Zeug macht mir keine Angst«, sagte Andy, der sich zentimeterweise um den Caddy herum zu mir vorarbeitete und dabei sein Messer schwang. »Im Gegenteil. Ich liebe das Zeug. Sprühen Sie ruhig weiter. Ich habe so viel Pfefferspray abbekommen, ich bin schon ganz süchtig danach.«

»Was trägst du denn da am Handgelenk?«, fragte einer der Männer Bender. »Sieht aus wie Handschellen. Machst du mit der Lady einen auf Sadomaso, oder was ist los?«

»Die Handschellen gehören mir«, sagte ich. »Er hat seine Kautionsvereinbarung gebrochen.«

»Kenne ich Sie nicht von irgendwoher?«, sagte einer der Männer. »Ich habe Ihr Foto mal in der Zeitung gesehen. Sie haben doch das Beerdigungsinstitut abgefackelt und sich die Augenbrauen dabei versengt.«

»Meine Schuld war das nicht.«

Das brachte alle drei zum Lachen. »Ist Andy nicht letztes Jahr mit einer Motorsäge auf Sie losgegangen? Und jetzt haben Sie nur dieses mickrige Pfefferspray für kleine Mädchen dabei? Wo haben Sie Ihre Knarre gelassen? Sie müssen die Einzige hier in der Siedlung sein, die keine hat.«

»Gib mir die Schlüssel«, sagte Bender zu dem T-Shirt-Verkäufer. »Ich verpiss mich. Wird mir zu langweilig hier.«

»Ich will aber noch weiter verkaufen.«

»Verkauf deine Sachen ein andermal.«

»Scheiße«, sagte der Mann und warf ihm die Schlüssel zu.

Bender stieg in den Cadillac und brauste davon.

»Was sollte das denn?«, fragte ich. »Warum haben Sie ihm die Schlüssel ausgehändigt?«

Der T-Shirt-Mann zuckte die Achseln. »Das Auto gehört ihm.«

»Auf seiner Kautionsvereinbarung steht nichts von einem Auto«, sagte ich.

»Da hat Ihnen der gute Andy wohl was verschwiegen. Es ist eine Neuerwerbung.«

Neuerwerbung. Wahrscheinlich gestern Abend gestohlen, zusammen mit den T-Shirts.

»Wollen Sie auch bestimmt kein T-Shirt kaufen? Im Oldsmobile liegen noch mehr«, sagte der Mann. Er öffnete den Kofferraum und holte ein paar T-Shirts heraus. »Schauen Sie sich das hier an. Ein Modell mit V-Ausschnitt, aus Spandex-Nylon. Das wird Ihnen gut stehen. Da kommen Ihre Titten so richtig schön zur Geltung.«

»Wie viel kostet es?«, fragte ich.

»Wie viel haben Sie dabei?«

Ich stieß meine Hand in die Hosentasche und zog zwei Dollar hervor.

»Ihr Glückstag«, sagte der Mann. »Das T-Shirt ist nämlich heute im Sonderangebot, für zwei Dollar.«

Ich gab ihm das Geld, nahm das T-Shirt und stapfte zurück zu meinem Honda.

Direkt vor mir parkte ein eleganter schwarzer Schlitten. Ein Mann lehnte an der Karosserie, beobachtete mich schmunzelnd. Ranger. Sein schwarzes Haar hatte er nach hinten gekämmt und zu einem Pferdeschwanz zusammengebunden. Er trug schwarze Cargo-Hosen, schwarze Bates-Schuhe und ein schwarzes T-Shirt, das sich eng über seine Muskeln spannte, die er sich bei einer Sondereinheit der Armee antrainiert hatte.

»Auf Einkaufstour?«, sagte er.

Ich schleuderte das T-Shirt in meinen Wagen. »Ich brauche Hilfe.«

»Schon wieder?«

Vor einiger Zeit hatte ich Ranger gebeten, mir bei der Festnahme eines Mannes namens Eddie DeChooch behilflich zu sein. Gegen DeChooch wurde wegen des Weiterverkaufs von Schmuggelzigaretten ermittelt, mir hatte er nur Ärger gemacht. Ranger mit seiner Söldnermentalität hatte als Preis für seine Unterstützung eine gemeinsame Nacht verlangt. Eine Nacht seiner Wahl, eine ganze Nacht, und er durfte bestimmen, was in dieser Nacht geschah. Es wäre kein Opfer für mich, da ich mich von Ranger angezogen fühle, wie die Motten vom Licht sozusagen. Trotzdem machte mir der Gedanke daran Angst. Er ist immerhin der Hexenmeister. Mir wird ja schon ganz anders, wenn ich nur neben ihm stehe.

Was würde da erst passieren, wenn er tatsächlich in mich eindringen würde? Meine Vagina würde regelrecht Feuer fangen. Und ob mir Morelli immer noch etwas bedeutete oder nicht, das könnte ich dann auch nicht mehr für mich klären.

Wie sich herausstellte, brauchte ich für die Festnahme wirklich Rangers Hilfe. Die Festnahme klappte auch ganz gut, es gab nur einige kleinere Probleme, zum Beispiel wurde DeChooch ein Ohr abgeschossen. Ranger hatte DeChooch in den Zellentrakt des St. Francis Hospital geschafft, und ich war in meine Wohnung zurückgekehrt und hatte mich ins Bett verkrochen, weil ich nicht mehr an die Ereignisse des Tages denken wollte.

Was danach geschah, ist mir immer noch in lebhafter Erinnerung. Um ein Uhr morgens wurde das Schloss an der Wohnungstür aufgebrochen, und ich hörte die Sicherheitskette hin und herbaumeln. Ich kenne viele Leute, die ein Schloss aufbrechen können, aber nur einen, der von außen eine Sicherheitskette aushängen kann.

Ranger tauchte im Türrahmen zu meinem Schlafzimmer auf und klopfte leise an den Pfosten. »Bist du wach?«

»Jetzt ja. Du hast mich zu Tode erschreckt. Benutzt du nie eine Klingel?«

»Ich wollte nicht, dass du wegen mir aufstehen musst.«

»Was gibt's?«, fragte ich. »Ist alles in Ordnung mit DeChooch?«

Ranger legte den Pistolengürtel ab und ließ ihn zu Boden fallen. »DeChooch geht es gut, aber wir zwei beide haben noch etwas zu erledigen.«

Was hatten wir schon zu erledigen? Ach, du lieber Himmel, meinte er etwa den Preis für seine Hilfe bei der Festnahme? Das Zimmer fing an sich zu drehen, und unfreiwillig presste ich das Laken gegen die Brust.

»Das kommt ein bisschen plötzlich«, sagte ich. »Ich habe nicht damit gerechnet, dass es heute Abend so weit sein würde. Ich wusste nicht mal, ob es überhaupt je so weit sein würde. Ich dachte nicht, dass du es ernst meinst. Nicht, dass ich kneifen will, ich will damit nur sagen …«

Ranger sah mich fragend an. »Mache ich dich nervös?«

»Ja.« Mist.

Er ließ sich auf den Schaukelstuhl in der Ecke nieder. Er lümmelte sich hin, stützte die Ellenbogen auf die Armlehnen, spreizte die Finger und legte die Fingerspitzen aufeinander.

»Und?«, fragte ich.

»Du kannst dich beruhigen. Ich bin nicht hergekommen, um meinen Preis einzufordern.«

Ich klimperte mit den Wimpern. »Ach, nicht? Warum hast du dann deinen Pistolengürtel abgelegt?«

»Ich bin müde. Ich wollte mich hinsetzen, und der Gürtel ist unbequem.«

»Ach so.«

Er grinste. »Enttäuscht?«

»Nein.« Lügen haben bekanntlich kurze Beine.

Das Grinsen wurde breiter.

»Und was hätten wir zwei beide dann zu erledigen?«

»Das Krankenhaus will DeChooch über Nacht dabehalten. Morgen früh soll er überstellt werden. Es sollte dann jemand dabei sein, damit der Papierkram auch ordnungsgemäß abgewickelt wird.«

»Und das soll ich erledigen.«

Ranger sah mich über die gegeneinander gestellten Fingerkuppen hinweg an. »Das sollst du erledigen.«

»Das hättest du mir auch am Telefon sagen können.«

Er hob den Pistolengürtel vom Boden auf und stand auf.

»Hätte ich, aber das wäre nicht so interessant gewesen.« Er küsste mich flüchtig auf die Lippen und ging zur Schlafzimmertür.

»Was diese unerledigte Sache zwischen uns betrifft ... das sollte doch nur ein Witz sein, oder?«

Es war das zweite Mal, dass ich ihn das fragte, und ich bekam die gleiche Antwort. Ein Schmunzeln.

Das war mehrere Wochen her. Ranger hatte seinen Preis immer noch nicht eingefordert, und ich war in der unerfreulichen Situation, erneut um Unterstützung bei einer Sache verhandeln zu müssen. »Hast du schon mal was von Vormundschaftskautionen gehört?«, fragte ich ihn.

Er senkte den Kopf um einen knappen Zentimeter, was bei Ranger heftiges Nicken bedeutete. »Ja.«

»Ich suche eine Mutter und ein kleines Mädchen.«

»Wie alt ist das Mädchen?«

»Sieben.«

»Ist sie aus Burg?«

»Ja.«

»Es ist schwierig, eine Siebenjährige zu verstecken«, sagte Ranger. »Die gucken gern mal aus dem Fenster und stellen sich in einen offenen Eingang. Wenn das Kind in Burg ist, würde es sich herumsprechen. In Burg können die Leute Geheimnisse schlecht für sich behalten.«

»Ich habe nichts in dieser Richtung gehört. Ich tappe im Dunkeln. Connie soll noch mal den Computer durchforsten, aber das dauert ein bis zwei Tage.«

»Gib mir alle Informationen, die du kriegen kannst. Ich selbst werde mich auch umhören.«

Hinter Ranger sah ich, in einiger Entfernung, den Cadillac auf uns zu rollen. Hinterm Steuer saß immer noch Bender. Er verlangsamte das Tempo, als er auf unserer Höhe war, zeigte mir den Finger und glitt vorbei, um die Ecke, außer Sichtweite.

»Ein Freund von dir?«, wollte Ranger wissen.

Ich schloss die Fahrertür meines Honda auf. »Eigentlich soll ich ihn festnehmen.«

»Und?«

»Kann bis morgen warten.«

»Bei dem Fall könnte ich dir auch helfen. Ich setze einfach alles auf deine Rechnung.«

Ich zog eine Schnute. »Kennst du Eddie Abruzzi?«

Ranger entfernte ein Stück Peperoni aus meinem Haar und wischte ein paar Kartoffelchipskrümel von meinem T-Shirt. »Abruzzi ist kein netter Umgang. Von dem halte dich lieber fern.«

Ich gab mir Mühe, Rangers Hand auf meiner Brust zu ignorieren. Oberflächlich schien es wie eine unschuldige Geste des Krümelwegwischens, innerlich war es der reine Sex. »Hör auf, an mir rumzufummeln«, sagte ich.

»Wenn man bedenkt, was du mir noch schuldest, solltest du dich schon mal damit vertraut machen, dass jemand an dir rumfummelt.«

»Ich versuche, ein ernsthaftes Gespräch mit dir zu führen! Die vermisste Frau hat ein Haus gemietet, das Abruzzi gehört. Ich bin ihm heute Morgen zufällig begegnet.«

»Darf ich raten? Du hast dich in seinem Mittagessen gewälzt.«

Ich sah mir mein Hemd an. »Nein. Das Mittagessen gehörte dem Kerl, der mir eben den Finger gezeigt hat.«

»Wo bist du Abruzzi denn begegnet?«

»In dem gemieteten Haus. Und das ist das Komische: Abruzzi wollte nicht, dass ich mich dort aufhalte, und er wollte auch nicht, dass ich mich um Evelyn kümmere. Ich habe mich gefragt, was ihn das eigentlich angeht. Die Immobilie ist für ihn überhaupt nicht von Wert. Und dann ist er völlig ausgerastet und hat was von Feldzug und Kriegsspielen geschwafelt.«

»Abruzzi ist ein Kredithai, damit macht er sein Geld«, sagte Ranger. »Das investiert er dann in rechtmäßige Unternehmungen, zum Beispiel Immobilien. Sein Hobby sind Kriegsspiele. Kennst du dich damit aus?«

»Nein.«

»Die Teilnehmer an diesen Kriegsspielen beschäftigen sich mit Militärgeschichte. Anfangs war es nur eine Hand voll Begeisterter, die sich privat getroffen haben und Spielzeugsoldaten auf einer Landkarte hin und hergeschoben haben. Die Leute denken sich Fantasieschlachten aus und spielen sie dann durch. Heute gibt's entsprechende Computerspiele dafür. Ich habe mir sagen lassen, dass Abruzzi voll darauf abfährt.«

»Der Mann ist verrückt.«

»Das ist allgemein bekannt. Sonst noch was?«, fragte Ranger.

»Nö. Das wär's.«

Ranger glitt auf den Fahrersitz und düste davon.

So viel für heute zum Thema Geldverdienen. Blieb mir immer noch Laura Minello, Autodiebstahl in großem Stil, aber ich war entmutigt, außerdem hatte ich keine Handschellen mehr. Wahrscheinlich musste ich mich doch wieder der Suche nach dem Kind widmen. Wenn ich jetzt gleich zu Evelyns Haus zurückkehrte, standen die Chancen gut, dass Abruzzi nicht da war. Sicher war er wutschnaubend abgedampft, nachdem er mir mit Worten gedroht hatte, war nach Hause gefahren und spielte jetzt mit seinen Soldaten im Sandkasten.

Ich fuhr zurück in die Key Street und stellte den Wagen vor Carol Balogs Haus ab. Ich klingelte an der Tür und klaubte mir Pizzakäsereste von der Brust, während ich auf Carol wartete.

»Hallo«, sagte sie, als sie mir die Tür öffnete. »Du schon wieder. Was gibt's denn noch?«

»Hat Annie mit irgendwelchen Kindern hier aus dem Viertel gespielt? Hatte sie eine enge Freundin?«

»Die meisten Kinder, die hier wohnen, sind älter. Annie blieb oft zu Hause. Ist das Pizza in deinem Haar?«

Ich tastete mit der Hand meinen Kopf ab. »Irgendwo Peperoni?«

»Nein. Nur Käse und Tomatensoße.«

»Na dann«, tröstete ich mich. »Solange es keine Peperonis sind.«

»Moment mal«, sagte Carol. »Da fällt mir ein, Evelyn hat mir mal gesagt, Annie hätte eine neue Freundin in der Klasse gefunden. Evelyn war etwas besorgt, weil das kleine Mädchen glaubte, sie wäre ein Pferd.«

Ich schlug mir im Geiste mit der Hand an die Stirn. Klar, das konnte nur meine Nichte Mary Alice sein.

»Den Namen von dem Pferdemädchen habe ich leider vergessen«, sagte Carol.

Ich verabschiedete mich von ihr und fuhr zum Haus meiner Eltern zwei Straßen weiter. Es war früher Nachmittag. Die Schule war aus, Mary Alice und Angie würden in der Küche sitzen, Plätzchen essen und von meiner Mutter ins Verhör genommen werden. Alles hat seinen Preis, war eine meiner ersten Lehren. Wenn man nach der Schule Plätzchen essen wollte, musste man meiner Mutter von seinen Erlebnissen berichten.

Valerie hatte früher immer besonders viel zu erzählen. Sie

war in den Schulchor aufgenommen worden. Sie hatte den Buchstabierwettbewerb gewonnen. Sie war für das Krippenspiel ausgewählt worden. Und Susan Marrone hatte ihr gesagt, Jimmy Wizneski fände sie süß.

Auch ich hatte viel zu erzählen. Ich war nicht in den Schulchor aufgenommen worden. Ich hatte keinen Preis beim Buchstabierwettbewerb gewonnen. Ich wurde nicht für das Krippenspiel ausgewählt. Und ich hatte Billy Bartolucci die Treppe hinuntergestoßen, und er hatte am Knie ein Loch in der Hose.

An der Haustür kam mir Grandma entgegen. »Du kommst gerade rechtzeitig zum Plätzchenessen. Erzähl, wie war dein Tag«, sagte sie. »Bestimmt spannend. Du bist ja ganz mit Essen bekleckert. Bist du hinter einem Mörder her?«

»Ich bin hinter einem Mann her, der wegen häuslicher Gewalt angeklagt ist.«

»Hoffentlich hast du ihn da hingetreten, wo es den Männern am meisten wehtut.«

»Dazu bin ich gar nicht gekommen, aber ich habe ihm seine Pizza vermiest.« Ich setzte mich zu Angie und Mary Alice an den Tisch. »Wie geht's?«, fragte ich sie.

»Ich bin in den Schulchor aufgenommen worden«, sagte Angie.

Am liebsten hätte ich laut losgekreischt, aber ich unterdrückte es und nahm mir ein Plätzchen. »Und du?«, fragte ich Mary Alice.

Mary Alice trank einen Schluck Milch und wischte sich den Mund mit dem Handrücken ab. »Ich bin ab jetzt kein Rentier mehr, weil, ich habe mein Geweih verloren.«

»Es ist auf dem Nachhauseweg von der Schule abgefallen, und dann ist ein Hund gekommen und hat draufgemacht«, sagte Angie.

»Sowieso wollte ich kein Rentier mehr sein«, stellte Mary Alice klar. »Rentiere kriegen nicht so einen schönen Schwanz wie Pferde.«

»Kennst du Annie Soder?«

»Klar kenne ich die«, sagte Mary Alice. »Die ist in meiner Klasse. Sie ist meine beste Freundin, aber in letzter Zeit kommt sie gar nicht mehr zur Schule.«

»Ich wollte sie heute besuchen, aber sie war nicht zu Hause. Weißt du, wo sie steckt?«

»Nö«, sagte Mary Alice. »Wahrscheinlich ist sie weggezogen. Das passiert, wenn man sich scheiden lässt.«

»Wenn Annie hinziehen könnte, wohin sie wollte – wo würde sie hinziehen?«

»Nach Disney World.«

»Wohin noch?«

»Zu ihrer Oma.«

»Wohin noch?«

Mary Alice zuckte die Schultern.

»Was ist mit ihrer Mutter? Wo würde ihre Mutter am liebsten hinziehen?«

Noch ein Achselzucken.

»Hilf mir doch«, bat ich sie. »Ich suche Annie nämlich.«

»Annie ist auch ein Pferd«, stellte Mary Alice klar. »Annie ist ein braunes Pferd, sie kann nur nicht so schnell galoppieren wie ich.«

Grandma, aufgescheucht von ihren Burgeraner Radarantennen, schritt zur Haustür. Eine echte Burgeraner Hausfrau verfolgt das Geschehen auf der Straße aufmerksam. Eine echte Burgeraner Hausfrau kann Straßengeräusche ausmachen, die das normale menschliche Ohr gar nicht wahrnimmt.

»Sieh einer an«, sagte Grandma, »Mabel kommt in Begleitung. Jemand, den ich noch nie vorher gesehen habe.«

Meine Mutter und ich gesellten uns zu Grandma.

»Schickes Auto«, sagte meine Mutter.

Es war ein schwarzer Jaguar. Fabrikneu. Kein Dreckspritzer, kein Staubfussel. Hinter dem Steuer kam eine Frau hervor. Sie trug eine schwarze Lederhose, schwarze hochhakige Pumps und eine knappe taillierte Lederjacke. Ich kannte die Frau, ich war ihr schon mal begegnet. Sie war das weibliche Gegenstück zu Ranger. Soviel ich wusste, bot sie, genau wie Ranger, diverse Dienste an, einschließlich, aber nicht nur, Personenschutz, Aufspüren von Kautionsflüchtlingen und private Ermittlungen. Ihr Name: Jeanne Ellen Burrows.

4

»Mabels Bekannte sieht aus wie Cat Woman«, sagte Grandma. »Nur ohne die spitzen Katzenohren und die Schnurrhaare.«

Und der Cat Suit war von Donna Karan.

»Die kenne ich«, sagte ich. »Das ist Jeanne Ellen Burrows. Wahrscheinlich hat sie irgendwie mit der Vormundschaftskaution zu tun. Ich muss sie unbedingt sprechen.«

»Ich auch«, sagte Grandma.

»Nein. Du lieber nicht. Bleib im Haus. Ich komme gleich zurück.«

Jeanne Ellen sah mich auf sich zu kommen und blieb auf dem Bürgersteig stehen. Ich gab ihr die Hand. »Stephanie Plum«, stellte ich mich vor.

Sie erwiderte mit einem festen Händedruck. »Ich kenne Sie.«

»Ich nehme an, dass Sie jemand engagiert hat, der auch von der Vormundschaftskaution betroffen ist.«

»Ja, Steven Soder.«

»Mich hat Mabel engagiert.«

»Dann hoffe ich nur, dass wir uns nicht ins Gehege kommen.«

»Das hoffe ich auch«, sagte ich.

»Wollen Sie Informationen mit mir austauschen?«

Ich überlegte eine Sekunde lang und kam zu dem Entschluss, dass ich gar keine Informationen anzubieten hatte. »Nein«, sagte ich.

Ihre Lippen verzogen sich zu einem schmalen freundlichen Lächeln. »Na dann.«

Die Haustür nebenan öffnete sich, und Mabel sah zu uns herüber.

»Darf ich vorstellen, das ist Jeanne Ellen Burrows«, klärte ich Mabel auf. »Sie arbeitet für Steven Soder. Sie würde dir gern ein paar Fragen stellen. Ich würde dir raten, sie nicht zu beantworten.« Irgendwie hatte ich ein komisches Gefühl, was Evelyns und Annies Verschwinden betraf, und ich wollte nicht, dass Steven Soder die Tochter zugesprochen bekam, bevor ich nicht wusste, warum Evelyn weggegangen war.

»Es wäre in Ihrem eigenen Interesse, wenn Sie mit mir reden würden«, sagte Jeanne zu Mabel. »Es könnte sein, dass Ihre Enkelin in Gefahr ist. Ich könnte Ihnen bei der Suche behilflich sein. Menschen aufzuspüren ist meine Spezialität.«

»Das kann Stephanie auch ganz gut«, sagte Mabel.

Das schmallippige Lächeln kehrte in Jeannes Gesicht zurück. »Ich kann es besser«, sagte sie.

Das stimmte. Jeanne Ellen war die bessere Detektivin. Ich verließ mich eher auf das Glück der Dummen und auf stures Beharren.

»Ich weiß nicht«, sagte Mabel. »Das wäre gegenüber Stephanie nicht ganz fair. Bestimmt sind Sie ein netter Mensch, aber mit Ihnen möchte ich über diese Geschichte lieber nicht reden.«

Jeanne Ellen gab Mabel ihre Visitenkarte. »Unter einer dieser Nummern können Sie mich immer erreichen – sollten Sie Ihre Meinung ändern.«

Mabel und ich sahen zu, wie Jeanne Ellen in ihren Wagen stieg und davonfuhr.

»Sie erinnert mich an jemanden«, sagte Mabel. »Mir fällt nur nicht ein, an wen.«

»Cat Woman«, sagte ich.

»Ja, genau! Nur die Ohren sind anders.«

Ich verabschiedete mich von Mabel, klärte meine Mutter und meine Oma über Jeanne Ellen auf, nahm mir ein Plätzchen für unterwegs und machte mich auf die Heimfahrt. Zuerst aber schaute ich noch im Büro vorbei.

Lula fuhr hinter mir auf. »Du fällst um, wenn ich dir meine neuen Boots zeige. Ich habe mir ein Paar Motorradstiefel gekauft.« Sie warf ihre Tasche und ihre Jacke aufs Sofa und öffnete den Schuhkarton. »Jetzt guckt euch die an. Sind die nicht rattenscharf?«

Es waren schwarze Lederboots mit einem hohen Plateauabsatz, an der Seite war ein Adler aufgenäht. Connie und ich mussten zugeben, die Boots waren rattenscharf.

»Na, was hast du so getrieben in letzter Zeit?«, fragte mich Lula. »Habe ich etwas Interessantes verpasst?«

»Ich habe Jeanne Ellen Burrows getroffen«, sagte ich.

Connie und Lula ließen wie auf Kommando die Kinnlade fallen. Jeanne Ellen sah man so gut wie nie. Meistens arbeitete sie nachts und war flüchtig wie Rauch.

»Erzähl«, sagte Lula. »Ich will alles wissen.«

»Steven Soder hat sie engagiert. Sie soll Evelyn und Annie suchen.«

Connie und Lula wechselten viel sagende Blicke. »Weiß Ranger das?«, fragte Connie.

Über Ranger und Jeanne Ellen kursierten viele Gerüchte. Ein Gerücht besagte, sie würden heimlich zusammenwohnen. Ein anderes, sie hätten ein Lehrer-Schüler-Verhältnis. Bestimmt hatten sie irgendwann mal eine Beziehung miteinander gehabt, aber ich war mir sicher, dass diese Beziehung in der Form heute nicht mehr existierte. Andererseits – bei Ranger konnte man nie wissen.

»Das kann ja heiter werden«, sagte Lula. »Du und Ranger und Jeanne Ellen Burrows. Ich an deiner Stelle würde sofort nach Hause fahren, mir die Haare frisieren und ein bisschen Wimperntusche auflegen. Dann würde ich bei dem Harley-Laden vorbeischauen und mir diese coolen Lederboots kaufen. Die brauchst du, wenn du dich mal über Jeanne Ellen hinwegsetzen willst.«

Mein Vetter Vinnie steckte den Kopf durch die Tür zu seinem Arbeitszimmer. »Redet ihr gerade von Jeanne Ellen Burrows?«

»Stephanie hat sie heute getroffen«, sagte Connie. »Die beiden arbeiten an ein und demselben Fall, für die jeweils gegnerische Seite.«

Vinnie grinste mich blöd an. »Du willst es mit Jeanne Ellen aufnehmen? Bist du durchgeknallt? Das betrifft doch nicht etwa einen von meinen NVGlern, oder?«

»Es geht um eine Vormundschaftskaution«, sagte ich. »Mabels Enkelin.«

»Ist das die Mabel, die neben deinen Eltern wohnt? So eine steinalte Frau?«

»Genau die. Evelyn und Steven haben sich scheiden lassen, und Evelyn ist mit Annie abgehauen.«

»Jeanne Ellen arbeitet also jetzt für Soder. Das hat seine Logik. Die Kaution hat wahrscheinlich Sebring gestellt, oder? Jeanne Ellen ist für Sebring tätig. Sebring selbst darf nicht nach Evelyn suchen, aber er kann Soder empfehlen, Jeanne Ellen damit zu beauftragen. Ein vermisstes Kind, das ist doch ein gefundenes Fressen für Jeanne Ellen. Die setzt sich doch immer gerne voll und ganz für eine Sache ein.«

»Woher weißt du so viel über Jeanne Ellen?«

»Alle Welt weiß Bescheid über Jeanne Ellen«, sagte Vinnie. »Sie ist eine lebende Legende. Du wirst ganz schön auf die Nase fallen.«

Dieser Jeanne-Ellen-Kult nervte langsam.

»Ich muss los«, sagte ich. »Ich habe einiges zu erledigen. Ich bin nur vorbeigekommen, um mir Handschellen auszuleihen.«

Alle drei sahen mich milde erstaunt an.

»Brauchst du schon wieder neue Handschellen?«, fragte Vinnie.

Ich erwiderte mit meinem postmenstrualen Stresssyndromblick. »Irgendwelche Probleme damit?«

»Nein, wo denkst du hin«, sagte Vinnie. »SM gehört doch heute zum guten Ton. Ich stelle mir einfach vor, dass du irgendwo einen nackten Mann gefesselt hast. Das ist tröstlicher als der Gedanke, dass einer meiner Kautionsflüchtlinge mit deinen Handschellen durch die Gegend läuft.«

Ich stellte meinen Honda auf dem Mieterparkplatz ab, hinten, neben den Mülltonnen, und ging die kurze Strecke zum Hauseingang zu Fuß. Soeben hatte sich Mr. Spiga mit seinem zwanzig Jahre alten Oldsmobile auf einen der heiß begehrten Behindertenstellplätze direkt neben der Tür gestellt, den Berechtigungsausweis stolz hinter die Windschutzscheibe geklemmt. Mr. Spiga war über siebzig, Rentner nach einem Arbeitsleben in der Knopffabrik und erfreute sich, abgesehen von seiner Abhängigkeit von Abführmitteln, bester Gesundheit. Zu seinem Glück ist seine Frau offiziell blind und nach einer misslungenen Hüftoperation auch noch lahm. Das allerdings unterscheidet ihn auch nicht groß von dem Rest der Rentnermeute. Die Hälfte der Leute in meinem Haus hat sich ein Auge ausgestochen oder ist über die eigenen Füße gestolpert, um den amtlichen Behindertenstatus zu erlangen.

»Schön heute, nicht?«, sagte ich zu Spiga.

Er griff nach einer Einkaufstüte auf dem Rücksitz. »Haben Sie in letzter Zeit mal Rinderkamm gekauft? Wer legt in diesem Land eigentlich die Fleischpreise fest? Wie soll man sich da noch etwas zu essen leisten? Und warum ist das Fleisch so rot? Ist Ihnen schon mal aufgefallen, dass es nur außen rot ist? Die besprühen es mit irgendwas, damit man glaubt, es sei frisch. Ich sage Ihnen, die Lebensmittelindustrie ist am Ende.«

Ich hielt ihm die Haustür auf.

»Noch etwas«, fuhr er fort. »In diesem Land haben die meisten Männer Brüste. Das kommt von den Hormonen, die man den Rindern ins Futter gibt. Wenn man die Milch von diesen Kühen trinkt, wachsen einem Brüste.«

Ach, wenn es doch nur so einfach wäre, dachte ich.

Die Aufzugtür öffnete sich, und Mrs. Bestler schaute heraus. »Aufwärts«, sagte sie.

Mrs. Bestler war ungefähr zweihundert Jahre alt und spielte gern den Fahrstuhlführer.

»Erster Stock, bitte«, sagte ich zu ihr.

»Erster Stock, Damenhandtaschen und modische Oberbekleidung«, sang sie fröhlich und drückte den Knopf.

»Lieber Himmel«, sagte Mr. Spiga. »Hier laufen ja bald nur noch Verrückte herum.«

Nachdem ich meine Wohnung aufgeschlossen hatte, sah ich als Erstes auf meinem Anrufbeantworter nach. Ich arbeite mit einem geheimnisumwitterten Kopfgeldjäger zusammen, bei dem ich weiche Knie kriege und der mir gegenüber sexuelle Andeutungen macht, aber nie zur Sache kommt. Außerdem befinde ich mich momentan in der Abflauphase einer mal aufflammenden, dann wieder abflauenden Beziehung zu einem Polizisten, den ich – irgendwann, aber nicht jetzt – mal heiraten könnte. So viel zu meinem Liebesleben. Mit anderen Worten, mein Liebesleben ist eine einzige Pleite. An meine letzte Verabredung mit einem Mann kann ich mich nicht mehr erinnern, mein letzter Orgasmus muss in der Steinzeit gewesen sein, und auf meinem Anrufbeantworter waren keine Nachrichten.

Ich ließ mich aufs Sofa plumpsen und schloss die Augen. Mein Leben war im Eimer. Eine halbe Stunde gab ich mich dem Selbstmitleid hin, und gerade wollte ich aufstehen und unter die Dusche gehen, da klingelte es an der Tür. Ich ging hin und schaute durch den Spion. Es war keiner da. Ich machte wieder kehrt, da hörte ich ein Rascheln vor der Tür. Wieder schaute ich durch den Spion, es war immer noch niemand da.

Ich rief meinen Nachbarn von gegenüber an und bat ihn, mal aus seiner Tür zu schauen und mir zu sagen, ob jemand im Treppenhaus sei. Zugegeben, das war ziemlich ekelhaft von mir, aber wer will schon Mr. Wolesky umbringen? – mich dagegen will von Zeit zu Zeit immer wieder mal jemand aus dem Weg räumen. Vorsicht konnte daher nicht schaden.

»Sind Sie übergeschnappt?«, sagte Mr. Wolesky. »Ich gucke gerade ›Drei Jungen und drei Mädchen‹. Sie haben mich mittendrin gestört.«

Mit diesen Worten legte er auf.

Das Rascheln war noch immer zu vernehmen, deswegen holte ich meine Pistole aus der Keksdose in der Küche, fand sogar eine Kugel auf dem Boden meiner Umhängetasche, steckte die Kugel ins Magazin und riss die Tür auf. Am Türknauf hing ein dunkelgrüner Tuchbeutel, fest verschnürt mit einem Zugband. In dem Beutel bewegte sich etwas. Ein ausgesetztes Kätzchen, war mein erster Gedanke. Ich nahm den Beutel vom Knauf, löste das Zugband und schaute hinein.

Schlangen. Der Beutel war voller schwarzer Schlangen.

Ich kreischte und ließ den Beutel zu Boden fallen, die Schlangen glitten heraus. Mit einem Sprung rettete ich mich in meine Wohnung und knallte die Tür zu. Ich sah durch den Spion, die Schlangen schwärmten aus. Scheiße. Ich machte die Tür auf und schoss auf eine Schlange. Jetzt hatte ich keine Kugel mehr. Scheiße.

Mr. Wolesky steckte den Kopf durch seine Wohnungstür. »Was soll das, verdammt …«, sagte er und schlug die Tür gleich wieder zu.

Ich lief in die Küche und suchte nach Munition. Eine Schlange folgte mir. Wieder kreischte ich los und erklomm den Küchentresen.

Als die Polizei kam, stand ich immer noch auf dem Tresen. Carl Costanza und sein Partner Big Dog. Carl und ich hatten zusammen die Schulbank gedrückt, wir waren befreundet, auf eine komisch distanzierte Art.

»Wir haben einen etwas verwirrten Anruf von deinem Nachbarn bekommen«, sagte Carl. »Er behauptet, hier wären Schlangen. Ein Exemplar liegt zu Brei geschossen draußen auf der Treppe, und du stehst auf dem Küchentresen – ich kann also davon ausgehen, dass der Anruf kein Scherz war, oder?«

»Mir ist die Munition ausgegangen«, sagte ich.

»Mit wie vielen Schlangen haben wir es denn zu tun, grob geschätzt?«

»In dem Beutel waren vier, da bin ich mir ziemlich sicher. Eine habe ich erschossen. Eine habe ich ins Treppenhaus entwischen sehen. Eine ist auf mein Schlafzimmer los. Und wo die vierte steckt, weiß der Himmel.«

Carl und Big Dog grinsten fett. »Hat die große, berühmte Kopfgeldjägerin etwa Angst vor Schlangen?«

»Jetzt macht schon und sucht nach den Viechern!«, sagte ich.

Carl rückte sich den Pistolengürtel zurecht und stolzierte los, Big Dog einen Schritt hinterher.

»Komm, Schlängelchen, na komm, Schlängelchen«, flötete Carl.

»Am besten gucken wir in ihrer Schublade mit Reizwäsche nach«, schlug Big Dog vor. »Da würde ich mich als Erstes hinschlängeln.«

»Du Perversling!«, rief ich.

»Ich sehe hier keine Schlangen«, sagte Carl.

»Schlangen verkriechen sich gern unter Möbeln oder verstecken sich in Ecken«, sagte ich. »Hast du mal unterm Sofa nachgesehen? Im Kleiderschrank? Unterm Bett?«

»Unter dein Bett gucke ich lieber nicht«, sagte Carl. »Ich habe Angst, dass sich ein Gorilla darunter versteckt.«

Das brachte ihm einen Lacher von Big Dog ein. Ich fand das überhaupt nicht witzig, denn es war eine meiner ständigen Befürchtungen.

»Steph?«, rief Carl vom Schlafzimmer aus. »Wir haben wirklich alles durchsucht, aber Schlangen haben wir keine gefunden. Weißt du ganz genau, dass sich hier eine versteckt hat?«

»Ja!«

»Was ist mit dem Kleiderschrank?«, sagte Big Dog. »Hast du schon mal im Kleiderschrank nachgesehen?«

»Die Tür ist abgeschlossen. Da käme eine Schlange niemals rein.«

Ich hörte, wie einer der beiden die Tür aufriss, dann fingen beide an zu schreien.

»Heiliger Strohsack!«

»Ach, du dickes Ei!«

»Schieß doch! Erschieß sie!«, schrie Carl. »Mach den Scheißer alle!« Mehrere Schüsse fielen, und noch mehr Gebrüll war zu hören.

»Wir haben sie nicht getroffen. Sie kommt raus«, sagte Carl. »Verflucht! Das sind ja zwei.«

Die Tür zu meinem Schlafzimmer flog ins Schloss.

»Du bleibst hier und bewachst die Tür«, sagte Carl zu Big Dog. »Pass auf, dass sie nicht herauskommen.«

Carl kam in die Küche gefegt und fing an, meine Regale zu durchsuchen. Er fand eine halb leere Flasche Gin und genehmigte sich zwei Schluck.

»Gott o Gott«, sagte er, drehte den Deckel auf die Flasche und stellte sie zurück ins Regal.

»Ich dachte, ihr dürft im Dienst nicht trinken.«

»Nur, wenn man Jagd auf Schlangen in Schränken macht. Ich rufe den Kammerjäger an.«

Ich war noch immer auf dem Küchentresen, als die beiden Kammerjäger eintrafen. Carl und Big Dog standen mit gezogenen Waffen im Wohnzimmer, die Schlafzimmertür fest im Visier.

»Sie sind im Schlafzimmer«, klärte Carl die beiden Herren auf. »Es sind zwei.«

Wenige Minuten später kreuzte Joe Morelli auf. Morelli trägt sein Haar kurz, aber immer meint man, es könnte einen neuen Schnitt vertragen. Heute war keine Ausnahme. Das dunkle Haar wellte sich über die Ohren, bedeckte seinen Nacken und fiel ihm vorne in die Stirn. Morellis Augen hatten den Schmelz zerflossener Schokolade. Er trug Jeans und Laufschuhe und ein graugrünes Henley-Thermoshirt mit drei Kragenknöpfen. Der Körper unter dem Henley war fest und perfekt geformt. Was sich unter seinem Hosenlatz abzeichnete, war, wenigstens im Moment, nur fast perfekt, zum Glück. Allerdings hatte ich dieses Körperteil an ihm auch schon knüppelhart erlebt, einfach fantastisch. Seine Pistole und sein Sheriffstern klemmten ebenfalls unter dem Henley.

Morelli grinste, als er mich auf dem Küchentresen stehen sah. »Was gibt's?«

»Jemand hat einen Beutel mit Schlangen an meine Wohnungstür gehängt.«

»Und du hast sie freigelassen.«

»Sie haben mich überrumpelt.«

Er warf einen Blick auf die Schlange, die ich getötet hatte und die immer noch unberührt auf dem Boden im Treppenhaus lag. »Ist das die Schlange, auf die du geschossen hast?«

»Mir ist die Munition ausgegangen.«

»Wie viele Kugeln waren denn in der Pistole?«

»Eine.«

Morellis Grinsen wurde breiter.

Die Kammerjäger kamen mit den beiden Schlangen in einer Tüte aus dem Schlafzimmer. »Rennschlangen«, sagten sie. »Harmlos.« Einer der beiden stieß mit dem Fuß gegen die tote Schlange im Treppenhaus. »Sollen wir die auch mitnehmen?«

»Ja!«, sagte ich. »Irgendwo muss noch eine Schlange sein.«

Ein Schrei am anderen Ende des Hausflurs.

»Wenigstens wissen wir jetzt, wo wir nach der vierten Schlange suchen müssen«, sagte Joe.

Die Kammerjäger zogen mit den Schlangen ab, und Carl und Big Dog kamen aus meinem Schlafzimmer in den Flur geschlurft.

»Das war's dann wohl«, sagte Carl. »Erschrick nicht, wenn

du das nächste Mal in deinen Kleiderschrank guckst. Ich glaube, Big Dog hat ein Paar Schuhe durchsiebt.«

Joe brachte sie zur Tür und schloss hinter ihnen ab. »Du kannst jetzt wieder herunterkommen von dem Tresen.«

»Ich hatte ganz schön Schiss.«

»Dein Leben ist beschissen, Pilzköpfchen.«

»Was soll das denn heißen?«

»Dein Job ist Scheiße.«

»Nicht beschissener als deiner.«

»Mir hängen keine Leute Schlangen an die Tür.«

»Die Kammerjäger haben mir bestätigt, dass sie harmlos sind.«

Er warf die Hände gen Himmel. »Du bist echt unmöglich!«

»Überhaupt: Was hast du hier eigentlich verloren? Ich habe seit Wochen nichts von dir gehört.«

»Ich habe den Notruf über Funk mitbekommen und verspürte den törichten Drang zu gucken, ob dir auch nichts passiert ist. Du hast deswegen nichts von mir gehört, weil wir uns getrennt haben. Schon vergessen?«

»Trennung ist nicht gleich Trennung.«

»Ach so? Und was für eine Trennung haben wir vollzogen? Erst kommst du zu dem Schluss, dass du mich nicht heiraten willst …«

»Das haben wir einvernehmlich beschlossen.«

»Und dann fängst du was mit Ranger an.«

»Das war rein beruflich.«

Mittlerweile hatte er die Fäuste in die Seiten gestemmt. »Kommen wir auf die Schlangen zurück. Hast du eine Ahnung, wer die dir vorbeigebracht haben könnte?«

»Wenn ich alle Verdächtigen aufzählen würde, käme eine ganze Liste zusammen.«

»Meine Güte«, sagte er. »Gleich eine ganze Liste? Nicht

bloß ein, zwei Leute? Eine ganze Liste? Eine ganze Liste mit Leuten, die dir Schlangen an die Tür hängen würden?«

»Die letzten Tage waren ziemlich stressig.«

»Ist das Pizza in deinem Haar?«

»Ich habe mich versehentlich in Andy Benders Mittagessen gewälzt. Er stünde auf jeden Fall auf der Liste. Ein Mann namens Martin Paulson ist auch nicht gerade gut auf mich zu sprechen. Dann mein Exmann. Und Eddie Abruzzi, mit dem bin ich aneinander geraten.«

Damit hatte ich Morellis Aufmerksamkeit erregt. »Eddie Abruzzi?«

Ich erzählte ihm von Evelyn und Annie und der Verbindung zu Abruzzi.

»Wenn ich dir rate, dich von dem Mann fern zu halten, hörst du ja doch nicht auf mich«, sagte Morelli.

»Ich versuche ja, mich von Abruzzi fern zu halten.«

Morelli packte mich am Hemdkragen, zog mich an sich und küsste mich. Seine Zunge berührte meine Zunge, und ich spürte ein Flammenmeer durch meinen Magen brausen, das weiter abwärts zog. Morelli ließ mich los und wandte sich zum Gehen.

»He!«, sagte ich. »Was hatte das denn zu bedeuten?«

»Anfall von akutem Wahnsinn. Du machst mich verrückt.«

Er stakste durchs Treppenhaus und verschwand im Aufzug.

Ich duschte und zog mir ein frisches Paar Jeans und ein T-Shirt an. Diesmal tünchte ich mir sogar noch Make-up ins Gesicht und schmierte mir Gel ins Haar. Ich sah aus wie ein gesprengter Heuschober.

Anschließend ging ich in die Küche und glotzte eine Zeit lang in den Kühlschrank, aber nichts nahm Gestalt an: kein

Kuchen. Kein Sandwich. Kein Makkaroni-mit-Käse-Gericht erstand wundersamerweise vor mir. Aus dem Kühlfach holte ich eine Tüte Schokoladenkekse und aß einen. Eigentlich musste man die Rohlinge vorher aufbacken, aber das erschien mir ein unnötiger Aufwand zu sein.

Ich hatte mich mit Annies bester Freundin unterhalten, aber gebracht hatte mir das nichts. Also, fragte ich mich, was würdest du tun, wenn du deine Tochter vor deinem Vater beschützen wolltest? Wo würde ich hingehen?

Viel Geld hätte ich nicht, ich wäre also auf eine gute Freundin oder eine Familienangehörige angewiesen. Ich müsste weit fahren, weil sonst jemand mein Auto erkennen würde, und ich dürfte auch nicht das Risiko eingehen, durch einen blöden Zufall Soder oder einem seiner Kumpel über den Weg zu laufen. Das schränkte die Suche natürlicherweise auf die gesamte Welt ein, ausgenommen Burg.

Gerade ging ich im Kopf die Länder dieser Welt durch, da schellte es. Ich erwartete keinen Besuch, und eben erst hatte ich eine ganze Natternbrut in meine Wohnung gelassen, ich war also nicht sonderlich erpicht darauf, an die Tür zu gehen. Ich sah durch den Spion und verzog das Gesicht. Es war Albert Kloughn. Aber siehe da, er hatte einen Pizzakarton in der Hand. Hallöchen!

Ich machte die Tür auf und schaute nach links und rechts in den Hausflur. Nur vier Schlangen waren in dem Beutel gewesen, aber es konnte nicht schaden, nach abtrünnigen Reptilien Ausschau zu halten.

»Hoffentlich störe ich nicht«, sagte Kloughn und reckte den Hals, um an mir vorbei in die Wohnung sehen zu können. »Sie haben nicht zufällig Gäste oder so? Ich wusste nicht, ob Sie allein wohnen oder nicht.«

»Was gibt's?«

»Ich habe noch mal über den Fall Soder nachgedacht, und mir sind da ein paar Ideen gekommen. Ich dachte, wir könnten ein kleines Brainstorming veranstalten.«

Ich sah auf den Karton, den er in der Hand hielt.

»Ich habe Pizza mitgebracht«, sagte er. »Vielleicht haben Sie ja noch nicht gegessen. Mögen Sie Pizza? Wenn nicht, könnte ich uns etwas anderes besorgen. Was Mexikanisches oder Chinesisches oder was Thailändisches ...«

Lieber Gott, das soll doch wohl keine Anmache sein. »Ich bin sozusagen verlobt.«

Er nickte heftig mit dem Kopf, wie die Hunde mit den Wackelköpfen, die manche Leute hinten auf der Hutablage in ihrem Auto stehen haben. »Klar. Verstehe ich. Habe ich mir gedacht. Ich bin eigentlich auch verlobt. Ich habe eine Freundin.«

»Wirklich?«

Er holte tief Luft. »Nein. Das habe ich nur so dahergesagt.«

Ich nahm ihm den Pizzakarton ab und zog ihn in die Wohnung. Ich holte uns Papierservietten und ein paar Dosen Bier, dann setzten wir uns an den kleinen Esstisch und aßen die mitgebrachte Pizza.

»Was für Ideen zu dem Fall Evelyn Soder sind Ihnen denn nun gekommen?«

»Also, ich glaube, dass sie bei einer Freundin ist. Das heißt, vorher musste sie sich bei der Person melden und ihr mitteilen, dass sie kommt. Vermutlich hat sie das übers Telefon gemacht. Mit anderen Worten, wir brauchen nur ihre Telefonrechnung einzusehen.«

»Und dann?«

»Mehr nicht.«

»Gut, dass Sie Pizza mitgebracht haben.«

»Eigentlich ist es Tomatenkuchen. In Burg heißt das Zeug Tomatenkuchen.«

»Nur manchmal. Kennen Sie jemanden bei der Telefongesellschaft? Jemand in der Abrechnungsabteilung.«

»Ich dachte, die Kontakte hätten Sie. Deswegen sind wir doch so ein Spitzenteam. Ich habe die Ideen, und Sie haben die Kontakte. Kopfgeldjäger haben doch Kontakte, stimmt's?«

»Stimmt.« Leider nicht zu Telefongesellschaften.

Wir aßen die Pizza auf, und zum Nachtisch holte ich die tiefgefrorenen Plätzchen hervor.

»Ich habe gehört, von rohem Plätzchenteig soll man Krebs kriegen«, sagte Kloughn. »Sollen wir die Plätzchen nicht lieber aufbacken?«

Ich verputze in der Woche locker eine ganze Tüte von diesen rohen Backlingen. Für mich gehören sie zu den vier wichtigsten Grundnahrungsmitteln. »Ich ernähre mich nur von rohen Backlingen«, sagte ich.

»Ich auch«, sagte Kloughn. »Ich esse nur rohe Backlinge. Diesen Unsinn mit dem Krebs glaube ich nicht.« Er schaute in die Tüte und holte vorsichtig einen gefrorenen Klumpen Mehl heraus. »Und, wie isst man das denn nun? Knabbert man darauf herum? Oder steckt man alles auf einmal in den Mund?«

»Sie haben noch nie rohen Plätzchenteig gegessen, habe ich Recht?«

»Stimmt.« Er biss hinein und kaute. »Es schmeckt gut«, sagte ich. »Sehr gut.«

Ich sah auf die Uhr. »Sie müssen jetzt gehen. Ich muss mich noch um ein paar unerledigte Dinge kümmern.«

»Was für Dinge? Haben sie mit Ihrem Beruf als Kopfgeldjägerin zu tun? Sie können es mir ruhig sagen. Ich verrate es nicht weiter, das schwöre ich Ihnen. Was haben Sie vor? Bestimmt sind Sie hinter jemandem her. Sie wollten warten, bis es dunkel wird, oder?«

»Ja, genau.«

»Hinter wem sind Sie her? Kenne ich ihn? Handelt es sich um einen Top-Killer?«

»Sie kennen ihn sowieso nicht. Es geht um häusliche Gewalt. Ein Wiederholungstäter. Ich warte ab, bis er sich einen Vollrausch angetrunken hat, und wenn er bewusstlos ist, nehme ich ihn fest.«

»Ich könnte Ihnen dabei helfen …«

»Nein!«

»Sie haben mich nicht ausreden lassen. Ich könnte Ihnen dabei helfen, ihn zu Ihrem Wagen zu schleppen. Wie wollen Sie ihn in Ihren Wagen kriegen? Dabei brauchen Sie doch Hilfe, oder?«

»Lula wird mir helfen.«

»Lula hat heute Abendschule. Sie hat gesagt, sie müsste heute zur Schule. Kennen Sie noch jemand anderen, der Ihnen helfen würde? Wetten, dass Sie niemanden sonst haben.«

Plötzlich fing mein Auge an zu zucken, eine kleine, nervtötende Muskelkontraktion unterhalb des rechten Lids. »Also gut«, sagte ich. »Sie können mitkommen. Aber Sie dürfen nichts sagen! Wehe, Sie fangen an zu reden!«

»Verstanden. Nicht reden. Ich kann schweigen wie ein Grab. Meine Lippen sind versiegelt. Sehen Sie? Ich verschließe meinen Mund und schmeiße den Schlüssel weg.«

Ich parkte ein Stück von Andy Benders Wohnung entfernt, stellte den Wagen zwischen zwei, von Halogenstraßenlampen erzeugten Lichtinseln ab. Es herrschte nicht viel Verkehr. Die fliegenden Händler hatten ihr Geschäft für heute geschlossen und waren zu ihren nächtlichen Beschäftigungen wie Entführungen und Einbruch übergegangen. Die Bewohner hockten mit Bierdosen bewaffnet hinter verschlossenen

Türen und guckten Reality-TV, eine nette Abwechslung zu ihrer eigenen Wirklichkeit, die nicht gerade berauschend war.

Kloughn sah mich mit einer Miene an, als wollte er sagen: Und was machen wir jetzt?

»Jetzt warten wir«, sagte ich zu ihm. »Wir passen auf, damit nichts Unvorhergesehenes geschieht.«

Kloughn nickte und machte wieder die Geste, bei der er die Lippen zwischen Daumen und Zeigefinger klemmte. Wenn er diese Geste noch einmal machte, bekam er eine in die Fresse.

Nach einer halben Stunde Sitzen und Warten merkte ich, dass ich keine Lust mehr auf Sitzen und Warten hatte. »Gucken wir uns das mal näher an«, sagte ich zu Kloughn. »Kommen Sie mit.«

»Kriege ich keine Waffe? Was ist, wenn es eine Schießerei gibt? Tragen Sie eine Waffe? Wo ist Ihre Waffe?«

»Meine Waffe habe ich zu Hause gelassen. Wir brauchen keine Waffen. Andy Bender hat noch nie eine Waffe benutzt.« Lieber nicht erwähnen, dass er Kettensägen und Küchenmesser bevorzugt.

Ich ging auf Andys Wohnung zu, als wäre ich der Hausbesitzer. Kopfgeldjägerregel Nummer siebzehn: niemals unterwürfig auftreten. Drinnen brannte Licht. Die Vorhänge waren zugezogen, aber der Stoff war knapp zugeschnitten, und an den Rändern konnte man etwas hineinsehen. Ich drückte mir die Nase am Fenster platt und beobachtete die Benders. Andy war ein großer, überfütterter Sesselolm, die Füße auf dem Tisch, eine offene Tüte Chips auf der Brust, für die Außenwelt war er so gut wie tot. Seine Frau hockte auf einem zerschlissenen Sofa, die Augen klebten am Fernsehschirm.

»Was wir hier machen, ist ganz bestimmt verboten«, raunte mir Kloughn zu.

»Es gibt alle möglichen Arten von Verboten. Was wir hier machen, ist nur ein klein bisschen verboten.«

»Als Kopfgeldjäger darf man sich das wohl erlauben. Für Kopfgeldjäger gelten Sonderregeln, nicht?«

Ja, ja. Und schönen Gruß vom Osterhasen auch.

Ich wollte unbedingt in die Wohnung, aber ich wollte auf keinen Fall Bender aufwecken. Ich ging um das Gebäude herum und probierte den Hintereingang. Abgeschlossen. Ich ging zurück zum Vordereingang und fand auch die Tür verschlossen. Mit der Faust klopfte ich ein paar Mal behutsam an die Tür, in der Hoffnung, wenigstens die Frau auf mich aufmerksam zu machen, ohne Bender zu wecken.

Kloughn sah durchs Fenster, er schüttelte den Kopf. Niemand stand auf, um an die Tür zu gehen. Ich klopfte lauter. Wieder keine Reaktion. Benders Frau konzentrierte sich voll und ganz auf den Fernseher. Mist. Schließlich schellte ich doch.

Kloughn sprang weg vom Fenster, an meine Seite. »Sie kommt!«

Die Tür öffnete sich, und vor uns stand, plattfüßig, Benders Frau. Sie war groß, hatte eine blasse Haut, und auf einen Arm war ein Dolch tätowiert. Ihre Augen hatten rote Ränder, der Blick war dumpf, die Miene ausdruckslos. Sie war nicht so zugelötet wie ihr Mann, aber auf dem besten Weg dahin. Nachdem ich mich vorgestellt hatte, trat sie einen Schritt zurück.

»Andy wird nicht gerne gestört«, sagte sie. »Wenn man ihn stört, kriegt er schlechte Laune.«

»Vielleicht sollten Sie solange zu einer Freundin gehen, damit Sie nicht miterleben müssen, wenn Andy schlechte Laune kriegt.« Ich wollte auf keinen Fall, dass Andy seine Frau verprügelte, nur weil sie uns die Tür aufgemacht hatte.

Sie schaute herab auf ihren Mann, der immer noch selig in seinem Sessel schlummerte, anschließend sah sie uns an. Dann haute sie ab, durch die Tür, verschwand draußen in der Dunkelheit.

Kloughn und ich traten auf Zehenspitzen an Bender heran und betrachteten ihn genauer.

»Vielleicht ist er tot«, sagte Kloughn.

»Das glaube ich nicht.«

»Er stinkt wie ein Toter.«

»Er stinkt immer wie ein Toter.« Diesmal war ich vorbereitet. Diesmal hatte ich meine Schreckschusspistole dabei. Ich bückte mich, hielt Bender die Waffe an den Leib und drückte den Auslöser. Nichts passierte. Ich untersuchte die Schreckschusspistole. Es sah alles ganz in Ordnung aus. Wieder hielt ich sie Bender an den Leib. Und wieder geschah nichts. Diese blöden Elektrodinger! Also gut, dann eben anders. Ich zog die Handschellen heraus, die ich mir in die Gesäßtasche gesteckt hatte, und legte sie Bender vorsichtig um das rechte Handgelenk.

Bender riss die Augen auf. »Was soll das?«

Ich zog ihm die eine Hand quer über den Rücken und legte ihm die zweite Handschelle um die andere Hand.

»Verfluchte Scheiße«, schrie er. »Was haben Sie in meinem Haus zu suchen?«

»Das Gleiche wie gestern. Ich ergreife einen Kautionsflüchtling«, sagte ich. »Sie haben Ihre Kautionsvereinbarung gebrochen. Sie müssen mit dem Gericht einen neuen Termin ausmachen.«

Er warf Kloughn einen bösen Blick zu. »Und was soll das Knack&Backmännchen dabei?«

Kloughn gab Bender seine Visitenkarte. »Albert Kloughn, Rechtsanwalt und Notar.«

»Ich hasse Clowns. Die sind mir unheimlich.«

Kloughn unterstrich mit dem Finger den Namen auf seiner Karte. »KLOUGHN, mit K«, sagte er. »Sollten Sie einen Rechtsanwalt brauchen, dann sind Sie bei mir in guten Händen.«

»Ach ja?«, sagte Bender. »Rechtsanwälte sind mir noch verhasster als Clowns.« Er sprang auf und stieß Kloughn mit einer Kopfnuss ins Gesicht um, Kloughn landete auf seinen vier Buchstaben. »Und Sie kann ich am wenigsten ausstehen«, sagte er und stürmte mit gesenktem Kopf auf mich zu.

Ich trat zur Seite und bedrohte ihn erneut mit der Schreckschusspistole. Ohne Wirkung. Ich lief hinter ihm her und stach noch mal zu. Er geriet nicht mal ins Wanken. Schon hatte er das Zimmer durchquert und sich nach draußen in die Finsternis abgesetzt.

Ich war hin- und hergerissen, einerseits wollte ich ihn verfolgen, andererseits Kloughn zu Hilfe eilen. Kloughn lag auf dem Rücken, aus seiner Nase tröpfelte Blut, der Mund stand offen, die Augen waren glasig. Schwer zu sagen, ob er nur einfach völlig verdutzt war oder wirklich ohnmächtig.

»Haben Sie sich verletzt?«, rief ich ihm zu.

Kloughn sagte nichts. Seine Arme bewegten sich, aber er machte keine Fortschritte bei dem Versuch, sich zu erheben. Ich eilte an seine Seite und sank neben ihm auf die Knie.

»Haben Sie sich verletzt?«, wiederholte ich meine Frage.

Sein Blick wurde klarer, und er streckte die Hände aus und packte mich am Hemd. »Habe ich ihn getroffen?«

»Ja. Sie haben ihm eine Kopfnuss verpasst.«

»Ich wusste es. Ich wusste, dass ich unter Druck Großtaten vollbringen kann. Ich bin ziemlich hart im Geben, was?«

»Ja.« Lieber Himmel, langsam wurde er mir ja richtig sympathisch.

Ich half ihm auf die Beine und holte ihm einige Papierhandtücher aus der Küche. Bender war natürlich längst über alle Berge, mit meinen Handschellen, wieder mal.

Ich nahm die nutzlose Schreckschusspistole an mich, verfrachtete Kloughn in meinen Wagen und fuhr los. Es war eine wolkenverhangene, mondlose Nacht. Hinter zugezogenen Gardinen brannte Licht, aber es reichte nicht bis in die Vorgärten. Ich kurvte in den Straßen zwischen den Sozialwohnungen, hielt an den schattigen Stellen Ausschau nach einer Bewegung und schaute in die wenigen gardinenlosen Fenster.

Kloughn hatte den Kopf nach hinten gelehnt und sich Papierhandtücher in die Nasenlöcher gestopft. »Passiert Ihnen das häufiger?«, fragte er. »Ich dachte, es würde anders ablaufen. Ich meine, eigentlich war es ziemlich lustig, außer, dass er entkommen ist. Und er roch nicht fein. Ich hätte nicht gedacht, dass man so übel riechen kann.«

Ich sah Kloughn von der Seite an. Er kam mir anders vor als sonst. Irgendwie krumm. »War Ihre Nase schon immer nach links verbogen?«, fragte ich ihn.

Behutsam tastete er seine Nase ab. »Fühlt sich komisch an. Sie glauben doch nicht, dass sie gebrochen ist, oder? Ich habe mir noch nie etwas gebrochen.«

Wenn eine Nase gebrochen war, dann seine, davon durfte man ausgehen. »In meinen Augen sieht sie nicht gebrochen aus«, sagte ich. »Es würde trotzdem nicht schaden, wenn ein Arzt ein Blick darauf werfen würde. Wir können ja mal kurz eben zur Notaufnahme fahren.«

5

Ich öffnete die Augen und sah auf die Uhr. Halb neun. Nicht gerade früh für einen gelungenen Aufbruch in die Arbeitswelt. Ich hörte Regentropfen auf die Stufen meiner Feuerleiter und gegen die Fensterscheiben pladdern. Regen, finde ich, dürfte nur nachts fallen, wenn die Leute schlafen. Tagsüber ist Regen ein Nervtöter. Ein Schönheitsfehler der Schöpfung. So wie Müllentsorgen. Wenn man ein Universum plant, muss man doch vorausdenken, sage ich mir.

Ich quälte mich aus dem Bett und ging schlaftrunken in die Küche. Rex hatte das Training im Laufrad beendet und schlief tief und fest in seiner Suppendose. Ich setzte Kaffee auf und schlurfte ins Badezimmer. Eine Stunde später saß ich, gerüstet für den Tag, im Auto, aber ich wusste nicht, was ich als Erstes tun sollte. Wahrscheinlich sollte ich Kloughn einen Höflichkeitsbesuch abstatten, immerhin bin ich indirekt Schuld an seiner gebrochenen Nase, überlegte ich. Als ich ihn an seinem Wagen abgesetzt hatte, waren seine Augen schwarz unterlaufen, und sein Zinken wurde durch einen Streckverband in Form gehalten. Das Problem war: Wenn ich ihn jetzt besuchte, bestand das Risiko, dass er mir für den Rest des Tages wie ein Schoßhündchen hinterherlief, und ich hatte wahrlich keine Lust, mit Kloughn an der Leine durch die Gegend zu spazieren. Schon auf mich allein gestellt, wenn ich mich auf meine eigenen Fähigkeiten verlassen musste, erwies ich mich meist als unbeholfen. Mit Kloughn im Schlepptau wäre ich eine wandelnde Katastrophe gewesen.

Ich saß also im Auto, auf dem Parkplatz vor meinem Haus, starrte aus dem regenverschmierten Windschutzfenster, da bemerkte ich eine Plastiktüte, die am Scheibenwischer hing. Ich machte die Fahrertür auf und schnappte mir die Tüte. Drinnen steckte ein vierfach gefalteter Notizzettel aus weißem Papier. Die Nachricht war mit schwarzem Markerstift geschrieben:

Haben Ihnen die Schlangen gefallen?

Na, wunderbar. So stelle ich mir einen gelungenen Einstieg in den Tag vor. Ich steckte den Zettel zurück in die Plastiktüte und verstaute sie im Handschuhfach. Auf dem Beifahrersitz neben mir lagen die Akten von den beiden »Nicht vor Gericht Erschienenen«, kurz NVGler, die Connie mir gegeben hatte. Die von Andrew Bender, der immer noch frei herumlief, und die von Laura Minello. Auf der Stelle wäre ich losgezogen und hätte mir einen von beiden abgegriffen, nur besaß ich leider keine Handschellen mehr. Und lieber hätte ich mir eigenhändig mit einer Gabel ein Auge ausgestochen, als noch mal ins Büro zu fahren und meine Lieben um ein Paar Handschellen zu bitten. Also blieb noch Annie Soder.

Ich legte den Gang ein und fuhr nach Burg. Ich hielt vor dem Haus meiner Eltern, aber ich schellte bei Mabel.

»Mit wem hat Evelyn viel gespielt als Kind?«, fragte ich sie. »Hatte sie eine enge Freundin?«

»Dotty Palowski. Die beiden haben zusammen die Grundschule besucht. Und auch in der High School waren sie zusammen. Dann hat Evelyn geheiratet, und Dotty ist weggezogen.«

»Sind die beiden Freundinnen geblieben?«

»Ich glaube, sie haben sich aus den Augen verloren. Evelyn hat sich nach der Hochzeit mehr und mehr von allem zurückgezogen.«

»Wissen Sie, wo sich Dotty heute aufhält?«

»Ich weiß nicht, wo sie wohnt, aber ihre Familie lebt immer noch hier in Burg.«

Die Familie war mir bekannt. Dottys Eltern wohnten in der Roebling, und dann gab es da auch noch einige Onkel und Tanten in Burg. »Noch etwas«, sagte ich zu Mabel. »Ich brauche eine Liste ihrer Verwandten, von allen.«

Mit der Liste in der Hand zog ich wieder von dannen. Sie war nicht lang, die Liste, ein Onkel und eine Tante in Burg, drei Vettern, alle in der Gegend um Trenton, und ein Vetter in Delaware.

Ich sprang über das Geländer, das die beiden vorderen Veranden des Doppelhauses voneinander trennte, und schellte bei Grandma Mazur.

»Ich war heute bei der Aufbahrung von Shleckner«, platzte Grandma heraus. »Eins sage ich dir, dieser Stiva ist ein Genie. Als Bestattungsunternehmer ist er einfach unschlagbar. Du weißt doch, dass Shleckner immer so viel Schorfstellen im Gesicht hatte. Stiva hat sie alle verdeckt. Es war nicht mal mehr zu erkennen, dass Shleckner ein Glasauge hatte. Beide Augen sahen völlig gleich aus. Ein Wunder.«

»Woher weißt du das mit dem Glasauge? Waren seine Augen denn nicht geschlossen?«

»Ja, schon, aber ich glaube, sie haben sich geöffnet, als ich neben ihm stand, nur für eine Sekunde. Es könnte passiert sein, als mir versehentlich meine Lesebrille in den Sarg fiel.«

»Hm hm«, sagte ich.

»Man kann doch einen Menschen nicht dafür verurteilen,

dass er sich Gedanken über so etwas macht. Und meine Schuld war es auch nicht. Wenn sie die Augen gleich offen stehen gelassen hätten, hätte ich mir keine Gedanken zu machen brauchen.«

»Hat jemand dich dabei beobachtet, wie du an Shleckners Augen herumgefummelt hast?«

»Nein. Ich habe es ganz raffiniert angestellt.«

»Hast du irgendwas von Evelyn und Annie erfahren, das uns weiterhilft?«

»Nein, aber dafür gibt es Neuigkeiten von Steven Soder. Er trinkt gerne, und er spielt. Es geht das Gerücht, dass er viel Geld verloren hat, und seine Bar obendrein. Angeblich soll er die Bar schon vor einer ganzen Weile bei einem Kartenspiel verloren haben, und jetzt hat er so genannte Partner.«

»Das Gerücht ist mir auch zu Ohren gekommen. Hat dir jemand die Namen der Partner genannt?«

»Einer von ihnen ist Eddie Abruzzi, so viel weiß ich.«

Oh, Mann. Ein Unglück kommt selten allein.

Ich saß wieder im Auto, bereit loszufahren, als mein Handy klingelte. Kloughn war dran.

»Sie sollten mich mal sehen«, sagte er. »Ich habe zwei blaue Augen, und meine Nase ist geschwollen. Wenigstens ist sie jetzt wieder gerade. Ich war aber auch ziemlich vorsichtig in der Nacht, damit ich sie mir nicht wieder krumm liege.«

»Es tut mir Leid. Wirklich, es tut mir sehr Leid.«

»Es ist nicht weiter tragisch. Im Kampf gegen das Verbrechen muss man einiges einstecken. Was haben Sie heute vor? Heften wir uns wieder an Benders Fersen? Ich hätte da so eine Idee. Könnten wir uns in der Mittagspause treffen?«

»Also, es ist so … normalerweise arbeite ich allein.«

»Klar, aber ab und zu holen Sie sich doch auch einen Partner ins Boot, oder? Wie wär's, wenn ich dieser Partner wäre, wenigstens gelegentlich. Ich habe mich auch schon gut vorbereitet. Heute Morgen habe ich mir eine schwarze Mütze besorgt mit dem Aufdruck *Kautionsdetektiv*. Dazu habe ich noch Pfefferspray und Handschellen ...«

Handschellen? Ruhe im Karton, ermahnte ich mein rasendes Herz. »Sind das richtige Handschellen mit Schlüssel und so?«

»Ja. Ich habe sie in dem Waffengeschäft in der Rider Street gekauft. Ich hätte mir auch eine Pistole gekauft, aber dafür reichte das Geld nicht mehr.«

»Ich hole Sie um zwölf Uhr ab.«

»Oh, Mann, toll! Ich bin gespannt. Ich warte in meinem Büro. Vielleicht können wir uns diesmal Brathähnchen zum Mittagessen kaufen. Es sei denn, Sie mögen kein Brathähnchen. Wenn Sie kein Brathähnchen mögen, können wir auch Burrito essen oder einen Hamburger, oder wir holen uns ...«

Ich machte einige knackende Geräusche. »Ich kann Sie nicht verstehen«, rief ich in den Hörer. »Die Leitung ist immer wieder unterbrochen. Wir treffen uns um zwölf.« Ich legte auf.

Ich ließ Burg hinter mir und bog in die Hamilton ein. Nach wenigen Minuten hatte ich unser Büro erreicht. Ich parkte am Straßenrand hinter einem nagelneuen schwarzen Porsche, der vermutlich Ranger gehörte.

Alle sahen in meine Richtung, als ich ins Büro gerauscht kam. Ranger stand neben Connies Schreibtisch, und er trug wieder seine schwarzen Armeeklamotten. Er erhaschte meinen Blick, und mein Magen vollführte einen Salto.

»Eine Bekannte von mir hatte gestern Dienst in der Notaufnahme. Sie hat mir gesagt, du wärst gestern Abend mit so einem kleinen Wicht aufgekreuzt, der ziemlich übel zugerichtet war.«

»Das war Kloughn. Aber er war nicht übel zugerichtet. Er hatte sich nur die Nase gebrochen. Und jetzt bitte keine weiteren Fragen.«

Vinnie lümmelte in der Tür zu seinem Arbeitszimmer. »Wer ist dieser Clown?«, wollte er wissen.

»Albert Kloughn, mit K«, sagte Ranger. »Ein Anwalt.«

Ich verschluckte meine Frage, woher er Kloughn kannte. Die Antwort konnte ich mir selbst geben. Ranger war allwissend.

»Soll ich raten«, sagte Vinnie zu mir. »Du brauchst wieder mal Handschellen.«

»Daneben getippt. Ich brauche eine Adresse. Ich muss mit Dotty Palowski reden.«

Connie tippte den Namen in die Suchmaschine des Computers. Wenig später trudelte die gewünschte Information ein. »Dotty Palowski heißt heute Dotty Rheinhold. Sie wohnt in South River.« Connie druckte die Seite aus und gab sie mir. »Geschieden, zwei Kinder, und sie arbeitet für das Straßenverkehrsamt in East Brunswick.«

Normalerweise wäre ich noch zum Plaudern geblieben, aber ich musste befürchten, dass sich jemand genauer nach Kloughns Nasenbeinbruch erkundigte.

»Ich muss los«, sagte ich. »Ich hab zu tun.«

Vor dem Eingang zum Büro blieb ich stehen. Mich schützte eine kleine Markise über der Tür, doch jenseits der Markise fiel unaufhörlicher Nieselregen. Zwar konnte er es nicht mit einem Platzregen aufnehmen, aber meine Frisur wäre in wenigen Minuten ruiniert und meine Jeans klatschnass.

Ranger folgte mir nach draußen. »Es wäre vielleicht ganz ratsam, mehr als eine Kugel in seinem Magazin zu haben, Babe.«

»Du kennst also die Geschichte mit den Schlangen.«

»Zufällig bin ich Costanza begegnet. Er hatte zu tief ins Glas geguckt und den Moralischen gekriegt.«

»Ich habe leider kein Glück bei meiner Suche nach Annie Soder.«

»Das geht nicht nur dir so.«

»Jeanne Ellen hat sie also auch noch nicht gefunden.«

»Noch nicht.«

Eine Sekunde lang schauten wir uns in die Augen. »Auf welcher Seite stehst du? Zu welchem Team gehörst du?«, fragte ich ihn.

Er schob mir eine Haarsträhne hinters Ohr, dabei streiften seine Fingerspitzen zart wie eine Feder meine Schläfe, der Daumen fuhr am Kinn entlang. »Ich bin mein eigenes Team.«

»Erzähl mir mehr über Jeanne Ellen.«

Ranger lachte. »Diese Information hätte ihren Preis.«

»Und wie hoch wäre der?«

Das Lachen wurde noch breiter. »Pass auf, dass du heute nicht nass wirst«, sagte er und war auch schon wieder weg.

Mist. Was ist los mit den Männern in meinem Leben? Warum gehen sie immer als Erste? Warum bin nie ich diejenige, die geht, und zwar als Erste? Weil ich ein Trottel bin, deswegen. Ein Riesentrottel.

Ich holte Kloughn im Waschsalon ab. Er war ganz in Schwarz gekleidet, schwarze Jeans, schwarzes T-Shirt, und auf dem Kopf trug er sein neues Kautionsdetektiv-Mützchen, an den Füßen braune Mokassins mit Troddeln. Am Gürtel klemmte das Pfefferspray, die Handschellen steckten in der hinteren Hosentasche. Augen und Nase waren eine erschreckende Farbkomposition aus Schwarz, Grün und Blau.

»Oje«, sagte ich. »Sie sehen echt schlimm aus.«

»Sie meinen die Troddeln an den Schuhen, nicht? Ich war mir nicht ganz sicher, ob die Mokassins zu der Uniform passen. Wenn Sie wollen, gehe ich eben nach Hause und ziehe mich um. Ich hätte mir auch ein schwarzes Paar Schuhe anziehen können, aber die schienen mir zu elegant.«

»Ich meine nicht die Troddeln, ich meine Ihre Augen und Ihre Nase.« Zugegeben, die albernen Troddeln meinte ich auch.

Kloughn stieg ein und schnallte sich an. »Das muss man in Kauf nehmen. Manchmal geht es eben zur Sache. Das bringt der Beruf so mit sich.«

»Ich dachte, Sie wären Anwalt von Beruf.«

»Ja, schon, aber jetzt bin ich auch Ihr Assistent. Wir gehen zusammen Streife in den gefährlichen Vierteln dieser Stadt.«

Siehst du, Stephanie, sagte ich mir, das kommt dabei heraus, wenn du deine Kreditkarte für den Kauf so unwichtiger Dinge wie Schuhe und Unterwäsche überziehst und dir dann keine Handschellen mehr leisten kannst.

»Eigentlich wollte ich mir auch eine Schreckschusswaffe zulegen« fuhr Kloughn fort, »aber Ihre hat gestern Abend nicht funktioniert. Wieso eigentlich nicht? Da legt man sein sauer verdientes Geld für diese Dinger auf den Tisch, und dann funktionieren sie nicht. Es ist immer das Gleiche. Wissen Sie, was Sie brauchen? Sie brauchen einen Anwalt. Sie wurden durch die Versprechungen in der Produktbeschreibung arglistig getäuscht.«

Vor einer Ampel blieb ich stehen, holte meine Schreckschusswaffe aus der Umhängetasche und überprüfte sie. »Das verstehe ich nicht«, sagte ich zu Kloughn. »Sonst hat sie immer prima funktioniert.«

Er nahm mir die Waffe ab und wog sie in der Hand. »Vielleicht sind die Batterien alle.«

»Nein. Die sind neu. Die Ladeanzeige bestätigt das.«

»Vielleicht haben Sie sie nicht richtig benutzt?«

»Wohl kaum. So kompliziert ist es nun auch wieder nicht. Man sticht mit den Zinken in die Haut des Gegners und drückt den Knopf.«

»So?«, sagte Kloughn, hielt die Zinken an seinen Unterarm und drückte den Knopf. Er gab ein Quieken von sich und sackte auf dem Sitz zusammen.

Ich nahm ihm die Waffe aus der erschlafften Hand und sah sie mir genau an. Jetzt auf einmal ging sie tadellos.

Ich ließ sie wieder in die Umhängetasche fallen, fuhr zurück nach Burg und hielt vor Corner Hardware an. Corner Hardware war die reinste Bruchbude, sie existierte, solange ich denken konnte. Der Laden an sich war in zwei nebeneinander stehenden Gebäuden untergebracht, die durch eine in die gemeinsame Wand gebrochene Tür miteinander verbunden waren. Der Boden bestand aus lackierten Holzdielen und verschlissenem Linoleum. Auf den Regalen hatte sich Staub abgesetzt, und in der Luft roch es nach Dünger und Metall. Hier fand man alles, was man brauchte, zu Preisen, die höher waren als anderswo. Der Vorteil von Corner Hardware war seine Lage, Corner Hardware lag mitten in Burg. Man brauchte nicht erst auf die Route 1 oder nach Hamilton Township zu fahren. Der zweite Vorteil, jedenfalls heute, bestand darin, dass sich in Corner Hardware kein Mensch daran stören würde, wenn ich mit einem Mann durch die Gegend zog, der zwei blaue Augen hatte. Kloughn war in Burg mittlerweile bekannt wie ein bunter Hund.

Als ich bei Corner Hardware vorfuhr, kam Kloughn allmählich wieder zu sich. Seine Finger zuckten, und ein Auge war geöffnet. Ich ließ ihn allein im Auto zurück, lief in den Laden und erstand eine drei Meter lange, mitteldicke Kette und ein Vorhängeschloss. Ich hatte mir einen Plan ausgedacht, wie ich Bender fangen wollte.

Die Kette legte ich hinters Auto auf die Straße, zog Kloughn die Handschellen aus der hinteren Tasche und befestigte ein Ende der Kette an einem der beiden Armreifen der Handschellen. Das andere Ende der Kette klinkte ich mit dem Vorhängeschloss am Abschlepphaken des Autos ein. Dann warf ich die Kette und die Handschellen durchs Heckfenster und setzte mich ans Steuer. Ich war schweißgebadet, aber es sollte sich lohnen. Diesmal würde mir Bender nicht mit meinen Handschellen entkommen. Hatte ich sie ihm erst mal angelegt, war er gleichzeitig an mein Auto gefesselt, das war der Trick.

Ich fuhr quer durch die Stadt, hielt im Leerlauf eine Straße von Benders Wohnblock entfernt an und wählte seine Nummer auf meinem Handy. Als er abnahm, legte ich auf.

»Er ist zu Hause«, sagte ich zu Kloughn. »Das Rollkommando kommt.«

Kloughn untersuchte seine Hand, knetete sich die Finger. »Ich habe so ein komisches Prickeln.«

»Das kommt, weil Sie sich mit der Schreckschusswaffe außer Gefecht gesetzt haben.«

»Ich dachte, die ist kaputt.«

»Sie haben sie offenbar wieder hingekriegt.«

»Mann, Klasse«, sagte Kloughn. »Ich habe echt was drauf.«

Vor Benders Wohnung trat ich in die Bremsen, setzte rückwärts über den Bordstein, durch den matschigen Vorgarten, und hielt mit der hinteren Stoßstange dicht an den Stufen zur Vorderveranda. Ich sprang aus dem Auto, rannte zur Haustür und stürmte Benders Wohnzimmer.

Bender saß in seinem Sessel und guckte Fernsehen. Er sah mich auf sich zukommen, bekam Stielaugen und klappte das

Kinn herunter. »Sie schon wieder!«, sagte er. »Was soll der Scheiß?« In der nächsten Sekunde hatte er sich aus dem Sessel gestemmt und machte einen Satz zum Hintereingang.

»Schnappen Sie sich den Kerl!«, schrie ich Kloughn an. »Sprühen Sie ihm das Pfefferspray ins Gesicht. Treten Sie ihn. So tun Sie doch was!«

Kloughn warf sich mit einem Hechtsprung auf Bender, erwischte ihn aber nur am Hosenbein. Beide Männer fielen zu Boden. Ich stürzte mich auf Bender und legte ihm die Handschellen an. Erleichtert ließ ich von ihm ab.

Bender rappelte sich hoch und rannte zur Tür, die Kette hinter sich her ziehend.

Kloughn und ich beglückwünschten uns zu dem Fang.

»Mann, Sie sind ganz schön clever«, sagte Kloughn. »Auf die Idee, ihn an die Stoßstange zu ketten, wäre ich nie gekommen. Das muss ich Ihnen lassen, Sie sind gut in Ihrem Job, wirklich, Sie sind gut.«

»Gucken Sie nach, ob der Hintereingang auch verschlossen ist«, sagte ich zu Kloughn. »Ich will nicht, dass die Wohnung ausgeräumt wird.« Ich stellte den Fernseher ab, und Kloughn und ich gingen nach draußen, als Bender gerade mit meinem Honda davonfuhr.

Scheiße.

»He, Sie da«, rief Kloughn noch hinter ihm her, »Sie haben meine Handschellen!«

Bender hatte den Arm aus dem Fenster gesteckt und hielt damit die Fahrertür zugedrückt. Die Kette rankte sich von der Tür bis zur hinteren Stoßstange, ein Stück schlingerte Funken sprühend über den Asphalt. Bender hob den Arm hoch und zeigte uns noch den Stinkefinger, bevor er um die nächste Ecke raste und außer Sicht war.

»Sie haben die Schlüssel stecken lassen«, sagte Kloughn.

»Das ist ganz bestimmt verboten. Und Ihre Tür hatten Sie auch nicht abgeschlossen. Immer den Schlüssel abziehen und die Tür abschließen.«

Ich bedachte Kloughn mit meinem Furienblick.

»Man muss in diesem Fall die besonderen Umstände berücksichtigen«, verteidigte er sich. »Das dürfen Sie nicht vergessen.«

Kloughn kauerte unter dem kleinen Vordach, das die Treppenstufen vor Benders Haustür vor Regen schützte. Ich stand auf dem Gehsteig, im Regen, bis auf die Haut durchnässt, und wartete auf den Streifenwagen. Bei unablässigem Regen hat man irgendwann den Moment erreicht, an dem einem alles egal ist.

Ich hatte gehofft, Costanza oder mein Spezi Gazarra würden an den Apparat gehen, als ich mein Auto bei der Polizei als gestohlen meldete. In dem Streifenwagen, der schließlich kam, saß keiner von beiden.

»Sie sind also die berühmte Stephanie Plum«, sagte der Polizist.

»Ich schieße eigentlich nie auf Menschen«, sagte ich und nahm auf dem Rücksitz der Limousine Platz. »Und das Feuer in dem Beerdigungsinstitut damals war auch nicht meine Schuld.« Ich beugte mich vor, und aus meiner Nase tropfte Wasser auf den Boden des Fahrzeugs. »Meistens nimmt Costanza meine Notrufe entgegen«, sagte ich.

»Diesmal hat er nicht das große Los gezogen.«

»Losen Sie aus, wer geschickt wird?«

»Ja. Nach der Sache mit den Schlangen hat die Teilnahme an der Verlosung allerdings rapide abgenommen.«

Eine Viertelstunde später fuhr der Streifenwagen wieder ab, und Morelli kreuzte auf.

»Wieder über Funk mitgehört?«, stellte ich ihn zur Rede.

»Den brauche ich nicht mehr abzuhören. Sobald dein Name irgendwo im Stimmengewirr fällt, kriege ich fünfundvierzig Anrufe auf einmal.«

Ich rang mir ein Grinsen ab, das einnehmend wirken sollte. »Tut mir Leid.«

»Nur für's Protokoll«, erkundigte sich Morelli genauer: »Bender ist also, an die Stoßstange gekettet, mit deinem Wagen abgehauen.«

»Ich fand das eigentlich eine klasse Idee. Leider danebengegangen.«

»Und deine Tasche war natürlich auch im Auto.«

»Ja.«

Morelli sah hinüber zu Kloughn. »Wer ist dieser Zwerg Nase mit den Troddeln an seinen Mokassins und dem blauen Auge?«

»Albert Kloughn.«

»Und warum ist er mitgekommen?«

»Ihm gehören die Handschellen.«

Morelli gab sich Mühe, ein Lachen zu unterdrücken, vergebens. »Steig ein. Ich bringe dich nach Hause.«

Zuerst setzten wir Kloughn ab.

»Wissen Sie was?«, sagte Kloughn. »Wir haben gar nicht zu Mittag gegessen. Sollen wir nicht alle zusammen Mittag essen? Ein Stück weiter ist ein Mexikaner. Wir können uns auch einen Hamburger bestellen oder eine Frühlingsrolle. Ich kenne da einen Imbiss, der macht hervorragende Frühlingsrollen.«

»Ich rufe Sie an«, sagte ich.

Er winkte zum Abschied. »Toll. Rufen Sie mich an. Haben Sie meine Telefonnummer? Sie können mich jederzeit anrufen. Ich schlafe fast nie, und selbst wenn …«

An der nächsten Ampel hielt Morelli an, sah mich an und schüttelte den Kopf.

»Noch nie eine nasse Frau gesehen?«, fragte ich ihn.

»Albert findet dich süß.«

»Er will einfach nur dazugehören.« Ich strich eine Haarsträhne aus dem Gesicht. »Und du? Findest du mich auch süß?«

»Ich finde, du bist verrückt.«

»Ja, ich weiß. Aber sonst findest du mich doch auch süß, oder?« Ich schenkte ihm mein Miss-America-Lächeln und klimperte mit den Wimpern.

Er sah mich mit steinerner Miene an.

Ich kam mir vor wie Scarlet O'Hara, als sie am Ende von *Vom Winde verweht* fest entschlossen ist, Rhett Butler zurückzuerobern. Mit dem Unterschied, dass ich keine Ahnung hatte, was ich mit Morelli am Ende anfangen sollte.

»Das Leben ist kompliziert«, sagte ich zu ihm.

»Öfter mal was Neues, Pilzköpfchen.«

Ich winkte Morelli zum Abschied und ging triefend durch die Eingangshalle. Es tropfte nur so an mir herab, im Aufzug, im Hausflur, sogar noch in meiner Wohnung. Ich stand mitten in der Küche und schälte mich aus den Kleidern, band mir einen Handtuchturban um den Kopf, bis das Tropfen endlich aufhörte. Dann sah ich auf meinem Anrufbeantworter nach, ob Nachrichten eingegangen waren. Es hatte niemand angerufen. Rex kam aus seiner Suppendose geschossen, blickte mich mit großen Augen an und verschwand gleich wieder – nicht gerade die Reaktion, die einem als nackter Frau schmeichelt, wenn auch nur von einem Hamster.

Eine Stunde später hatte ich trockene Kleidung an, stand unten vorm Haus und wartete auf Lula.

»Fassen wir zusammen«, sagte sie, als ich es mir in ihrem Trans Am bequem machte. »Du musst jemanden überwachen, aber du hast kein Auto, stimmt's?«

Mit erhobenen Händen wehrte ich die nächste Frage ab. »Bitte keine weiteren Fragen!«

»Das bekomme ich in letzter Zeit immer häufiger zu hören.«

»Mein Auto wurde gestohlen.«

»Erzähl keinen Scheiß!«

»Die Polizei wird es sicher wiederfinden. Vorher knöpfe ich mir aber noch diese Dotty Palowski Rheinhold vor. Sie wohnt in South River.«

»Und wo, bitte schön, soll South River sein?«

»Ich habe eine Karte dabei. Du musst jetzt gleich links abbiegen.«

South River klebt wie der Griff einer Kanne an der Route 18. Es ist eine Kleinstadt, eingequetscht zwischen Shopping Malls und Tongruben. Hier gibt es auf einem Quadratkilometer mehr Kneipen als in ganz New Jersey zusammen. Am Ortseingang hat man einen malerischen Blick auf die Mülldeponie. Die Ortsausfahrt kreuzt den Fluss, der weiter nach Sayreville fließt, berühmt-berüchtigt wegen des Müllskandals von 1957 und wegen Jon Bon Jovi.

Dotty Rheinhold wohnte in einer einförmigen Reihenhaussiedlung aus den sechziger Jahren. Kleine Vorgärten, noch kleinere Häuser, dafür große Autos, viele große Autos.

»Schon mal so viele Autos auf einem Haufen gesehen?«, sagte Lula. »Vor jedem Haus stehen mindestens drei Stück. Hier muss irgendwo ein Nest sein.«

Die Siedlung war leicht zu überwachen. Die Kinder hier hatten inzwischen das Teenageralter erreicht. Sie besaßen eigene Autos und hatten Freunde, die ebenfalls Auto fuhren.

Ein Auto mehr oder weniger würde da gar nicht auffallen. Vorteilhaft hinzu kam, dass dies ein Vorstadtviertel war, hier gab es keine Treppenhocker auf den Veranden. Lieber verzogen sich die Bewohner in die handtuchschmalen Minigärten auf der Rückseite der Häuser, zugestellt mit Bratrosten und ganzen Armeen von Liegestühlen.

Lula hielt schräg gegenüber von Dottys Haus. »Glaubst du, dass Annie und ihre Mutter bei Dotty wohnen?«

»Das werden wir gleich erfahren. Man kann nicht einfach so zwei Menschen im Keller verstecken, vor allem nicht wenn ein Kind darunter ist. Das haut nicht hin. Außerdem plappern Kinder. Sollten Evelyn und Annie sich überhaupt hier aufhalten, dann gehen sie ganz normal ein und aus.«

»Sollen wir etwa so lange hier sitzen bleiben, bis wir das herausgefunden haben? Das könnte eine Ewigkeit dauern. Darauf habe ich mich nicht eingestellt. Allein Essen könnte zu einem Problem werden. Und bestimmt muss ich mal aufs Klo zwischendurch. Bevor ich dich abgeholt habe, habe ich ein Riesenglas Mineralwasser getrunken. Von einer zeitraubenden Aktion war nicht die Rede.«

Ich schielte Lula von der Seite an.

»Ich muss mal«, sagte Lula. »Kann ich auch nicht ändern. Ich muss pinkeln.«

»Ich mache dir einen Vorschlag. Wir sind auf dem Weg hierher an einem Einkaufszentrum vorbeigekommen. Ich setze dich an dem Einkaufszentrum ab, und dann fahre ich mit dem Auto zurück und beschatte das Haus allein.«

Eine halbe Stunde später stand ich wieder am Straßenrand, allein, in Schnüfflerhaltung. Der Nieselregen hatte sich zu einem Dauerregen gemausert, und in manchen Häusern brannte Licht. Bei Dotty blieb alles finster. Ein blauer Honda Civic glitt an mir vorbei und bog in Dottys Einfahrt.

Eine Frau stieg aus und schnallte zwei Kinder auf der Rückbank von ihren Kindersitzen los. Die Frau war in einen weiten Regenmantel mit Kapuze gehüllt, aber ich konnte einen Blick auf ihr Gesicht erhaschen, trotz der Finsternis, und ich war mir sicher, dass es Dotty war. Genauer gesagt, ich war mir sicher, dass es nicht Evelyn war. Die beiden Kinder waren noch klein, vielleicht zwei und sieben Jahre alt. Ich bin keine Expertin, mein gesamtes Wissen über Kinder basiert auf dem Zusammenleben mit meinen beiden Nichten.

Die Familie betrat das Haus, Lichter gingen an. Ich legte den ersten Gang in Lulas Trans Am ein und schob mich zentimeterweise vor, bis ich direkt gegenüber von dem Haus der Rheinholds stand. Jetzt konnte ich auch Dotty genau erkennen. Den Regenmantel hatte sie abgelegt, und sie ging im Zimmer umher. Im Wohnzimmer wurde der Fernseher eingeschaltet. Vom Wohnzimmer aus öffnete sich eine Tür, hinter der offenbar die Küche lag. Dotty ging hin und her, vom Kühlschrank zum Esstisch. Eine zweite erwachsene Person tauchte nicht auf. Dotty traf keine Anstalten, die Vorhänge im Wohnzimmer zuzuziehen.

Die Kinder waren im Bett, und um neun Uhr gingen die Lichter in den Schlafzimmerfenstern aus. Um Viertel nach neun bekam Dotty einen Anruf. Um halb zehn telefonierte sie immer noch, und ich fuhr los, um Lula vom Einkaufszentrum abzuholen. Etwa zwei Straßen von Dottys Haus entfernt schnurrte ein eleganter schwarzer Wagen an mir vorbei in die entgegengesetzte Richtung. Gerade noch konnte ich die Frau am Steuer erkennen, Jeanne Ellen Burrows. Beinahe wäre ich gegen die Bordsteinkante geknallt und im Vorgarten gelandet.

Lula wartete bereits am Eingang des Einkaufszentrums auf mich.

»Steig ein!«, rief ich. »Ich muss sofort zurück zu Dotty. Als ich eben aus South River herausfuhr, ist mir Jeanne Ellen Burrows entgegengekommen.«

»Was ist mit Evelyn und Annie?«

»Nichts.«

Bei unserer Rückkehr war das Haus dunkel. Das Auto stand in der Einfahrt. Jeanne Ellen war wie vom Erdboden verschluckt.

»Weißt du genau, dass es Jeanne Ellen war?«, fragte Lula.

»Absolut sicher. Mir haben sich die Nackenhaare aufgestellt, und ich bekam rasende Kopfschmerzen.«

»Dann muss es Jeanne Ellen gewesen sein.«

Lula setzte mich vor meiner Haustür ab.

»Sag Bescheid, wenn du wieder jemanden observieren willst«, sagte Lula. »Observieren ist eine meiner Stärken.«

Rex trainierte in seinem Laufrad, als ich in die Küche kam. Er hielt inne und sah mich mit strahlenden Augen an.

»Gute Nachrichten, mein Dicker«, sagte ich. »Ich bin auf dem Nachhauseweg am Supermarkt vorbeigefahren und habe uns was zu essen gekauft.«

Ich schüttete den Inhalt der Einkaufstüte auf den Küchentresen. Sieben Tastykakes, zwei Butterscotch Krimpets, ein Kokosnussriegel, zwei Erdnussbutter Kandykakes, Muffins mit Cremefüllung und Schokoriegel. Was Schöneres konnte einem im Leben nicht passieren. Tastykakes sind nur einer der vielen Vorteile von New Jersey. Produziert werden sie in Philly und dann in ihrer ganzen matschig-frischen Pracht und Herrlichkeit nach Trenton verfrachtet. Täglich gehen 439 000 Butterscotch Krimpets vom Band, habe ich mal irgendwo gelesen. Und nicht gerade die allermeisten finden ihren Weg nach New Hampshire. Was hat man von dem vielen Schnee und der schönen Landschaft, wenn es keine Tastykakes gibt?

Ich verputzte einen Schokoriegel, ein Butterscotch Krimpet und zum Nachtisch ein Kandykake. Für Rex fiel ein Krümel von dem Butterscotch Krimpet ab.

In letzter Zeit ist nicht alles bestens gelaufen für mich. Allein in dieser Woche sind mir drei Paar Handschellen und mein Auto abhanden gekommen, und an meine Wohnungstür hatte ein Witzbold einen Beutel mit Schlangen gehängt. Anderseits, ganz so dramatisch war es nun auch wieder nicht. Es gibt Schlimmeres, zum Beispiel in New Hampshire zu wohnen, ohne Tastykakes.

Es war fast Mitternacht, als ich endlich ins Bett kroch. Der Regen hatte aufgehört, und zwischen den Wolkenfetzen kam das Mondlicht hervor. Die Vorhänge vor meinem Fenster waren zugezogen, und im Zimmer war es dunkel.

Vor meinem Schlafzimmerfenster, fest in der Hauswand verankert, befindet sich eine altmodische Feuerleiter. In heißen Nächten eignet sie sich hervorragend, um mal frische Luft zu schnappen. Man kann sie zum Wäschetrocknen benutzen, um verlauste Zimmerpflanzen auszuquartieren oder um Bier kalt zu stellen, wenn es draußen kühler wird. Leider wird sie gelegentlich auch für weniger schöne Dinge missbraucht. Zum Beispiel wurde Benito Ramirez auf meiner Feuerleiter erschossen. Es ist nicht ganz einfach, meine Feuerleiter zu erklimmen, aber unmöglich ist es auch nicht.

Ich lag im Dunkeln, wog in Gedanken gerade die Vorzüge des Schokoriegels gegenüber den Butterscotch Krimpets ab, als ich ein kratzendes Geräusch hinter den zugezogenen Vorhängen vernahm. Hilfe! Jemand war auf meiner Feuerleiter! Ein heißer Adrenalinstrom schoss mir wie ein Blitz in Herz und Magen. Ich sprang aus dem Bett, lief in die Küche und rief die Polizei. Dann holte ich meine Pistole aus der Plätzchendose. Mist! Wo waren die Patronen? Ich leerte meine Umhängetasche auf den Küchentisch. Patronen fielen nicht heraus. Mist! Mist! Überleg genau, Stephanie, wo hast du die Patronen hingetan? Früher waren immer welche in der Zuckerdose. Jetzt nicht mehr. Die Zuckerdose war leer. Ich wühlte in der Küchenschublade für Krimskrams und fand schließlich vier Patronen. Die steckte ich in meine 38er Smith&Wesson und lief zurück ins Schlafzimmer.

Ich stand im Dunkeln und lauschte. Kratzgeräusche waren nicht mehr zu hören. Mein Herz raste, und die Hand, mit der ich die Pistole hielt, zitterte. Reiß dich zusammen, sagte ich mir. Wahrscheinlich war es nur ein Vogel. Eine Eule. Die fliegen doch gerne nachts durch die Gegend. Stephanie, bist du blöd, lässt dich von einer Eule erschrecken.

Ich schlich mich ans Fenster und lauschte erneut. Stille. Ich lupfte den Vorhang ein winziges Stück und spähte dahinter!

Igitt!

Auf der Feuerleiter stand ein Riese. Ich sah ihn nur einen Sekundenbruchteil lang, aber er hatte große Ähnlichkeit mit Benito Ramirez. Wie war das möglich? Ramirez war doch tot.

Plötzlich gab es einen irren Lärm, und ich merkte, dass ich alle vier Kugeln durchs Fenster auf den Mann auf meiner Feuerleiter abgegeben hatte.

Superscheiße! So was durfte mir nicht passieren. Erstens hätte ich ihn töten können. Und das kann ich nun auf den Tod nicht ausstehen. Zweitens hatte ich keine Ahnung, ob der Kerl bewaffnet war oder nicht, und das Gesetz missbilligt das Schießen auf unbewaffnete Personen. Das Gesetz ahndet ja sogar das Schießen auf bewaffnete Personen. Am schlimmsten aber war, dass mein Fenster zu Bruch gegangen war.

Ich riss den Vorhang zur Seite und drückte mir die Nase an der Scheibe platt. Draußen war niemand zu sehen. Ich schaute genauer nach und entdeckte, dass ich einen lebensgroßen Pappkameraden zerfetzt hatte. Er lag daniedergestreckt auf dem Absatz der Feuerleiter, durchbohrt von vier Kugeln.

Ich stand wie angewurzelt da, atmete schwer, hatte die Pistole noch in der Hand, da hörte ich in der Ferne Polizeisirenen heulen. Gut gebrüllt, Stephanie. Da rufe ich einmal im Leben die Polizei, und dann stellt sich heraus, dass es falscher Alarm war. Ein böser Streich. Wie bei den Schlangen.

Trotzdem: Wer würde so etwas tun? Wer käme auf so eine Idee? Jemand, der wusste, dass Ramirez auf meiner Feuerleiter den Tod gefunden hatte. Aber: Das ganze Land wusste davon. Es hatte in allen Zeitungen gestanden. Also gut, wer kam noch in Frage? Jemand, der sich einen lebensgroßen Pappkameraden mit dem Konterfei von Ramirez besorgen konnte. Zu der Zeit, als Ramirez noch in den Ring gestiegen war, hatte es solche Pappfiguren zuhauf gegeben. Jetzt schwirrten nicht mehr so viele davon herum. Mir kam nur ein Mann in den Sinn, der noch eine übrig haben könnte: Eddie Abruzzi.

Ein Streifenwagen fuhr mit Blaulicht auf meinen Parkplatz, und ein Bulle stieg aus.

Ich machte das Fenster auf und lehnte mich hinaus. »Falscher Alarm«, rief ich nach unten. »Es ist niemand hier. Muss ein Vogel gewesen sein.«

Der Bulle schaute zu mir hoch. »Ein Vogel?«

»Ich glaube, es war eine Eule. Eine Rieseneule. Tut mir Leid, dass ich Sie gerufen habe.«

Er winkte ab, stieg in seinen Wagen und fuhr wieder davon.

Ich machte das Fenster zu und schob den Sperrriegel vor, eine reine Geste, mehr nicht, denn die Glasscheibe fehlte zum größten Teil. Ich ging in die Küche und aß einen Schokoriegel.

Im Halbschlaf dachte ich über den Nährwert von Muffins mit Cremefüllung zum Frühstück nach, da klopfte es an meiner Tür.

Es war Tank, Rangers rechte Hand. »Man hat Ihren Wagen wiedergefunden. Vor einem Tierfuttergeschäft«, sagte er. Er gab mir meine Tasche. »Die lag hinten auf dem Boden.«

»Und mein Auto?«

»Steht unten auf dem Parkplatz.« Er übergab mir die Schlüssel. »Soweit ist alles in Ordnung mit dem Wagen. Nur an dem Abschlepphaken ist eine Kette befestigt. Wir wussten nicht, wofür die sein sollte.«

Ich verschloss die Tür hinter Tank wieder, taperte in die Küche und aß die ganze Packung Muffins. Ich redete mir ein, dass das schon nicht weiter tragisch war, denn schließlich gab es etwas zu feiern. Ich hatte mein Auto wieder. Wenn es ums Feiern geht, zählen Kalorien nicht. Das weiß doch jedes Kind.

Kaffee würde jetzt ganz gut zum Riegel schmecken, aber das schien mir, so früh am Morgen, doch zu viel des Aufwands. Ich müsste den Filter wechseln, das Kaffeepulver einfüllen, Wasser eingießen und die Maschine anstellen. Mal abgesehen davon, dass ich ja wach werden würde, wenn ich Kaffee trank, und ich glaube, ich war noch nicht bereit, mich den Anforderungen des Tages zu stellen. Lieber würde ich mich noch mal ins Bett begeben.

Gerade hatte ich mich dorthin verkrochen, da schellte es schon wieder. Ich zog das Kissen über den Kopf und schloss die Augen. Unverdrossen klingelte es weiter. »Ruhe!«, schrie ich. »Keiner zu Hause!« Jetzt klopfte es, dann schellte es wieder. Ich schleuderte das Kissen weg und hievte mich aus dem Bett. Ich stapfte zur Tür, riss sie auf und stierte nach draußen. »Was ist?«

Es war Kloughn. »Heute ist Samstag«, sagte er. »Ich habe Doughnuts mitgebracht. Samstagsmorgens esse ich immer Doughnuts.« Er musterte mich genauer. »Habe ich Sie geweckt? Mann, oh Mann, hübsch sehen Sie ja nicht gerade aus morgens beim Aufwachen. Kein Wunder, dass Sie nicht verheiratet sind. Schlafen Sie immer in diesen Trainingsklamotten? Wie kommt es, dass Ihr Haar so hochsteht?«

»Wollen Sie sich Ihre Nase unbedingt ein zweites Mal brechen?«

Kloughn zwängte sich an mir vorbei in die Wohnung. »Ich habe Ihren Wagen unten auf dem Parkplatz gesehen. Hat die Polizei ihn gefunden? Haben Sie meine Handschellen wiederbekommen?«

»Ihre Handschellen können Sie sich sonst wo hinstecken. Und jetzt raus aus meiner Wohnung. Verschwinden Sie!«

»Ich sehe schon, Sie brauchen unbedingt eine Tasse Kaffee«, sagte Kloughn. »Wo bewahren Sie die Filter auf? Ich bin auch der typische Morgenmuffel. Aber wenn ich dann den ersten Schluck Kaffee getrunken habe, bin ich ein anderer Mensch.«

Womit hatte ich das verdient?, fragte ich mich.

Kloughn holte das Kaffeepulver aus dem Kühlschrank und stellte die Maschine an. »Ich wusste nicht, ob Kopfgeldjäger auch samstags arbeiten«, sagte er. »Ich habe mir gedacht, Vorsicht ist besser als Nachsicht. Also bin ich hergekommen.«

Ich war sprachlos.

Die Wohnungstür stand noch offen, und jemand klopfte an den Türpfosten hinter mir.

Es war Morelli. »Störe ich?«, fragte er.

»Es ist nicht so, wie Sie denken«, erklärte sich Kloughn. »Ich bin nur vorbeigekommen, um ihr Doughnuts mit Marmelade zu bringen.«

Morelli sah mich von oben bis unten an. »Da kann man ja Angst kriegen.«

Ich blitzte ihn böse an. »Ich habe eine schlimme Nacht hinter mir.«

»Das habe ich auch schon gehört. Ein großer Vogel soll sich hier bei dir eingefunden haben. Eine Eule.«

»Na und?«

»Hat die Eule irgendwelchen Schaden angerichtet?«

»Nicht der Rede wert.«

»Wir sehen uns jetzt öfter als in der Zeit, als wir zusammenwohnten«, sagte Morelli. »Machst du dieses ganze Theater nur, damit ich vorbeikommen muss?«

6

»Ach je, ich wusste gar nicht, dass Sie beide mal zusammengewohnt haben«, sagte Kloughn. »Nicht, dass Sie mich missverstehen: Ich will mich da in nichts einmischen. Wir beide arbeiten nur zusammen an einem Fall. Stimmt's oder habe ich Recht?«

»Es stimmt«, sagte ich.

»Ist das der Mann, mit dem Sie verheiratet sind?«, fragte Kloughn.

Ein Lächeln zuckte um Morellis Mundwinkel. »Ach, du bist verheiratet?«

»Irgendwie schon«, sagte ich. »Ich will nicht darüber reden.«

Morelli griff in die Tüte und suchte sich einen Doughnut aus. »Du trägst gar keinen Ehering.«

»Habe ich mich nicht klar genug ausgedrückt? Ich will nicht darüber reden.«

Kloughn lenkte mit Bedauern in der Stimme ein. »Sie hat noch keinen Kaffee im Magen.«

Herzhaft biss Morelli in den Doughnut. »Da hilft auch kein Kaffee mehr.«

Ich zeigte mit ausgestrecktem Arm zur Tür. »Raus!«

Wenig später knallte ich die Tür hinter den beiden zu und schob den Sicherheitsriegel vor. Ich lehnte gegen die Tür und schloss die Augen. Morelli hatte Spitze ausgesehen. T-Shirt, Jeans und ein rotes Baumwollhemd, das er wie eine

Jacke offen trug. Und er roch so geil. Der Geruch hing noch in meinem Flur, vermischte sich mit dem der Marmeladen-doughnuts. Ich holte tief Luft, und ein Lustanfall überkam mich, unmittelbar gefolgt von einem Wutanfall. Ohrfeigen hätte ich mich können. Ich hatte Morelli weggeschickt! Was hatte ich mir bloß dabei gedacht? Ach ja, jetzt fiel es mir wieder ein. Ich glaube, er hatte gesagt, bei meinem Anblick könnte man Angst kriegen. Angst! Bei meinem Anblick! Und mich überkam eine Hitzewallung wegen eines Typen, der findet, bei meinem Anblick könnte man Angst kriegen! Andererseits war er tatsächlich vorbeigekommen, um zu sehen, ob mir auch nichts passiert war.

Das ging mir durch den Kopf auf dem Weg zum Badezimmer. Mittlerweile war ich hellwach. Da konnte ich auch gleich ganz aufstehen und mich dem neuen Tag stellen. Ich schaltete das Licht an und erhaschte einen Blick von mir im Spiegel. Iih! Da konnte man ja wirklich Angst kriegen.

Ich befand, dass Samstag ein ganz guter Tag war, um Dotty zu beschatten. Eigentlich hatte ich sie gar nicht in Verdacht, dass sie Evelyn helfen könnte. Ich folgte nur meinem Instinkt. Manchmal braucht es nur Instinkt, mehr nicht. Mit den Freundschaften aus der Kindheit ist es etwas Besonderes. Hin und wieder geraten sie aus Nachlässigkeit etwas in den Hintergrund, aber vergessen tut man sie nie.

Mary Lou Molnar ist meine engste Freundin, solange ich denken kann. In Wahrheit haben wir gar nicht mehr viel gemein. Heute heißt sie Mary Lou Stankovik, sie ist verheiratet und hat zwei Kinder. Ich lebe mit einem Hamster zusammen. Dennoch: Wollte ich jemandem ein Geheimnis anvertrauen, ich würde mich an Mary Lou wenden. Und wenn ich Evelyn wäre, ich würde mich an Dotty Palowski wenden.

Als ich in South River ankam, war es fast zehn Uhr. Ich gondelte an Dottys Haus vorbei und parkte ein Stück weiter. In der Einfahrt stand Dottys Wagen, direkt vorm Haus ein roter Jeep. Es war nicht Evelyns Wagen. Evelyn fuhr einen neun Jahre alten Sentra. Ich schob meinen Sitz ein Stück nach hinten und streckte die Beine aus. Als Mann, der in dieser Pose vor einem Haus herumlungerte, wäre ich verdächtig. Frauen schenkt man zum Glück nicht so viel Beachtung.

Dottys Haustür ging auf, und ein Mann trat heraus. Dottys Kinder sprangen hinter ihm her und liefen im Kreis um ihn herum. Er nahm sie bei der Hand, und alle drei gingen zum Jeep.

Der Exmann an seinem Besuchstag.

Der Jeep fuhr davon, fünf Minuten später verschloss Dotty das Haus und stieg in ihren Honda. Ich nahm die Verfolgung auf, was nicht schwierig war. Dotty ließ das Viertel hinter sich und fuhr auf den Highway. Sie rechnete nicht mit einem Verfolger, entdeckte mich kein einziges Mal in ihrem Rückspiegel.

Wir fuhren direkt zu einer der Shopping Malls an der Route 18 und hielten vor dem Geschäft einer Buchhandelskette. Ich sah, wie Dotty ausstieg, den Parkplatz überquerte und auf den Laden zuging. Ihre Beine waren nackt, sie trug nur ein Sommerkleid und einen Sweater. Ich hätte darin gefroren. Zwar schien die Sonne, aber es war kalt. Wahrscheinlich war Dotty die Geduld mit dem miesen Wetter ausgegangen. Sie schritt durch die Tür, ging gezielt auf die Coffee Bar zu. Durch die Fensterscheibe konnte ich alles gut erkennen. Sie bestellte sich einen Kaffee, setzte sich damit an einen Tisch, den Rücken mir zugewandt, und sah sich im Raum um. Sie schaute auf die Uhr, trank ihren Kaffee. Sie wartete auf jemanden.

Lieber Gott, dachte ich, hoffentlich wartet sie auf Evelyn. Das würde die Sache erheblich vereinfachen.

Ich verließ meinen Beobachterposten im Auto und ging die paar Meter zum Laden. Zuerst stöberte ich ein bisschen in den Regalen im rückwärtigen Teil der Coffee Bar, versteckt hinter Bücherstapeln. Ich kannte Dotty nicht persönlich, dennoch befürchtete ich, sie könnte mich erkennen. Ich suchte den Laden nach Evelyn und Annie ab, denn sie sollten mich auch nicht sehen.

Dotty schaute von ihrer Tasse auf und blickte angestrengt. Ich folgte der Richtung ihres Blicks, aber ich konnte weder Evelyn noch Annie ausmachen. So intensiv hielt ich Ausschau nach Evelyn und Annie, dass ich den rothaarigen Kerl, der sich jetzt seinen Weg zu Dotty bahnte, beinahe nicht bemerkt hätte. Es war Steven Soder. Im ersten Moment wollte ich ihn abfangen. Ich wusste nicht, was er hier zu tun hatte, er würde mir alles nur kaputtmachen. Evelyn würde weglaufen, wenn sie ihn sah. Aber dann – dann fiel es mir wie Schuppen von den Augen. Ich Trottel, natürlich: Dotty wartete auf Soder.

Soder holte sich einen Kaffee und ging damit zu Dottys Tisch. Er setzte sich ihr gegenüber und fläzte sich auf seinen Stuhl. Eine arrogante Pose. Ich konnte sein Gesicht erkennen, es erschien mir wenig freundlich.

Dotty beugte sich vor und sagte etwas zu Soder. Er lachte schief, ein Zähnefletschen fast, dazu nickte er mit dem Kopf. Die beiden unterhielten sich kurz. Soder stach mit dem Finger vor Dottys Gesicht in die Luft und sagte etwas, das sie erbleichen ließ. Er stand auf, machte noch irgendeine Bemerkung zum Schluss und ging. Seinen Kaffee ließ er unangetastet auf dem Tisch stehen. Dotty fasste sich wieder, prüfte nach, ob Soder auch wirklich außer Sichtweite war, und ging dann ebenfalls.

Ich ging hinter ihr her auf den Parkplatz. Sie stieg in ihren Wagen, und ich lief zu meinem. Liebe Scheiße, das Auto war weg! Mein Auto war weg! Ich bin zwar ein bisschen neben der Tasse manchmal, aber wo ich mein Auto abgestellt habe, weiß ich meistens noch. Ich schritt die ganze Reihe auf und ab und auch die nächste. Kein Auto.

Dotty glitt aus ihrer Parkbucht, Richtung Ausfahrt. Ein schnittiger schwarzer Wagen folgte in einem kurzen Abstand dahinter. Jeanne Ellen.

»Verdammte Hacke!«

Ich stieß die Hand in meine Tasche, fingerte nach dem Handy und drückte wütend Rangers Nummer.

»Ruf sofort Jeanne Ellen an und stell fest, was sie mit meinem Auto gemacht hat«, sagte ich zu Ranger. »Jetzt sofort!«

Eine Minute später rief Jeanne Ellen an. »Ich glaube, ich habe vor dem Feinkostladen einen schwarzen Honda CRV stehen sehen«, sagte sie.

Ich drückte so fest auf die Endtaste, dass mein Fingernagel abbrach. Das Handy ließ ich wieder in meiner Tasche versinken, dann stürmte ich los, die Einkaufsstraße entlang zum Feinkostladen. Ich fand mein Auto und untersuchte es kurz. An der Stelle, wo Jeanne Ellen das Türschloss geknackt hatte, waren keine Kratzer zu erkennen, auch keine losen Drahtenden von einem möglichen Kurzschluss. Auf irgendeine mysteriöse Weise, ohne auch nur die geringste Spur zu hinterlassen, war sie in den Wagen hineingekommen. Ein Trick, den Ranger perfekt beherrschte, den ich dagegen nicht mal hoffen durfte, jemals anwenden zu können. Die Tatsache, dass Jeanne Ellen ihn kannte, wurmte mich tierisch.

Ich verließ die Shopping Mall und kehrte zurück zu Dottys Haus. Es war niemand da. In der Einfahrt stand auch kein Auto. Wahrscheinlich hatte Dotty Jeanne Ellen schnurstracks zu Evelyn geführt. Und wenn schon, für mich sprang sowieso kein Geld bei dieser Sache heraus. Halt: So einfach konnte ich es mir nun auch wieder nicht machen. Wenn ich mit nichts in der Hand bei Mabel antanzte, bekäme ich nur wieder ihre Jammerarie zu hören. Eher ging ich durch heiße Lavaströme oder wandelte auf Glasscherben, als mir noch mal eine in Tränen aufgelöste Mabel anzutun. Das musste nicht sein.

Bis zum frühen Nachmittag hielt ich es vor dem Haus aus. Ich las Zeitung, feilte meine Fingernägel, ordnete den Inhalt meiner Umhängetasche und telefonierte eine halbe Stunde lang über mein Handy mit Mary Lou Stankovik. Von dem Eingesperrtsein kribbelte es in meinen Beinen, und meine Pomuskeln waren eingeschlafen. Zwischendurch musste ich viel an Jeanne Ellen Burrows denken, und meine Gedanken waren nicht gerade menschenfreundlicher Natur. Nach einer halben Stunde hatte ich mich sogar in eine richtige Stinkwut hineingesteigert. Jeanne Ellen hatte dickere Titten und einen schmaleren Hintern als ich. Sie war die bessere Kopfgeldjägerin, sie hatte ein schickeres Auto, und sie trug eine Lederhose. Das konnte ich alles akzeptieren. Nicht akzeptieren konnte ich dagegen die offenkundige Tatsache, dass sie irgendwie mit Ranger liiert war. Eigentlich war ich davon ausgegangen, dass ihre Beziehung zu Ende war, aber damit lag ich eindeutig daneben. Er wusste jede Sekunde des Tages, an welchem Fleck der Erde sie sich gerade aufhielt.

Während sie also eine »Beziehung« hatte, schwebte über mir das Damoklesschwert einer einmaligen Liebesnacht mit einem Gorilla. Gut, ich hatte mich in einem Moment der Verzweiflung, beruflich gesehen, auf diesen Handel eingelassen. Seine Hilfe im Tausch gegen meinen Körper. Vielleicht hatte ich sogar meinen Spaß an diesem Flirt gehabt, wenn mir auch leicht mulmig dabei war. Und es stimmt, ich finde den Mann anziehend. Ich bin auch nur ein Mensch, verdammte Hacke. Eine Frau, die Ranger nicht anziehend fand, musste jenseits von Gut und Böse sein. Und es ist nicht so, dass ich Morelli jederzeit ins Bett kriegen könnte, leider.

Hier also ich, mit meiner Aussicht auf eine Nacht, und auf der anderen Seite Jeanne Ellen, die so was wie eine Beziehung mit Ranger hatte. Vergiss es, sagte ich mir. Ich hatte keine Lust, mit einem Mann rumzumachen, der möglicherweise etwas Ernsthaftes mit einer anderen hatte.

Ich wählte Rangers Nummer und trommelte mit den Fingern aufs Steuerrad, bis er sich meldete.

»Yo«, sagte Ranger.

»Ich schulde dir gar nichts«, sagte ich. »Die Abmachung gilt nicht mehr.«

Ranger schwieg einige Sekunden lang. Wahrscheinlich wunderte er sich, warum er sich überhaupt auf diesen Handel eingelassen hatte. »Schlechten Tag gehabt?«, fragte er mich schließlich.

»Mein schlechter Tag hat damit nicht das Geringste zu tun«, erwiderte ich und legte auf.

Mein Handy klingelte, und ich überlegte, ob ich drangehen sollte oder nicht. Die Neugier trug den Sieg über die Feigheit davon – was, nebenbei gesagt, bei mir immer der Fall ist.

»Ich hatte viel Stress in letzter Zeit«, sagte ich. »Kann sogar sein, ich habe Fieber.«

»Und?«

»Was, und?«

»Ich dachte, du wolltest noch mal auf eben zurückkommen, als du gesagt hast, die Abmachung gilt nicht mehr.«

Langes Anschweigen.

»Und?«, fragte Ranger.

»Ich überlege.«

»Das verspricht meistens nichts Gutes«, sagte Ranger und legte auf.

Rückzug erschien mir gerade als eine prima Alternative, da fuhr Dotty vor. Sie parkte in der Einfahrt, nahm zwei Einkaufstüten vom Rücksitz und schloss die Haustür auf.

Wieder klingelte es. Ich stöhnte genervt und klappte das Handy auf. »Ja?«

»Warten Sie schon lange?« Es war Jeanne Ellen.

Sofort drehte ich mich um, schaute links und rechts die Straße hinunter. »Wo stecken Sie?«

»Hinter dem blauen Kombi. Es dürfte Sie freuen, wenn ich Ihnen sage, dass Sie heute Nachmittag nichts Wesentliches verpasst haben. Dotty ist heute den ganzen Tag nur ihren hausfraulichen Pflichten nachgegangen.«

»Hat sie gemerkt, dass sie beschattet wurde?«

Es folgte eine kleine Pause; vermutlich hatte Jeanne Ellen meine Unterstellung, ihre Tarnung könnte auffliegen, die Sprache verschlagen. »Selbstverständlich nicht«, sagte sie pikiert. »Ein Treffen mit Evelyn stand heute nicht auf ihrem Programm.«

»Freuen Sie sich nicht zu früh«, sagte ich. »Noch ist nicht aller Tage Abend.«

»Da haben Sie Recht. Deswegen habe ich mir gedacht, bleibe ich noch etwas länger. Nur, wenn wir beide hier stehen und warten, wird's ein bisschen eng.«

»Und?«

»Deswegen schlage ich vor, Sie verdrücken sich.«

»Kommt gar nicht in Frage. Sie verdrücken sich.«

»Ich melde mich, wenn was anliegt«, versprach Jeanne Ellen.

»Lügen haben bekanntlich kurze Beine.«

»Da haben Sie schon wieder Recht. Dann will ich Ihnen mal was sagen, was keine Lüge ist. Wenn Sie nicht abhauen, jage ich Ihnen eine Kugel in Ihr hübsches Auto.«

Einschusslöcher in der Karosserie machen sich wenig vorteilhaft beim Weiterverkauf. Ich legte auf, ließ den Wagen an und fuhr los. Genau zwei Straßen weiter hielt ich wieder an und stellte den Wagen vor einem kleinen, weißen, ranchähnlichen Haus ab. Ich stieg aus, schloss den Wagen ab und ging um den Häuserblock herum, bis ich genau hinter Dottys Haus stand, auf der Parallelstraße. Es war nicht viel los auf der Straße, und auch bei Dottys Nachbarn gab es keine Anzeichen von häuslichem Leben. Alle waren noch im Einkaufszentrum, beim Fußballspiel, beim Sport, in der Autowaschanlage. Ich schlich mich zwischen zwei Häusern hindurch und kletterte über den weißen Lattenzaun, der Dottys Garten umgab. Dann ging ich durch den Garten und klopfte an Dottys Hintereingang.

Dotty machte auf und sah mich entgeistert an, überrascht, dass eine fremde Person sich auf ihrem Grundstück herumtrieb.

»Ich bin Stephanie Plum«, sagte ich. »Ich hoffe, ich habe Sie nicht verschreckt, weil ich hier einfach so hereinplatze.«

Das Erstaunen wich Erleichterung. »Ja, natürlich, jetzt fällt es mir ein: Ihre Eltern wohnen neben Mabel Markowitz. Ich bin mit Ihrer Schwester zusammen zur Schule gegangen.«

»Ich würde Ihnen gerne ein paar Fragen über Evelyn stellen. Mabel macht sich Sorgen wegen ihr, und ich habe ihr versprochen, mal Nachforschungen anzustellen. Ich bin an den Hintereingang gekommen, weil jemand vor Ihrer Haustür steht und den Eingang beobachtet.«

Dotty klappte den Mund auf, ihre Augen weiteten sich. »Ich werde beobachtet?«

»Steven Soder hat eine Privatdetektivin beauftragt, nach Annie zu suchen. Die Frau heißt Jeanne Ellen Burrwos, und sie sitzt in einem schwarzen Mercedes, hinter dem blauen Kombi. Der Wagen ist mir aufgefallen, als ich hierher fuhr, und ich wollte nicht, dass die Frau mich sieht, deswegen bin ich zum Hintereingang gekommen.« Da bist du platt, was, Jeanne Ellen Burrows? Volltreffer. *Krawumm*!

»Schreck lass nach », sagte Dotty. »Was soll ich denn jetzt machen?«

»Wissen Sie, wo Evelyn ist?«

»Tut mir Leid. Nein. Evelyn und ich haben irgendwie den Kontakt verloren.«

Sie log. Sie hatte zu lange gezögert mit dem Nein. Und jetzt sprossen rötliche Flecken in ihrem Gesicht. Sie war die schlechteste Lügnerin, die mir je untergekommen war. Eine Schande für die Frauen von Burg. Burgeranerinnen können einem das Blaue vom Himmel herunterlügen. Kein Wunder, dass Dotty nach South River umgezogen war.

Ich betrat ungefragt die Küche und schloss die Tür hinter mir. »Hören Sie«, sagte ich, »wegen Jeanne Ellen brauchen Sie keine Angst zu haben. Die ist nicht gefährlich. Sie dürfen sie bloß nicht zu Evelyn führen.«

»Sie meinen, gesetzt den Fall, ich wüsste, wo sich Evelyn aufhielte, sollte ich mich vorsehen, sie zu besuchen.«

»Vorsicht allein reicht nicht. Jeanne Ellen wird Sie verfolgen, und Sie werden es nicht mal merken. Meiden Sie Evelyn. Am besten, Sie halten sich ganz von ihr fern.«

Der Ratschlag schien Dotty gar nicht zu gefallen. »Hmm«, sagte sie.

»Können wir uns über Evelyn unterhalten?«

Dotty schüttelte den Kopf. »Ich kann nicht über Evelyn reden.«

Ich gab ihr meine Visitenkarte. »Rufen Sie mich an, wenn Sie es sich anders überlegt haben. Sollte Evelyn sich bei Ihnen melden und Sie müssen zu ihr, könnte ich Ihnen dabei behilflich sein. Sie können Mabel anrufen und sich bei ihr nach mir erkundigen.«

Dotty las die Karte und nickte. »Gut.«

Ich verschwand wieder durch den Hintereingang, schlich durch den Garten zur Straße, den halben Block zurück zu meinem Auto und fuhr nach Hause.

Als ich aus dem Aufzug trat, spürte ich, wie mich beim Anblick von Kloughn im Hausflur der Mut verließ. Er saß auf dem Boden, lehnte mit dem Rücken an der Wand, die Beine ausgestreckt, Arme vor der Brust verschränkt. Als er mich sah, strahlte er übers ganze Gesicht, und er rappelte sich hoch.

»Sie waren ja den ganzen Nachmittag weg«, sagte er. »Wo waren Sie? Sie haben doch nicht etwa Bender gefasst, oder? Ohne mich? Das würden Sie mir nicht antun. Wir sind doch ein Team, oder etwa nicht?«

»Ja, ja«, lenkte ich ein. »Wir sind ein Team.« Ein Team ohne Handschellen.

Ich schloss die Wohnungstür auf, und wir beide verzogen uns in die Küche. Vorher riskierte ich einen Blick auf den Anrufbeantworter. Die Anzeige blinkte nicht. Keine Nachricht von Morelli, der mich um eine Verabredung anflehte. Nicht, dass Morelli mich jemals angefleht hätte, aber man durfte doch noch hoffen. Innerlich stieß ich einen Seufzer aus. Dann würde ich also den Samstagabend mit Kloughn verbringen. Das war wie die ewige Verdammnis.

Kloughn sah mich erwartungsvoll an, wie ein Schoßhündchen, die Augen strahlten, der Schwanz wedelte, als wartete er darauf, dass Frauchen mit ihm Gassi ging. Allerliebst – auf seine nervtötende Art.

»Und jetzt?«, fragte er. »Was machen wir jetzt?«

Das musste ich mir noch überlegen. Das Problem war meist, den NVGler überhaupt erst mal zu finden. Bei Bender lag die Sache anders. Finden würde ich Bender jederzeit, das Problem bei ihm war, an ihm dranzubleiben.

Ich machte den Kühlschrank auf und glotzte hinein. Mein Motto lautete schon immer: Iss was Leckeres, wenn alles schief läuft. »Wir kochen uns was.«

»Oh, Mann, eine selbst gekochte Mahlzeit. Das wäre jetzt genau das Richtige. Seit Stunden habe ich nichts gegessen. Außer einem Schokoriegel, kurz bevor Sie kamen, aber das zählt doch nicht, oder? Das ersetzt kein anständiges Essen. Und Hunger habe ich auch immer noch. Ein Schokoriegel ist doch kein richtiges Essen, oder?«

»Wo denken Sie hin.«

»Was sollen wir kochen? Pasta? Haben Sie Fisch im Haus? Wir könnten Fisch kochen? Oder uns ein Steak braten. Ich bin immer noch Fleischfresser. Gibt ja viele, die kein Fleisch mehr essen. Ich schon, ich esse alles.«

»Auch Erdnussbutter?«

»Klar. Eine meiner Lieblingsspeisen. Erdnussbutter ist ein Grundnahrungsmittel, nicht?«

»Stimmt.« Ich selbst esse viel Erdnussbutter, die braucht man nicht zu kochen, man macht nur das Streichmesser schmutzig. Und: Auf Erdnussbutter ist Verlass. Sie schmeckt immer gleich. Im Gegensatz zu Fisch, da kann man sich ganz schön verhauen.

Ich schmierte uns ein Sandwich mit Erdnussbutter und eins mit Butter und Gurke. Und weil ich einen Gast hatte, gab's obendrein noch eine Schicht Kartoffelchips.

»Sehr kreativ«, sagte Kloughn anerkennend. »So bekommt das Ganze Konsistenz. Und Sie kriegen keine fettigen Finger, weil Sie die Chips nicht extra servieren. Das muss ich mir merken. Ich bin immer auf der Suche nach neuen Rezepten.«

Also gut, ich würde einen neuerlichen Anlauf wagen, Bender endlich dingfest zu machen. Sobald ich ein neues Paar Handschellen hatte, würde ich ihm noch mal aufs Dach steigen.

Ich rief Lula an.

»Na?«, sagte ich zu ihr. »Was liegt an heute Abend?«

»Ich überlege gerade, was ich anziehen soll, schließlich ist Samstag. Und ich bin ja kein graues Mäuschen, die keinen Kerl abkriegt. Ich wäre schon längst aus dem Haus, kann mich nur nicht zwischen zwei verschiedenen Kleidern entscheiden.«

»Hast du noch Handschellen?«

»Klar habe ich Handschellen. Man weiß ja nie, wann man sie mal brauchen kann.«

»Könnte ich sie mir mal ausleihen? Es ist nur für ein paar Stunden. Ich muss Bender festnehmen.«

»Heute Abend? Brauchst du Hilfe? Ich könnte meine Verabredung verschieben. Dann bräuchte ich mich nicht für ein Outfit zu entscheiden. Du musst sowieso hier vorbeikommen, um die Handschellen zu holen. Da kann ich auch gleich mitkommen.«

»Du hast überhaupt keine Verabredung, stimmt's?«

»Wenn ich wollte.«

»Ich hole dich in einer halben Stunde ab.«

Lula saß auf dem Beifahrersitz, Kloughn auf dem Rücksitz. Wir standen vor Benders Wohnung und überlegten uns, wie wir am besten vorgehen wollten.

»Du behältst den Hintereingang im Auge«, sagte ich zu Lula. »Albert und ich gehen vorne rein.«

»Der Plan gefällt mir nicht«, widersprach Lula. »Ich will vorne reingehen, und ich will auch die Handschellen anlegen.«

»Ich finde, Stephanie sollte die Handschellen anlegen«, sagte Kloughn. »Sie ist schließlich die Kopfgeldjägerin.«

»Hm«, brummte Lula. »Und ich? Zähle ich vielleicht nicht? Außerdem sind das meine Handschellen. Eigentlich müsste ich die anlegen. Entweder lege ich sie an, oder ihr kriegt sie nicht.«

»Gut!«, sagte ich zu Lula. »Gehst du eben vorne rein und legst die Handschellen an. Achte nur darauf, dass du sie Bender anlegst, und keinem anderen.«

»Und ich? Was ist mit mir?«, wollte Kloughn wissen. »Wo bleibe ich? Übernehme ich den Hintereingang? Was soll ich da hinten? Soll ich die Tür stürmen?«

»Nein! Sie werden die Tür nicht stürmen! Sie bleiben hübsch da stehen und warten. Sie passen auf, dass Bender nicht durch den Hintereingang entwischt. Das ist Ihre Aufgabe. Wenn die Tür aufgeht und Bender läuft aus dem Haus, dann halten Sie ihn auf.«

»Sie können sich voll und ganz auf mich verlassen. An mir kommt der Kerl nicht vorbei. Da bin ich knallhart. Ich sehe schon aus wie ein harter Kerl, aber in Wirklichkeit bin ich noch viel härter. Ich bin voll die Härte.«

»Ja, ja«, sagten Lula und ich im Chor.

Kloughn ging zur Rückseite des Hauses, Lula und ich marschierten zum Vordereingang. Ich hämmerte gegen die Tür, und Lula und ich postierten uns rechts und links. Wir vernahmen das ratschende Geräusch einer Flinte, die durchgeladen wurde. Lula und ich sahen uns kurz an, *Oh, Scheiße*!, dann ballerte Bender ein tellergroßes Loch in die Tür.

Lula und ich nahmen die Beine in die Hand. Mit einem Kopfsprung tauchten wir ins Auto ab, ein zweiter Schuss folgte, ich kroch hinters Steuerrad und raste mit durchdrehenden Reifen los. Ich fegte um die Ecke, hopste über die Bordsteinkante und kam wenige Zentimeter vor Kloughn zum Stehen. Lula packte ihn am Hemdkragen, zerrte ihn ins Auto, und erneut startete ich durch.

»Was ist passiert?«, fragte Kloughn. »Warum fahren wir weg? War er nicht zu Hause?«

»Wir haben es uns anders überlegt«, sagte Lula. »Wenn wir wirklich gewollt hätten, hätten wir ihn uns heute Abend geschnappt, aber wir haben es uns anders überlegt.«

»Er hat auf uns geschossen, deswegen haben wir es uns anders überlegt«, sagte ich zu Kloughn.

»Das ist doch verboten«, sagte Kloughn. »Haben Sie das Feuer erwidert?«

»Ich habe noch überlegt«, sagte Lula, »aber da muss man immer so viele Formulare ausfüllen, wenn man auf jemanden geschossen hat. Dazu habe ich heute Abend keine Lust und keine Zeit.«

»Wenigstens durften Sie die Handschellen halten«, sagte Kloughn.

Lula sah sich ihre Hände an. Die Handschellen waren weg. »Oh«, sagte sie. »Bei der ganzen Aufregung muss ich die

Handschellen fallen gelassen haben. Nicht, dass ich Angst hatte, ich war nur furchtbar aufgeregt.«

Unterwegs hielt ich vor Soders Kneipe an. »Dauert nur eine Minute«, sagte ich zu meinen Mitfahrern. »Ich muss mal ein paar Takte mit Steven Soder reden.«

»Ist mir recht«, sagte Lula. »Ich könnte was zu trinken vertragen.« Sie sah nach hinten zu Kloughn. »Was ist mit Ihnen, Clownsnase?«

»Klar, ich könnte auch was zu trinken vertragen. Ist schließlich Samstag heute, oder? Samstagabend muss der Mensch mal ausgehen und was trinken.«

»Ich hätte mich auch mit jemandem verabreden können«, sagte Lula.

»Ich auch«, sagte Kloughn. »Es gibt viele Frauen, die mit mir ausgehen würden. Nur hatte ich heute keine Lust dazu. Manchmal muss man sich auch einen Abend zurückziehen von dem ganzen Trubel um einen herum.«

»Als ich das letzte Mal in dieser Bar war, hat man mich praktisch hinausgeworfen«, sagte Lula. »Glaubt ihr, die sind hier nachtragend?«

Soder erkannte mich gleich, als ich hereinkam. »Sieh an, sieh an, da kommt ja unser Pechvögelchen«, sagte er. »Und ihre beiden Jungen.«

»Die ganze Bagage.«

»Haben Sie meine Kleine schon gefunden?« Es war eine höhnische Bemerkung, keine Frage.

Ich zuckte die Achseln: Vielleicht, vielleicht auch nicht.

»Flieg, Vogel, flieg«, sang Soder.

»Ein bisschen menschlicher Anstand stünde Ihnen ganz gut«, sagte ich. »Sie sollten etwas höflicher zu mir sein. So wie Sie heute Morgen zu Dotty auch etwas höflicher hätten sein können.«

Bei diesen Worten stutzte er. »Woher wissen Sie das mit Dotty?«

Wieder zuckte ich mit den Achseln.

»Hören Sie auf, ständig mit den Achseln zu zucken«, blaffte er mich an. »Meine Exfrau, die mit dem Spatzenhirn, ist eine Kindesentführerin. Und wenn Sie irgendwelche Informationen haben, sollten Sie mir das sagen.«

Von mir aus sollte er weiter in der Unsicherheit schweben, wie weit meine Kenntnisse reichten. Vielleicht nicht klug gedacht, aber auf jeden Fall eine Genugtuung.

»Ich habe es mir anders überlegt. Ich will doch nichts trinken«, sagte ich zu Lula und Kloughn.

»Ist mir recht«, sagte Lula. »Die Atmosphäre in dieser Bar gefällt mir sowieso nicht.«

Soder musterte Kloughn. »Kenne ich Sie nicht von irgendwo her, Sie Wichser! Genau, jetzt fällt es mir wieder ein. Sie sind doch der bescheuerte Anwalt, der Evelyn vertreten hat.«

Kloughn strahlte. »Sie erinnern sich an mich? Hätte ich nicht gedacht, dass sich jemand an mich erinnert. Was sagt man dazu.«

»Wegen Ihnen kann Evelyn jetzt über das Kind bestimmen«, sagte Soder. »Immer wieder haben Sie diese Kneipe erwähnt. Sie haben mein Kind einer drogensüchtigen Irren zugesprochen, Sie inkompetenter Scheißer.«

»Auf mich machte sie nicht den Eindruck einer Drogensüchtigen«, sagte Kloughn. »Sie wirkte nur ein bisschen … zerstreut.«

»Ich zerstreue gleich meinen Fuß in Ihren Hintern, wenn Sie nichts dagegen haben«, sagte Soder und kam auf unser Ende des langen Eichentresens zu.

Lula stieß mit der Hand in ihren weiten Umhängebeutel

aus Leder. »Irgendwo habe ich doch einen Schlagstock. Und eine Pistole habe ich auch mitgebracht.«

Ich drehte mich um zu Kloughn und schob ihn Richtung Ausgang. »Los«, brüllte ich ihm ins Ohr. »Laufen Sie zum Wagen!«

Lula kramte noch immer in ihrer Tasche. »Ich weiß genau, dass ich eine Pistole mitgebracht habe.«

»Vergiss es!«, sagte ich zu ihr. »Machen wir, dass wir wegkommen!«

»Von wegen«, sagte Lula. »Der Typ hat es verdient. Und wenn ich meine Pistole fände, würde ich ihm auch eine verpassen.«

Soder kam jetzt hinter dem Tresen hervor und ging auf Kloughn los. Ich stellte mich ihm in den Weg, und er schubste mich mit beiden Händen weg.

»He, Sie können meine Freundin nicht einfach so wegschubsen«, sagte Lula. Sie schlug ihm mit der Handtasche auf den Hinterkopf. Er vollführte eine Drehung, sie schlug ihn noch einmal, diesmal ins Gesicht, und er prallte ein Stück zurück.

»Was soll das?«, sagte Soder verdutzt. Er blinzelte und schien etwas unsicher auf den Beinen.

Zwei Schlägertypen kamen von der anderen Seite auf uns zu, und die Hälfte der Gäste hatte ihre Waffen gezogen.

»Oh, oh«, sagte Lula. »Ich muss meine Pistole wohl in der anderen Tasche liegen gelassen haben.«

Ich packte Lula am Ärmel und zerrte sie zur Tür, dann rannten wir los. Von Ferne öffnete ich den Wagen mit meinem Funkschlüssel, wir sprangen hinein, und ich gab Gas.

»Ich darf nicht vergessen, dem Kerl eine Ladung Blei ins Gedärm zu blasen, sobald ich meine Pistole wiedergefunden habe«, sagte Lula.

Aufschneiderei ist eine von Lulas Kopfgeldjägertugenden. Ich habe noch nie erlebt, dass sie irgendwem eine Ladung Blei ins Gedärm gepustet hat.

»Ich brauche unbedingt Urlaub«, sagte ich. »Urlaub von Bender.«

Einer der Vorteile von Hamstern besteht darin, dass man ihnen alles sagen kann. Solange man sie füttert, haben Hamster keine Vorurteile.

»Mein Leben ist an einem Tiefpunkt angelangt«, sagte ich zu Rex. »Wie konnte es so weit kommen? Früher war ich ein interessanter Mensch. Früher war ich witzig. Und heute? Sieh mich doch an. Es ist Sonntagnachmittag, zwei Uhr, und ich habe mir schon zweimal *Ghostbusters* reingezogen. Dabei regnet es draußen nicht einmal. Dafür gibt es keine Erklärung, außer, dass ich langweilig bin.«

Ich schielte hinüber zum Anrufbeantworter. Vielleicht war er ja kaputt. Ich hob den Hörer ab und bekam den Wählton. Ich drückte den Knopf für eingegangene Nachrichten, aber die Stimme teilte mir mit, es seien keine neuen Nachrichten für mich da. Blöde Erfindung.

»Ich brauche ein Hobby«, sagte ich.

Ach, komm, besagte Rex' Blick. Stricken? Gartenarbeit? Collagen? Lieber nicht.

»Na gut. Wie wäre es mit Sport? Ich könnte Tennisspielen lernen.« Da fällt mir ein, Tennis habe ich doch mal gelernt, und ich fand es öde. Golf? Nein, auch Golf fand ich öde.

Ich trug Jeans und T-Shirt, und der oberste Knopf an meiner Jeans stand offen. Das kam von den vielen Muffins. Pechvögelchen hatte Soder mich genannt. Das brachte mich ins Grübeln. Vielleicht hatte er Recht. Ich drückte fest die Augen zu, ob ich mir nicht eine Träne des Selbstmitleids abringen konnte. Kein Glück. Ich zog den Bauch ein und knöpfte mir die Hose zu. Es tat weh. Und über den Hosenbund wölbte sich eine Speckfalte. Nicht gerade sehr attraktiv.

Sofort stürmte ich in mein Schlafzimmer und zog mich um, Sporthose und Laufschuhe. Ich bin definitiv kein Pechvögelchen. Eine kleine Speckfalte wölbte sich über meinen Hosenbund. Na und? Das war nicht weiter tragisch. Etwas Sport, und der Speck würde verschwinden. Außerdem brachte es einem zusätzliche Endorphine ein. Zwar wusste ich gar nicht so genau, was Endorphine eigentlich sind, aber ich wusste, dass sie einem gut tun und dass sie bei sportlichem Training produziert werden.

Ich stieg in meinen Honda und fuhr zum Park in Hamilton Township. Ich hätte auch gleich von der Haustür aus loslaufen können. Aber das hätte keinen Spaß gemacht. In New Jersey lassen wir keine Gelegenheit für eine kleine Spritztour aus. Zudem hatte ich während der Fahrt Zeit, mich vorzubereiten, musste ich mich doch erst einmal mental richtig auf diesen Fitnesskram einstellen. Diesmal wollte ich es richtig anpacken. Ich würde joggen. Ich würde schwitzen. Ich würde rasend gut aussehen. Ich würde mich toll fühlen. Und vielleicht würde ich sogar anfangen, regelmäßig zu joggen.

Es war ein herrlicher Tag, strahlend blauer Himmel, und im Park war es voll. Ich erwischte eine freie Bucht am Rand des Parkplatzes, schloss den Honda ab und ging zum Laufparcours. Zuerst ein paar Dehnübungen zum Aufwärmen, dann, zum Anfang, einen langsamen Trott. Nach wenigen hundert Metern wusste ich wieder, warum ich das sonst nie machte. Ich hasse Sport. Ich hasse Joggen. Ich hasse Schweiß. Und ich hasste die riesigen grotesken Laufschuhe an meinen Füßen.

Ich quälte mich bis zur Fünfhundert-Meter-Marke, wo ich wegen eines Seitenstichs stehen bleiben musste, Gott sei Dank. Ich sah mir meinen Bauch an, die Speckrolle war immer noch da.

Ich schaffte einen ganzen Kilometer, dann brach ich auf einer Bank zusammen. Von der Bank aus blickte man über den See, auf dem Menschen in Booten ruderten. Am Ufer schwamm eine Entenfamilie. Gegenüber, am anderen Ufer, erblickte ich den Parkplatz und einen Imbissstand. Am Imbissstand gab es Wasser zu kaufen. Wollte ich mich selbst verarschen? Ich wollte sowieso kein Wasser, ich wollte eine Cola und eine Packung Cracker Jacks.

Ich betrachtete die Enten und überlegte, dass es mal eine Zeit gegeben hatte, da galten Speckrollen als sexy. Schade, dass ich nicht zu dieser Zeit gelebt hatte. Ein großes, zotteliges rotblondes urzeitliches Getüm sprang mich an und vergrub seine Schnauze in meinen Schoß. Ih! Es war Morellis Hund Bob. Bob war zuerst zu mir in die Wohnung gezogen, hatte sich dann aber, nach einigem Hin und Her, dazu entschlossen, mit Morelli zusammenzuwohnen.

»Er ist ganz aufgeregt, weil er sich über das Wiedersehen mit dir freut«, sagte Morelli und setzte sich neben mich.

»Ich dachte, du hättest ihm in der Hundeschule Gehorsam beigebracht.«

»Habe ich auch. Er hat gelernt, Platz zu nehmen, sitzen zu bleiben und bei Fuß zu gehen. Schnüffeln im Schoß stand nicht auf dem Lehrplan.« Morelli musterte mich. »Leichte Gesichtsröte, eine Andeutung von Schweißperlen am Haaransatz, Haare zu einem Pferdeschwanz zusammengebunden, Laufschuhe – darf ich raten? Du bist gejoggt.«

»Na und?«

»Das ist doch toll! Ich bin nur erstaunt. Als ich das letzte

Mal mit dir joggen war, hast du einen Umweg über eine Bäckerei gemacht.«

»Ab heute werden andere Saiten aufgezogen.«

»Du kriegst wohl mal wieder den obersten Knopf deiner Jeans nicht zu.«

»Wenn ich gleichzeitig noch atmen will ...«

Bob hatte eine der Enten am Ufer entdeckt und ging auf sie los. Die Ente flüchtete ins Wasser, Bob planschte hinein und versank gleich bis zum Hals. Er drehte sich um und schaute uns angsterfüllt an. Bob war vermutlich der einzige Golden Retriever auf der ganzen Welt, der nicht schwimmen konnte.

Morelli stapfte in den See und zog Bob hinter sich her ans Ufer. Der Hund schleppte sich auf den Rasen, schüttelte sich kräftig und rannte gleich wieder los, diesmal hinter einem Eichhörnchen her.

»Du bist ein Held«, sagte ich zu Morelli.

Er streifte die Schuhe ab und krempelte sich die Hosenbeine bis zum Knie hoch. »Du sollst auch einige Heldentaten vollbracht haben, wie mir zu Ohren gekommen ist. Butch Dziewisz und Frankie Burlew waren gestern Abend in Soders Bar.«

»Dafür kann ich nichts.«

»Natürlich kannst du was dafür«, sagte Morelli. »Du kannst immer was dafür.«

Ich verdrehte die Augen gen Himmel.

»Du fehlst Bob.«

»Soll er mich anrufen, eine Nachricht auf meinem Beantworter hinterlassen.«

Morelli latschte zurück zur Bank. »Was hattest du in Soders Bar verloren?«

»Ich wollte mit ihm über Evelyn und Annie reden, aber er war nicht in Stimmung.«

»Rutschte seine Stimmung in den Keller, bevor oder nachdem er mit einer Umhängetasche eine übergezogen bekommen hatte?«

»Ich würde sagen, er war gedämpfterer Stimmung, nachdem Lula ihn geschlagen hatte.«

»Benommen, wie sich Butch ausgedrückt hat.«

»Benommen könnte zutreffen. Wir sind nicht so lange geblieben, um das festzustellen.«

Bob kehrte von der Eichhörnchenjagd zurück und begrüßte Morelli mit einem Bellen.

»Bob ist ganz hibbelig«, sagte Morelli. »Ich habe ihm versprochen, einmal um den See mit ihm zu laufen. In welche Richtung musst du?«

Würde ich die gleiche Strecke zurückjoggen, waren es nur anderthalb Kilometer, fast fünf, wenn ich den See umrundete. Morelli sah stilvoll aus mit den hochgekrempelten Hosenbeinen, und die Versuchung war groß. Leider hatte ich an der Ferse eine Blase, in der Seite spürte ich einen Stich, und sonderlich attraktiv muss ich auch nicht ausgesehen haben. »Ich laufe Richtung Parkplatz«, sagte ich.

Es gab einen Moment der Verlegenheit, während ich darauf wartete, dass Morelli sich mir anschloss. Gerne wäre ich mit ihm zum Auto zurückgegangen. Wenn ich die Wahrheit sagen soll, Morelli fehlte mir. Mir fehlte die Leidenschaft, mir fehlten seine liebevollen Hänseleien. Er zog mich gar nicht mehr zärtlich an den Haaren. Er guckte mir gar nicht mehr in den Ausschnitt oder unter den Rock. Wir waren an einem toten Punkt angelangt, und ich wusste einfach nicht, wie wir den überwinden sollten.

»Versuch, das nächste Mal vorsichtiger zu sein«, sagte Morelli. Wir schauten uns einen Moment lang in die Augen, dann ging jeder seiner Wege.

7

Ich humpelte zurück zum Imbissstand und kaufte mir eine Cola und eine Packung Cracker Jacks. Cracker Jacks gelten nicht als Billigfraß, weil sie Maismehl und Erdnussbutter enthalten, und Maismehl und Erdnussbutter haben bekanntlich einen hohen Nährwert. Außerdem ist in jeder Packung ein kleines Überraschungsgeschenk.

Ich ging die paar Meter bis zum Wasserrand, machte die Packung Cracker Jacks auf, und schon kam eine Gans angewatschelt und pickte nach meinem Knie. Ich wich zurück, aber sie kam schnatternd und pickend hinter mir her. Ich warf ihr einen Cracker Jack hin, was ein schwerer Fehler war. Ein zum Fressen hingeworfener einzelner Cracker Jack gilt unter Gänsen als Einladung. Plötzlich kamen aus allen Ecken und Enden des Parks Gänse auf mich zugeschossen, liefen auf ihren blöden Gänsefüßchen, wackelten mit ihren fetten Gänsehintern, schlugen mit ihren großen Gänseflügeln, die kleinen, glänzenden Gänseaugen stur auf meine Cracker Jacks gerichtet. Sie zankten sich untereinander, während sie kreischend, schreiend und bösartig mit ihren Schnäbel hackend auf mich losgingen.

»Laufen Sie schnell weg, meine Liebe! Überlassen Sie ihnen die Cracker!«, rief mir eine alte Dame von der Nachbarbank zu. »Werfen Sie den Tieren die Packung hin, sonst fressen die Schreihälse Sie bei lebendigem Leib auf.«

Ich klammerte mich an die Packung. »Ich bin noch nicht bis zum Überaschungsgeschenk vorgedrungen. Das ist noch in der Packung.«

»Das können Sie getrost vergessen.«

Jetzt kamen auch Gänse vom anderen Ufer herübergeflogen. Wenn das so weiterging, würden sie noch aus Kanada herfliegen. Ein Viech knallte mir voll gegen die Brust und streckte mich zu Boden. Ich schrie und ließ die Packung los. Die Gänse griffen ohne jede Rücksicht auf menschliches oder tierisches Leben an. Der Lärm war ohrenbetäubend. Gänseflügel schlugen auf mich ein, Gänsekrallen zerrissen mein T-Shirt.

Mir kam es so vor, als hätte diese Fütterungsekstase Stunden gedauert, in Wahrheit war es höchstens eine Minute. So schnell, wie sie gekommen waren, so schnell verschwanden die Gänse auch wieder, und das Einzige, was von ihnen übrig blieb, waren Gänsefedern und Gänsedreck. Riesige gallertartige Haufen Gänsedreck, so weit das Auge reichte.

Auf der Bank, neben der alten Frau, saß noch ein alter Mann. »Sie kennen sich mit dem Federvieh wohl nicht aus, was?«, sagte er zu mir.

Ich rappelte mich hoch, kreuchte zu meinem Auto, machte die Tür auf und zwängte mich wie betäubt hinters Steuer. So viel zum Thema Sport. Ich fuhr vom Parkplatz herunter und schaffte es irgendwie bis zur Hamilton Avenue. Nur wenige Straßen von meinem Haus entfernt, nahm ich auf dem Beifahrersitz eine Bewegung wahr. Ich wandte mich zur Seite und sah eine tellergroße Spinne auf mich zukrabbeln.

»Iih! Scheiße! Scheiße! Verdammte Scheiße!« Im Nu streifte ich ein geparktes Fahrzeug, übersprang die Bordsteinkante und kam auf einem Rasenstück zum Stehen. Ich stieß die Tür auf und stemmte mich aus dem Auto. Ich sprang wie eine Verrückte im Quadrat, schüttelte meine Haare aus, da kam schon die Polizei.

»Damit wir das klar haben«, sagte einer der Bullen. »Aus dem am Straßenrand abgestellten Toyota haben Sie beinahe Schrott gemacht, von dem schweren Schaden an Ihrem eigenen Wagen ganz zu schweigen – und das nur, weil eine Spinne Sie attackiert hat?«

»Das war nicht nur eine Spinne. Es waren mehrere! Gigantische Spinnen. Wahrscheinlich Mutanten. Eine Herde mutierter Spinnen.«

»Irgendwoher kenne ich Sie«, sagte er. »Sind Sie nicht Kopfgeldjägerin?«

»Ja, und eigentlich verlässt mich nicht so leicht der Mut. Außer bei Spinnen.« Und außer bei Eddie Abruzzi. Abruzzi weiß, wie man Frauen erschreckt. Und er kennt sich aus mit all dem Kreuch- und Fleuchgetier, das den Kampfgeist untergräbt und irrationale Ängste weckt. Er kennt sich aus mit Schlangen und Spinnen und mit Geistern auf Feuerleitern.

Die Polizisten wechselten viel sagende Blicke. *Typisch*, dachten sie wahrscheinlich, *Frau am Steuer.* Sie stolzierten zu meinem Wagen und steckten den Kopf hinein. Eine Sekunde später war ein zweifaches Aufkreischen zu hören, und die Wagentür wurde zugeknallt.

»Lieber Himmel!«, rief der eine. »Heiliger Strohsack!«

Nach kurzer Diskussion kam man zum Schluss, dass das über die Fähigkeiten eines einfachen Abdeckers hinausging, und wieder einmal wurde der Kammerjäger bestellt. Eine Stunde später wurde mir mein Honda als spinnenfrei übergeben, ich hatte eine Anzeige wegen leichtsinnigen Fahrens am Hals, und dem Besitzer des beschädigten Autos hatte ich meine Versicherungsnummer gegeben.

Ich fuhr die paar Straßen weiter bis zu meinem Haus und

stellte den Wagen ab. In der Eingangshalle traf ich Mr. Kleinschmidt.

»Sie sehen ja schrecklich aus«, sagte Mr. Kleinschmidt. »Was ist Ihnen denn widerfahren? Stecken da Gänsefedern an Ihrem Hemd? Woher kommen die ganzen Risse und die Grasspuren?«

»Die Geschichte möchte ich Ihnen lieber ersparen«, sagte ich zu ihm. »Es ist wirklich eklig.«

»Bestimmt haben Sie die Gänse im Park gefüttert«, sagte er. »Das sollte man hübsch bleiben lassen. Diese Gänse sind wie die Tiere.«

Ich stieß einen Seufzer aus und begab mich zum Aufzug. Als ich meine Wohnung betrat, spürte ich gleich, dass etwas anders war als sonst. Die Leuchtanzeige am Anrufbeantworter blinkte. Endlich! Ich drückte den Knopf und beugte mich vor, um die Nachricht besser zu verstehen.

»Haben Ihnen die Spinnen gefallen?«, fragte die Stimme.

Ich stand noch immer in der Küche, wie betäubt von den Erlebnissen des Tages, da schaute Morelli vorbei. Er klopfte einmal an, und die unverschlossene Wohnungstür wurde aufgestoßen. Bob tapste herein und beschnüffelte gleich alles.

»Du hattest Probleme mit Spinnen, habe ich gehört«, sagte Morelli.

»Das ist leicht untertrieben.«

»Ich habe deinen Wagen auf dem Parkplatz gesehen. Die ganze rechte Seite ist eingedellt.«

Ich spielte ihm die Nachricht auf dem Beantworter vor.

»Das ist Abruzzi«, sagte ich. »Die Stimme auf dem Band kommt von jemand anderem, aber dahinter steckt Abruzzi. Er hält das für eines seiner Kriegsspiele. Jemand muss mir in den Park nachgegangen sein. Während ich draußen joggte, haben sie mein Auto aufgebrochen und die Spinnen abgeladen.«

»Wie viele Spinnen waren es?«

»Fünf Riesentaranteln.«

»Ich könnte mir Abruzzi mal vorknöpfen.«

»Vielen Dank. Damit werde ich schon allein fertig.« Das glaubte ich selbst nicht – deswegen war ich ja überhaupt in die Tür eines geparkten Wagens geschrammt, weil ich nicht allein damit fertig wurde. In Wahrheit hätte ich es liebend gern gesehen, wenn Morelli dazwischengefunkt und Abruzzi von der Bildfläche geputzt hätte. Nur hätte das leider einen schlechten Eindruck gemacht: *Hilfloses Weibchen braucht großen, starken Mann, der sie aus misslicher Lage befreit.*

Morelli musterte mich von oben bis unten, besah sich die Grasflecken, die Gänsefedern und die Risse in meinem T-Shirt. »Ich habe Bob bei unserem Spaziergang einen Hotdog gekauft. Am Imbissstand redete man gerade von einer Frau, die von einem Gänseschwarm angefallen worden war.«

»Hm. Stell dir vor …«

»Die Frau soll den Übergriff selbst provoziert haben, indem sie eine Gans mit Cracker Jacks gefüttert hat.«

»Was kann ich dafür? Es war nicht meine Schuld«, sagte ich. »Diese saublöde Gans.«

In der Zwischenzeit hatte Bob in meiner Wohnung gestromert. Jetzt trat er zu uns in die Küche und lachte uns an. Zwischen seinen Lefzen baumelte ein Stück Toilettenpapier. Er machte das Maul auf und steckte die Zunge heraus. *Knack*! Er riss das Maul noch weiter auf und würgte einen Hotdog hervor, ein Stück Rasen, Unmengen schleimiges Zeug und ein Knäuel Toilettenpapier.

Morelli und ich starrten auf den dampfenden Fladen Hundekotze.

»Ich glaube, ich muss jetzt gehen«, sagte Morelli mit einem Blick zur Tür. »Ich wollte sowieso nur gucken, ob alles in Ordnung ist mit dir.«

»Und wer soll das hier sauber machen?«

»Ich würde dir ja gerne helfen, aber – ach, du Scheiße, das Zeug stinkt ja widerlich.« Er hielt sich die Hand über Nase und Mund. »Ich muss los«, sagte er. »Es ist schon spät. Ich habe noch was zu erledigen.« Er stand bereits im Flur. »Lass es doch einfach liegen und miete eine andere Wohnung.«

Eine erneute Gelegenheit, ihn mit meinem Furienblick zu bedenken.

Ich schlief schlecht, was nach einem Angriff von Killergänsen und Horrorspinnen wohl normal sein dürfte. Um sechs Uhr schleppte ich mich schließlich aus dem Bett, duschte und zog mich an. Nach so einer schlimmen Nacht wollte ich mir etwas gönnen, deswegen zwängte ich mich in meinen Wagen und fuhr in die Stadt zu *Barry's Coffees*. Bei Barry musste man sich immer anstellen, aber es lohnte sich, weil es zweiundvierzig verschiedene Kaffeesorten gab, dazu viele exotische Espressogetränke.

Ich bestellte einen extra fettarmen Karamellmochaccino und ging mit dem Getränk zum Tresen am Fenster. Dort quetschte ich mich neben eine alte Dame mit feuerrotem Haar, das zu einer stacheligen Frisur toupiert war. Die Dame war klein und rundlich, mit apfelroten Wangen und einer apfelförmigen Statur. Überdimensionale türkisfarbene und silberne Ringe baumelten an ihren Ohrläppchen, kunstvolle Ringe steckten an jedem knotigen Finger, dazu trug sie einen weißen Trainingsanzug aus Polyester und Skechers-Turnschuhe mit Plateausohlen. Ihre Augen waren dick mit Wimperntusche verkleistert, der dunkelrote Lippenstift hatte sich auf der Cappuccinotasse abgedrückt.

»He, Sie da«, sagte sie mit Raucherstimme – zwei Schachteln am Tag – »ist das ein Karamellmochaccino? Den habe ich früher auch gern getrunken, aber davon bekam ich so ein Zittern. Zu viel Zucker. Wenn Sie zu viel davon trinken, kriegen Sie Diabetes. Mein Bruder hat Diabetes, dem mussten sie einen Fuß amputieren. Das war ziemlich hässlich. Zuerst wurden seine Zehen schwarz, dann der gesamte Fuß, dann fiel die Haut in großen Lappen ab. Als würde ihm ein Hai große Fleischbrocken aus dem Körper reißen.«

Ich sah mich nach einem anderen Platz um, wo ich stehen und in Ruhe meinen Kaffee weitertrinken konnte, aber es war pickepackevoll.

»Er ist jetzt in einem Pflegeheim, weil er ja nun nicht mehr so gut laufen kann«, fuhr sie unbeirrt fort. »Wenn es eben geht, besuche ich ihn, aber ich habe ja auch mein eigenes Leben. Wenn man so alt ist wie ich, hat man keine Zeit mehr zu verschenken. Jeden Tag kann es so weit sein: Man wacht auf und ist tot. Natürlich halte ich mich fit. Wie alt schätzen Sie mich?«

»Achtzig?«

»Vierundsiebzig. Es gibt Tage, da sehe ich besser aus als an anderen«, erklärte sie. »Wie heißen Sie, meine Liebe?«

»Stephanie.«

»Ich heiße Laura. Laura Minello.«

»Laura Minello. Der Name kommt mir bekannt vor. Sind Sie aus Burg?«

»Nö. Ich habe mein Leben lang in North Trenton gewohnt. Cherry Street. Früher war ich bei der Sozialversicherung beschäftigt. Dreiundzwanzig Jahre habe ich da gearbeitet, aber von daher werden Sie mich kaum kennen. Dafür sind Sie zu jung.«

Laura Minello. Von irgendwoher kannte ich sie, aber ich konnte sie nicht unterbringen.

Laura Minello wies auf eine rote Corvette, die vor *Barry's Coffees* parkte. »Sehen Sie den schicken roten Wagen? Der gehört mir. Ziemlich elegant, was?«

Ich sah hinüber zu dem Auto, dann sah ich Laura Minello an, danach wieder das Auto. Nicht zu fassen! Ich kramte in meiner Umhängetasche, suchte nach den Unterlagen, die Connie mir gegeben hatte.

»Haben Sie den Wagen schon lange?«, fragte ich Laura.

»Seit ein paar Tagen.«

Ich zog die Unterlagen hervor und überflog die oberste Seite. Laura Minello, Alter vierundsiebzig, wohnhaft Residence Cherry Street, angeklagt wegen Autodiebstahls.

Die Wege des Herrn sind unergründlich.

»Die Corvette ist gestohlen, oder?«, fragte ich Minello.

»Ausgeliehen. Alte Menschen dürfen es sich erlauben, vorm Abkratzen noch mal auf den Putz zu hauen.«

Hätte ich mir doch bloß die Kautionsvereinbarung durchgelesen, bevor ich die Akte von Connie angenommen hatte. Niemals einen Auftrag annehmen, wenn der Kautionsflüchtling ein alter Mensch ist. Das ist immer eine Katastrophe. Alte Menschen sind auf ihre Bequemlichkeit bedacht. Und man macht sich zum Gespött, wenn man sie festnimmt.

»So ein Zufall aber auch«, sagte ich. »Ich arbeite nämlich für Vincent Plum, Ihren Kautionsmakler. Sie haben Ihren Gerichtstermin versäumt. Sie müssen einen neuen Termin vereinbaren.«

»Gut, aber nicht heute. Heute fahre ich nach Atlantic City. Machen Sie mir doch einfach einen Termin für nächste Woche.«

»So einfach geht das nicht.«

Ein Streifenwagen fuhr vorbei. Unmittelbar hinter der Corvette hielt er an, zwei Polizisten stiegen aus.

»Oh«, sagte Laura. »Das sieht nicht gut aus.«

Einer der Polizisten war Eddie Gazarra. Gazarra war mit meiner Nichte verheiratet, Shirley, der Heulsuse. Er überprüfte das Nummernschild des Sportwagens, schlenderte einmal um die Kiste herum, ging zurück zum Streifenwagen und sprach in sein Funkgerät.

»Scheißbullen«, sagte Laura. »Haben nichts Besseres zu tun, als Senioren zu belästigen. Verboten gehört so was.«

Ich klopfte an das Ladenfenster des Cafés, und es gelang mir, Gazarra auf mich aufmerksam zu machen. Lachend zeigte ich auf Laura, die neben mir saß, und mit den Lippen bedeutete ich Gazarra stumm: *Das ist sie.*

Es war fast Mittag. Ich stand mit meinem Wagen vor unserem Büro und versuchte, meinen ganzen Mut zusammenzunehmen, um Vinnie gegenüberzutreten. Vorher war ich Gazarra und Laura Minello zur Polizeiwache gefolgt und hatte mir eine Empfangsbestätigung für Laura aushändigen lassen. Die Bestätigung brachte mir fünfzehn Prozent von Minellos Kautionssumme ein, und diese fünfzehn Prozent stellten einen wesentlichen Beitrag zu meiner monatlichen Miete dar. Normalerweise ist so eine Empfangsbestätigung Anlass zum Feiern, heute war das Ganze getrübt durch die Tatsache, dass im Verlauf meiner Versuche, Andrew Bender zu verhaften, vier Paar Handschellen draufgegangen waren. Außerdem hatte ich mich bei allen Anläufen wie ein Idiot verhalten. Und jetzt war auch noch Vinnie da, lauerte in seiner Höhle und wartete nur begierig darauf, mir das unter die Nase zu reiben.

Ich biss die Zähne zusammen, schnappte mir meine Tasche und ging auf die Bürotür zu.

Lula hörte sofort auf, ihre Akten zu sortieren, als ich hereinkam. »Na, meine Süße«, sagte sie. »Was gibt's Neues?«

Connie blickte von ihrem Computer auf. »Vinnie ist in seinem Arbeitszimmer. Hol schon mal den Knoblauch und die Kreuze raus.«

»Wie ist er denn heute gelaunt?«

»Bist du hergekommen, um mir zu sagen, dass du Bender gefasst hast?«, brüllte Vinnie durch die verschlossene Tür zu seinem Zimmer.

»Nein.«

»Dann bin ich heute schlecht gelaunt.«

»Wie kann er uns bei geschlossener Tür verstehen?«, fragte ich Connie.

Sie hob eine Hand, den Mittelfinger ausgestreckt.

»Ich hab's genau gesehen«, rief Vinnie.

»Er hat eine Überwachungskamera und ein Abhörmikrofon installiert, damit er auch ja alles mitkriegt«, sagte Connie.

»Alles aus zweiter Hand«, sagte Lula. »Stammt aus so einem Pornoschuppen, der dichtgemacht hat. Die Geräte würde ich nicht mal mit Gummihandschuhen anfassen.«

Die Tür zu Vinnies Arbeitszimmer flog auf, und Vinnie steckte den Kopf hindurch. »Andy Bender ist ein Säufer, verdammte Hacke. Der steht morgens auf, versenkt sich gleich in eine Dose Bier und kommt nicht wieder daraus hervor. Der Mann ist ein Leichtgewicht. Stattdessen lässt du dich von ihm vorführen. Du bist der letzte Trottel.«

»Er gehört eben zu den begabten Säufern«, sagte Lula.

»Der kann sogar laufen, wenn er besoffen ist. Das letzte Mal hat er auf uns geschossen. Wenn auf mich geschossen wird, verlange ich Gehaltszulage.«

»Ihr beide könnt einem Leid tun«, sagte Vinnie. »Den Kerl

würde ich mit links kriegen. Mit verbundenen Augen. Mit Krückstock.«

»Hmhm«, sagte Lula.

Vinnie beugte sich vor. »Glaubt ihr mir etwa nicht? Ihr glaubt wohl, dazu wäre ich nicht mehr fähig.«

»Wunder gibt es immer wieder«, sang Lula.

»Ach, ja? Ihr meint, dafür braucht's ein Wunder? Dann will ich euch beiden Nieten mal zeigen, was ein Wunder ist. Ihr seid heute Abend um neun Uhr hier, und wir schnappen uns den Kerl.«

Vinnie zog den Kopf wieder ein, tauchte in sein Arbeitszimmer ab und knallte die Tür zu.

»Hoffentlich bringt er Handschellen mit«, sagte Lula.

Ich gab Connie die Empfangsbestätigung für Laura Minello und wartete darauf, dass sie mir den Scheck ausstellte. Plötzlich ging die Ladentür vorne auf, wir drei drehten uns um.

»He, Sie kenne ich doch«, sagte Lula zu der Frau, die ins Büro hereinspaziert kam. »Wollten Sie mich nicht mal umbringen?«

Es war Maggie Mason. Maggie hatten wir im Zusammenhang mit einem früheren Fall kennen gelernt. Zunächst hatte sich diese Beziehung ziemlich schwierig angelassen, aber zum Schluss verstanden wir uns gut.

»Treten Sie immer noch als Schlammwrestler im *Snake Pit* auf?«, wollte Lula wissen.

»Das *Snake Pit* hat zugemacht.« Maggie zuckte mit den Achseln, *so was kommt vor*, sollte das wohl heißen. »Wurde sowieso Zeit für mich auszusteigen. Wrestling hat Spaß gemacht, aber mein Traum war immer eine Buchhandlung. Als das *Snake Pit* Pleite gemacht hat, konnte ich einen der Besitzer überreden, mein Geschäftspartner zu werden. Deswegen bin ich vorbeigekommen. Wir werden in Zukunft Nachbarn sein. Ich habe gerade den Mietvertrag für den Laden nebenan unterschrieben.«

Wieder saß ich in meiner zerbeulten Blechbüchse vor Vinnies Büro und fragte mich, was ich als Nächstes tun sollte, da klingelte das Handy.

»Du musst endlich was machen«, sagte Grandma Mazur. »Mabel war gerade da, zum hundersten Mal. Die Frau treibt uns noch die Wände hoch. Seit Tagen ist sie nur am Backen, und jetzt, wo bei ihr zu Hause alles voll gestellt ist, gibt sie uns das Zeug. Brot und Kuchen zum Abwinken. Und diesmal hat sie angefangen zu heulen. Zu heulen! Ich bitte dich. Du weißt, wie schlecht wir in unserer Familie so ein Geflenne aushalten können.«

»Sie hat Angst um Evelyn und Annie. Das ist ihre ganze Familie, mehr sind nicht übrig geblieben.«

»Dann finde die beiden endlich«, ermahnte mich Grandma. »Wir wissen nicht mehr, wohin mit den vielen Torten und Broten.«

Ich fuhr zur Key Street und parkte vor Evelyns Haus. Ich stellte mir vor, wie Annie oben in ihrem Zimmer schlief, wie sie in dem kleinen Garten hinterm Haus spielte. Ein kleines Mädchen mit roten, lockigen Haaren und großen, ernsten Augen. Ein kleines Mädchen, die beste Freundin meiner Nichte, des Pferds. Wie musste ein Kind gestrickt sein, das sich mit Mary Alice anfreundete? Nicht, dass Mary Alice kein zauberhaftes Wesen wäre, aber ehrlich gesagt, ein bisschen neben der Tasse war sie schon. Wahrscheinlich waren Mary Alice und Annie beide Außenseiter, suchten Anschluss, eine Freundin. So hatten sie sich gefunden.

Sprich mit mir, sagte ich zu dem Haus. *Verrat mir dein Geheimnis.*

Ich blieb sitzen und wartete darauf, dass das Haus antwortete, da glitt ein Auto neben mich heran. Es war der lange schwarze Lincoln, vorne saßen zwei Männer. Es brauchte nicht viel Denkarbeit, um zu ahnen, dass es sich um Abruzzi und Darrow handelte.

Das Klügste wäre gewesen, gleich loszufahren und sich nicht mehr umzuschauen. Da ich in der Regel aber alles andere als klug handle, verschloss ich die Fahrertür, kurbelte das Fenster hoch und wartete auf Abruzzis blöden Sprüche.

»Sie haben Ihre Tür verriegelt«, sagte er, als er sich zu mir herbequemt hatte. »Haben Sie etwa Angst vor mir?«

»Wenn ich Angst vor Ihnen hätte, würde mein Motor laufen. Kommen Sie oft hierher?«

»Ich halte meinen Besitz gerne zusammen«, sagte er. »Und Sie? Was machen Sie hier? Sie haben doch nicht etwa wieder vor einzubrechen, oder?«

»Nö. Ich mache gerade eine Besichtigungstour. Ist das nicht ein komischer Zufall, dass Sie immer dann aufkreuzen, wenn ich zur Stelle bin?«

»Das ist kein Zufall«, sagte Abruzzi. »Ich habe überall meine Informanten. Ich weiß alles über Sie.«

»Alles?«

Er zuckte mit den Achseln. »Vieles. Zum Beispiel weiß ich, dass Sie am Sonntag im Park waren. Anschließend hatten Sie leider einen Unfall mit Ihrem Wagen.«

»Irgendein Schwachkopf fand es putzig, mir Spinnen ins Auto zu setzen.«

»Mögen Sie Spinnen?«

»Ich habe nichts gegen sie. Sie sind nicht so niedlich wie Häschen, aber sonst …«

»Sie sollen ein geparktes Auto gerammt haben.«

»Die Spinne auf dem Beifahrersitz hat mich überrascht.«

»Das Überraschungsmoment ist wichtig in einer Schlacht.«

»Hier geht es nicht um eine Schlacht. Ich suche ein kleines Mädchen. Wenn ich es fände, würde das eine alte Frau sehr beruhigen.«

»Sie halten mich wohl für dumm. Sie sind Kopfgeldjägerin. Eine Söldnerin. Sie wissen haargenau, worum es hier geht. Sie machen wegen des Geldes mit. Sie wissen, was auf dem Spiel steht. Und Sie wissen auch, was ich zurückbekommen möchte. Sie wissen nur nicht, mit wem Sie es zu tun haben. Noch spiele ich mit Ihnen rum, aber irgendwann wird mir das Spiel zu langweilig. Wenn Sie sich bis dahin nicht auf meine Seite geschlagen haben, gehe ich mit aller Macht gegen Sie vor. Ich reiße Ihnen das Herz aus der Brust, bei lebendigem Leib.«

Ih!

Er trug Anzug und Krawatte, sehr gediegen, sah schweineteuer aus. Auf der Krawatte waren keine Fettflecken. Der Mann war krank im Kopf, aber wenigstens kleidete er sich gut.

»Ich verschwinde jetzt wohl besser«, sagte ich. »Sie müssen bestimmt nach Hause und Ihre Medikamente einnehmen.«

»Wie schön. Jetzt weiß ich wenigstens, dass Sie Häschen mögen«, sagte er noch.

Ich warf den Motor an und hob ab. Abruzzi blieb stehen und sah mir nach. Ein Blick in den Rückspiegel gab mir Gewissheit, dass mir niemand folgte. Ich fuhr ein bisschen kreuz und quer, immer noch kein Verfolger. Mein Magen rumorte, ich hatte so ein komisches Gefühl, der reinste Horror.

Ich fuhr am Haus meiner Eltern vorbei und sah Onkel Sandors Buick in der Einfahrt stehen. Meine Schwester fuhr den Buick, bis sie genug Geld für ein eigenes Auto gespart hatte. Eigentlich sollte meine Schwester zu diesem Zeitpunkt bei der Arbeit sein. Ich stellte mich hinter ihren Wagen und sprang ins Haus. Am Küchentisch saßen Grandma Mazur, meine Mutter und Valerie. Jeder hatte eine Tasse Kaffee vor sich stehen, aber keiner rührte sie an.

Ich holte mir ein Mineralwasser und ließ mich auf dem vierten Stuhl nieder. »Was ist los?«

»Deine Schwester hat ihre Stelle in der Bank verloren«, sagte Grandma Mazur. »Sie hat sich mit ihrem Chef angelegt. Der hat ihr zum Dank umgehend gekündigt.«

Valerie hatte sich mit jemandem angelegt? Die Heilige Valerie? Die Schwester mit der Charakterstruktur eines Vanillepuddings?

Als Kind lieferte Valerie ihre Hausaufgaben immer rechtzeitig ab, machte ihr Bett, bevor sie den Schulweg antrat, und soll eine geradezu unheimliche Ähnlichkeit mit der andächtigen Gipsstatue der Heiligen Jungfrau Maria in den Vorgärten und Kirchen von Burg gehabt haben. Selbst das Kommen und Gehen von Valeries Periode hatte etwas Andächtiges, sie kam stets pünktlich, auf die Minute, der Fluss war zart, die Stimmungsschwankungen reichten von freundlich bis scheißfreundlich.

Ich war die Schwester, die Krämpfe bekam.

»Was ist passiert?«, fragte ich. »Wieso hast du dich mit deinem Chef angelegt? Du hast die Stelle doch gerade erst angetreten.«

»Sie war uneinsichtig«, sagte Valerie. »Und gemein. Ich habe nur einen winzigen Fehler gemacht, und sie hat ein Riesentheater deswegen veranstaltet, mich vor allen Leuten angebrüllt. Statt mich zu beruhigen, habe ich zurückgebrüllt. Und schon wurde ich vor die Tür gesetzt.«

»Du? Gebrüllt?«

»Ich erkenne mich in letzter Zeit selbst nicht wieder.«

Sag bloß. Letzten Monat verkündete sie, sie wolle ab jetzt als Lesbe leben, und heute fing sie an, Leute anzubrüllen. Was würde da wohl noch auf uns zu kommen? Kopfrotation um hundertachtzig Grad?

»Was hast du denn falsch gemacht?«

»Ich habe etwas Suppe verschüttet. Mehr nicht. Ich habe nur etwas Suppe verschüttet.«

»Es war eine Fertigsuppe, so eine ›heiße Tasse‹«, sagte Grandma. »Die mit den nudeligen Spurenelementen drin. Valerie hat die Tasse auf einem Computer verschüttet, die Flüssigkeit ist durch die Ritzen gesickert und hat das ganze System lahm gelegt. Beinahe hätten sie für heute die Bank schließen müssen.«

Ich wollte nicht, dass Valerie Schlimmes widerfuhr, aber dennoch war es irgendwie eine Genugtuung, sie nach einem Leben in Perfektion auch mal abscheißen zu sehen.

»Ist dir noch irgendwas Neues zu Evelyn eingefallen?«, fragte ich Valerie. »Mary Alice sagte, sie und Annie seien Freundinnen gewesen.«

»Schulfreundinnen«, sagte Valerie. »Ich glaube, ich habe Annie nie gesehen.«

Ich schaute hinüber zu meiner Mutter. »Hast du Annie gekannt?«

»Als sie noch kleiner war, hat Evelyn sie schon mal hergebracht, aber als dann vor ein paar Jahren die Probleme mit Evelyn losgingen, haben die Besuche aufgehört. Und Annie ist nie zusammen mit Mary Alice hier bei uns zu Hause gewesen. Deswegen glaube ich nicht, dass Mary Alice je über sie gesprochen hat.«

»Jedenfalls nicht so, dass wir es hätten verstehen können«,

sagte Grandma. »Wer weiß, vielleicht hat sie etwas in ihrer Pferdesprache gesagt.«

Valerie wirkte ziemlich niedergeschlagen, schob mit dem Finger ihr Plätzchen auf dem Teller hin und her. Wenn ich niedergeschlagen gewesen wäre, das Plätzchen hätte keine Chance gehabt. Apropos …

»Willst du das Plätzchen haben?«, fragte Valerie.

»Die kleinen Nudeln in der Suppe haben bestimmt wie Würmer ausgesehen«, sagte Grandma. »Wisst ihr noch, als Stephanie Würmer hatte? Der Arzt meinte damals, das käme vom Salat. Er sagte, wir hätten die Salatblätter nicht gründlich genug gewaschen.«

Die Würmer hatte ich ganz vergessen. Sie gehörten nicht gerade zu meinen schönsten Kindheitserinnerungen, ebenso wenig wie der Tag, an dem ich Anthony Balderri Spaghetti und Fleischbällchen in den Schoß kotzte.

Ich trank mein Mineralwasser aus, aß Valeries Plätzchen und begab mich nach nebenan zu Mabel.

»Gibt's was Neues?«, fragte ich sie.

»Der Kautionsmakler hat noch mal angerufen. Die können mich doch nicht einfach so aus dem Haus werfen, oder?«

»Nein. Das muss erst diverse juristische Wege gehen. Und der betreffende Kautionsmakler ist seriös.«

»Seit Evelyn weg ist, habe ich nichts mehr von ihr gehört«, sagte Mabel. »Ich hätte fest damit gerechnet, dass sie sich zwischendurch mal meldet.«

Ich ging zurück zu meinem Auto und rief Dottys Nummer an.

»Hier ist Stephanie Plum«, sagte ich. »Alles in Ordnung soweit?«

»Die Frau, die Sie erwähnten, sitzt immer noch in ihrem Wagen vor meinem Haus. Ich habe mir sogar einen Tag freigenommen, weil mir die Frau unheimlich ist. Und ich habe die Polizei angerufen, aber die haben gesagt, sie könnten nichts machen.«

»Haben Sie noch meine Visitenkarte mit der Pagernummer?«

»Ja.«

»Rufen Sie mich an, wenn Sie zu Evelyn wollen. Ich helfe Ihnen, an Jeanne Ellen vorbeizukommen.«

Ich legte auf und hob abwehrend die Hände, nur so, ganz für mich allein. Mehr konnte ich Dotty nicht anbieten.

Ich schreckte zurück, als das Handy klingelte. Es war noch einmal Dotty. »Also gut. Ich brauche Ihre Hilfe. Das soll nicht heißen, dass ich weiß, wo Evelyn sich aufhält. Ich will nur sagen, ich muss an einen bestimmten Ort, und ich will nicht, dass mir jemand dorthin folgt.«

»Verstanden. Ich bin in vierzig Minuten bei Ihnen.«

»Kommen Sie wieder durch den Hintereingang.«

Sollte Jeanne Ellen mir also tatsächlich einen Gefallen tun? Dank ihr brauchte Dotty nun meine Hilfe. Höchst seltsam, wie das Leben so spielt.

Zuerst aber fuhr ich am Büro vorbei, um Lula abzuholen.

»Auf ins Vergnügen«, sagte Lula. »Ich werde Jeanne Ellen ablenken, dass ihr Hören und Sehen vergeht. Ich bin eine Künstlerin im Ablenken.«

»Schön. Aber nicht vergessen: Nicht schießen!«

»Höchstens auf Autoreifen«, sagte Lula.

»Auch nicht auf Autoreifen! Auf nichts und niemanden. Es wird nicht geschossen!«

»Ich hoffe, du bist dir darüber im Klaren, dass mich das bei meinen Ablenkungsmanövern arg beschneidet.«

Lula trug die neuen Schuhe und den zitronengelben

Stretchminirock. Probleme bei ihren Ablenkungsmanövern würde es schon nicht geben.

»Hier ist mein Plan«, sagte ich, als wir in South River einfuhren. »Ich halte eine Straße weiter an, und wir nähern uns Dotty Haus von hinten. Während ich Dotty zu Evelyn fahre, beschäftigst du Jeanne Ellen.«

Ich nahm eine Abkürzung zwischen den Gärten und klopfte einmal an Dottys Küchentür.

Dotty öffnete und blieb verdutzt stehen. »Ach, du Schreck«, sagte sie. »Ich habe nicht damit gerechnet, dass zwei Leute ...«

Sie hatte nicht mit einer großen schwarzen Frau gerechnet, die aus einem knappen gelben Rock hervorquoll.

»Das ist meine Partnerin Lula«, stellte ich vor. »Sie kann sehr gut Leute ablenken.«

»Kann ich mir vorstellen.« Dotty trug Jeans und Turnschuhe. Auf dem Küchentisch stand eine schwere Einkaufstüte mit Lebensmitteln, und auf dem Arm hatte sie ein etwa zweijähriges Kind.

»Na gut. Ich habe ein anderes Problem«, sagte Dotty. »Eine Freundin von mir sitzt zu Hause und hat nichts zu essen. Sie kann nicht rausgehen und einkaufen. Ich will ihr diese Lebensmittel bringen.«

»Steht Jeanne Ellen immer noch vor dem Haus?«

»Sie ist vor zehn Minuten weggefahren. Das macht sie öfters zwischendurch. Erst hockt sie stundenlang da, und dann verschwindet sie eine Zeit lang, kommt aber immer wieder zurück.«

»Warum bringen Sie Ihrer Freundin die Lebensmittel nicht, wenn Jeanne Ellen mal weg ist?«

»Sie haben mir gesagt, das sollte ich lieber nicht tun. Sie haben mir gesagt, die Frau würde mich verfolgen, auch wenn ich sie nicht sähe.«

»Stimmt. Also, hier ist unser Plan. Sie und ich nehmen die Abkürzung durch den Garten und gehen zu meinem Wagen. Lula wird mit Ihrem Wagen losfahren. Lula passt auf, dass wir beide nicht verfolgt werden, und spielt den Lockvogel, für den Fall, dass Jeanne Ellen plötzlich doch auftaucht.«

»Der Plan taugt nichts«, sagte Dotty. »Ich muss allein fahren. Und jemand muss bei den Kindern bleiben. Mein Babysitter hat kalte Füße gekriegt. Nicht wir beide, sondern ich allein nehme die Abkürzung durch den Garten und fahre mit Ihrem Wagen. Sie passen auf die Kinder auf. Es wird nicht lange dauern.«

»Nein!«, riefen Lula und ich im Chor.

»Das halte ich für keine gute Idee«, sagte ich. »Wir sind keine Babysitter. Mit Kindern kennen wir uns überhaupt nicht aus.« Ich schaute hinüber zu Lula. »Kennst du dich mit Kindern aus?«

Lula schüttelte heftig den Kopf. »Nicht die Bohne kenne ich mich mit Kindern aus. Und ich will mich auch gar nicht mit Kindern auskennen.«

»Wenn ich Evelyn diese Lebensmittel nicht vorbeibringe, dann geht sie selbst einkaufen. Und falls sie jemand dabei erkennt, muss sie wieder umziehen.«

»Ewig können Evelyn und Annie sich sowieso nicht verstecken«, sagte ich.

»Das weiß ich auch. Ich versuche ja gerade, das in Ordnung zu bringen.«

»Indem Sie sich mit Soder treffen?«

Die Überraschung in ihrem Gesicht war deutlich zu sehen. »Sie beschatten mich also auch?«

»Soder wirkte nicht gerade zufrieden. Worüber haben Sie sich gestritten?«

»Das kann ich Ihnen nicht sagen. Ich muss jetzt gehen. Bitte, lassen Sie mich gehen.«

»Ich möchte mit Evelyn reden, übers Telefon. Ich will nur wissen, ob es ihr gut geht. Wenn ich mit ihr am Telefon reden kann, lasse ich Sie gehen, und Lula und ich passen auf Ihre Kinder auf.«

»Da habe ich aber auch ein Wörtchen mitzureden«, mischte Lula sich ein. »Der Vorschlag passt mir überhaupt nicht. Verschon mich bloß vor Kindern.«

»Also gut«, willigte Dotty ein. »Es wird schon niemandem schaden, wenn ich Sie mit Evelyn reden lasse.«

Sie ging ins Wohnzimmer, um zu telefonieren. Es folgte eine kurze Unterhaltung, dann kehrte sie zurück und übergab mir das Telefon.

»Deine Oma macht sich Sorgen«, sagte ich zu Evelyn. »Sie macht sich Sorgen um dich und Annie.«

»Sag ihr, dass alles in Ordnung ist. Und such nicht weiter nach uns. Das macht alles nur noch komplizierter.«

»Um mich brauchst du dir keine Sorgen zu machen. Steven hat eine Privatdetektivin angeheuert, und sie hat noch jeden Vermissten aufgespürt.«

»Das hat Dotty mir auch gesagt.«

»Ich möchte gerne mit dir reden.«

»Nicht jetzt. Erst muss ich noch einige Dinge klären.«

»Was denn bloß für Dinge?«

»Darüber kann ich nicht reden.« Sie legte auf.

Ich übergab Dotty meine Autoschlüssel. »Passen Sie auf, dass Jeanne Ellen Sie nicht sieht. Immer in den Rückspiegel gucken, ob Sie verfolgt werden.«

Dotty nahm die Tüte mit Lebensmitteln vom Tisch. »Und Sie passen auf, dass Scotty nicht aus der Toilettenschüssel trinkt«, sagte sie noch und ging los.

Der Zweijährige stand mitten in der Küche und schaute zu uns hoch, als hätte er in seinem Leben noch nie ein menschliches Wesen gesehen.

»Ob das Scotty ist?«, fragte Lula.

In dem Durchgang, der zu den Schlafzimmern führte, erschien ein kleines Mädchen. »Scotty ist der Hund«, sagte sie. »Mein Bruder heißt Oliver. Und wer seid ihr?«

»Wir sind die Babysitter«, sagte Lula.

8

»Wo ist Bonnie?«, fragte das kleine Mädchen. »Sonst passt Bonnie immer auf Oliver und mich auf.«

»Bonnie hat gekniffen«, sagte Lula. »Deswegen habt ihr jetzt uns.«

»Ich will nicht, dass du auf uns aufpasst. Du bist dick.«

»Ich bin nicht dick. Ich bin stark. Ich bin eine starke Frau. Sieh dich vor, was du sagst. Wenn du erst mal in die Schule kommst und solche Sachen von dir gibst, dann werden sie dir ganz schön den Arsch versohlen. So ein Gerede lassen die sich in der Schule nicht gefallen.«

»Ich petze meiner Mutter, dass du Arsch gesagt hast. Wenn sie weiß, dass du Arsch gesagt hast, kriegst du kein Geld von ihr. Und du darfst auch nie wieder auf uns aufpassen.«

»Ich könnte mir was Schlimmeres vorstellen«, sagte Lula.

»Das ist Lula. Und ich heiße Stephanie«, stellte ich uns dem kleinen Mädchen vor. »Und wie heißt du?«

»Amanda. Ich bin sieben Jahre alt. Und dich mag ich auch nicht.«

»Das kann ja heiter werden, wenn die erst mal ins Alter für postmenstruale Stresssymptome kommt!«, stellte Lula fest.

»Deine Mama wird nicht lange weg sein«, sagte ich zu Amanda. »Sollen wir solange den Fernseher anmachen?«

»Das mag Oliver bestimmt nicht«, sagte Amanda.

»Oliver?«, sagte ich. »Willst du Fernsehen gucken?«

Oliver schüttelte den Kopf. »Nein!«, schrie er auf der Stelle los. »Nein, nein, nein.« Er fing an zu weinen. Laut.

»Siehst du, jetzt hast du es geschafft«, sagte Lula. »Warum weint er? Mann, da kann man ja keinen klaren Gedanken mehr fassen. Bring ihn doch mal einer dazu aufzuhören!«

Ich bückte mich auf Augenhöhe hinunter zu Oliver. »He, du großer Junge«, sagte ich. »Was ist denn los?«

»Nein, nein, nein«, schrie er wieder. Sein Gesicht war puterrot, wutverzerrt.

»Wenn er weiter das Gesicht so anspannt, braucht er noch eine Frischzellenkur«, sagte Lula.

Ich tastete die Windel ab. Er war nicht nass, er hatte sich keinen Löffel in die Nase gesteckt, und die Gliedmaßen schienen unversehrt. »Ich weiß auch nicht, was mit ihm los ist«, sagte ich. »Ich weiß nur über Hamster Bescheid. Aber Kinder …«

»Guck mich nicht so an«, sagte Lula. »Ich kenne mich überhaupt nicht aus mit Kindern. Ich selbst bin nie Kind gewesen. Ich bin in einem Crack-Haus auf die Welt gekommen. Kindheit, so was kam in meinem Viertel nicht vor.«

»Er hat Hunger«, sagte Amanda. »Er wird so lange schreien, bis du ihn gefüttert hast.«

In einem Regal fand ich eine Dose Plätzchen und hielt Oliver eins hin.

»Nein«, schrie er wieder und trat mit dem Fuß das Plätzchen aus der Hand.

Ein zerzauster Hund schoss aus einem der Schlafzimmer hervor und schnappte sich das Plätzchen, bevor es auf den Boden fiel.

»Oliver will kein Plätzchen«, sagte Amanda.

Lula hielt sich die Ohren zu. »Ich werde noch taub, wenn

er nicht mit diesem Gebrüll aufhört. Ich habe jetzt schon Kopfschmerzen.«

Ich holte eine Flasche Obstsaft aus dem Kühlschrank. »Willst du was trinken?«

»Nein.«

Ich versuchte es mit Eiskrem.

»Nein.«

»Wünschen der Herr vielleicht Lammkeule?«, fragte Lula. »Gegen Lammkeule hätte ich auch nichts.«

Der Kleine lag jetzt rücklings auf dem Boden und trat mit den Fersen gegen die Fliesen. »Nein, nein, nein.«

»Das entwickelt sich ja zu einem regelrechten Koller«, sagte Lula. »Der Junge braucht eine Auszeit, ganz klar.«

»Ich sage meiner Mutter, dass du Oliver zum Weinen gebracht hast«, drohte Amanda.

»Immer mit der Ruhe«, sagte ich. »Ich gebe mir ja Mühe. Du könntest mir ja auch mal helfen, du bist doch seine Schwester.«

»Er will ein gebackenes Käsesandwich«, sagte Amanda. »Das ist sein Lieblingsessen.«

»Können wir ja von Glück sagen, dass er keine Lammkeule will«, meinte Lula. »Ich weiß nicht, wie man die zubereitet.«

Ich entdeckte eine Pfanne, etwas Butter und Käse und toastete das Brot in der Pfanne. Oliver brüllte immer noch aus vollem Hals, und jetzt fing auch der Köter an zu kläffen und im Kreis um den Jungen herumzulaufen.

Es klingelte an der Tür, und ich dachte mir, bei dem Pech, das mich verfolgte, war das höchstwahrscheinlich Jeanne Ellen. Ich übergab Lula die Pfanne, überließ ihr die Zubereitung des Käsesandwichs und ging zur Tür. Was meine Vermutung anging, lag ich falsch, was mein Pech anging, lag ich richtig. Es war Steven Soder.

»Nanu?«, sagte er. »Was machen Sie denn hier?«

»Ich bin auf Besuch.«

»Wo ist Dotty? Ich muss sie sprechen.«

»He«, rief Lula aus der Küche herüber. »Wie lange braucht der Käse noch?«

»Wer ist das?«, wollte Soder wissen. »Hört sich nicht nach Dotty an. Hört sich eher nach der Fettschnecke an, die mich mit ihrer Handtasche gehauen hat.«

»Wir sind gerade sehr beschäftigt«, sagte ich. »Sie können ja später noch mal vorbeikommen.«

Rücksichtslos drängte er sich an mir vorbei und stolzierte in die Küche. »Sie da!«, bellte er Lula an. »Ich bringe Sie um!«

»Nicht vor den K I N D E R N«, sagte Lula. »Nehmen Sie nicht diese brutalen Wörter in den Mund. Das kann allen möglichen latenten Scheiß hervorrufen, wenn sie erst mal im Teenageralter sind.«

»Ich bin nicht blöd«, sagte Amanda. »Ich weiß auch, wie man K I N D E R schreibt. Und ich sage meiner Mutter, dass Sie Scheiße gesagt haben.«

»Das sagen doch alle«, erwiderte Lula. Sie sah mich an. »Ist das nicht ein ganz normales Wort? Was soll so schlimm sein an Scheiße?«

Das gebackene Käsesandwich in der Pfanne war genau richtig. Ich nahm es mit einem Pfannenheber heraus, bugsierte es auf einen Teller und stellte es vor Oliver hin. Der Hund unterbrach sein Gerenne, schnappte sich das Sandwich vom Teller und fraß es auf. Olivers Geheule ging von vorne los.

»Oliver muss beim Essen am Tisch sitzen«, sagte Amanda.

»Meine Güte, was man in diesem Haus alles beachten muss«, sagte Lula.

»Ich will Dotty sprechen«, sagte Soder.

»Dotty ist nicht hier«, rief ich, Olivers Geschrei übertönend. »Sie können mit mir sprechen.«

»Das könnte Ihnen so passen«, sagte Soder. »Und bring doch mal endlich einer das Balg zur Ruhe, verdammt noch mal!«

»Der Hund hat sein Sandwich gefressen«, sagte Lula. »Ist sowieso alles Ihre Schuld, weil Sie uns abgelenkt haben.«

»Dann machen Sie hier endlich die Niggermami und schmieren Sie ihm ein neues Sandwich«, sagte Soder.

Lula bekam Stielaugen. »Habe ich recht verstanden? Niggermami? Sagten Sie Niggermami?« Sie beugte sich leicht vor, so dass ihre Nasenspitze Soders Gesicht fast berührte, und stemmte die Fäuste in die Hüften, in der einen Hand immer noch die Pfanne. »Jetzt hören Sie mir mal zu, Sie billiger Versager. Wenn Sie mich noch einmal Niggermami schimpfen, kriegen Sie mit meiner Niggermamipfanne eins über Ihren Dünnschädel gebraten. Es sind nur die *Balgen*, die mich davon abhalten, Sie gleich hier auf der Stelle kaltzumachen.«

Ich konnte Lulas Standpunkt verstehen, aber für mich, als weißes Arbeiterkind, schwangen bei dem Wort Niggermami ganz andere Dinge mit. Ich verband mit dem Wort Niggermami nur Positives, dampfende Pfannkuchen, dick mit Sirup bestrichen. Ich liebte Niggermamis.

»Hallöchen auch«, sagte Jeanne Ellen, die plötzlich in der offenen Tür stand. »Darf man hier einfach so reinschneien zu Ihrer Party?«

Jeanne Ellen hatte sich wieder in ihre schwarze Lederkluft geschmissen.

»Oh«, staunte Amanda, »bist du Cat Woman?«

»Michelle Pfeiffer war Cat Woman«, sagte Jeanne Ellen. Sie sah hinunter zu Oliver. Er lag wieder auf dem Rücken, strampelte und brüllte. »Sei still!«, sagte Jeanne Ellen zu ihm.

Oliver klimperte ein paarmal mit den Äuglein und steckte den Daumen in den Mund.

Jeanne Ellen lachte mich an. »Spielen Sie heute den Babysitter?«

»Ja.«

»Nett.«

»Ihr Klient ist sehr aufdringlich«, sagte ich.

»Ich entschuldige mich für ihn«, sagte Jeanne Ellen. »Wir gehen auch gleich wieder.«

Amanda, Oliver, Lula und ich standen wie Eissäulen da, bis Jeanne Ellen und Soder abgezogen waren und die Haustür hinter ihnen ins Schloss fiel. Danach fing Oliver gleich wieder an zu schreien.

Lula versuchte es mit der Jeanne-Ellen-Methode und kommandierte »Sei still!«, aber das Schreien schwoll umso mehr an. Wir machten ihm ein neues Käsesandwich.

Dotty kehrte zurück, als Oliver gerade sein Sandwich verputzt hatte.

»Alles gut gegangen?«, fragte Dotty.

Amanda sah zuerst ihre Mutter, dann, sehr lange und ausführlich, Lula und mich an. »Ja, gut«, sagte sie schließlich. »Ich gucke jetzt Fernsehen.«

»Steven Soder ist kurz vorbeigekommen«, sagte ich.

Dotty wurde aschfahl. »Hier? Soder war hier?«

»Er wollte Sie sprechen.«

Zornesröte stieg in ihrem Gesicht auf. Sie legte Oliver die Hand auf. Die schützende Geste einer Mutter. Sie strich dem Kind das feine Haar aus der Stirn. »Ich hoffe, Oliver hat nicht zu viel Stress gemacht.«

»Oliver war wundervoll«, sagte ich. »Es hat eine Weile gedauert, bis wir geschnallt hatten, dass er ein Käsesandwich haben wollte, aber danach war er wundervoll.«

»Manchmal ist man als allein erziehende Mutter ein bisschen überfordert«, sagte Dotty. »Diese Verantwortung. Und dann das ständige Alleinsein. Wenn alles normal läuft, ist es auszuhalten, aber manchmal wünscht man sich doch noch einen zweiten erwachsenen Menschen im Haus.«

»Haben Sie Angst vor Soder?«, fragte ich.

»Er ist ein schrecklicher Mensch.«

»Sagen Sie mir doch, was los ist. Ich könnte Ihnen helfen.« Wenigstens hatte ich die Hoffnung.

»Geben Sie mir etwas Bedenkzeit«, sagte Dotty. »Danke für Ihr Angebot, aber ich muss es mir erst noch überlegen.«

»Ich komme morgen früh vorbei, um nach dem Rechten zu sehen«, sagte ich. »Vielleicht können wir das ja morgen klären.«

Die Hälfte der Strecke nach Trenton hatten wir bereits zurückgelegt, und es war noch kein Wort gefallen.

»Das Leben ist komisch«, stellte Lula schließlich fest. »Und es wird immer komischer.«

Das brachte es auf den Punkt, jedenfalls für mich. Ich glaube, ich war ein Stück weitergekommen. Ich hatte mit Evelyn gesprochen, wusste, dass sie in Sicherheit war, und ich wusste, dass sie nicht allzu weit sein konnte. Dotty war keine Stunde fort gewesen.

Soder war lästig, aber sein Verhalten konnte ich nachvollziehen. Er war eine Nervensäge, aber er war auch Vater, der in seinem Stolz gekränkt worden war. Wahrscheinlich handelte Dotty so eine Art Waffenstillstand zwischen Soder und Evelyn aus.

Nur Jeanne Ellen verstand ich nicht. Mich störte die Tatsache, dass sie Dotty beschattete. Dotty wusste Bescheid, die Beschattung erschien mir daher sinnlos. Warum also saß

Jeanne Ellen immer noch in ihrem Wagen gegenüber von Dottys Haus, als wir uns verabschiedeten? Möglich, dass sie Druck ausüben wollte, eine Zermürbungstaktik. Dotty das Leben schwer machen und sie so zum Einlenken bewegen. Es gab noch eine andere Erklärung, die zwar abwegig war, die es aber dennoch zu erwägen galt. Schutz. Jeanne Ellen saß draußen in ihrem Wagen wie der Wächter der Queen. Vielleicht beschützte Jeanne Ellen das Verbindungsglied zu Evelyn und Annie. Fragen über Fragen, auf die ich keine Antwort hatte. Zum Beispiel: Vor wem beschützte Jeanne Ellen unsere gemeinsame Bekannte Dotty? Vor Abruzzi?

»Kommst du um neun Uhr?«, fragte mich Lula, als ich sie vor dem Kautionsbüro absetzte.

»Ich denke schon. Und du?«

»Das will ich mir nicht entgehen lassen.«

Auf dem Heimweg hielt ich noch im Supermarkt an und kaufte ein paar Lebensmittel. Zu Hause angekommen, war es Abendessenszeit und das Haus erfüllt von Gerüchen. Hinter Mrs. Karwatts Tür köchelte eine Minestrone auf dem Herd, am anderen Ende des Hausflurs gab es Burritos.

Mit dem Schlüssel in der Hand näherte ich mich meiner Wohnungstür, da hielt ich plötzlich inne. Wenn Abruzzi mein verschlossenes Auto aufbrechen konnte, dann konnte er auch in meine verschlossene Wohnung einbrechen. Ich musste vorsichtig sein, schob den Schlüssel ins Schloss, drehte ihn herum, machte die Tür auf. Für einen Moment blieb ich bei geöffneter Tür im Hausflur stehen und spürte sozusagen in meine Wohnung hinein. Lauschte der Stille. Beruhigt durch meinen Herzschlag und die Tatsache, dass nicht eine Hundemeute herausstürzte und mich verschlang.

Ich trat über die Schwelle, ließ die Wohnungstür sperrangelweit offen, durchschritt die Räume, zog vorsichtig Schubladen heraus und klappte Schranktüren auf. Gott sei Dank, keine bösen Überraschungen. Dennoch rumorte es in mir. Abruzzis Drohung aus meinem Denkapparat zu verbannen fiel mir schwer.

»Darf man eintreten?«, hörte ich eine Stimme aus dem Hausflur.

Kloughn.

»Ich war gerade in der Gegend«, erklärte er. »Deswegen habe ich mir gedacht, sage ich mal guten Tag. Ich habe auch chinesisches Essen mitgebracht. War eigentlich für mich allein gedacht, aber es ist mir zu viel. Vielleicht wollen Sie ja was abhaben. Sie müssen nicht, wenn Sie nicht wollen. Aber wenn doch, würde ich mich freuen. Ich weiß nicht, ob Sie chinesische Küche mögen. Oder ob Sie doch lieber allein essen wollen. Oder ...«

Ich packte Kloughn am Kragen und zog ihn in die Wohnung.

»Wer ist das denn?«, fragte Vinnie, als ich mit Kloughn aufkreuzte.

»Albert Kloughn«, sagte ich zu ihm, »Rechtsanwalt.«

»Und?«

»Er hat mir was zu essen gebracht, deswegen habe ich ihn eingeladen mitzukommen.«

»Er sieht aus wie das Knack&Backmännchen von Pillsbury. Was hat er dir mitgebracht? Frische Brötchen?«

»Chinesisches«, sagte Kloughn. »Es war so eine typische Spontanentscheidung, ich hatte einfach Lust auf chinesische Küche.«

»Kommt mir überhaupt nicht gelegen, bei einer Festnahme einen Anwalt dabeizuhaben«, sagte Vinnie.

»Ich werde Sie schon nicht verklagen, das schwöre ich«,

versprach Kloughn. »Ich habe auch alles Nötige dabei. Schauen Sie, eine Taschenlampe, Verteidigungsspray. Ich überlege, ob ich mir noch eine Waffe besorgen soll, aber ich kann mich nicht entscheiden, ob ich lieber einen sechsschüssigen Revolver oder eine Halbautomatik will. Eigentlich tendiere ich eher zu der Halbautomatik.«

»Nehmen Sie die Halbautomatik«, sagte Lula. »Da passt mehr Munition rein. Munition kann man nie genug haben.«

»Ich brauche eine kugelsichere Weste«, sagte ich zu Vinnie. »Als ich das letzte Mal eine Festnahme mit dir durchführte, hast du alles kurz und klein geschossen.«

»Da galten besondere Umstände«, sagte Vinnie.

Von wegen besondere Umstände.

Ich organisierte Kloughn und mir zwei Kevlar-Westen, dann bestiegen wir alle zusammen Vinnies Cadillac und fuhren los.

Eine halbe Stunde später standen wir mit dem Wagen um die Ecke von Benders Haus. »Jetzt werdet ihr erleben, wie ein Profi arbeitet«, verkündete Vinnie. »Ich habe einen Plan, und ich erwarte, dass jeder seinen Teil dazu beiträgt, also hört zu.«

»Einen Plan?«, sagte Lula. »Oh, Mann.«

»Stephanie und ich übernehmen die Haustür«, sagte Vinnie. »Lula und der Clown übernehmen den Hintereingang. Wir stürmen das Haus gleichzeitig von beiden Seiten und überwältigen die Ratte.«

»Ein toller Plan«, sagte Lula. »Von allein wäre ich da nie draufgekommen.«

»KLOUGHN«, sagte Albert.

»Ihr braucht nur auf mein Kommando ›Kautionsdetektiv‹ zu hören«, sagte Vinnie. »Dann treten wir die Türen ein. Wir laufen rein und rufen: Stehen bleiben – Kautionsdetektiv!«

»Das werde ich hübsch bleiben lassen«, sagte ich. »Ich käme mir lächerlich vor. So was gibt es doch nur im Fernsehen.«

»Mir gefällt die Idee«, sagte Lula. »Ich wollte schon immer mal eine Tür eintreten und rumbrüllen.«

»Vielleicht irre ich mich ja«, gab Kloughn zu bedenken, »aber ich glaube, Türeneintreten ist verboten.«

Vinnie schnallte sich einen Pistolengürtel aus einem Nylongewebe um. »Nur, wenn es das falsche Haus ist.«

Lula holte eine Glock aus ihrer Tasche und steckte sie in den Bund ihres Stretchminikleids. »Ich bin bereit«, sagte sie. »Schade, dass wir kein Fernsehteam dabeihaben. Mein gelbes Kleid wäre bestimmt ein Blickfänger.«

»Ich bin auch bereit«, sagte Kloughn. »Ich habe eine Taschenlampe dabei, falls das Licht ausgeht.«

Das war zwar nicht der Grund, warum Kopfgeldjäger schwere Stablampen mit sich führten, aber ich wollte ihn nicht unnötig beunruhigen.

»Hat jemand nachgeprüft, ob Bender auch zu Hause ist?«, fragte ich. »Hat jemand mit seiner Frau gesprochen?«

»Wir lauschen unterm Fenster«, sagte Vinnie. »Sieht aus, als würde da jemand Fernsehen gucken.«

Auf Zehenspitzen liefen wir über den Rasen, drückten uns an die Hauswand und lauschten vorm Fenster.

»Hört sich wie ein Film an«, sagte Kloughn. »Ein unanständiger Film.«

»Dann muss Bender hier sein«, sagte Vinnie. »Seine Frau sitzt nicht allein zu Hause rum und zieht sich Pornos rein.«

Lula und Kloughn taperten zum Hintereingang, Vinnie und ich zur Haustür. Vinnie zog die Pistole und hämmerte gegen die Tür, die mit einer Sperrholzplatte vernagelt war.

»Aufmachen«, rief Vinnie. »Kautionsdetektiv.« Er trat einen Schritt zurück und wollte gerade mit dem Fuß die Tür bearbeiten, als wir hörten, wie Lula von der Rückseite her ins Haus stürmte und aus Leibeskräften schrie.

Bevor wir noch reagieren konnten, flog die Haustür auf, und ein nackter Mann kam herausgerannt, beinahe hätte er mich von der Treppe gestoßen. Im Haus brach ein irrer Tumult los. Männer rafften sich auf, liefen davon, manche nackt, manche bekleidet, alle fuchtelten mit Pistolen herum, riefen »Weg da! Aus dem Weg! Scheißkerl!«

Lula mittendrin im Gewühl. »He«, rief sie, »das hier ist ein Kommando der Kautionsdetektei. Bleiben Sie auf der Stelle stehen.«

Vinnie und ich hatten uns bis in die Mitte des Zimmers vorgearbeitet, von Bender keine Spur. Zu viele Männer auf engem Raum, die alle versuchten aus dem Haus zu kommen. Niemand störte sich daran, dass Vinnie seine Waffe gezogen hatte. Ich glaube sogar, dass es in dem ganzen Kuddelmuddel gar keinem Menschen auffiel.

Vinnie feuerte eine Salve ab, und ein Stück der Zimmerdecke fiel herunter. Danach war alles mucksmäuschenstill, weil sich niemand mehr im Raum befand, außer Vinnie, Lula, Kloughn und mir.

»Was ist?«, fragte Lula. »Was um Himmels willen ist hier gerade abgegangen?«

»Bender habe ich nicht gesehen«, sagte Vinnie. »Ist das überhaupt das richtige Haus?«

»Vinnie?« Eine weibliche Stimme rief aus dem Schlafzimmer herüber. »Bist du das, Vinnie?«

Vinnie bekam große Augen. »Candy?«

Eine nackte Frau, irgendwas zwischen zwanzig und fünfzig, kam aus dem Schlafzimmer gehoppelt. Sie hatte gigantische Brüste, und ihr Schamhaar war in der Form eines

Blitzstrahls ausrasiert. Mit ausgestreckten Armen lief sie Vinnie entgegen. »Lange nicht gesehen«, sagte sie. »Wie geht's?«

Eine zweite Frau krabbelte aus dem Schlafzimmer hervor. »Ist das wirklich Vinnie?«, fragte sie. »Was macht der denn hier?«

Ich schlich mich an den Frauen vorbei ins Schlafzimmer und suchte Bender. Das Schlafzimmer war mit Scheinwerfern und einer ausrangierten Filmkamera ausgestattet. Hier hatte man sich keine Pornos angeschaut, hier hatte man welche gedreht.

»Bender ist weder im Schlafzimmer noch im Badezimmer«, sagte ich zu Vinnie. »Aus mehr Räumen besteht das Haus nicht.«

»Sucht ihr Andy?«, fragte Candy. »Der hat sich schon vorher verdrückt. Hätte zu arbeiten, sagt er. Wir haben sein Haus nur gemietet. Hübsch und intim. Jedenfalls so lange, bis ihr reinkamt.«

»Wir haben schon gedacht, jetzt würden wir verhaftet«, sagte die andere Frau. »Wir haben gedacht, es wäre die Polizei.«

Kloughn gab den beiden Frauen seine Karte. »Albert Kloughn, Rechtsanwalt«, sagte er. »Sollten Sie mal Rechtsbeistand benötigen …«

Eine Stunde später lief ich auf unserem Mieterparkplatz ein, neben mir, auf dem Beifahrersitz, die Quasselstrippe Kloughn. Ich hatte eine CD von Godsmack eingelegt, aber die Lautstärke reichte einfach nicht, um Kloughn zu übertönen.

»Mann, ey, das war ja stark«, sagte Kloughn. »Ich habe noch nie einen Filmstar aus der Nähe gesehen. Und dann noch nackt. Ich habe sie doch nicht zu sehr angeglotzt, oder doch? Es war ja gar nicht zu vermeiden. Selbst Sie haben geglotzt.«

Stimmt. Aber ich war nicht vor ihr auf die Knie gegangen, um mir den ausrasierten Blitzstrahl genauer anzugucken.

Ich hielt an und brachte Kloughn noch zu seinem Wagen, damit ich auch sicher sein konnte, dass er heil vom Parkplatz herunterkam. Gerade hatte ich mich umgedreht und einen Juchzer ausgestoßen, da lief ich Ranger in die Arme.

»Ein Rendezvous?«

»Das war vielleicht ein seltsamer Tag.«

»Inwiefern?«

Ich erzählte ihm von Vinnies Festnahmeversuch und dem Pornofilm.

Ranger warf den Kopf in den Nacken und lachte schallend. Das kam nicht häufig bei ihm vor.

»Ist das ein Freundschaftsbesuch?«, fragte ich ihn.

»So freundschaftlich wie es geht. Ich bin auf dem Nachhauseweg.«

»Nach Hause in die Bat Cave?« Niemand wusste, wo Ranger wohnte. In seinem Führerschein war ein unbebautes Grundstück als Adresse angegeben.

»Ja, in meine Bat Cave«, sagte Ranger.

»Irgendwann würde ich die Bat Cave gerne mal sehen.«

Ich hielt seinem Blick stand.

»Irgendwann mal, vielleicht«, sagte er. »Deine Karosse könnte ein bisschen Ausbesserung vertragen.«

Ich erzählte ihm von den Spinnen und von Abruzzis Drohung, mir bei nächster Gelegenheit das Herz aus der Brust zu reißen, bei lebendigem Leib.

»Habe ich das richtig verstanden?«, sagte Ranger. »Nachdem dich ein Schwarm Gänse attackiert hat, setzt du dich in dein Auto, dort greift dich eine Spinne an, was dazu führt, dass du ein anderes abgestelltes Auto rammst.«

»Hör auf so zu grinsen«, sagte ich. »Ich finde das überhaupt nicht lustig. Ich hasse Spinnen.«

Er legte einen Arm um meine Schultern. »Das weiß ich doch, Babe. Und jetzt hast du Angst, dass Abruzzi seine Drohung wahr macht.«

»Ja.«

»Es gibt einfach zu viele gefährliche Männer in deinem Leben.«

Ich sah ihn scheel an. »Hast du einen Vorschlag, wie man die Liste reduzieren könnte?«

»Abruzzi könntest du zum Beispiel umlegen.«

Ich zog die Augenbrauen hoch.

»Dagegen hätte niemand was einzuwenden«, sagte Ranger. »Abruzzi ist nicht gerade beliebt.«

»Und die übrigen gefährlichen Männer in meinem Leben? Was ist mit denen?«

»Die sind nicht weiter lebensbedrohend. Es bricht dir vielleicht das Herz, aber aus der Brust wird es dir nicht gerissen.«

Mann, oh Mann, und das soll mich beruhigen?

»Von deinem Vorschlag, Abruzzi umzulegen mal abgesehen – ich weiß nicht, wie ich ihn aufhalten soll«, sagte ich zu Ranger. »Soder will nur seine Tochter wiederhaben, aber Abruzzi ist hinter etwas ganz anderem her. Was auch immer das sein mag, jedenfalls glaubt er, ich sei hinter dem Gleichen her.« Ich schaute hoch zu meinem Fenster. Eigentlich hatte ich gar keinen Bock, allein meine Wohnung zu betreten. Diese Drohung von Abruzzi, mir das Herz aus der Brust zu reißen, machte mir Angst und Bange. Und dann und wann bildete ich mir ein, Spinnen würden über meinen Körper kriechen. »Wo du schon mal da bist«, sagte ich, »... du hättest nicht zufällig Lust, mit hochzukommen, auf ein Glas Wein?«

»Gilt die Einladung nur für ein Glas Wein oder noch mehr?«

»Könnte sein.«

»Darf ich raten? Ich soll nachgucken, ob auch niemand in deiner Wohnung ist.«

»Du hast es erfasst.«

Er schloss seinen Wagen ab, und als wir in den ersten Stock kamen, nahm er mir den Schlüssel ab und öffnete die Wohnungstür. Er machte alle Lichter an und sah sich um. Rex trainierte in seinem Laufrad.

»Kannst du ihm nicht das Bellen beibringen?«, schlug Ranger vor.

Er stöberte durch mein Wohnzimmer, mein Schlafzimmer, hob die Fußmatte hoch und schaute unterm Bett nach. »Ein bisschen Wischen könnte nicht schaden, Babe«, sagte er. Er rückte die Frisierkommode beiseite und zog jede Schublade auf. Nichts sprang ihm entgegen. Er steckte den Kopf ins Badezimmer. Alles wie immer.

»Keine Schlangen, keine Spinnen, keine bösen Jungs«, sagte Ranger. Er streckte die Arme aus, packte mich mit beiden Händen am Kragen meiner Jeansjacke und zog mich an sich, wobei seine Finger sanft meinen Hals streiften. »Da kommt ganz schön was zusammen. Ich hoffe, du sagst mir Bescheid, wenn du deine Schulden begleichen willst.«

»Klar. Natürlich. Du wirst es als Erster erfahren.« Meine Güte, ich führte mich auf wie der letzte Hammel.

Ranger grinste lüstern. »Du hast doch Handschellen, oder?«

Würg! »Eigentlich nicht. Im Moment habe ich keine Handschellen da.«

»Wie willst du dann böse Jungs schnappen, ohne Handschellen?«

»Das ist ein Problem, das sehe ich auch so.«

»Ich habe Handschellen«, sagte Ranger, und sein Knie berührte dabei mein Knie.

Meine Herzfrequenz lag ungefähr bei zweihundert Schlägen pro Minute. Ich kann nicht behaupten, dass ich der Typ bin, der beim Sex mit Handschellen ans Bett gefesselt werden will, ich gehöre eher zu denen, die das Licht ausmachen und das Beste hoffen. »Ich glaube, ich fange gleich an zu hyperventilieren«, sagte ich. »Wenn ich umkippen sollte, halt einfach eine Papiertüte über meine Nase und meinen Mund.«

»Es wird schon nicht die Welt untergehen, wenn du mit mir schläfst, Babe«, sagte Ranger.

»Es gibt da gewisse Tatsachen.«

Er sah mich neugierig an. »Was für Tatsachen?«

»Na ja, ich meine – Beziehungen?«

»Hast du eine Beziehung?«, fragte Ranger.

»Nein. Hast du eine?«

»Mein Lebensstil lässt eine Beziehung nicht zu.«

»Weißt du, was wir brauchen? Wir brauchen Wein.«

Ranger ließ meinen Jackenkragen los und folgte mir in die Küche. Er lehnte gegen den Küchentresen, und ich holte zwei Weingläser aus dem Regal und nahm die Flasche Merlot, die ich gerade gekauft hatte. Ich goss zwei Gläser ein, gab Ranger eins und behielt das andere für mich.

»Zum Wohl«, sagte ich und kippte den Wein hinunter.

Ranger trank einen winzigen Schluck. »Geht's dir jetzt besser?«

»Allmählich. Jedenfalls habe ich nicht mehr das Gefühl, dass ich gleich ohnmächtig werde. Und die Übelkeit ist auch so gut wie weg.« Ich füllte mein Glas nach und schleppte die Flasche ins Wohnzimmer. »Also?«, sagte ich. »Was willst du machen? Fernsehen?«

Er nahm die Fernbedienung vom Couchtisch und machte es sich auf dem Sofa bequem. »Sag Bescheid, wenn dir nicht mehr übel ist.«

»Ich glaube, diese Idee mit den Handschellen hat mir den Rest gegeben.«

»Enttäuschend. Ich dachte, es wäre die Vorstellung, mich nackt zu sehen.« Er ging die Sportkanäle durch und entschied sich für Basketball. »Ist Basketball gut? Oder soll ich lieber einen Gewaltfilm suchen?«

»Basketball ist gut.«

Ich durfte mich nicht beklagen, denn ich war diejenige, die Fernsehen vorgeschlagen hatte, aber jetzt, da Ranger in meinem Wohnzimmer saß, kam mir das einfach zu komisch vor. Das Haar hatte er zurückgekämmt und zu einem Pferdeschwanz zusammengebunden. Er trug die schwarze SWAT-Kampfuniform der Spezialeinheit der Armee, den Pistolengürtel durch eine Handfeuerwaffe hinten im Hosenbund ersetzt, am Handgelenk eine S.E.A.L.-Uhr.

Mein Glas war schon wieder leer, und ich goß mir ein zweites Mal nach.

»Komisch«, sagte ich. »Guckst du in deiner Bat Cave auch Basketball?«

»Fürs Fernsehen reicht die Zeit nicht.«

»Aber du hast doch einen Fernseher in deiner Bat Cave, oder nicht?«

»Ja, schon, die Bat Cave ist mit einem Fernseher ausgestattet.«

»Ich bin eben neugierig«, sagte ich.

Er trank etwas Wein und beobachtete mich. Er war anders

als Morelli. Morelli war wie eine gespannte Sprungfeder. In seiner Gegenwart spürte ich immer die zurückgehaltene Energie. Ranger dagegen war wie eine Katze. Auf Samtpfoten. Jeder Muskel auf Kommando entspannt. Wahrscheinlich machte er Yoga. Vielleicht war er gar kein normaler Mensch.

»An was denkst du gerade?«, fragte er.

»Ich habe überlegt, ob du überhaupt ein normaler Mensch bist.«

»Was wären die Alternativen?«

Ich stürzte das dritte Glas Wein hinunter. »Ich hatte an nichts Besonderes gedacht.«

Ich wachte mit Kopfschmerzen auf, und meine Zunge klebte am Gaumen. Ich lag auf dem Sofa, unter der Steppdecke von meinem Bett. Der Fernseher war ausgeschaltet, und Ranger war weg. Wenn ich mich recht erinnere, hatte ich höchstens fünf Minuten lang Basketball gesehen, bevor ich eingeschlafen war. Bei mir braucht es zum Betrunkensein nicht viel. Zweieinhalb Gläser Wein, und ich bin sternhagelvoll.

Ich duschte heiß, bis meine Haut ganz schrumpelig war und das Dröhnen in meinen Schläfen nachgelassen hatte. Dann zog ich mich an und spurte ab zu McDonalds. Am Autoschalter bestellte ich eine große Portion Pommes mit Cola und verzehrte das Zeug auf dem Parkplatz. Die Stephanie-Plum-Methode, einen Kater zu kurieren. Die Pommes hatte ich zur Hälfte gegessen, da klingelte das Handy.

»Schon gehört, das mit dem Feuer?«, fragte Grandma. »Weißt du was darüber?«

»Was für ein Feuer?«

»Steven Soders Kneipe ist gestern Abend abgebrannt. Tatsächlich war es wohl eher heute früh, denn es war schon nach der Sperrstunde, als das Haus Feuer fing. Lorraine Zupek hat eben angerufen. Ihr Enkel ist bei der Feuerwehr. Der sagte, sie hätten jeden Löschzug, den die Stadt zur Verfügung hat, vor Ort, aber es wäre nicht mehr viel zu retten. Die gehen wahrscheinlich von Brandstiftung aus.«

»Ist jemand verletzt?«

»Davon hat Lorraine nicht gesprochen.«

Ich stopfte mir eine Hand voll Pommes in den Mund und ließ den Motor an. Das wollte ich mir unbedingt aus der Nähe ansehen. Ich weiß auch nicht, was mich trieb, wahrscheinlich eine makabre Neugier. Falls Soder so genannte Geschäftspartner hatte, dann wäre der Brand nichts Ungewöhnliches. Es war bekannt, dass gewisse Leute gelegentlich in andere Firmen einstiegen, erst um maximalen Profit aus ihnen zu schlagen und sie dann zu Grunde zu richten.

Zwanzig Minuten brauchte ich für die Fahrt durch die Stadt. Die Straße, in der sich das *Foxhole* befand, war für den Verkehr gesperrt, deswegen parkte ich zwei Straßen weiter und ging zu Fuß. Ein Feuerwehrwagen war immer noch da, und auf dem Gehweg standen schräg einige Polizeifahrzeuge. Der Fotograf der *Trenton Times* schoss seine Bilder. Ein Absperrband war nicht gespannt, aber Gaffer wurden von der Polizei auf Distanz gehalten.

Die Backsteinfassade war schwarz vom Feuer, die Fensterrahmen waren verkohlt. Über der Bar lagen noch zwei Stockwerke mit Wohnungen, sie sahen total zerstört aus. Auf die Straße und den Gehweg floss rußschwarzes Löschwasser. Von dem Feuerwehrwagen wand sich ein Schlauch ins Haus, aber er war schlaff.

»Ist jemand verletzt?«, fragte ich einen der Zuschauer.

»Scheint nicht so«, sagte er. »Die Bar hatte schon geschlossen, und in den Wohnungen hielt sich niemand auf. Sie wurden gerade renoviert, weil einige Bauvorschriften nicht beachtet worden waren.«

»Weiß man schon, wodurch das Feuer ausgelöst wurde?«

»Dazu hat sich bisher niemand geäußert.«

Von den Polizisten oder Feuerwehrleuten kannte ich keinen, und Soder sah ich auch nirgendwo. Ich warf einen letzten Blick auf die Szenerie und ging. Als Nächstes stand ein Abstecher ins Büro auf dem Programm. Mittlerweile hatte Connie sicher ausführliche Informationen über Evelyn zusammengetragen.

»Meine Fresse«, sagte Lula, als ich ins Büro kam, »wie das blühende Leben siehst du ja nicht gerade aus.«

»Ich habe einen Kater«, sagte ich. »Nachdem ich Kloughn abgesetzt hatte, habe ich Ranger getroffen, und wir haben ein paar Gläser Wein zusammen getrunken.«

Connie und Lula unterbrachen ihre Arbeit und starrten mich ungläubig an.

»Und?«, sagte Lula. »Das kann doch nicht alles gewesen sein. Was ist dann passiert?«

»Gar nichts. Ich hatte Schiss in der Buchse, wegen der Spinnen und so, deswegen ist Ranger mit hochgekommen, um nachzusehen, ob in der Wohnung alles in Ordnung ist. Wir haben ein paar Gläser Wein getrunken, und dann ist er gegangen.«

»Ja, ja, und was ist zwischen dem Weintrinken und seinem Abgang gelaufen?«

»Gar nichts ist gelaufen.«

»Das kann doch nicht wahr sein«, sagte Lula. »Du hast Ranger in deine Wohnung gelockt, ihr beide habt Wein getrunken, und dabei soll nichts gelaufen sein? Nicht mal rumgemacht habt ihr?«

»Ist irgendwie unlogisch«, stellte Connie fest. »Immer wenn ihr beide zusammen in diesem Büro seid, verschlingt er dich mit den Augen. Dafür muss es doch eine Erklärung geben. Deine Oma war da, stimmt's?«

»Nur wir beide. Nur Ranger und ich.«

»Hast du ihn verschreckt? Ihn geohrfeigt oder so?«, fragte Lula.

»Nein. So war es nicht. Es war eher eine freundschaftliche Atmosphäre.« Auf unangenehm angespannte Art.

»So so«, sagte Lula. »Freundschaftlich.«

»Und, wie findest du das?«, fragte mich Connie.

»Ich weiß nicht«, sagte ich. »Freundschaftlich, das klingt doch gut.«

»Ja, schon, aber nackt und schweißtreibend, das klingt doch viel geiler«, sagte Lula.

Jeder hing eine Weile seinen Gedanken nach.

Connie fächerte sich mit dem Stenoblock Luft zu. »Oh«, sagte sie. »Mir wird ganz heiß.«

Ich widerstand dem Impuls, an mir herabzusehen, ob meine Brustwarzen sich versteift hatten. »Ist der Bericht über Evelyn schon da?«

Connie kramte in einem Aktenstapel auf ihrem Schreibtisch und zog eine Mappe hervor. »Heute Morgen reingekommen.«

Ich nahm die Mappe entgegen und las mir die erste Seite durch, dann blätterte ich um.

»Es gibt nicht viel über sie«, sagte Connie. »Evelyn war immer ein Stubenhocker. Schon als Kind.«

Ich steckte die Akte in meine Tasche und schaute in die Linse der Überwachungskamera über mir. »Ist Vinnie da?«

»Noch nicht. Der lässt sich von Candy bestimmt wieder sein Ego aufrichten«, sagte Lula.

9

Auf dem Weg zum Auto las ich mir noch mal Evelyns Akte durch. Manche Informationen erschienen mir überflüssig, aber so ist das eben heutzutage im Zeitalter ungebremster Datenflüsse. Ich hielt eine Kreditauskunft und Eveylns Krankengeschichte in Händen. Weder das eine noch das andere war besonders aufschlussreich.

Ich saß schon im Auto und las weiter, da lenkte mich ein Klopfen an die Scheibe von der Lektüre ab. Es war Morclli. Ich schloss die Beifahrertür auf, und er glitt neben mir auf den Sitz.

»Kater?«, sagte er, aber es klang eher wie eine Feststellung, nicht wie eine Frage.

»Woher weißt du das?«

Er zeigte auf den McDonalds-Karton. »Pommes und Cola zum Frühstück. Dunkle Ringe unter den Augen. Sturmfrisur.«

Ich überprüfte meine Haare im Rückspiegel. Recht hatte er. »Ich hab's gestern Abend ein bisschen übertrieben mit dem Wein.«

Er nahm es zur Kenntnis. Einige Minuten lang wurde nicht gesprochen. Freiwillig wollte ich nicht mehr von mir geben, und er fragte nicht weiter.

Er sah die Mappe in meiner Hand. »Kommst du in der Sache Evelyn weiter?«

»Ich mache Fortschritte.«

»Hast du das mit Soders Bar gehört?«

»Ich komme gerade von da«, sagte ich. »Es sieht schlimm aus. Zum Glück hielt sich niemand in dem Gebäude auf.«

»Ja schon, aber bis jetzt haben wir Soder noch nicht auftreiben können. Seine Freundin sagt, er sei gar nicht nach Hause gekommen.«

»Könnte es sein, dass er bei Ausbruch des Feuers noch in der Bar war?«

»Das überprüfen die Kollegen noch. Sie mussten warten, bis sich der Brandherd abgekühlt hatte. Bis jetzt gibt es keine Spur von Soder. Ich dachte, das könnte dich vielleicht interessieren.« Morelli legte die Hand an den Türöffner. »Ich sage dir Bescheid, wenn wir ihn gefunden haben.«

»Moment. Ich habe da noch eine Frage. Rein theoretisch. Mal angenommen, du guckst Fernsehen mit mir. Wir beide wären allein in meiner Wohnung. Ich hätte ein paar Gläser Wein getrunken und wäre eingenickt. Würdest du dann trotzdem mit mir schlafen? Würdest du ein bisschen rumexperimentieren an mir, während ich schliefe?«

»Was läuft denn im Fernsehen? Die Entscheidungsspiele?«

»Hau ab«, sagte ich.

Morelli grinste und stieg aus.

Ich wählte Dottys Nummer auf meinem Handy. Ich wollte ihr unbedingt die Neuigkeit über die Bar erzählen und dass Soder vermisst wurde. Das Telefon klingelte mehrere Male, dann schaltete sich der Anrufbeantworter ein. Ich hinterließ eine Nachricht mit der Bitte um Rückruf und rief gleich anschließend bei ihrer Arbeitsstelle an. Ich bekam nur die Voice-Mail, Dotty sei in Urlaub und voraussichtlich erst in zwei Wochen wieder da.

Die automatische Ansage löste ein seltsames Gefühl in

meinem Magen aus. Beklommenheit war das, was ihm am nächsten kam.

Vor Ablauf einer Stunde stand ich mit meinem Wagen vor Dottys Haus. Von Jeanne Ellen keine Spur. Und in Dottys Haus gab es auch keine Lebenszeichen. In der Einfahrt war kein Auto, keine Türen oder Fenster standen offen. Nicht weiter schlimm, dachte ich bei mir, die Kinder sind zu dieser Tageszeit in der Schule oder in der Krippe, und Dotty war wahrscheinlich gerade einkaufen.

Ich ging zur Haustür und klingelte. Niemand öffnete. Ich schaute durch das Vorderfenster. Es sah alles friedlich aus. Keine Lichter brannten, kein Fernseher plärrte, keine Kinder liefen umher. Wieder stellte sich in meiner Magengegend das seltsame Gefühl ein. Irgendetwas stimmte hier nicht. Ich ging nach hinten und schaute auch dort durchs Fenster. Die Küche war sauber. In der Spüle standen keine Müslischalen, keine Cornflakesschachteln auf dem Tisch. Ich probierte den Türknauf, die Tür war verschlossen. Ich klopfte an, keine Reaktion. Dann erst fiel es mir auf: Der Hund war nicht da. Eigentlich hätte der Hund umherspringen müssen, hinter der Tür bellen müssen. Es war ein zweigeschossiges ranchartiges Gebäude. Ich ging einmal ums ganze Haus und schaute in jedes Fenster. Kein Hund.

Na gut, dann geht sie eben gerade mit dem Hund spazieren. Vielleicht ist sie auch mit dem Hund zum Tierarzt gefahren. Ich suchte die Nachbarn zur Rechten und zur Linken auf. Niemand wusste, wo Dotty und der Hund abgeblieben waren, aber beiden Nachbarn war aufgefallen, dass seit heute Morgen sowohl Dotty als auch der Hund verschwunden waren. Man war allgemein der Meinung, dass Dotty und ihre Familie das Haus irgendwann in der Nacht verlassen haben mussten.

Keine Dotty. Kein Hund. Keine Jeanne Ellen. Mittlerweile konnte ich das Gefühl in meinem Magen genauer bestimmen: Panik. Angst. Mit einer Spur Übelkeit von dem Kater.

Ich ging zurück zu meinem Wagen vorm Haus und blieb noch eine Weile sitzen, erst mal musste ich das alles innerlich verarbeiten. Ich schaute auf die Uhr, und mir fiel auf, dass bereits eine Stunde vergangen war. Wahrscheinlich gab ich mich unbewusst der Hoffnung hin, Dotty würde zurückkehren. Gleichzeitig wusste ich, dass das nicht passieren würde.

Als ich neun Jahre alt war, durfte ich mir einen Wellensittich kaufen. Auf dem Nachhauseweg von dem Tiergeschäft öffnete sich das Türchen des Käfigs, und der Vogel entflog. Hier war es genauso: Ich hatte das Gefühl, dass ich die Tür aufgelassen hatte.

Ich schaltete den Motor an, fuhr zurück nach Burg und begab mich schnurstracks zum Haus von Dottys Eltern. Mrs. Palowski machte mir auf, und Dottys Hund kam aus der Küche wild kläffend auf mich zugerannt.

Ich zauberte mein breitestes und gekünsteltes Lächeln für Mrs. Palowski auf meine Visage. »Hallo«, sagte ich. »Ist Dotty da?«

»Die haben Sie gerade verpasst«, sagte Mrs. Palowski. »Sie hat heute Morgen Scotty vorbeigebracht. Wir passen auf ihn auf, solange Dotty und die Kinder in Urlaub sind.«

»Ich muss sie unbedingt sprechen«, sagte ich. »Haben Sie eine Telefonnummer, unter der man sie erreichen kann?«

»Nein. Sie sagte, sie wollte mit einer Freundin los. Zu einer Hütte irgendwo im Wald. Sie wollte sich melden, hat sie gesagt. Ich könnte ihr eine Nachricht übermitteln.«

Ich gab Mrs. Palowski meine Karte. »Sagen Sie Dotty, ich hätte eine sehr wichtige Information für sie. Und richten Sie ihr aus, sie möchte mich anrufen.«

»Dotty ist doch nicht in Schwierigkeiten, oder?«, fragte Mrs. Palowski.

»Nein, nein. Die Information betrifft eine Bekannte von Dotty.«

»Sie meinen Evelyn, nicht? Ich habe gehört, Evelyn und Annie werden vermisst. Das ist wirklich traurig. Evelyn und Dotty waren früher mal enge Freundinnen.«

»Sehen sie sich heute noch?«

»Seit Jahren nicht mehr. Evelyn lebte nach ihrer Heirat sehr zurückgezogen. Ich glaube, mit Steven an ihrer Seite war es schwierig für sie, den Kontakt zu Freundinnen zu halten.«

Ich bedankte mich bei Mrs. Palowski und kehrte zurück zu meinem Wagen. Ein drittes Mal las ich mir den Bericht über Evelyn durch. Von einer geheimen Hütte im Wald war darin keine Rede.

Mein Telefon zirpte. Ein Anruf. Und was erhoffte ich mir? Ganz oben auf meiner Wunschliste stand eine Verabredung. Als Nächstes kamen neue Informationen über Soder oder ein netter Plausch mit Evelyn.

Als Letztes auf meiner Liste rangierte ein Anruf von meiner Mutter. »Hilfe«, sagte sie.

Dann kam meine Oma ans Telefon. »Du musst herkommen und dir das ansehen«, sagte sie.

»Was?«

»Das musst du mit eigenen Augen sehen.«

Das Haus meiner Eltern ist nur fünf Minuten von mir entfernt. An der Tür erwarteten mich schon meine Mutter und meine Oma. Sie traten zur Seite und wiesen mich ins Wohnzimmer. Dort saß meine Schwester, vielmehr hing sie im Lieblingssessel meines Vaters. Sie hatte ein zerknittertes Baumwollnachthemd und pelzbesetzte Pantoffeln an. Die

Wimperntusche von gestern hatte sie sich nicht abgewischt, sie war nachts im Schlaf verschmiert. Das Haar war wild und strubbelig. Eine Kreuzung aus Meg Ryan und Beetlejuice, bravem Mädchen aus Kalifornien und transsilvanischem Vampir. In der Hand hielt sie die Fernbedienung fürs Fernsehen, die Augen klebten am Bildschirm, verfolgten eine Spieleshow. Der Boden um sie herum war übersät mit Einwickelpapier von Schokoriegeln und leeren Blechdosen. Unsere Anwesenheit kümmerte sie gar nicht. Sie rülpste und kratzte sich am Busen, schaltete um auf einen anderen Kanal.

Das also war meine perfekte Schwester, die Heilige Valerie.

»Ich sehe da so ein Lächeln in ihrem Gesicht«, sagte meine Mutter zu mir. »Aber es ist überhaupt nicht komisch. Seit sie ihre Arbeit verloren hat, führt sie sich so auf.«

»Heute morgen mussten wir um sie herum Staub saugen«, sagte Grandma. »Ich bin etwas zu nahe herangekommen, und beinahe hätte ich eine ihrer Häschenpantoffeln mitgesaugt.«

»Sie ist depressiv«, diagnostizierte meine Mutter.

Wer hätte das gedacht.

»Wir haben uns gefragt, ob du ihr vielleicht einen Job besorgen könntest«, sagte Grandma. »Damit sie mal aus dem Haus kommt. Sonst kriegen wir bei ihrem Anblick auch noch Depressionen. Schlimm genug, dass man deinen Vater den ganzen Tag ertragen muss.«

»Du kennst dich aus mit den Jobs hier«, sagte ich zu meiner Mutter. »Du weißt doch sonst immer Bescheid, wann in der Knopffabrik neue Leute eingestellt werden.«

»Meine Kontaktleute hat sie schon alle gefragt«, sagte meine Mutter. »Ich bin am Ende mit meinem Latein. Und die

Arbeitslosigkeit ist hoch. Ich kann ihr keinen Job besorgen, bei dem sie Tampons eintüten muss.«

»Du kannst sie ja mal bei einer deiner Festnahmeaktionen mitnehmen«, schlug Grandma vor. »Das heitert sie vielleicht wieder ein bisschen auf.«

»Kommt gar nicht in Frage«, sagte ich. »Sie hat sich schon einmal als Kopfgeldjägerin versucht. Als ihr jemand das erste Mal eine Waffe an die Schläfe gedrückt hat, ist sie ohnmächtig geworden.«

Meine Mutter bekreuzigte sich. »Du lieber Gott«, sagte sie.

»Etwas müssen wir doch tun«, sagte Grandma. »Ich verpasse alle meine Fernsehsendungen wegen ihr. Ich habe versucht, mal auf einen anderen Kanal umzuschalten, da hat sie mich nur angeknurrt.«

»Wirklich? Sie hat dich angeknurrt?«

»Es war unheimlich.«

»He, Valerie«, redete ich sie an. »Gibt's ein Problem?«

Keine Reaktion.

»Ich habe eine Idee«, sagte Grandma. »Wir könnten ihr mal einen Elektroschock mit einer Schreckschusspistole versetzen. Wenn sie bewusstlos ist, nehmen wir ihr die Fernbedienung ab.«

Die Schreckschusspistole in meiner Tasche fiel mir ein. Ich hätte nichts dagegen, sie mal auszuprobieren. Ich hätte sogar nichts dagegen, sie mal an Valerie auszuprobieren. Insgeheim hatte ich ihr immer schon mal eine verpassen wollen. Ein verstohlener Blick hinüber zu meiner Mutter entmutigte mich auf der Stelle.

»Vielleicht könnte ich dir ja doch einen Job besorgen«, sagte ich zu Valerie. »Hättest du Lust, für einen Anwalt zu arbeiten?«

Sie stierte dumpf in die Glotze. »Ist er verheiratet?«

»Nein.«

»Schwul?«

»Ich glaube nicht.«

»Wie alt?«

»Schwer zu sagen. Vielleicht sechzehn.« Ich hievte das Handy aus meiner Umhängetasche und rief Kloughn an.

»Ich würde mich wirklich freuen, wenn Ihre Schwester für mich arbeiten würde«, sagte Kloughn. »Sie kann ihre Mittagspause auch so lange überziehen, wie sie will. Und ihre Wäsche kann sie auch gleich hier waschen.«

Ich legte auf und wandte mich wieder an Valerie. »Du hast einen neuen Job.«

»So eine Pleite«, sagte Valerie. »Gerade hatte ich den Dreh raus, wie Depressionen funktionieren. Glaubst du, dass der Mann mich heiraten wird?«

Innerlich hätte ich an die Decke gehen können, stattdessen notierte ich Kloughns Name und Anschrift auf einen Zettel und gab ihn Valerie. »Du kannst morgen um neun Uhr anfangen. Wenn er zu spät kommt, warte in dem Waschsalon auf ihn. Ist nicht schwierig, den Mann zu erkennen. Er hat zwei blaue Augen.«

Erneut bekreuzigte sich meine Mutter.

Ich klaute mir ein paar Scheiben Mortadella und Käse aus dem Kühlschrank und begab mich zur Haustür. Schnell weg, bevor ich noch irgendwelche Fragen zu Albert Kloughn beantworten musste.

In dem Moment klingelte das Telefon.

»Moment«, sagte Grandma zu mir. »Florence Szuch ist am Apparat. Sie sagt, sie sei im Einkaufszentrum, und gerade hätte sie Evelyn gesehen, bei einem Imbiss in der Lebensmittelabteilung.«

Ich rannte los, Grandma hinter mir her.

»Ich komme mit«, sagte Grandma. »Darauf habe ich ein Recht. Schließlich war es meine Informantin, die angerufen hat.«

Wir sprangen ins Auto, und ich raste los. Das Einkaufszentrum war etwa zwanzig Minuten Autofahrt entfernt, wenn kein Verkehr war. Ich konnte nur hoffen, dass Evelyn sich Zeit beim Essen nahm.

»Weiß sie genau, dass es Evelyn war?«

»Ja. Evelyn und Annie und noch eine andere Frau mit zwei Kindern.«

Dotty und ihre beiden Rabauken.

»Ich hatte keine Zeit mehr, mir meine Tasche zu holen«, sagte Grandma. »Das heißt, ich habe keine Waffe mit. Wenn es zu einer Schießerei kommt, und ich bin die Einzige, die keinen Schießprügel hat, bin ich natürlich ziemlich gefrustet.«

Meine Mutter würde einen Tobsuchtsanfall kriegen, wenn sie wüsste, dass meine Oma normalerweise eine Waffe in der Handtasche mit sich trug. »Erstens, ich bin hier diejenige, die keine Pistole hat«, stellte ich klar. »Und zweitens, es wird keine Schießerei geben.«

Ich fuhr auf die Route 1 und trat das Gaspedal durch. Das brachte mich in den Verkehrsstrom hinein. In New Jersey betrachten wir Geschwindigkeitsbeschränkungen lediglich als Vorschläge. Es gibt niemanden, der sich tatsächlich daran hält.

»Warum bis du nicht Rennfahrerin geworden«, sagte Grandma. »Das wäre auch nicht schlecht. Dann könntest du bei den Stock-Car-Rennen mitfahren. Würde ich auch gerne, aber dazu braucht man bestimmt einen Führerschein, und so was besitze ich nicht.«

Ich sah das Hinweisschild für das Einkaufszentrum, nahm

die nächste Abfahrt und drückte die Daumen, dass alles gut ging. Was als Gefallen Mabel gegenüber angefangen hatte, weitete sich zu einem Kreuzzug aus. Jetzt wollte ich wirklich mit Evelyn reden. Evelyn war entscheidend für die Beendigung dieses verrückten Kriegsspiels, und eine Beendigung des Kriegsspiels war entscheidend dafür, dass mein Körper unversehrt blieb und mir das Herz nicht aus der Brust gerissen wurde.

Das Einkaufszentrum kannte ich in- und auswendig, und ich parkte am Eingang zur Lebensmittelabteilung. Eigentlich wollte ich Grandma noch sagen, sie solle im Wagen auf mich warten, aber das wäre reine Kraftverschwendung gewesen.

»Sollte Evelyn noch da sein, muss ich allein mit ihr sprechen«, sagte ich zu Grandma. »Halte dich also im Hintergrund.«

»Klar«, versprach Grandma. »Mache ich.«

Gemeinsam betraten wir das Einkaufszentrum und gingen direkt zur Lebensmittelabteilung. Ich beobachtete die Menschen, suchte die Masse nach Evelyn und Dotty ab. Das Einkaufszentrum war nur mäßig voll, es herrschte nicht so ein Gedränge wie an den Wochenenden. Es waren gerade genug Menschen da, um mir Sichtschutz zu gewähren. Als ich Dotty und die Kinder entdeckte, hielt ich unwillkürlich die Luft an. Ich erinnerte mich an das Foto von Evelyn und den Kindern, sie waren ebenfalls da.

»Wo ich schon mal hier bin«, sagte Grandma, »ich würde mir gerne eine große Laugenbrezel kaufen.«

»Hol du dir deine Brezel, ich rede in der Zwischenzeit mit Evelyn. Aber bitte verlass nicht die Lebensmittelabteilung.«

Ich ließ Grandma laufen, und plötzlich verdunkelte sich vor mir das Licht. Ich stand im Schatten von Martin Paulson. Er sah nicht viel anders aus als auf dem Parkplatz der Polizeiwache, als wir uns auf dem Boden wälzten, ein Knäuel aus Leibern, Fußfesseln und Handschellen. Wenn man wie Paulson gebaut ist, ist die Auswahl an modischer Kleidung wohl begrenzt.

»Da sieh einer an«, sagte Paulson. »Unsere kleine Miss Arsch.«

»Bitte, nicht jetzt«, sagte ich und versuchte ihm auszuweichen.

Er tat einen Schritt in die gleiche Richtung und versperrte mir den Weg. »Wir haben noch etwas zu erledigen.«

Glaube ich an Zufälle im Leben? Da finde ich schließlich Evelyn und laufe gleichzeitig Martin Paulson in die Arme, der auf einen Kampf scharf ist. »Wir haben nichts zu erledigen«, sagte ich. »Was haben Sie eigentlich hier zu suchen?«

»Ich arbeite hier. Ich arbeite drüben in der Apotheke. Ich wurde irrtümlich angeklagt.«

Das konnte er seiner Großmutter erzählen. »Lassen Sie mich durch!«

»Versuchen Sie es doch!«

Ich zog meine Schreckschusspistole aus der Tasche, rammte sie Paulson in den Fettwanst und drückte ab. Nichts geschah.

Paulson sah sich die Pistole an. »Was ist das denn? Eine Spielzeugpistole?«

»Das ist eine Schreckschusswaffe.« In Wahrheit ein völlig wertloses Stück Schrott.

Paulson nahm sie mir ab und untersuchte sie. »Cool«, sagte er. Er schaltete den Mechanismus aus und gleich danach wieder an, dann drückte er sie gegen meinen Arm. In meinem Kopf leuchtete ein Blitz auf, dann wurde mir schwarz vor Augen.

Bevor sich die Finsternis wieder in Licht verwandelte, vernahm ich in der Ferne Stimmen. Ich strengte mich an, hin zu den Stimmen zu gelangen, und sie wurden lauter, deutlicher. Es gelang mir, die Augen zu öffnen, und Gesichter kamen verschwommen ins Blickfeld. Das Brummen im Kopf versuchte ich durch Blinzeln mit den Augen wegzukriegen. Ich wollte mir ein Bild von meiner Lage machen: Ich lag rücklings, flach auf dem Boden. Sanitäter, die sich über mich beugten. Sauerstoffmaske auf meiner Nase. Blutdruckmanschette am Arm. Grandma, mit besorgter Miene, hinter den Sanitätern. Hinter Grandma Paulson, der über ihre Schulter auf mich herabspäht. *Paulson.* Jetzt fiel es mir wieder ein. Der Scheißkerl hatte mich mit meiner eigenen Schreckschusspistole ausgeschaltet.

Ich sprang auf, stürzte mich auf Paulson. Meine Beine gaben nach, und ich sackte auf die Knie. »Paulson, Sie Schwein!«, rief ich.

Paulson duckte sich und tauchte unter.

Ich versuchte, die Sauerstoffmaske wegzureißen, aber die Sanitäter drückten sie mir wieder ins Gesicht. Erinnerte mich fatal an die Attacke der Gänse.

»Ich dachte schon, du wärst tot«, sagte Grandma.

»Wo denkst du hin. Ich bin nur zufällig mit meiner Schreckschusspistole in Kontakt gekommen, und blöderweise war sie eingeschaltet.«

»Jetzt erkenne ich Sie wieder«, sagte einer der Sanitäter. »Sie sind doch die Kopfgeldjägerin, die das Beerdigungsinstitut abgefackelt hat.«

»Das war ich«, sagte Grandma. »Sie hätten dabei sein sollen. Das reinste Feuerwerk.«

Ich stellte mich wieder hin und probierte zu laufen. Zwar war ich noch ein bisschen wacklig auf den Beinen, aber wenigstens knickte ich nicht gleich wieder ein. Ein gutes Zeichen, nicht?

Grandma übergab mir meine Umhängetasche. »Der nette rundliche Herr hat mir deine Schreckschusspistole wiedergegeben. Ist dir in der ganzen Aufregung sicher hingefallen. Ich habe sie in deine Tasche getan«, sagte sie.

Bei der nächstbesten Gelegenheit würde ich diese blöde Schreckschusspistole in den Delaware River werfen, das stand fest. Ich sah mich um, aber Evelyn war natürlich längst über alle Berge. »Du hast nicht zufällig Evelyn und Annie gesehen, oder?«, fragte ich Grandma.

»Nein. Ich habe mir eine große, frische Brezel gekauft, mit Schokoladenguss.«

Zuerst setzte ich Grandma am Haus meiner Eltern ab, dann fuhr ich zurück zu meiner Wohnung. Im Treppenhaus blieb ich vor meiner Tür eine Weile stehen, bevor ich den Schlüssel ins Schloss steckte. Dann holte ich tief Luft und schloss die Tür auf. Auf meinem Sofa saß Steven Soder. Er hatte etwas Schlagseite, in der rechten Hand die Fernbedienung, aber der Fernseher war gar nicht eingeschaltet. Soder war tot. Tot. Tot. Tot. Seine Augen waren milchig, sein Blick leer, sein Mund stand offen, als wäre er überrascht worden, seine Haut war gruselig blass, nicht durchblutet, und in der Mitte der Stirn klaffte eine Einschusswunde. Er trug einen ausgebeulten Sweater und helle Baumwollhosen, und er war barfuß.

Scheiße noch eins. Schlimm genug, dass man einen Toten auf seinem Sofa sitzen hatte. Aber musste der Kerl auch noch barfuß sein?

Leise schlich ich mich rückwärts aus der Wohnung. Vom Hausflur aus versuchte ich, auf meinem Handy die Polizei zu erreichen, aber meine Hände zitterten so stark, dass ich die Zifferntasten immer verfehlte, bis ich sie beim x-ten Anlauf endlich erwischte.

Ich blieb im Haus, bis die Polizei eintraf. Als es kurze Zeit darauf in meiner Wohnung von Polizisten nur so wimmelte, kroch ich in meine Küche, schlang meinen Arm um Rex' Käfig und evakuierte ihn aus der Wohnung nach draußen in den Hausflur.

Noch immer stand ich im Flur und hielt mich an Rex' Käfig fest, da kam Morelli. Mrs. Karwatt von nebenan und Irma Brown aus dem zweiten Stock waren bei mir. Hinter Mr. Woleskys Tür hörte ich den Fernseher, die Show *Regis* lief gerade. Nicht mal ein Mord gleich nebenan konnte Mr. Wolesky von seiner Lieblingssendung abhalten, und wenn es die tausendste Wiederholung wäre.

Ich saß auf dem Boden, mit dem Rücken zur Wand, auf dem Schoß den Hamsterkäfig. Morelli hockte sich neben mich und sah in den Käfig. »Geht es Rex gut?«

Ich nickte.

»Und du?«, fragte Morelli. »Alles in Ordnung mit dir?«

Meine Augen füllten sich mit Tränen. Nichts war in Ordnung. Mit mir schon gar nicht.

»Er hat auf dem Sofa gesessen«, sagte Irma zu Morelli. »Stellen Sie sich vor! Sitzt einfach da, mit der Fernbedienung in der Hand.« Empört schüttelte sie den Kopf. »Jetzt hat das Sofa Totenläuse. Ich wäre auch den Tränen nahe, wenn mein Sofa Totenläuse hätte.«

»So ein Quatsch. Es gibt keine Totenläuse«, sagte Mrs. Karwatt.

Irma sah sie böse an. »Würden Sie sich jetzt noch auf das Sofa setzen?«

Mrs. Karwatt kniff die Lippen zusammen.

»Nun?«, fragte Irma.

»Wenn man es richtig reinigen würde.«

»Totenläuse kriegt man in der Reinigung nicht raus«, sagte Irma. Mit strenger Stimme. Ende der Diskussion.

Morelli saß neben mir, lehnte mit dem Rücken an der Wand. Mrs. Karwatt verließ die Bühne. Auch Irma trat ab. Übrig blieben nur noch Morelli, ich und Rex.

»Was meinst du, gibt es Totenläuse wirklich?«, fragte mich Morelli.

»Ich habe keine Ahnung, was Totenläuse überhaupt sind, aber ich ekle mich auch schon so vor dem Sofa, dass ich es am liebsten loswäre. Und die Fernbedienung kommt in die Kochwäsche und wird gebleicht.«

»Schlimm. Schlimm ist das alles«, fiel Morelli dazu nur ein. »Das ist kein Spaß mehr und kein Spiel. Hat Mrs. Karwatt irgendetwas Ungewöhnliches gehört oder gesehen?«

Ich schüttelte den Kopf. Nein. »Bei sich zu Hause sollte man sich eigentlich sicher fühlen«, sagte ich zu Morelli. »Wohin kann man denn noch gehen, wenn die eigenen vier Wände kein sicherer Ort mehr sind?«

»Das weiß ich auch nicht«, sagte Morelli. »So weit ist es bei mir nie gekommen.«

Stunden dauerte es, bis die Leiche freigegeben und die Wohnung versiegelt worden war.

»Was jetzt?«, fragte Morelli. »Du kannst heute Nacht nicht hier bleiben.«

Unsere Blicke trafen sich, und beide dachten wir das Gleiche. Noch vor wenigen Monaten hätte Morelli die Frage nicht zu stellen brauchen. Ganz klar, ich hätte bei ihm übernachtet. Jetzt stand es anders mit uns. »Ich gehe zu meinen Eltern«, sagte ich. »Nur für heute Nacht. Bis ich wieder klar denken kann.«

Morelli ging noch einmal in die Wohnung, holte ein paar Kleidungsstücke, packte das Wichtigste in eine Sporttasche. Er verfrachtete Rex und mich in seinen Truck und fuhr uns nach Burg.

Mein altes Zimmer zu Hause hatten Valerie und die Kinder in Beschlag genommen, deswegen schlief ich auf dem Sofa, Rex' Käfig stellte ich daneben auf den Boden. Bekannte von mir schlucken Xanax, damit sie nachts besser schlafen. Ich brauche nur Makkaroni und Käse, und wenn meine Mom sie für mich kocht, umso besser.

Um elf Uhr aß ich meine Makkaroni mit Käse und fiel anschließend in einen unruhigen Schlaf. Um zwei Uhr nahm ich die nächste Portion zu mir, um halb fünf noch mal eine. Mikrowelle ist eine wundervolle Erfindung.

Um halb acht weckte mich tierischer Lärm von oben.

Mein Vater verursachte den üblichen allmorgendlichen Stau vorm Badezimmer.

»Ich muss mir die Zähne putzen«, sagte Angie. »Sonst komme ich zu spät zur Schule.«

»Was soll ich erst sagen?«, wetterte Grandma. »Ich bin alt. Ich kann es nicht ewig halten.« Sie hämmerte mit den Fäusten gegen die Tür. »Was machst du da eigentlich so lange?«

Mary Alice schnaubte und wieherte wie ein Pferd, galoppierte auf der Stelle und scharrte mit dem Fuß.

»Hör auf mit dem Gehopse«, schrie Grandma sie an. »Davon kriegt man ja Kopfschmerzen. Geh runter in die Küche und iss deinen Pfannkuchen!«

»Heu!«, sagte Mary Alice. »Pferde fressen Heu. Und sowieso, ich habe schon gegessen. Ich muss mir die Zähne putzen. Karies kann tödlich sein für Pferde.«

Die Toilettenspülung wurde betätigt, die Badezimmertür

öffnete sich, eine kurze Rauferei, dann wurde die Tür zugeknallt. Valerie und die beiden Mädchen stöhnten. Grandma hatte bei der Schlacht ums Badezimmer den Sieg davongetragen.

Eine Stunde später war mein Vater auf dem Weg zur Arbeit, die beiden Mädchen auf dem Weg zur Schule, und Valerie war in heller Aufregung.

»Ist das auch nicht zu anmacherisch?«, fragte sie mich und stellte sich in einem hauchdünnen, blumengemusterten Kleid und Riemchenstöckel vor mich hin. »Wäre ein Kostüm nicht angebrachter?«

Ich überflog gerade die Zeitung, ob sich irgendwas über Soder fand. »Es ist egal«, sagte ich. »Trag, was du willst.«

»Ich brauche deine Hilfe«, sagte Valerie und wedelte mit den Armen. »Ich kann diese Entscheidungen nicht alle allein treffen. Welche Schuhe soll ich anziehen? Die rosa Stöckel, oder doch lieber die Plateauschuhe von Weitzman?«

Gestern Abend hatte ich einen Toten auf meinem Sofa gefunden, vielleicht habe ich Totenläuse in der Wohnung – und Valerie hängt der Frage nach, welche Schuhe sie anziehen soll.

»Trag die rosa Dinger«, sagte ich. »Und steck Vierteldollarmünzen ein. Die kann Kloughn immer gut gebrauchen.«

Das Telefon klingelte, und Grandma eilte hin, um abzuheben. Es war der erste Anrufer, und ab jetzt würde das Telefon den ganzen Tag nicht mehr stillstehen. Ein schöner Mord, dafür hatte man in Burg immer viel übrig.

»Meine Tochter findet tote Männer auf ihrem Sofa«, jammerte meine Mutter. »Womit habe ich das verdient? Die Tochter von Lois Seltzman findet nie tote Männer auf ihrem Sofa.«

»Sagenhaft«, schwärmte Grandma. »Noch keine neun Uhr

und schon drei Anrufe. Das könnte sich ja noch zu einer größeren Sache ausweiten als damals die Geschichte mit deinem Auto, das von einem Müllwagen zermalmt wurde.«

Ich bat Valerie, mich auf ihrem Weg zur Arbeit an meiner Wohnung abzusetzen. Ich brauchte mein Auto, es stand auf dem Mieterparkplatz. Meine Wohnung oben war versiegelt, was mir durchaus recht war. Ich hatte es nicht eilig, wieder einzuziehen.

Ich stieg in meinen Honda CRV und blieb kurz still sitzen, genoss die Ruhe. Ruhe war Mangelware im Haus meiner Eltern.

Mr. Kleinschmidt kam auf dem Weg zu seinem Auto an mir vorbei. »Gut gemacht, Kleine«, sagte er. »Auf Sie ist immer Verlass. Mit Ihnen wird es nie langweilig. Haben Sie wirklich einen Toten auf Ihrem Sofa gefunden?«

Ich nickte. »Ja.«

»Mann, oh Mann, das muss ja irre gewesen sein. Den hätte ich zu gerne mal gesehen.«

Mr. Kleinschmidts Begeisterung trotzte mir ein Lächeln ab. »Das nächste Mal vielleicht.«

»Rufen Sie mich sofort an, wenn es mal wieder so weit ist«, sagte Mr. Kleinschmidt. Er winkte mir zum Abschied und taperte glücklich zu seinem Auto.

Das war eine ganz neue Sichtweise für mich: Tote können auch einen gewissen Spaßfaktor haben. Ich ließ mir diesen Aspekt eine Weile durch den Kopf gehen, aber es fiel mir doch schwer, mich auf diese Vorstellung einzulassen. Das Eingeständnis, dass der Tod von Soder mir meine Arbeit erleichterte, war das Einzige, was ich dem abgewinnen konnte. Jetzt, da Soder außer Gefecht war, hatte Evelyn keinen Grund mehr, zusammen mit Annie vor ihm davonzulaufen.

Mabel konnte ihr Haus behalten, Annie konnte wieder in ihre alte Schule zurück, und Evelyn konnte ihr Leben neu einrichten.

Es sei denn, Eddie Abruzzi trug mit Schuld daran, dass Evelyn sich versteckt hielt. Falls Evelyn abgehauen war, weil sie etwas besaß, was Abruzzi zurückhaben wollte, würde sich nichts ändern.

Ich sah hinüber zu dem Streifenwagen und zu dem mobilen Polizeilabor auf unserem Mieterparkplatz. Trotz Schlangen im Flur und Spinnen im Auto – hier handelte es sich um ein Schwerverbrechen, und die Polizei würde sich alle Mühe geben, es aufzuklären, das war der Lichtblick bei dem Ganzen. Und allzu schwer dürfte es wohl auch nicht sein, dieses Verbrechen aufzuklären. Jemand hatte einen Toten durch die Eingangshalle geschleppt, die Treppe hoch, durch den Hausflur, in meine Wohnung, und das alles am helllichten Tag.

Ich rief Morelli auf meinem Handy an.

»Ich habe ein paar Fragen«, sagte ich. »Wie haben die Mörder Soder in meine Wohnung bugsiert?«

»Damit will ich dich lieber nicht belasten.«

»Doch!«

»Wir treffen uns auf einen Kaffee«, sagte Morelli. »Gegenüber vom Krankenhaus ist ein neuer Coffee Shop.«

Ich bestellte mir einen Kaffee und ein Croissant und setzte mich zu Morelli. »Jetzt red schon«, sagte ich.

»Soder wurde in zwei Hälften geteilt.«

»Wie bitte?«

»Man hat Soder mit einer Motorsäge in zwei Hälften zerteilt und dann auf dem Sofa wieder zusammengesetzt. Der ausgebeulte Sweater sollte nur verhüllen, dass Soder hinten auf dem Rücken mit Klebeband zusammengehalten wurde.«

Meine Lippen wurden taub, und ich merkte, wie mir die Kaffeetasse den Händen entglitt.

Morelli streckte die Hand aus und drückte meinen Kopf nach unten, zwischen die Beine. »Durchatmen!«, sagte er.

Die Glöcklein in meinem Kopf hörten auf zu bimmeln, und die Sternschnuppen vor den Augen ließen nach. Ich richtete mich auf und trank einen Schluck Kaffee. »Mir geht's schon wieder besser«, sagte ich.

Morelli seufzte. »Ich würde dir ja gerne glauben.«

»Also, die Täter haben Soder in zwei Hälften zerteilt. Was dann?«

»Wir gehen davon aus, dass sie für den Transport der beiden Hälften zwei große Matchbeutel verwendet haben. Vielleicht auch Hockeytaschen oder so. Das war der schaurige Teil, jetzt kommt der Rest der Geschichte, und der ist eigentlich genial. Es wurden nämlich zwei Männer beobachtet, die in Kostümen die Eingangshalle betraten und den Aufzug bestiegen. Die beiden hatten Matchbeutel über die Schulter gehängt und Luftballons in der Hand. Zwei Mieter des Hauses befanden sich zu dem Zeitpunkt in der Eingangshalle. Sie haben ausgesagt, sie hätten gedacht, jemand aus dem Haus würde so ein Geburtstagsgeschenk zugestellt bekommen, bei dem der Überbringer etwas singt. Mr. Kleinschmidt hatte in der Woche davor seinen achtzigsten Geburtstag, und jemand hatte ihm zwei Stripperinnen geschickt.«

»Was hatten die beiden Männer denn für Kostüme an?«

»Der eine ging als Bär, der andere als Kaninchen. Die Gesichter waren nicht zu erkennen. Die Körpergröße war schwer einzuschätzen bei den Kostümen, schätzungsweise einsachtzig. Die Luftballons haben wir in deinem Schrank gefunden. Die Taschen haben sie wieder mitgenommen.«

»Hat jemand gesehen, wie die beiden das Haus verlassen haben?«

»Aus deinem Haus niemand. Wir befragen noch die Nachbarn. Kostümverleihe überprüfen wir auch. Bis jetzt hat sich noch nichts ergeben.«

»Es war Abruzzi. Er hat die Schlangen an meine Tür gehängt, er hat die Spinnen in meinem Auto ausgesetzt, und er war es auch, der die Pappfigur an meiner Feuerleiter aufgehängt hat.«

»Kannst du das beweisen?«

»Nein.«

»Das ist das Problem«, sagte Morelli. »Wahrscheinlich hat sich Abruzzi selbst nicht die Finger schmutzig gemacht.«

»Zwischen Abruzzi und Soder gibt es eine Verbindung. Abruzzi ist doch als Partner in die Kneipe mit eingestiegen, oder?«

»Soder hat die Bar bei einem Kartenspiel verloren. Er hatte sich mit Typen eingelassen, die um hohe Summen spielen, und er brauchte Geld. Das hat er sich von Ziggy Zimmerli geliehen. Zimmerli ist ein Mann aus Abruzzis Stall. Bei dem Spiel hat Soder haushoch verloren, konnte also das von Zimmerli geliehene Geld nicht zurückzahlen. Statt des Geldes hat Abruzzi die Bar übernommen.«

»Und was steckt dahinter, dass die Bar abgebrannt ist und Soder erschossen wurde?«

»Das weiß ich nicht. Wahrscheinlich sind die Bar und Soder von den Aktiva zu den Passiva gewandert und wurden liquidiert.«

»Habt ihr Fingerabdrücke in meiner Wohnung gefunden?«

»Keine, die da nicht hingehören. Ausgenommen die von Ranger.«

»Wir arbeiten zusammen.«

»Ja, ja«, sagte Morelli. »Das weiß ich.«

»Evelyn gehört nicht zu den Verdächtigen, oder doch?«, fragte ich ihn.

»Ein Kaninchen und einen Bär engagieren, um einen Mann zu zerlegen, das kann jeder«, sagte Morelli. »Wir schließen niemanden aus.«

Herzhaft biss ich in mein Croissant. Morelli setzte seine Bullenvisage auf, die gab nicht viel preis. Trotzdem hatte ich das Gefühl, dass er mehr wusste. »Verschweigst du mir etwas?«

»Es gibt da ein Detail, das wir nicht an die Presse gegeben haben«, sagte Morelli.

»Ist es so grauenvoll?«

»Ja.«

»Soll ich raten? Man hat ihm das Herz aus der Brust gerissen.«

Morelli sah mich sekundenlang an. »Dieser Kerl ist komplett durchgeknallt, schlimmer geht's nicht«, sagte er schließlich. »Ich würde dich ja gerne beschützen, aber ich weiß nicht, wie ich das anstellen soll. Ich könnte dich an mein Handgelenk fesseln oder dich bei mir zu Hause in den Kleiderschrank sperren. Du könntest auch mal ausgiebig Urlaub machen. Aber wie ich dich kenne, wirst du auf keinen meiner Vorschläge eingehen.«

Eigentlich klangen die Vorschläge allesamt sehr attraktiv, aber Morelli hatte Recht, ich würde auf keinen eingehen.

10

Ich trank einen Schluck Kaffee und sah mich im Café um. Es war hübsch eingerichtet, mit neuen schwarzweiß gemusterten Kacheln auf dem Boden und in halber Höhe an den Wänden, dazu gusseiserne Bistrotische und -stühle. Morelli und ich waren die einzigen Gäste. In Burg braucht es seine Zeit, bis sich die Leute für Neues erwärmen können.

»Vielen Dank, dass du gestern Abend so nett zu mir warst«, sagte ich zu Morelli.

Er lehnte sich in seinem Stuhl zurück. »Ich liebe dich eben, wider bessere Einsicht.«

Ich hielt inne, die Kaffeetasse auf halbem Weg zum Mund, und mein Herz hüpfte vor Freude.

»Freu dich nicht zu früh«, sagte Morelli. »Das heißt nicht, dass ich wieder mit dir zusammen sein will.«

»Es gibt Schlimmeres.«

»Wen? Lizzy Borden?«

»Du bist auch nicht perfekt!«

»Jedenfalls sitzen bei mir zu Hause keine Toten auf dem Sofa.«

»Und ich habe keine Narbe von einer Kneipenschlägerei quer über meiner Augenbraue.«

»Das ist Jahre her.«

»Na und? Der Tote auf meinem Sofa, das war gestern! Also schon vierundzwanzig Stunden her.«

Morelli rückte mit dem Stuhl nach hinten. »Ich muss wieder an die Arbeit. Mach mir keinen Ärger.«

Mit diesen Worten war er auf und davon, zog in den Kampf gegen das Verbrechen. Ich dagegen hatte kein Verbrechen zu bekämpfen. Bender war mein einziger ungelöster Fall, und ich hatte nicht übel Lust, so zu tun, als existierte er gar nicht. Gerade überlegte ich, ob ich mir ein zweites Croissant bestellen sollte, da rief Les Sebring auf meinem Handy an.

»Könnten Sie bitte mal in meinem Büro vorbeikommen?«, sagte er. »Ich muss Sie unbedingt sprechen.«

Ich durchquerte einmal die ganze Stadt und fuhr auf der Suche nach einem Parkplatz gerade gemächlich die Straße ab, in der Sebring sein Büro hatte, als das Handy klingelte.

»Der Mann ist die reinste Nervensäge«, beschwerte sich Valerie. »Du hast mir nicht gesagt, dass er eine Nervensäge ist.«

»Von wem redest du?«

»Albert Kloughn. Ständig rückt er einem auf die Pelle. Manchmal spüre ich förmlich seinen Atem in meinem Nacken.«

»Er ist einfach nur unsicher. Stell ihn dir als Schoßhündchen vor, das hilft.«

»Als Golden Retriever.«

»Eher als Riesenhamster.«

»Ich hatte gehofft, er würde mir einen Heiratsantrag machen«, sagte Valerie. »Und ein Stück größer habe ich ihn mir auch vorgestellt.«

»Valerie, du sollst den Mann nicht heiraten. Du sollst für ihn arbeiten. Wo ist er jetzt gerade?«

»Nebenan. Mit dem Waschpulverspender stimmt irgendwas nicht.«

»Kloughn ist eigentlich ganz nett, wirklich. Er kann einem schon mal auf die Nerven gehen, das schon, aber er würde dich nie vor die Tür setzen, wenn du mal Hühnersuppe verschüttest. Im Gegenteil, er würde dir obendrein noch ein Mittagessen spendieren. Also, überleg's dir.«

»Die Schuhe hätte ich auch nicht anziehen sollen«, sagte Valerie. »Ich bin ganz unpassend gekleidet.«

Ich legte auf und fand einen Parkplatz direkt gegenüber von Sebrings Büro. In die Parkuhr warf ich eine Vierteldollarmünze und passte auf, dass die Uhr auch umsprang. Den letzten Strafzettel hatte ich noch nicht gezahlt, da wollte ich mir nicht schon wieder einen neuen einhandeln.

Sebrings Sekretärin wies mich nach oben und geleitete mich in sein Büro. Sebring erwartete mich bereits, ebenso Jeanne Ellen Burrows.

Ich reichte Sebring die Hand. »Angenehm«, sagte ich etwas förmlich. Jeanne Ellen nickte ich kurz zu. Sie erwiderte meinen Gruß mit einem Lächeln.

»Sie sind wohl arbeitslos geworden«, sagte ich zu ihr.

»Ja. Ich fliege in ein paar Stunden nach Puerto Rico, um für Les einen NVGler abzuholen. Vorher wollte ich Ihnen aber noch mitteilen, was ich über Soder weiß. Schwer zu sagen, ob was dran ist, jedenfalls hat Soder behauptet, Annie sei in Gefahr. Er hat das nicht weiter ausgeführt, aber er war der Meinung, Evelyn sei nicht in der Lage, Annie zu beschützen. Mir ist es nicht gelungen, Annie zu finden, aber ich habe herausgefunden, dass Dotty mich zu ihr führen kann, sie ist das schwächste Glied in der Kette. Deswegen habe ich Dotty überwacht.«

»Und der Hintereingang? Der war unbewacht.«

»Ich hatte eine Wanze installiert«, sagte Jeanne Ellen. »Ich wusste, dass Sie da waren.«

»Sie haben das Haus abgehört, und trotzdem haben Sie Evelyn nicht gefunden.«

»Wo sich Evelyn aufhält, wurde nie erwähnt. Bevor ich dazu kam, Dotty auf ihrem Weg zu Evelyn zu verfolgen, hatten Sie mich verpfiffen.«

»Und was ist mit Soder? Die Szene in der Buchhandlung und in Dottys Haus?«

»Soder war ein Trottel. Er hat gedacht, er könnte Dotty unter Druck setzen, damit sie Annies Aufenthaltsort verrät.«

»Warum erzählen Sie mir das alles?«

Jeanne Ellen zuckte die Schultern. »Aus Kollegialität.«

Ich sah an ihr vorbei, hinüber zu Sebring. »Haben Sie noch weiter Interesse an dem Fall?«

»Sofern Soder nicht wieder von den Toten aufersteht.«

»Was meinen Sie? Glauben Sie, dass Annie in Gefahr schwebt?«

»Immerhin hat jemand ihren Vater ermordet«, stellte Sebring klar. »Das ist kein gutes Zeichen. Es sei denn, Annies Mutter hat jemanden dafür engagiert. Dann würde sich alles in Wohlgefallen auflösen.«

»Weiß einer von Ihnen, wie Eddie Abruzzi in dieses Puzzle hineinpasst?«

»Ihm hat Soders Bar gehört«, sagte Jeanne Ellen. »Und Soder hatte Angst vor ihm. Sollte Annie tatsächlich in Gefahr sein, dann könnte die Bedrohung von Abruzzi ausgehen. Das ist nur so ein Gefühl von mir, konkrete Anhaltspunkte habe ich dafür nicht.«

»Sie haben Soder auf Ihrem Sofa sitzend vorgefunden«, sagte Sebring zu mir. »Was hat das zu bedeuten?«

»Was wollen Sie hören? Dass mein Sofa jetzt von Totenläusen befallen ist?«

Sebring lachte, und seine strahlenden Zähne blendeten

mich fast. »Totenläuse kann man nicht auswaschen«, sagte er. »Haben die sich erst mal in einem Sofa eingenistet, sind sie nicht wieder wegzukriegen.«

Mit dieser aufheiternden Bemerkung verließ ich das Büro. Ich stieg in mein Auto und nahm mir einen Moment Zeit, um die Informationen zu verdauen. Was konnte ich damit schon anfangen? Viel jedenfalls nicht. Es verstärkte meine Furcht, dass Evelyn und Annie vor etwas davonliefen, und zwar nicht nur vor Soder, sondern auch vor Abruzzi.

Wieder rief Valerie an. »Was ist, wenn ich mit Albert ausgehe? Wäre das ein Rendezvous?«

»Nur, wenn er dir die Kleider vom Leib reißt.«

Ich legte auf und ließ den Wagen an. Ich wollte zurück nach Burg fahren und mit Dottys Mutter reden. Sie war meine einzige Verbindung zu Evelyn. Wenn sie sagte, Dotty und Evelyn ginge es bestens und sie würden nach Hause kommen, dann hätte ich das Gefühl, ich wäre aus dem Schneider. Ich würde ins Einkaufszentrum gehen und mir eine Maniküre verpassen lassen.

Mrs. Palowski machte die Tür auf und schluckte erst mal, als sie mich auf der Stufe stehen sah. »Schreck, lass nach«, entfuhr es ihr. Als wären Totenläuse ansteckend.

Ich lächelte beruhigend und winkte mit dem kleinen Finger. »Hi. Ich hoffe, ich störe nicht.«

»Aber nein, überhaupt nicht, meine Liebe. Ich habe das mit Steven Soder gehört. Was soll man dazu sagen?«

»Am besten gar nichts«, erwiderte ich. »Ich weiß auch nicht, warum er auf meinem Sofa abgeladen wurde.« Ich verzog das Gesicht. »Da soll nun einer schlau draus werden. Wenigstens wurde er nicht auch noch in meiner Wohnung getötet. Sie haben ihn einfach nur da abgesetzt.« Schon beim Reden merkte ich, wie blöd das klang. Ein seltener Zufall wäre es, dass jemand eine in zwei Teile zerlegte Leiche auf dem Sofa eines armen unschuldigen Mädchens liegen lässt. »Es ist so, Mrs. Palowski: Ich muss unbedingt mit Dotty sprechen. Ich habe mir gedacht, vielleicht hat sie ja das mit Soder erfahren und sich bei Ihnen gemeldet.«

»Ja, tatsächlich, das hat sie auch. Heute Morgen hat sie angerufen, und ich habe ihr gesagt, dass Sie sich nach ihr erkundigt haben.«

»Hat sie gesagt, wann sie wieder nach Hause kommt?«

»Sie hat nur gesagt, sie wäre eine Zeit lang weg. Mehr nicht.«

Die Maniküre konnte ich streichen.

Mrs. Palowski verschränkte stramm die Arme vor der Brust. »Es war Evelyn, die Dotty da mit hineingezogen hat. Es ist nicht Dottys Art, einfach holterdiepolter wegzufahren und irgendwo draußen zu campieren. Mir schwant Böses. Als ich das von Steven Soder hörte, bin ich gleich zur Messe gegangen. Ich habe aber nicht für ihn gebetet. Von mir aus soll er in der Hölle schmoren. Mir egal.« Sie bekreuzigte sich. »Ich habe für Dotty gebetet«, sagte sie.

»Haben Sie irgendeine Idee, wo Dotty sein könnte? Wo würde sie hinfahren, wenn sie Evelyn helfen wollte?«

»Das weiß ich nicht. Ich habe hin und her überlegt, aber mir ist auch nichts eingefallen. Ich möchte bezweifeln, dass Evelyn viel Geld hat, und Dotty ist auch knapp bei Kasse. Deswegen glaube ich nicht, dass sie irgendwo hingeflogen sind. Dotty sagte, sie hätte gestern im Einkaufszentrum vorbeifahren müssen, um noch etwas für die Campingausrüstung zu kaufen. Vielleicht campen sie also wirklich irgendwo. Vor ihrer Scheidung sind Dotty und ihr Mann manchmal auf einen Campingplatz in Washington's Crossing gefahren. Der Name ist mir im Moment entfallen, aber der Platz lag direkt am Fluss, und man konnte Wohnmobile mieten.«

Der Campingplatz war mir bekannt. Auf der Fahrt nach New Hope komme ich regelmäßig daran vorbei.

Jetzt war ich angefixt. Ich hatte einen Hinweis. Ich konnte zu dem Campingplatz fahren. Nur wollte ich das nicht allein tun. Er war mir zu abgelegen, besonders zu dieser Jahreszeit. Es wäre zu einfach für Abruzzi gewesen, mich in einen Hinterhalt zu locken. Ich holte tief Luft und rief Ranger an.

»Yo«, meldete er sich.

»Ich habe eine Spur, die vielleicht zu Evelyn führt, und ich könnte etwas Unterstützung gebrauchen.«

Zwanzig Minuten später stand ich mit meinem Auto auf dem Parkplatz in Washington's Crossing. Neben mir hielt Ranger. Er fuhr einen schwarz glänzenden Pick-up mit Vierradantrieb, übergroßen Reifen und einer Scheinwerferbatterie oberhalb der Fahrerkabine. Ich schloss meinen Honda ab und kletterte auf den Beifahrersitz neben Ranger. Das Wageninnere sah aus, als hätte Ranger regelmäßigen Kontakt zu Außerirdischen.

»Wie geht's? Ich meine, mental«, fragte er. »Ich habe das mit Soder gehört.«

»Ich bin ziemlich durch den Wind.«

»Ich kenne da ein Mittel.«

Oh, Mann.

Er ließ den Motor an und fuhr mit dem Pick-up Richtung Ausfahrt. »Ich weiß, was du jetzt denkst«, sagte er. »Aber darauf wollte ich nicht hinaus. Ich wollte dir vorschlagen, es mal mit Arbeit zu probieren.«

»Ich wusste, dass du das sagen würdest.«

Er sah mich von der Seite an und grinste. »Brauchst du mich wirklich so dringend?«

Ja. So wahr mir Gott helfe. »Wir fahren Richtung Norden«, sagte ich. »Möglich, dass Evelyn und Dotty sich auf dem Campingplatz mit den kleinen Wohnmobilen aufhalten.«

»Den Platz kenne ich.«

Zu dieser Tageszeit war die Straße frei. Zwei Spuren, die sich durch die ländliche Gegend Pennsylvanias winden, den Delaware River entlang. Waldstücke und hübsche Häusergruppen säumten die Straße. Ranger schwieg während der Fahrt. Zweimal piepste sein Pager, beide Male las er die Nachricht auf dem Display, antwortete aber nicht. Beide Male behielt er die Nachricht für sich. Das war normal bei Ranger. Ranger führte ein Leben im Geheimen.

Der Pager tönte ein drittes Mal. Ranger klinkte ihn aus seinem Gürtel aus und las den Text im Display. Dann löschte er ihn und sah wieder nach vorne auf die Straße.

»Hallo«, sagte ich.

Er sah mich scheel an.

Ranger und ich waren wie Feuer und Wasser. Er war ein Mann der Geheimnisse, ich war die Neugier in Person. Das war uns beiden bekannt. Ranger tolerierte es einigermaßen amüsiert, ich nur zähneknirschend.

Ich äugte hinüber zu seinem Pager. »Jeanne Ellen?«, fragte ich. Ich war nun mal so blöd.

»Jeanne Ellen ist unterwegs nach Puerto Rico«, sagte Ranger.

Für einen Moment trafen sich unsere Blicke, dann widmete er seine Aufmerksamkeit wieder der Straße. Ende der Unterhaltung.

»Schön, dass du wenigstens einen Knackarsch hast«, sagte ich zu ihm. *Weil du sonst nämlich ziemlich öde sein kannst!*

»Dabei ist mein Hintern nicht mal mein bestes Stück, Babe«, sagte Ranger und lächelte mich an.

Damit war die Unterhaltung endgültig beendet. Es gab keine Fortsetzung.

Zehn Minuten später näherten wir uns dem Campingplatz. Er lag zwischen der Straße und dem Fluss und war leicht zu übersehen. Kein Hinweisschild machte auf ihn aufmerksam, und soweit ich weiß, hatte er auch keinen Namen. Durch eine hektargroße Wiese schlängelte sich ein Schotterweg hinab. Verstreut am Ufer standen kleine baufällige Hütten und Wohnwagen, jeder mit einem Picknicktisch und einem Grill ausgestattet. Das Gelände machte einen verlassenen Eindruck, besonders zu dieser Jahreszeit. Und es hatte etwas Verrufenes und zugleich Faszinierendes an sich, wie ein Zigeunerlager.

Ranger blieb mit laufendem Motor vor dem Eingang stehen und überblickte die Umgebung.

»Keine Autos«, sagte er. Er fuhr noch ein kleines Stück weiter und hielt schließlich an. Aus dem Handschuhfach holte er eine Glock hervor, und wir stiegen aus.

Systematisch suchten wir die Hütten und Wohnwagen ab. Wir drehten an Türknäufen, schauten durch Fenster, überprüften die Grillroste, ob sie in letzter Zeit benutzt worden waren oder nicht. An der vierten Hütte war das Türschloss kaputt. Ranger klopfte einmal an und machte die Tür auf.

Auf der einen Seite des vorderen Raums befand sich eine kleine Küchenzeile, Spülbecken, Herd, Kühlschrank, im Stil der fünfziger Jahre. Der Boden war mit abgewetztem Linoleum ausgelegt. Auf der anderen Seite standen ein dreisitziges Sofa, ein rechteckiger Tisch aus Holz und vier Stühle.

Der zweite Raum der Hütte war das Schlafzimmer, darin zwei doppelstöckige Betten. Auf den Betten lagen Matratzen, aber keine Bettbezüge oder Decken. Das Badezimmer war winzig, es bestand nur aus Waschbecken und Toilette, keine Badewanne oder Dusche. Die Zahnpasta im Waschbecken sah frisch aus.

Auf dem Boden entdeckte Ranger eine rosa Haarspange, wie sie kleine Mädchen gerne tragen. »Anscheinend sind sie weitergezogen«, sagte er.

Wir guckten noch im Kühlschrank nach, er war leer. Dann gingen wir wieder nach draußen und untersuchten die übrigen Hütten und Wohnwagen, alle waren verschlossen. Nur in dem Müllcontainer fanden wir einen kleinen vollen Abfallbeutel.

»Hast du noch andere Hinweise, wo sie sich aufhalten könnten?«, fragte Ranger.

»Nein.«

»Suchen wir mal ihre Wohnungen ab.«

Ich fuhr in meinem eigenen Wagen zurück nach Burg und stellte ihn vor dem Haus meiner Eltern ab. Dort stieg ich wieder zu Ranger in den Pick-up. Zuerst war Dottys Haus an der Reihe. Ranger parkte in der Einfahrt, klinkte die Glock wieder aus der Halterung unter der Ablage, und wir gingen zum Eingang.

Ranger legte eine Hand um den Türknauf, in der anderen hielt er sein praktisches Einbrecherwerkzeugset. Die Tür sprang von ganz allein auf, die Einbrecherwerkzeuge kamen gar nicht zum Einsatz. Anscheinend belegten wir hier nur den zweiten Platz im Einbrecherwettlauf.

»Bleib hier«, sagte Ranger. Er trat ins Wohnzimmer und schaute sich rasch um. Mit gezogener Pistole ging er durch die übrigen Räume des Hauses, kehrte zum Wohnzimmer zurück und winkte mich herein.

Ich machte die Tür zu und schloss ab. »Keiner da?«

»Nein. Alle Schubladen sind herausgezogen, und auf dem Küchentresen liegt lauter Papierkram. Entweder hat schon vor uns jemand das Haus durchsucht, oder Dotty ist überstürzt aufgebrochen.«

»Ich war noch mal hier, nachdem Dotty schon weg war. Ich habe das Haus nicht betreten, aber ich habe durch die Fenster geguckt, und da kam mir alles sauber und ordentlich vor. Glaubst du, dass jemand eingebrochen ist?« Im Grunde wusste ich bereits, dass es sich hier nicht um einen Einbruch handelte, aber man durfte ja noch hoffen.

»Ich glaube nicht. Das gängige Motiv für einen Einbruch scheidet hier aus. Im Kinderzimmer steht ein Computer, und im Zimmer der Mutter ist ein Schmuckkästchen mit einem Diamantring drin. Der Fernseher steht auch noch da. Ich tippe mal, dass wir nicht die Einzigen sind, die auf der Suche nach Evelyn und Annie sind.«

»Vielleicht war es Jeanne Ellen. Sie hatte hier eine Wanze eingebaut. Kann sein, dass sie vor ihrem Abflug nach Puerto Rico noch mal vorbeigekommen ist und sich die Wanze geholt hat.«

»So schlampig arbeitet Jeanne Ellen nicht. Erstens würde sie die Haustür nicht offen stehen lassen, und zweitens würde sie keine Spuren hinterlassen, die auf Einbruch hindeuten.«

Unwillkürlich stieg meine Stimme um eine Oktave. »Vielleicht hatte sie einen schlechten Tag. Mann, Scheiße, hat die Frau denn nie einen schlechten Tag?«

Ranger sah mich schmunzelnd an.

»Na gut, ich gebe zu, ich habe es nur satt, immer die perfekte Jeanne Ellen vorgeführt zu bekommen«, sagte ich.

»Jeanne Ellen ist nicht perfekt. Sie ist einfach nur sehr gut«, sagte Ranger. Er schlang einen Arm um meine Schulter und küsste mich unterhalb des Ohrs. »Vielleicht findet sich ja ein Gebiet, wo deine Fähigkeiten die von Jeanne Ellen übersteigen.«

Ich sah ihn misstrauisch an. »Hast du da an etwas Bestimmtes gedacht?«

»Das möchte ich jetzt lieber nicht vertiefen.« Er zog ein Paar Einweghandschuhe aus der Tasche. »Wir sollten jetzt lieber das Haus gründlich durchsuchen. Dotty hat nicht viel mitgenommen. Die meisten Klamotten sind noch da.« Er ging ins Kinderzimmer, schaltete den Computer ein und öffnete Dateien, die verdächtig aussahen. »Das hilft uns auch nicht weiter«, stellte er schließlich fest und schaltete den Computer wieder aus.

Ihr Telefon verfügte über keine Teilnehmeridentifizierung, und auf ihrem Anrufbeantworter war keine Nachricht. Auf dem Küchentresen verstreut lagen Rechnungen und Einkaufslisten. Wir kramten ein bisschen herum, aber dachten uns schon, dass es vergeblich sein würde. Wenn etwas Aufschlussreiches dabei gewesen wäre, hätte der Eindringling es sicher mitgenommen.

»Was jetzt?«, fragte ich.

»Jetzt nehmen wir uns Evelyns Bude vor.«

Oh, oh. »Da gibt es ein Problem. Abruzzi hat jemanden abgestellt, der das Haus überwacht. Jedes Mal, wenn ich mich da blicken lasse, tanzt zehn Minuten später Abruzzi an.«

»Was geht das Abruzzi an, ob du dich in Evelyns Haus aufhältst oder nicht?«

»Das letzte Mal, als ich ihm begegnet bin, sagte er, er wüsste, dass ich nur wegen des Geldes mitmachen würde, ich wüsste also, welches Risiko ich einginge. Und ich wüsste auch, was er gerne wiederfinden würde. Ich glaube, Abruzzi ist hinter irgendetwas her, und Evelyn hängt da mit drin. Vermutlich glaubt er, das, wonach er sucht, ist irgendwo im Haus versteckt, und deswegen will er nicht, dass ich dort rumschnüffle.«

»Hast du eine Idee, was das sein könnte, wonach er sucht?«

»Nein. Ich habe keinen blassen Schimmer. Ich bin durch alle Räume gegangen und konnte nichts Ungewöhnliches entdecken. Gut, nach Geheimverstecken habe ich mich natürlich nicht umgesehen. Ich habe nur nach etwas gesucht, das mich zu Evelyn führen könnte.«

Ranger machte die Haustür hinter sich zu und achtete darauf, dass sie verschlossen war.

Als wir bei Evelyn ankamen, stand die Sonne schon tief am Himmel. Vor dem Haus verlangsamte Ranger das Tempo. »Kennst du die Anwohner?«

»Fast alle. Manche gut, manche weniger gut. Gut kenne ich zum Beispiel Dottys Nachbarin. Zwei Häuser weiter wohnt Linda Clark. In dem Eckhaus wohnen die Rojacks und gegenüber Betty und Arnold Lando. Die Landos wohnen zur Miete. Die Nachbarfamilie kenne ich nicht. Wenn ich einen Spitzel bräuchte, würde ich auf die Familie neben den Landos setzen. Da gibt es einen alten Herrn, der anscheinend immer zu Hause ist. Der hockt ständig vorne auf der Terrasse. Er sieht aus, als hätte er sich früher als Schläger seinen Lebensunterhalt verdient, muss ungefähr hundert Jahre alt sein.«

Vor Carol Balogs Haushälfte hielt Ranger an. Wir gingen zur Rückseite und betraten Evelyns Haushälfte durch den Hintereingang. Ein Fenster brauchte Ranger dafür nicht einzuschlagen, er führte ein langes, spitzes Gerät in das Schlüsselloch, und zehn Sekunden später öffnete sich die Tür.

Innen sah es immer noch so aus wie beim letzten Mal, als ich von außen hineingeschaut hatte. Im Spülbecken stand Geschirr, die Post lag ordentlich gestapelt auf dem Tisch, die Schubladen waren geschlossen. Keinerlei Anzeichen, dass jemand das Haus durchsucht hatte.

Ranger startete seinen üblichen Rundgang, erst die Küche, dann nach oben in Evelyns Zimmer. Ich ging hinter ihm her, da hatte ich plötzlich eine Szene wie in Rückblende vor meinen Augen: Kloughn, der von Annies Zeichnungen sprach. Gruselige Bilder, hatte er gesagt. Mit viel Blut.

Ich begab mich in Annies Zimmer und blätterte in einem Malblock auf ihrem Schreibtisch. Auf der ersten Seite war das Bild eines Hauses zu sehen, ähnlich dem, in dem wir uns gerade aufhielten. Danach eine Seite Handschriftliches und Kritzeleien, dann die kindliche Zeichnung von einem Mann, der auf dem Boden lag. Auf dem Boden war alles rot, und etwas Rotes sprudelte auch aus dem Körper des Mannes hervor.

»He, Ranger«, rief ich. »Guck dir das mal an.«

Ranger stellte sich neben mich und betrachtete die Zeichnung. Er blätterte weiter und entdeckte noch eine Zeichnung, wieder mit viel Rot auf dem angedeuteten Boden. Zwei Männer lagen auf dem roten Boden, ein dritter richtete eine Pistole auf sie. Um die Pistole herum waren Radierspuren zu erkennen. Pistolen sind wohl nicht so einfach zu zeichnen.

Ranger und ich sahen uns an.

»Das könnte sie auch alles aus dem Fernsehen haben«, sagte ich.

»Könnte nicht schaden, den Block mitzunehmen. Für den Fall, dass du mit deiner Vermutung nicht richtig liegst.«

Ranger beendete seine Suche in Evelyns Zimmer, ging

dann zu Annies Zimmer über, zum Schluss kam das Badezimmer dran. Als er auch damit fertig war, stemmte er die Fäuste in die Hüften.

»Falls sich das Gesuchte hier befindet, dann ist es gut versteckt«, sagte er. »Wenn wir wüssten, wonach wir eigentlich suchen, wäre es einfacher.«

Wir verließen das Haus auf dem gleichen Weg, wie wir gekommen waren. Abruzzi erwartete uns nicht auf der hinteren Veranda, und Abruzzi wartete auch nicht neben Rangers Pick-up auf uns. Ich nahm auf dem Beifahrersitz Platz und sah links und rechts die Straße hinunter. Von Abruzzi keine Spur. Fast war ich ein bisschen enttäuscht.

Ranger ließ den Motor an und fuhr zum Haus meiner Eltern. Er hielt direkt hinter meinem Wagen. Die Sonne war untergegangen, und in der Straße war es dunkel. Ranger schaltete die Autoscheinwerfer aus, damit er mich besser sah.

»Schläfst du heute Nacht wieder hier?«

»Ja. Meine Wohnung ist immer noch versiegelt. Wahrscheinlich darf ich sie erst morgen wieder betreten.« Was dann? Unwillkürlich durchrieselte mich ein Schauder, und ich verkrampfte mich im unteren Rückenbereich. Mein Sofa ist von Totenläusen befallen.

»Wie ich sehe, kannst du es kaum erwarten, wieder zurück in deine Wohnung zu kommen«, sagte Ranger.

»Das muss sich erst noch erweisen. Jedenfalls vielen Dank für deine Hilfe.«

»Ich komme mir betrogen vor«, beklagte sich Ranger. »Sonst explodiert immer ein Auto, oder ein Haus brennt ab, wenn ich mit dir zusammen bin.«

»Tut mir Leid, dass ich dich enttäuscht habe.«

»Das Leben ist ungerecht«, sagte Ranger. Er packte mich am Jackenärmel, zerrte mich zu sich hin und küsste mich.

»Ausgerechnet jetzt küsst du mich?«, sagte ich. »Was war los, als wir allein in meiner Wohnung waren?«

»Du hattest drei Gläser Wein intus und bist eingepennt.«

»Ach ja, jetzt fällt es mir wieder ein.«

»Bei dem Gedanken, mit mir zu schlafen, hast du Panik gekriegt.«

Ich lag hingestreckt über die Mittelkonsole, hinter das Steuer geklemmt, halb auf Rangers Schoß sitzend. Seine Lippen streiften meinen Mund, als er sprach, und seine Hände fühlten sich warm an auf meinem T-Shirt.

»Das war nicht allein deine Schuld, dass ich in Panik geriet«, sagte ich. »Ich hatte einen katastrophalen Tag hinter mir.«

»Gibt es Tage in deinem Leben, die nicht katastrophal verlaufen, Babe?«

»Du hörst dich an wie Moralapostel Morelli.«

»Morelli ist ein guter Mensch. Und er liebt dich.«

»Und du?«

Ranger lachte.

Der nächste Schauder lief mir den Rücken hinunter.

Die Lampe über der Haustür ging an, und hinterm Wohnzimmerfenster spähte Grandma zu uns herüber.

»Grandma, dein Erlöser«, sagte Ranger und ließ mich los. »Ich warte so lange, bis du im Haus bist. Ich will nicht, dass jemand dich verschleppt, wenn ich schon auf dich aufpasse.«

Ich machte die Tür auf und stieg aus. Mir war in der Tat etwas mulmig zumute, denn die Gefahr, entführt oder angeschossen zu werden, war gar nicht so abwegig.

Als ich ins Haus trat, erwartete mich Grandma schon. »Wer ist der Mann in dem coolen Pick-up?«

»Ranger.«

»Ist der geil!«, sagte Grandma. »Wenn ich zwanzig Jahre jünger wäre, ich würde …«

»Wenn du zwanzig Jahre jünger wärst, wärst du immer noch zwanzig Jahre zu alt«, sagte mein Vater.

In der Küche stand Valerie und half meiner Mutter, Muffins mit Zuckerguss zu versehen. Ich goss mir ein Glas Milch ein, nahm mir einen Muffin und setzte mich an den Tisch. »Wie war es heute bei der Arbeit?«, fragte ich Valerie.

»Gekündigt wurde ich jedenfalls nicht.«

»Na, toll. Bevor du dich versiehst, macht er dir einen Heiratsantrag.«

»Glaubst du wirklich?«

Ich sah sie misstrauisch von der Seite an. »Das sollte ein Witz sein.«

»Es könnte aber durchaus passieren«, sagte Valerie und ließ bunte Schokostreusel über den Zuckerguss rieseln.

»Du willst dich doch nicht gleich dem erstbesten Kerl in die Arme werfen, Valerie.«

»Doch. Wenn er ein Haus mit zwei Badezimmern hat – warum nicht? Ich schwöre dir, es ist mir schnuppe, ob er ein verkappter Jack the Ripper ist oder nicht.«

»Ich überlege, ob ich mir einen Computer zulegen soll, damit ich Cybersex haben kann. Weiß jemand von euch, wie das funktioniert?«

»Man klinkt sich in einen Chatroom ein«, sagte Valerie. »Da lernst du jemanden kennen. Und dann schreibt man sich gegenseitig schmutzige Fantasievorstellungen.«

»Hört sich lustig an«, sagte Grandma. »Wie läuft denn der Sex ab?«

»Den Sex muss man sich selbst besorgen.«

»Wusst ich's doch«, sagte Grandma. »Immer ist irgendwo ein Haken.«

Es war früher Morgen, ich war die Letzte in der Schlange vorm Badezimmer, und allmählich konnte ich Valeries Standpunkt verstehen. Müsste ich mich entscheiden, bis ans Ende meiner Tage mit meinen Eltern zusammenzuleben, Jack the Ripper zu heiraten oder nach Hause zu meinen Totenläusen zu gehen, ich müsste gestehen, Jack the Ripper wäre keine schlechte Alternative. Na gut, vielleicht nicht gerade Jack the Ripper, aber ein bisschen egozentrisch dürfte der Kerl sogar sein.

Ich hatte mich in mein Alltagsoutfit geworfen, Jeans, Boots und ein Stretch-Shirt. Mein Haar hatte ich in Locken gelegt, und ich hatte kiloweise Wimperntusche aufgetragen. Mein gesamtes erwachsenes Leben lang habe ich mich hinter Wimperntusche versteckt, und wenn ich mich mal so richtig unsicher fühle, kommt noch Eyeliner hinzu. Heute war so ein Eyeliner-Tag. Meine Zehennägel malte ich auch an. Schweres Geschütz wurde aufgefahren. Morelli hatte angerufen und mir mitgeteilt, ich könne wieder in meine Wohnung. Er hatte einen Reinigungsdienst beauftragt, die Räume professionell zu säubern, wenn nötig mit Chloroform. Er meinte, die Firma wäre gegen Mittag damit fertig. Wenn es nach mir gegangen wäre, hätten sie sich gern auch bis November damit Zeit lassen können.

Ich war in der Küche und trank eine letzte Tasse Kaffee, bevor ich mich in den Arbeitstag stürzen wollte, da erschien Mabel am Hintereingang.

»Ich habe gerade mit Evelyn gesprochen«, sagte sie. »Sie hat angerufen und gesagt, es gehe ihr gut. Sie sei bei einer Freundin, und wir brauchten uns keine Sorgen zu machen.« Sie legte eine Hand aufs Herz. »Jetzt bin ich richtig erleichtert. Ich war schon beruhigt, als du sagtest, du würdest nach ihr suchen. Aber jetzt ist mir ein Stein vom Herzen gefallen. Vielen Dank.«

»Hat Evelyn gesagt, wann sie nach Hause kommen will?«

»Nein. Sie sagte, zu Stevens Beerdigung wäre sie wohl nicht da. Wahrscheinlich hat sie noch eine Riesenwut auf ihn.«

»Hat sie gesagt, wo sie gerade ist? Den Namen dieser Freundin genannt?«

»Nein. Sie war in Eile. Es hörte sich so an, als riefe sie aus einem Laden oder Restaurant oder so an. Im Hintergrund war viel Lärm.«

»Wenn sie wieder anruft, sagen Sie ihr bitte, ich würde sie gerne sprechen.«

»Es ist doch nichts Schlimmes passiert, oder? Jetzt, da Steven tot ist, müsste doch eigentlich alles wieder ins Lot kommen.«

»Ich wollte sie nur wegen ihres Vermieters etwas fragen.«

»Möchten Sie ein Haus mieten?«

»Vielleicht.« Es war die Wahrheit.

Das Telefon klingelte, und Grandma lief zum Apparat. »Für dich«, sagte sie und hielt mir den Hörer hin. »Valerie.«

»Hilfe«, sagte Valerie. »Du musst sofort auf dem schnellsten Weg herkommen.« Sprach's und legte auf.

»Ich muss weg«, sagte ich. »Valerie hat irgendein Problem.«

»Was war sie früher für ein kluges Kind«, sagte Grandma. »Aber dann ist sie nach Kalifornien gezogen, und ich glaube, bei der Hitze dort ist ihr Verstand geschrumpelt wie eine Rosine.«

Was konnte das schon für ein Problem sein?, überlegte ich. Hatte sie wieder Hühnersuppe über den Computer verschüttet? Das wäre Kloughn bestimmt egal. Auf seinem Computer waren keine Dateien, weil Kloughn keine Mandanten hatte, folglich konnte er auch keine Dateien verlieren.

Ich fuhr auf den Parkplatz und stellte mich mit der Schnauze direkt vor Kloughns Büro. Dann schaute ich zuerst durch die große Fensterscheibe, aber Valerie war nicht zu sehen. Gerade wollte ich aussteigen, da kam Valerie aus dem Waschsalon gelaufen.

»Hier drüben«, sagte sie. »Er ist im Waschsalon.«

»Wer?«

»Albert.«

Türkisfarbene Plastikstühle waren an der Wand gegenüber den Trocknerautomaten aufgereiht. Zwei alte Damen saßen nebeneinander, rauchten und schauten Valerie zu. Gierig saugten sie mit ihren Blicken das Geschehen ein. Sonst befand sich niemand im Raum.

»Wo?«, sagte ich. »Ich sehe ihn nicht.«

Valerie verschluckte sich an einem Schluchzer und zeigte auf einen der Trocknerautomaten für Großtextilien. »Da drin.«

Ich sah genauer hin. Sie hatte Recht. Albert Kloughn steckte in dem Trockner. Zusammengekauert hockte er, mit dem Hintern nach vorne zum Bullauge, und sah aus wie Puh der Bär im Kaninchenbau.

»Lebt er noch?«, fragte ich.

»Natürlich lebt er noch!« Valerie schlich sich heran und klopfte an die Klappe. »Glaube ich jedenfalls.«

»Was macht er da drin?«

»Die Dame hier in dem blauen Pullover dachte, sie hätte ihren Ehering in dem Trockner verloren. Sie sagte, er hätte sich hinten in der Trommel festgehakt. Deswegen ist Albert hineingeklettert. Und dann ist irgendwann die Klappe zugefallen, und wir haben sie nicht mehr aufgekriegt.«

»Meine Güte. Warum habt ihr nicht die Feuerwehr oder die Polizei gerufen?«

Es rührte sich etwas in der Trommel, und gedämpfte Geräusche waren zu vernehmen. Es hörte sich an wie *Nein, nein, nein.*

»Ich glaube, es ist ihm peinlich«, sagte Valerie. »Wie sieht das schon aus? Wenn jetzt jemand ein Foto von ihm machen würde, und es käme in die Zeitung. Es würde ihn doch keiner mehr als Anwalt engagieren. Er müsste seinen Beruf aufgeben.«

»Es nimmt ihn ja schon jetzt keiner«, sagte ich. Ich versuchte, die Klappe zu öffnen, drückte auf diverse Knöpfe, probierte den Sicherheitsriegel. »Es kommt nichts bei raus«, sagte ich.

»Irgendwas stimmt nicht mit dem Trockner«, sagte die Dame im blauen Pullover. »Der bleibt immer einfach so stecken. Das Schloss ist wohl kaputt. Schon letzte Woche habe ich eine Beschwerde deswegen geschrieben, aber hier kümmert sich ja nie jemand um solche Dinge. Der Automat für das Waschpulver funktioniert auch nicht richtig.«

»Ich glaube, wir brauchen professionelle Hilfe«, sagte ich zu Valerie. »Ich finde, wir sollten die Polizei rufen.«

Wieder gab es hektische Bewegungen und erneut das gedämpfte *Nein, nein, nein*. Dann folgte ein Geräusch, das sich wie ein Furz anhörte, es kam aus der Trommel.

Valerie und ich traten einen Schritt zurück.

»Ich glaube, er wird nervös«, sagte Valerie.

Sehr wahrscheinlich gab es auch innen einen Türöffner, aber Kloughn klemmte fest und kam nicht an den Riegel heran.

Ich kramte in meiner Tasche, fand etwas Kleingeld. Ich warf eine Vierteldollarmünze in den Schlitz, stellte den Temperaturregler auf Null und drückte auf Start.

Die Trommel drehte sich, Kloughns Murmeln verstieg sich zu einem Kreischen, er wurde ein wenig durchgerüttelt, aber an sich machte er einen recht robusten Eindruck. Nach fünf Minuten blieb die Trommel stehen. Vierteldollarmünzen sind heutzutage auch nicht mehr das wert, was sie mal waren.

Die Tür sprang problemlos auf. Valerie und ich zogen Kloughn heraus und stellten ihn auf die Beine. Sein Haar war ganz flauschig, so flauschig wie bei einem Seehundjungen. Er war warm und roch schön, wie frisch gebügelt. Sein Gesicht war rot, seine Augen glasig.

»Ich glaube, ich habe einen Furz gelassen«, sagte er.

»Schauen Sie mal«, verkündete die Dame im blauen Pullover. »Ich habe meinen Ring wiedergefunden. Er war gar nicht im Trockner. Ich hatte ganz vergessen, dass ich ihn in die Tasche gesteckt hatte.«

»Wie schön«, sagte Kloughn, sein Blick war wirr, aus den Mundwinkeln tröpfelte etwas Sabber.

Valerie und ich stützten ihn unter den Achselhöhlen.

»Jetzt gehen wir ins Büro«, sagte ich zu Kloughn. »Versuchen Sie mal aufzutreten.«

»Mir dreht sich noch alles. Ich bin doch nicht mehr in der Trommel drin, oder? Mir ist nur etwas schwindlig. Ich habe immer noch den Motor im Ohr. Den Motor höre ich immer noch.« Kloughn bewegte die Beine wie Frankenstein. »Ich habe kein Gefühl in den Füßen«, sagte er. »Meine Füße sind eingeschlafen.«

Halb zogen, halb schoben wir ihn ins Büro und setzten ihn auf einen Stuhl.

»Das war wie Karussellfahren«, sagte er. »Haben Sie mich da drin im Kreis drehen sehen? Wie auf einem Karussell. Wie auf einer Kirmes. Ich fahre immer gerne Karussell. Das kann ich gut. Ich setze mich immer ganz vorne hin.«

»Wirklich?«

»Nein, eigentlich nicht. Aber vielleicht beim nächsten Mal.«

»Ist er nicht süß«, sagte Valerie. Sie pflanzte ihm einen Kuss auf seinen flauschigen Kopf.

»Oh, himmlisch«, sagte Kloughn und grinste breit. »Überirdisch.«

11

Kloughns Einladung zum Mittagessen lehnte ich ab und entschied mich stattdessen, unser Büro aufzusuchen.

»Gibt es was Neues?«, fragte ich Connie. »Ich habe keine einzigen NVGler mehr.«

»Was ist mit Bender?«

»Ich will Vinnie nicht ins Handwerk pfuschen.«

»Vinnie will ihn auch nicht mehr haben«, sagte Connie.

»Das ist nicht der Grund«, brüllte Vinnie aus seinem Arbeitszimmer herüber. »Ich habe anderes zu erledigen. Wichtigeres.«

»Ja, ja«, sagte Lula, »er muss seinen Schwengel spazieren führen.«

»Wehe, du schnappst den Kerl nicht«, drohte Vinnie. »Das würde mir echt stinken, wenn ich Benders Kaution abschreiben müsste.«

»An Bender muss irgendwas dran sein«, sagte Lula. »Er gehört zu den fröhlichen Zechern. Als hätte er einen direkten Draht zum lieben Gott. Gott schützt doch die Schwachen und Hilflosen, oder?«

»Bender steht nicht unter dem Schutz Gottes«, schrie Vinnie uns an. »Ich habe zwei nutzlose Schlampen als Mitarbeiter, deswegen ist Bender noch auf freiem Fuß.«

»Also gut«, sagte ich. »Schnappen wir uns den Kerl.«

»Wir?«, sagte Lula.

»Genau. Du und ich.«

»Abgehakt«, winkte Lula ab. »Wenn ich es dir doch sage! Der Mann steht unter Gottes persönlichem Schutz. Und in Gottes Angelegenheiten mische ich mich nicht ein.«

»Ich spendiere dir auch ein Mittagessen.«

»Gut. Ich hole schon mal meine Tasche«, sagte Lula.

»Nur noch eine Sache«, sagte ich zu Connie. »Ich brauche Handschellen.«

»Handschellen gibt's nicht mehr«, brüllte Vinnie. »Glaubst du, die wachsen auf Bäumen?«

»Ohne Handschellen kann ich ihn schlecht abführen.«

»Lass dir was einfallen.«

»He«, sagte Lula mit einem Blick aus dem großen Schaufenster. »Guckt mal, das Auto, das gerade hinter Stephanies Wagen hält. Da sind ja ein großer Hase und ein Bär drin. Der Bär sitzt am Steuer.«

Alle drei sahen wir aus dem Fenster.

»Ich ahne was«, sagte Lula. »Hat der Hase nicht gerade etwas auf Stephanies Auto draufgeworfen?«

Ein irre lautes *Rumms* folgte, mein Honda hüpfte aus dem Stand zwei Meter hoch und explodierte in einem Flammenmeer.

»Muss eine Bombe gewesen sein«, sagte Lula.

Vinnie kam aus seinem Büro herübergeeilt. »Ach, du liebe Scheiße«, sagte er. »Was war das denn?« Er blieb stehen und starrte den Feuerball vor seinem Büro an.

»Nur wieder eins von Stephanies Autos, das in die Luft geflogen ist«, sagte Lula. »Ein Riesenhase hat eine Bombe draufgeworfen.«

»So was kann ich nicht ab«, sagte Vinnie und verzog sich wieder in sein privates Arbeitszimmer.

Lula, Connie und ich traten auf den Gehsteig und sahen

zu, wie das Auto niederbrannte. Zwei Streifenwagen fuhren mit heulenden Sirenen vor, gefolgt von einem Krankenwagen und zwei Löschzügen.

Aus einem der Streifenwagen bequemte sich Carl Costanza. »Jemand verletzt?«

»Nein.«

»Schön«, sagte er, und seine Miene ging über in ein faltiges Grinsen. »Dann kann ich das hier genießen. Die Spinnen und der tote Mann auf deinem Sofa sind mir ja leider entgangen.«

Costanzas Partner Big Dog schlenderte herbei. »Hast du ja wieder toll hingekriegt, Steph«, sagte er. »Wir haben uns schon gefragt, wann dein nächstes Auto demoliert wird. An die letzte Explosion kann ich mich kaum erinnern, so lange ist das schon her.«

Costanza wackelte zustimmend mit dem Kopf. »Muss Monate her sein.«

Ein Pick-up schob sich hinter einen der Feuerwehrwagen. Morelli stieg aus und kam auf uns zu.

»Scheiße noch eins«, sagte er mit Blick auf das, was in einem rasanten Tempo zu einem verkohlten Klumpen Metallschrott zusammenschmolz.

»Das war mal Stephanies Auto«, sagte Lula zu ihm. »Ein Riesenhase hat eine Brandbombe draufgeworfen.«

Morelli zog ein Grinsen auf und wandte sich mir zu. »Tatsächlich?«

»Lula hat es mit eigenen Augen gesehen.«

»Willst du dir nicht doch noch mal überlegen, in Urlaub zu fahren?«, fragte mich Morelli. »Ein, zwei Monate Florida täten dir bestimmt gut.«

»Ich denk' drüber nach«, sagte ich zu Morelli. »Sobald ich Andy Bender gefasst habe.«

Morelli grinste hartnäckig.

»Mit Handschellen ließe er sich einfacher verhaften«, sagte ich.

Morelli fasste unter seinen Pullover und zog ein Paar Handschellen hervor. Wortlos und ohne eine Miene zu verziehen übergab er sie mir.

»Auf Nimmerwiedersehen«, murmelte Lula hinter mir.

Ein roter Trans Am eignet sich nicht gerade bestens als Überwachungsfahrzeug, mal ganz allgemein gesprochen. Zum Glück sahen Lula, mit ihren frisch kanariengelb gefärbten Haaren, und ich, mit meiner satten Schicht Wimperntusche, wie Geschäftsfrauen aus, die in der Straße vor Benders Haus durchaus in einen roten Trans Am passten.

»Was jetzt?«, fragte Lula. »Hast du eine Idee?«

Ein Fernglas war auf Benders Wohnzimmer gerichtet. »Ich glaube, es ist jemand zu Hause, aber ich kann nicht genau erkennen, wer es ist.«

»Warum rufen wir nicht an, um zu sehen, wer drangeht?«, schlug Lula vor. »Da fällt mir ein, mir ist das Geld fürs Handy ausgegangen, deswegen habe ich keins mehr, und deins ist im Auto verbrannt.«

»Wir könnten auch ganz einfach an der Haustür klingeln.«

»Au ja. Die Idee gefällt mir am besten. Vielleicht schießt er ja wieder auf uns. Das war meine große Hoffnung, dass heute jemand auf mich schießt. Mein erster Gedanke heute Morgen beim Aufstehen: Mann, ey, hoffentlich schießt heute jemand auf mich.«

»Das letzte Mal hat er nur auf mich geschossen, falls du das schon vergessen hast.«

»Das tröstet mich ungemein«, sagte Lula.

»Hast du eine bessere Idee?«

»Ich würde vorschlagen, dass wir nach Hause fahren. Ich sage dir, der liebe Gott will nicht, dass wir den Kerl kriegen. Er hat sogar einen Hasen auf die Erde geschickt, der eine Bombe auf dein Auto werfen soll.«

»Der liebe Gott schickt keine Hasen auf die Erde, die Bomben auf mein Auto werfen.«

»Hast du eine Erklärung für den Anschlag? Ist das vielleicht ein alltäglicher Anblick, einen Hasen auf der Straße entlangfahren zu sehen?«

Ich machte die Tür auf und stieg aus, die Handschellen in der einen, das Pfefferspray in der anderen Hand. »Ich bin total mies drauf«, sagte ich zu Lula. »Schlangen und Spinnen und tote Kerle auf meinem Sofa stehen mir bis hier. Bis hier! Und jetzt habe ich nicht einmal mehr ein Auto. Ich gehe ins Haus und ziehe Bender an seinen eigenen Haaren heraus. Und wenn ich diesen Saftarsch erst auf der Polizeiwache abgeliefert habe, setze ich mich ins *Chevy's* und bestelle mir einen Margarita im Kognacschwenker.«

»Hm«, sagte Lula. »Ich soll wohl mitkommen.«

Ich hatte den Vorgarten bereits durchschritten. »Ist mir egal«, sagte ich. »Tu, was du willst.«

Ich hörte Lula hinter mir schnaufen. »Nun spul dich nicht gleich so auf«, sagte sie. »Und sag mir nicht, was ich zu tun und zu lassen habe. Ich habe dir bereits gesagt, was ich will. Zählt das etwa nicht? Nein! Scheiße!«

Ich stand vor Benders Haustür und drehte am Türknauf. Die Tür war verschlossen. Dreimal klopfte ich laut an. Niemand machte auf, deswegen hämmerte ich dreimal mit der Faust gegen die Tür.

»Aufmachen!«, rief ich. »Kautionsdetektiv!«

Die Tür öffnete sich, und Benders Frau stand vor mir. »Sie kommen gerade ungelegen«, sagte sie.

Ich schob sie zur Seite. »Ich komme immer ungelegen.«

»Ja, schon. Aber Sie verstehen nicht, was ich meine. Andy ist krank.«

»Und das sollen wir Ihnen glauben?«, sagte Lula. »Halten Sie uns wirklich für so doof?«

Bender kam in den Raum geschlurft. Sein Haar war eine einzige Katastrophe, die Augen hatte er halb geschlossen. Er trug ein Schlafanzug-Oberteil und eine schmutzige Handwerkerhose.

»Ich bin todkrank«, sagte ich. »Ich sterbe.«

»Es ist nur die Grippe«, erklärte seine Frau. »Besser, du gehst wieder ins Bett.«

Bender streckte die Arme vor. »Legen Sie mir Handschellen an. Liefern Sie mich bei den Bullen ab. Die haben doch einen Arzt da, oder nicht?«

Ich legte Bender die Handschellen an und sah hinüber zu Lula. »Haben die einen Arzt da?«

»Im Sankt Francis-Hospital gibt es eine Krankenstation für Gefangene.«

»Bestimmt habe ich Milzbrand«, sagte Bender. »Oder Masern.«

»Jedenfalls stinkt es zum Himmel«, sagte Lula.

»Durchfall habe ich auch, und ich muss kotzen«, sagte Bender. »Meine Nase läuft wie wahnsinnig, und mein Hals kratzt. Ich habe Fieber. Fühlen Sie mal meine Stirn.«

»Von wegen«, sagte Lula. »Ich könnte mir auch was Schöneres vorstellen.«

Er wischte sich die Nase mit dem Ärmel ab und hinterließ einen schleimigen Popel auf seinem Schlafanzug-Oberteil. Dann warf er den Kopf in den Nacken und nieste und versprühte seine Viren im Raum.

»He, Sie!«, schrie Lula. »Nehmen Sie die Hand vor den

Mund! Schon mal was von Taschentüchern gehört? Was soll dieses Geschmiere da am Ärmel?«

»Mir ist schlecht«, sagte Bender. »Ich muss kotzen.«

»Schnell, zum Klo!«, kreischte seine Frau. Sie schnappte sich einen blauen Plastikeimer. »Nimm den Eimer!«

Bender steckte den Kopf in den Eimer und übergab sich.

»Heiliger Strohsack«, sagte Lula. »Das ist ja das reinste Seuchenhaus hier. Ich will raus. In mein Auto kommt mir der Kerl nicht«, sagte sie zu mir. »Wenn du ihn bei den Bullen abliefern willst, musst du dir ein Taxi nehmen.«

Bender zog den Kopf aus dem Eimer und streckte mir die gefesselten Hände entgegen. »Ich bin auch ganz lieb. Von mir aus können wir gehen.«

»Warte auf mich«, sagte ich zu Lula. »Du hast Recht. Es stimmt, was du über seinen Draht zu Gott gesagt hast.«

»Es war zwar eine lange Fahrt hierher, aber es hat sich gelohnt«, sagte Lula und leckte den Salzrand von ihrem Glas. »Das ist der beste Margarita weit und breit.«

»Wirkt wie Medizin. Der Alkohol tötet alle Bazillen, die wir uns von Bender eingefangen haben.«

»Recht hast du«, bestätigte Lula.

Ich trank einen Schluck aus meinem Glas und sah mich um. Die Bar war gut gefüllt, die übliche Feierabendmeute, die meisten in meinem Alter, und die meisten sahen zufriedener aus als ich.

»Mein Leben kotzt mich an«, sagte ich zu Lula.

»Das sagst du nur, weil du Bender gerade beim Kotzen zusehen musstest.«

Teilweise stimmte das sogar. Der Anblick des kotzenden Bender hatte meine Laune nicht gerade angehoben. »Ich überlege, ob ich mir nicht einen neuen Job suchen soll«, sagte ich. »Ich möchte da arbeiten, wo diese Leute hier arbeiten. Die sehen alle so glücklich und zufrieden aus.«

»Das kommt, weil sie vor uns da waren und schon gut abgefüllt sind.«

Vielleicht kam es aber auch daher, weil keiner von denen von einem Irren verfolgt wurde, der einem ans Leder wollte.

»Jetzt sind mir schon wieder ein Paar Handschellen abhanden gekommen«, sagte ich zu Lula. »Ich habe vergessen, sie Bender abzunehmen.«

Lula kippte den Kopf nach hinten und lachte schallend. »Und du willst dir einen neuen Job suchen?«, sagte sie. »Warum denn bloß? Du bist doch ein echtes Ass!«

Es war elf Uhr, und die meisten Häuser in der Straße, in der meine Eltern wohnen, waren dunkel. In Burg geht man früh zu Bett und steht früh auf.

»Tut mir Leid wegen Bender«, sagte Lula. Ihr Trans Am stand mit laufendem Motor am Straßenrand. »Wir können Vinnie ja sagen, dass er verstorben ist. Wir wären kurz davor gewesen, Bender zu verhaften, da wäre er plötzlich gestorben. Plumms! Einfach so. Mausetot.«

»Lieber wäre mir, wir würden zurückfahren und ihn auf der Stelle umlegen«, sagte ich. Ich machte die Tür auf, um auszusteigen, verfing mich aber in der Fußmatte, sodass ich mit dem Gesicht vorneweg auf dem Boden landete. Ich rollte mich auf den Rücken und sah mir den Sternenhimmel an. »Schon gut«, sagte ich zu Lula. »Vielleicht besser, wenn ich gleich hier draußen schlafe.«

Plötzlich erschien Ranger in meinem Blickfeld, packte mich am Jackenkragen und stellte mich auf die Beine. »Das wäre keine gute Idee, Babe.« Er wandte sich an Lula. »Du kannst weiterfahren.«

Der Trans Am startete mit quietschenden Reifen und verschwand in der Dunkelheit.

»Ich bin nicht betrunken, wenn du das wissen willst«, sagte ich zu Ranger. »Ich habe nur einen einzigen Margarita getrunken.«

Seine Finger hatten sich noch immer in meinem Jackenkragen verkrallt, aber jetzt lockerte er den Griff etwas. »Ich habe gehört, ein Hase sei dir über den Weg gelaufen.«

»Der Hase kann mich mal.«

Ranger grinste. »Und ob du betrunken bist.«

»Nein! Ich bin nicht betrunken. Ich bin nur glücklich und zufrieden. Fast.« Nicht, dass ich Sternchen sah, aber ins Wanken war die Welt schon geraten. Ich lehnte mich an Ranger, um nicht umzukippen. »Was machst du eigentlich hier?«

Er ließ meine Jacke los und legte seine Arme um mich. »Ich muss mit dir reden.«

»Hättest du auch telefonisch haben können.«

»Versucht habe ich es. Aber dein Handy funktioniert nicht.«

»Ach, ja. Das habe ich ganz vergessen. Es ist ja zusammen mit dem Auto in die Luft geflogen.«

»Ich habe im Fall Dotty ermittelt und hätte da ein paar Namen von Personen, die überprüft werden müssten.«

»Jetzt sofort?«

»Morgen. Ich hole dich um acht Uhr ab.«

»Ich kann erst um neun ins Badezimmer.«

»Gut. Dann hole ich dich um halb zehn ab.«

»Lachst du jetzt schon wieder? Ich spüre, dass du lachst. Mein Leben ist nicht lächerlich.«

»Dein Leben ist saukomisch, Babe.«

Punkt halb zehn torkelte ich aus der Haustür und musste blinzeln im Sonnenlicht. Es war mir gelungen, kurz unter die

Dusche zu springen, und meine Kleidung war vollständig, das war aber auch schon alles. Eine halbe Stunde Zeit, um sich hübsch zu machen, ist nicht gerade viel für eine Frau. Noch weniger, wenn sie einen Kater hat. Das Haar hatte ich nach hinten gekämmt und zu einem Pferdeschwanz zusammengebunden, und der Lippenstift steckte in der Tasche meiner Jeansjacke. Den würde ich erst auftragen, wenn meine Hand aufhörte zu zittern und meine Augen sich nicht länger wie glühende Granatäpfel anfühlten.

Ranger kam in einem glänzenden schwarzen Mercedes vorgefahren und hielt am Straßenrand. Hinter mir, in der Haustür, stand Grandma.

»Ohne Stöffchen am Leib wäre der auch ein netter Anblick«, sagte sie.

Ich glitt auf den beigefarbenen Ledersitz neben Ranger, schloss die Augen und lächelte. Es roch wundervoll nach Leder und Pommes. »Der liebe Gott hat dich geschickt«, sagte ich. Auf der Ablage zwischen den Sitzen hatte er mir eine Portion Pommes und eine Cola hingestellt.

»Tank und Lester überprüfen einige Campingplätze in Pennsylvania und New Jersey. Zuerst die, die am nächsten liegen, dann die weiter entfernten. Sie suchen nach den beiden Wagen, und sie befragen Gäste und, wenn möglich, noch andere Leute. Wir haben auch deine Liste mit Evelyns Verwandten, aber diese Personen kämen für sie nicht als erste Anlaufstation in Frage. Evelyn müsste befürchten, sie würden sich gleich an Mabel wenden, wenn sie sich bei ihnen meldete. Für Dottys Verwandte gilt das Gleiche.

An ihrem Arbeitsplatz war Dotty mit vier Leuten näher befreundet. Ich habe Namen und Adressen. Mit denen sollten wir anfangen, finde ich.«

»Das ist nett von dir, dass du mir bei dieser Geschichte

hilfst. Eigentlich hat uns ja keiner offiziell engagiert. Hier geht es nur um die Frage, ob Annie in Sicherheit ist oder nicht.«

»Annies Sicherheit ist mir egal. Mir geht es um deine Sicherheit. Wir müssen Abruzzi kaltstellen. Im Moment spielt er nur mit dir, aber wenn er die Lust am Spiel verloren hat, wird es ernst. Sollte es der Polizei nicht gelingen, ihm den Mord an Soder nachzuweisen, haben wir vielleicht was gegen ihn in der Hand. Mehrfachen Mord oder so, wenn Annies Zeichnungen der Wirklichkeit entsprechen.«

»Könnten wir für Annies Sicherheit garantieren, wenn wir das Mädchen finden?«

»Ich kann auf sie aufpassen, bis Abruzzi verurteilt ist. Dich zu beschützen ist weitaus schwieriger. Solange Abruzzi frei herumläuft, bist du nur sicher, wenn ich dich für den Rest deines Lebens in die Bat Cave sperre.«

Hmm. Die Bat Cave für den Rest meines Lebens. »Hast du nicht gesagt, in der Bat Cave gibt es einen Fernseher?«

Ranger sah mich verstohlen von der Seite an. »Iss gefälligst deine Pommes.«

Als Erste auf der Liste stand eine gewisse Barbara Ann Guzman. Sie wohnte in einem hübschen Viertel mit Einfamilienhäusern in East Brunswick. Zwei Häuser weiter wohnte Kathy Snyder, die ebenfalls auf der Liste stand. An beide Häuser grenzten Garagen, die aber fensterlos waren.

Vor dem Haus der Guzmans hielt Ranger an. »Die beiden Frauen müssten eigentlich bei der Arbeit sein.«

»Sollen wir einbrechen?«

»Nein. Wir klingeln an der Tür – vielleicht sind ja die Kinder da.«

Wir klingelten zweimal, keinerlei Kindergeschrei war zu

hören. Ich kroch hinter eine Azalee und spähte in das Wohnzimmerfenster von Barbara Ann. Das Licht war aus, der Fernseher lief nicht, auf dem Boden lagen keine abgestellten Kinderschühchen.

Wir gingen zwei Häuser weiter zu Kathy Snyder und klingelten an der Tür. Eine alte Dame öffnete uns.

»Ich möchte zu Kathy«, sagte ich zu der Frau.

»Die ist bei der Arbeit«, sagte sie. »Ich bin ihre Mutter. Kann ich Ihnen irgendwie helfen?«

Ranger reichte der Frau einen Stapel Fotos. »Kennen Sie eine dieser Personen?«

»Das hier ist Dotty«, sagte die Frau. »Und das ist ihre Freundin. Die haben hier bei Barbara Ann übernachtet. Kennen Sie Barbara Ann?«

»Barbara Ann Guzman?«, sagte Ranger.

»Ja. Da fällt mir ein, es war nicht gestern Abend, es war vorgestern. Volles Haus für Barbara Ann, kann ich Ihnen sagen.«

»Wissen Sie, wo sie sich jetzt aufhalten?«

Sie sah sich das Foto noch einmal an und schüttelte den Kopf. »Nein. Vielleicht weiß Kathy etwas. Ich habe sie nur kurz gesehen, weil ich gerade spazieren war. Ich gehe abends immer einmal um den Block, als kleines Training, und da habe ich sie im Auto vorbeifahren sehen.«

»Wissen Sie noch, was für ein Auto das war?«, fragte Ranger.

»Ein ganz normales Auto. Ich glaube, es war blau.« Sie sah erst Ranger, dann mich an. »Ist irgendwas?«

»Die andere Frau, Dottys Freundin, hatte etwas Pech. Wir wollen ihr helfen, die Sache wieder in Ordnung zu bringen«, sagte ich.

Die dritte Frau auf der Liste wohnte in einem Mietshaus

in New Brunswick. Zuerst fuhren wir in die Tiefgarage, suchten systematisch die Reihen parkender Autos nach Dottys blauem Honda oder Evelyns grauem Sentra ab. Ohne Erfolg. Wir parkten den Wagen und begaben uns mit dem Aufzug in den fünften Stock. Dort klingelten wir an Pauline Woods Tür, keine Reaktion. Auch ein Versuch bei den Nachbarn war fruchtlos. Ein letztes Mal klopfte Ranger an Paulines Tür, dann öffnete er sie. Ich blieb draußen, Schmiere stehen. Fünf Minuten später stieß Ranger wieder zu mir und schloss Paulines Wohnungstür hinter sich ab.

»Nichts Auffälliges«, sagte er. »Nichts, was darauf hingedeutet hätte, dass Dotty hier war. Kein Zettel mit einer Nachsendeadresse an einer deutlich sichtbaren Stelle.«

Wir fuhren aus der Tiefgarage heraus und einmal quer durch die Stadt auf unserem Weg nach Highland Park. New Brunswick ist ein Collegestädtchen, auf der einen Seite Rutgers State, auf der anderen Douglass College. Ich habe meinen Abschluss auf dem Douglass College gemacht, ohne Auszeichnung. Mit meiner Note zählte ich in meinem Jahrgang zu jenen 98 Prozent, die immerhin einen Abschluss zustande gebracht haben, und darüber war ich ziemlich froh. In der Bibliothek bin ich regelmäßig eingepennt, und im Geschichtsseminar hing ich meinen Tagträumen nach. In Mathe bin ich zweimal durchgefallen, die Wahrscheinlichkeitsrechnung habe ich nie richtig begriffen. Zum einen: Interessiert das irgendwen, ob man eine weiße oder eine schwarze Kugel aus dem Beutel angelt? Zum anderen: Wenn es einem auf die Farbe ankommt, warum soll man das dann dem Zufall überlassen? Guck in den Scheiß Beutel, und nimm dir die Farbe, die dir gefällt.

In dem Alter, als ich aufs College wechselte, hatte ich jede Hoffung, mal wie Superman fliegen zu können, aufgegeben.

Für irgendeine alternative Beschäftigung konnte ich mich allerdings auch nie so recht erwärmen. Als Kind habe ich Donald-Duck- und Dagobert-Duck-Comics gelesen. Dagobert Duck gondelte dauernd in der Weltgeschichte herum, fuhr an exotische Orte auf der Suche nach Gold. Wenn er sein Gold dann gefunden hatte, brachte er es in seinen Speicher und schichtete seine Geldhaufen mit einer Planierraupe um. Ein cooler Job, fand ich. Auf Abenteuerreise gehen, Gold entdecken, mit der Planierraupe im Geld baggern. Muss doch lustig sein. Sie ahnen also den Grund für meine mangelnde Motivation, gute Noten zu ergattern. Wozu braucht man als Baggerführer gute Noten?

»Ich bin hier aufs College gegangen«, sagte ich zu Ranger. »Sind zwar schon einige Jährchen her, aber wenn ich so durch die Stadt fahre, komme ich mir immer noch wie eine Studentin vor.«

»Warst du eine gute Studentin?«

»Ich war sauschlecht. Trotzdem ist irgendwie was hängen geblieben. Und du, hast du ein College besucht?«

»Rutgers University, den Campus in Newark. Nach zwei Jahren bin ich zur Armee gegangen.«

Als ich Ranger kennen lernte, hätte mich das noch gewundert. Jetzt wunderte mich gar nichts mehr bei Ranger.

»Die letzte Frau auf der Liste ist auch gerade bei der Arbeit, aber ihr Mann müsste zu Hause sein«, sagte Ranger. »Er beliefert die Universitätsmensa, und er fängt erst um vier Uhr an. Der Mann heißt Harold Bailey, seine Frau heißt Louise.«

Wir bahnten uns einen Weg durch ein Viertel, das aus älteren Gebäuden bestand, meist zweigeschossigen Schindelhäusern mit Veranden, die die gesamte Breite des Hauses einnahmen, und frei stehenden Einzelgaragen auf der Rückseite. Die Häuser waren weder groß noch klein. Viele waren im Laufe der Jahre billig renoviert worden, mit falschen Backsteinfassaden oder Verglasungen der Veranden, um zusätzlich Raum zu gewinnen.

Wir hielten an und gingen auf das Haus der Baileys zu. Ranger klingelte und, wie erwartet, öffnete uns ein Mann. Ranger stellte sich vor und hielt dem Mann ein Foto hin.

»Wir suchen Evelyn Soder«, sagte Ranger. »Vielleicht können Sie uns weiterhelfen. Haben Sie eine der Personen auf dem Foto in letzter Zeit gesehen?«

»Was wollen Sie von dieser Frau Soundso?«

»Ihr geschiedener Mann wurde getötet. Evelyn ist seit einiger Zeit unterwegs, und ihre Großmutter hat den Kontakt zu ihr verloren. Sie möchte gerne, dass Evelyn von dem Tod ihres geschiedenen Mannes erfährt.«

»Sie war gestern Abend zusammen mit Dotty hier. Sie kamen, als ich gerade aus dem Haus gehen wollte. Sie sind über Nacht geblieben und morgens wieder gefahren. Ich weiß nicht, was sie heute vorhaben. Sie wollten einen Ausflug mit den Mädchen unternehmen, irgendeinen historischen Ort oder etwas Ähnliches besichtigen. Vielleicht weiß Louise mehr. Sie könnten versuchen, sie bei der Arbeit zu erreichen.«

Wir gingen zurück zum Wagen, und Ranger geleitete uns heraus aus dem Viertel.

»Immer hinken wir einen Schritt hinterher«, sagte ich.

»So ist das nun mal bei vermissten Kindern. Ich habe bei vielen Fällen mitgearbeitet, bei denen Eltern ihre Kinder entführt hatten, und sie sind auch so durch die Gegend gezogen. Meistens entfernen sie sich weiter von zu Hause weg, und meistens bleiben sie länger als eine Nacht an ein und demselben Ort. Aber das Muster ist das Gleiche. Hat man schließlich die richtige Information über die Vermissten, sind sie auch schon wieder über alle Berge.«

»Wie soll man sie da kriegen?«

»Mit Hartnäckigkeit und Geduld. Wenn man lange genug dranbleibt, zahlt es sich schließlich aus. Manchmal dauert es Jahre.«

»Ach, Gottchen, ich habe nicht jahrelang Zeit. Da müsste ich mich ja in der Bat Cave verstecken.«

»Wenn du erst mal in der Bat Cave gelandet bist, Babe, bleibst du für immer und ewig.«

Buah!

»Versuch mal, die Frau zu erreichen«, sagte Ranger. »Die Nummer an ihrem Arbeitsplatz steht in der Akte.«

Barbara Ann und Kathy waren vorsichtig. Beide gaben zu, Dotty und Evelyn gesehen zu haben, und sie wussten, dass sie auch Louise aufgesucht hatte. Allerdings behaupteten sie beharrlich, sie hätten keine Ahnung, wo die Frauen als Nächstes hinwollten. Ich hatte den Eindruck, dass sie die Wahrheit sagten. Gut möglich, dass Evelyn und Dotty nur bis zum nächsten Tag dachten. Ursprünglich hatten sie wohl mal die Absicht gehabt, unterwegs zu campen, vermutete ich, aber dieser Plan hatte sich dann aus irgendeinem Grund zerschlagen. Jetzt versuchten sie verzweifelt, sich zu verstecken.

Pauline war vollkommen von den Socken.

Louise war noch die gesprächigste, wahrscheinlich machte sie sich am meisten Sorgen.

»Sie wollten nur einen Tag bleiben«, sagte sie. »Ich weiß, es stimmt, was Sie mir über Evelyns Mann erzählt haben, aber ich weiß auch, dass mehr dahinter steckt. Die Kinder waren erschöpft und wollten nach Hause. Und Evelyn und Dotty machten auf mich auch einen ziemlich erschöpften Eindruck. Sie wollten nicht darüber reden, aber ich ahnte, dass sie vor etwas davonliefen. Ich dachte, es sei Evelyns Mann, aber das kann es nicht gewesen sein. – Ach, du liebe Güte!«, sagte sie plötzlich. »Sie glauben doch nicht, dass die beiden ihn ermordet haben?«

»Nein«, sagte ich. »Ein Hase hat ihn ermordet. Noch etwas: Haben Sie das Auto gesehen, mit dem die beiden unterwegs sind? Haben sie nur ein einziges Fahrzeug?«

»Es war Dottys Auto, ein blauer Honda. Anscheinend hatte Evelyn auch ein Auto, aber das wurde ihnen auf dem Campingplatz gestohlen. Sie waren gerade mal weg, um einzukaufen, und als sie wiederkamen, waren der Wagen und ihr ganzes Gepäck verschwunden. Das muss man sich mal vorstellen!«

Ich nannte ihr meine Privatnummer und bat sie, mich anzurufen, wenn ihr noch etwas einfiele, was uns weiterhelfen könnte.

»Eine Sackgasse«, sagte ich zu Ranger. »Aber jetzt weiß ich, warum sie den Campingplatz verlassen haben.« Ich erzählte ihm das mit dem gestohlenen Wagen.

»Ich halte es eher für wahrscheinlich, dass Dotty und Evelyn nach dem Einkaufen zurückgekommen sind, ein fremdes Auto neben Evelyns stehen sahen und sich Hals über Kopf aus dem Staub gemacht haben«, mutmaßte Ranger.

»Und als sie nicht wiederkamen, hat Abruzzi ihnen alles abgenommen.«

»Würde ich genauso machen«, sagte Ranger. »Sie mit allen Mitteln aufhalten, ihnen das Leben so schwer wie möglich machen.«

Wir fuhren durch Highland Park, näherten uns der Brücke über den Raritan River. Wieder einmal standen wir ohne eine Spur da, aber wenigstens hatten wir neue Informationen. Wir wussten nicht, wo Evelyn sich jetzt aufhielt, aber wir wussten, wo sie sich aufgehalten hatte. Ferner wussten wir, dass sie nicht mehr mit dem Sentra unterwegs war.

An einer Ampel hielt Ranger an und wandte sich mir zu. »Wann hast du das letzte Mal mit einer Pistole geschossen?«

»Gerade erst, vor ein paar Tagen. Ich habe eine Schlange erschossen. Ist das eine Fangfrage?«

»Ich meine es ernst. Du solltest eine Waffe bei dir tragen. Und du solltest in Übung bleiben, was das Schießen anbelangt.«

»Also gut. Versprochen. Wenn ich das nächste Mal aus dem Haus gehe, nehme ich meine Pistole mit.«

»Wirst du auch Patronen einlegen?«

Ich zögerte.

Ranger sah mich von der Seite an. »Wehe, du legst keine Patronen ein.«

»Ja.«

Er beugte sich vor, öffnete das Handschuhfach und holte eine Waffe heraus. Es war eine fünfschüssige 38er Smith & Wesson-Spezial. Sie sah genauso aus wie meine Pistole.

»Ich war heute Morgen in deiner Wohnung und habe dir das hier mitgebracht«, sagte Ranger. »Die habe ich in deiner Plätzchendose gefunden.«

»Harte Kerle bewahren ihre Pistolen immer in Plätzchendosen auf.«

»Zum Beispiel?«

»Rockford.«

Ranger grinste. »Ich nehme alles zurück.« Er fuhr die Straße am Fluss entlang, und nach wenigen hundert Metern bog er auf einen Parkplatz, der zu einem großen hallenartigen Gebäude gehörte.

»Was ist das?«, fragte ich.

»Ein Schießstand. Wir werden jetzt ein bisschen üben, wie man mit einer Waffe umgeht.«

Ich wusste ja, dass ich es dringend nötig hatte, aber ich konnte den Schießlärm nicht ab, und auch die Mechanik so einer Waffe war mir suspekt. Mir missfiel die Vorstellung, dass ich damit ein Gerät in Händen hielt, das bei jedem Schuss kleine Explosionen auslöste. Immer erwartete ich, dass etwas schief ging und ich mir den Daumen wegpusten würde.

Ranger stattete mich mit Ohrenschützer und Schutzbrille aus, reihte die Patronen vor mir auf und legte die Waffe auf den Ständer an dem uns zugewiesenen Platz. Die Gewehrscheibe holte er auf sechs Meter Entfernung heran. Sollte ich jemals auf einen Menschen schießen, musste man wohl davon ausgehen, dass er sehr dicht vor mir stand.

»Also gut, Tex«, sagte er. »Dann zeig mal, was du draufhast.«

Ich lud durch und schoss.

»Gut«, sagte Ranger. »Und jetzt mit geöffneten Augen.«

Er korrigierte die Haltung meiner Hände und meiner Beine. Ich versuchte es noch mal.

»Schon besser«, sagte Ranger.

Ich übte so lange, bis der Arm schmerzte und ich den Abzug nicht mehr betätigen konnte.

»Wie kommst du jetzt mit der Waffe zurecht?«, fragte Ranger.

»Sie liegt mir schon besser in der Hand als vorher. Aber ich mag sie trotzdem nicht.«

»Von mögen war nicht die Rede.«

Es war später Nachmittag, als wir den Schießstand verließen, und auf der Fahrt durch die Stadt gerieten wir in den

Berufsverkehr. Mir fehlt im Straßenverkehr die Geduld. Ich fluche beim Fahren, stoße den Kopf gegen das Steuerrad. Ranger war völlig ungerührt, blieb in seiner Welt, erfüllt von Zen-artiger Ruhe. Ich schwöre, mehrmals hörte er gänzlich auf zu atmen.

Als wir uns dem verkehrumtosten Trenton näherten, fuhr Ranger bei der nächsten Ausfahrt heraus, bog in eine Nebenstraße und hielt auf einem kleinen Parkplatz zwischen Backsteinbauten mit Ladengeschäften und zweistöckigen Reihenhäusern an. Die Straße war schmal und wirkte duster, selbst bei Tageslicht. Die Schaufenster waren schmutzig, die Auslagen verstaubt. Schwarze Graffiti bedeckten die Fassaden im Erdgeschoss der Reihenhäuser.

Es hätte mich nicht gewundert, wenn in diesem Moment jemand mit Schusswunden übersät und blutüberströmt aus einem der Häuser getorkelt wäre.

Ich spähte aus der Windschutzscheibe und biss mir auf die Unterlippe. »Du entführst mich doch nicht in die Bat Cave, oder?«

»Nein, Babe. Ich entführe dich zum Pizzaessen bei Shorty.«

Über dem Eingang des nächsten Hauses hing ein Neonschild. Tatsächlich, da stand *Shorty's*. Die Scheiben der beiden kleinen vorderen Fenster waren mit schwarzer Farbe ausgemalt. Die Tür war aus Naturholz und hatte keine Öffnung.

Ich blickte über die Schulter zu Ranger. »Schmeckt die Pizza hier gut?« Ich gab mir Mühe, dass meine Stimme nicht bebte, aber sie klang gepresst, eine ängstliche Stimme. Das heißt, Angst ist vielleicht ein zu starkes Wort. Nach der letzten Woche sollte das Wort Angst nur lebensbedrohlichen Situationen vorbehalten bleiben. So gesehen allerdings war Angst dann vielleicht doch der angemessene Ausdruck.

»Die Pizza hier schmeckt gut«, sagte Ranger und hielt mir die Tür auf.

Der plötzliche Schwall von Kneipengeräuschen und der Pizzageruch, der mir entgegenschlug, hauten mich beinahe um. Bei Shorty war es dunkel, und es war rappelvoll. Die Wände säumten Sitzecken, und in der Mitte des Raums standen verstreut Tische. Aus einer altmodischen Jukebox in der Ecke plärrte Musik. Das Publikum bei Shorty bestand hauptsächlich aus Männern, doch die wenigen anwesenden Frauen konnten sich ganz gut gegen die Männer behaupten. Die Männer trugen Arbeitskleidung und schweres Schuhwerk, es waren alte und junge Männer, die Gesichter gezeichnet vom Wetter und von Zigaretten. Die Männer sahen nicht so aus, als müsste man ihnen zeigen, wie man mit einer Waffe umging.

In einer Ecke fanden wir einen Platz für uns, es war so dunkel, dass man Blutflecken und Kakerlaken nicht hätte erkennen können. Ranger wirkte zufrieden, er saß mit dem Rücken zur Wand, sein schwarzes Hemd ging nahtlos in die schwarzen Schatten hinter ihm über.

Die Kellnerin war in ein weißes *Shorty's*-T-Shirt und einen schwarzen Minirock gekleidet. Sie hatte einen üppigen Vorbau, jede Menge braune Locken und mehr Wimperntusche aufgetragen, als ich mich auch an Tagen größter Selbstzweifel je getraut hätte. »Was darf es sein?«, fragte sie.

»Pizza und Bier«, sagte Ranger.

»Kommst du oft hierher?«, fragte ich ihn.

»Es reicht. Wir haben hier in der Nähe eine konspirative Wohnung angemietet. Die Hälfte der Gäste kommt hier aus dem Viertel, die andere von einem Truck-Stopp eine Straße weiter.«

Die Kellnerin legte Platzdeckchen auf unseren verschrammten Holztisch und stellte auf jedes ein eisgekühltes Glas Bier.

»Ich dachte, du trinkst keinen Alkohol«, sagte ich zu Ranger. »Von wegen, dein Körper ist ein Tempel und so. Neulich in meiner Wohnung hast du Wein getrunken, und jetzt bei *Shorty's* trinkst du Bier.«

»Im Dienst trinke ich nie. Und mich betrinken tue ich auch nie. Und ein Tempel ist der Körper nur vier Tage die Woche.«

»Du lässt dich ganz schön gehen«, sagte ich. »Pizzafraß und drei Tage die Woche saufen, das macht dick. Habe ich da nicht einen Ansatz von einem Speckbäuchlein bei dir gesehen?«

Ranger sah mich erstaunt an. »Ansatz von einem Speckbäuchlein. Sonst noch was?«

»Ein leichtes Doppelkinn.«

In Wirklichkeit hatte Ranger kein Gramm Fett zu viel. Ranger hatte eine perfekte Figur.

Er trank einen Schluck Bier und musterte mich. »Du gehst ein ziemliches Risiko ein, mich so übel anzumachen, findest du nicht? Wo ich doch der Einzige bin, der dich vor dem Kerl am Tresen mit dem Schlangentattoo auf der Stirn beschützen kann.«

Ich sah mich nach dem Mann mit der auf der Stirn eintätowierten Schlange um. »Sieht doch ganz nett aus.« Für einen halb irren Mörder.

Ranger lachte. »Er arbeitet für mich.«

12

Die Sonne ging bereits unter, als wir uns zum Auto begaben.

»Das könnte gut und gerne die beste Pizza gewesen sein, die ich je gegessen habe«, sagte ich zu Ranger. »Alles in allem kann einem der Laden Angst machen, aber die Pizza war toll.«

»Shorty steht höchstpersönlich am Herd.«

»Arbeitet Shorty auch für dich?«

»Er übernimmt das Catering für meine Cocktailpartys.«

Typischer Ranger-Witz. Jedenfalls glaube ich, dass es ironisch gemeint war.

In der Hamilton Avenue angekommen, sah mich Ranger von der Seite an. »Wo schläfst du heute Abend?«

»Bei meinen Eltern.«

Er fuhr weiter Richtung Burg. »Ich sage Tank Bescheid, er soll dir morgen ein Auto vorbeibringen. Das kannst du so lange benutzen, bis du einen Ersatz für deinen Honda gefunden hast. Es sei denn, du fährst ihn vorher zu Schrott.«

»Wie kommst du bloß immer an diese schicken Autos?«

»In Wahrheit willst du das doch gar nicht so genau wissen, oder?«

Ich überlegte eine Sekunde lang. »Nein«, sagte ich. »Wahrscheinlich nicht. Wenn ich es wüsste, müsstest du mich töten, oder?«

»So was Ähnliches jedenfalls.«

Vor dem Haus meiner Eltern hielt er an, und wir beide sahen hinüber zur Tür. Meine Mutter und meine Oma standen im Eingang und beobachteten uns.

»Irgendwie fühle ich mich immer unbehaglich, wenn mich deine Oma so ansieht«, sagte Ranger.

»Sie würde dich gerne mal nackt sehen.«

»Das hättest du mir lieber nicht sagen sollen, Babe.«

»Jeder, den ich kenne, würde dich gerne mal nackt sehen.«

»Du auch?«

»Ist mir nie in den Sinn gekommen.« Ich hielt die Luft an und hoffte nur, der liebe Gott würde mich nicht auf der Stelle für meine Lüge bestrafen und mich totschlagen. Ich stieg aus und lief ins Haus.

Im Flur fing mich Grandma Mazur ab. »Heute Nachmittag ist mir doch was Komisches passiert«, sagte sie. »Ich komme gerade aus der Bäckerei, da fährt plötzlich ein Auto neben mir her. Darin sitzt ein Hase. Am Steuer! Er reicht mir einen Versandumschlag von der Post durchs Fenster und sagt, den soll ich dir geben. Alles ging rasend schnell. Als er wieder wegfuhr, fiel mir siedend heiß ein, dass dein Auto auch von einem Hasen in Brand gesetzt wurde. Glaubst du, es könnte derselbe Hase gewesen sein?«

Normalerweise stelle ich in so einer Situation erst mal Fragen. Was für ein Auto war das? Hast du das Nummernschild erkannt? In diesem Fall erübrigten sich die Fragen. Es war nie dasselbe Auto, es waren immer andere, und bei allen handelte es sich um gestohlene Autos.

Ich nahm Grandma den verschlossenen Umschlag ab, öffnete ihn vorsichtig und sah hinein. Es waren Fotos drin. Schnappschüsse von mir, schlafend, auf dem Sofa meiner Eltern. Sie waren gestern Abend aufgenommen worden. Jemand hatte sich ins Haus geschlichen, hatte neben dem Sofa gestanden und mich beim Schlafen beobachtet. Dann hatte er Fotos gemacht, ohne dass ich etwas bemerkt hätte. Wer auch immer der Schuft war, einen besseren Abend hätte er sich nicht aussuchen können. Ich hatte nach dem Margarita und der unruhigen Nacht davor wie eine Tote geschlafen.

»Was ist in dem Umschlag drin?«, wollte Grandma wissen. »Sieht aus wie Fotos.«

»Nichts Interessantes«, sagte ich. »Ich glaube, es ist ein Hase. Es soll ein Streich sein.«

Meine Mutter sah aus, als dächte sie sich ihren Teil, aber sie hielt sich zurück. Nachher würde eine Fuhre frischer Plätzchen bereitstehen, und alle Wäsche wäre gebügelt. So arbeitet sich meine Mutter den Stress ab.

Ich lieh mir den Buick aus und fuhr zu Morelli. Morelli wohnte etwas außerhalb von Burg, in einem Viertel allerdings, das Burg sehr ähnlich war, knapp vierhundert Meter vom Haus meiner Eltern entfernt. Er hatte das Haus seiner Tante geerbt, und es entpuppte sich als ein Glücksfall. Das Leben birgt doch immer wieder Überraschungen. Joe Morelli, die Plage der Trenton High School, Motorradfahrer, Frauenheld, Kneipengänger, Schläger – und jetzt einigermaßen angesehener Eigenheimbesitzer. Irgendwie hatte Morelli es im Laufe der Jahre geschafft, erwachsen zu werden. Kein geringer Verdienst für ein männliches Mitglied seiner Familie.

Bob sprang mir entgegen, als er mich erkannte. Seine Augen strahlten vor Freude, er stolzierte daher und wedelte mit dem Schwanz. Morelli wirkte gefasster.

»Was ist los?«, sagte er und begutachtete mein T-Shirt.

»Mir ist gerade etwas Unheimliches passiert.«

»Öfter mal was Neues.«

»Unheimlicher als sonst.«

»Brauch ich erst was zu trinken?«

Ich gab ihm die Fotos.

»Hübsch«, sagte er. »Aber ich habe dich bei anderen Gelegenheiten schon des Öfteren schlafen sehen.«

»Die Bilder sind gestern Abend ohne mein Wissen entstanden. Grandma wurde heute auf der Straße von einem Riesenhasen angehalten, sie solle mir diese Fotos übergeben.«

Morelli zog die Augenbrauen hoch und sah mich an. »Das heißt also, jemand ist ins Haus deiner Eltern eingebrochen und hat diese Fotos aufgenommen, während du auf dem Sofa geschlafen hast.«

»Genau so.« Ich wollte mich nicht aufregen, aber innerlich war ich ein Wrack. Die Vorstellung, dass jemand, womöglich Abruzzi persönlich, über mir gestanden und mir beim Schlafen zugesehen hatte, brachte mich völlig aus der Fassung. Ich fühlte mich verletzt und hilflos.

»Der Kerl ist wirklich dreist«, sagte Morelli. Seine Stimme klang ruhig, aber seine Lippen waren schmaler geworden, und ich wusste, dass er Mühe hatte, seine Wut zu verbergen. In jüngeren Jahren hätte er einen Stuhl aus dem Fenster geworfen.

»Ich will die Polizei von Trenton ja nicht kritisieren«, sagte ich, »aber meinst du nicht, man sollte diesen verdammten Hasen endlich mal einfangen? Er fährt durch die Gegend und verteilt Fotos.«

»War die Haustür bei deinen Eltern gestern Abend abgeschlossen?«

»Ja.«

»Was hat die für ein Schloss?«

»Ein einfacher Riegel.«

»So einen Riegel kriegt jedes Kind auf. Dazu braucht es

keinen Fachmann. Kannst du deine Eltern nicht dazu überreden, wenigstens eine Vorlegekette anzubringen?«

»Ich kann es ja versuchen. Ich will ihnen mit den Fotos keine Angst einjagen. Sie wohnen gerne in dem Haus, und sie fühlen sich dort sicher. Das Gefühl will ich ihnen nicht nehmen.«

»Ja, schon, aber du wirst von einem Irren verfolgt.«

Wir standen in dem kleinen Windfang, und Bob drückte sich an mich, schnüffelte an meinem Bein. Ich schaute an mir hinunter. Oberhalb des Knies prangte ein dicker, nasser Sabberfleck. Ich kraulte den Hund am Kopf und zupfte ihn an den Ohren. »Ich muss wieder ausziehen bei meinen Eltern. Das Geschehen woanders hinlenken.«

»Du kannst hier wohnen, das weißt du.«

»Und dich in Gefahr bringen?«

»Daran bin ich gewöhnt.«

Das stimmte. Wir hatten uns deswegen oft gestritten. Und es war der entscheidende Grund für unsere Trennung. Das und meine Unfähigkeit, mich zu binden. Morelli wollte keine Kopfgeldjägerin zur Frau, wollte nicht, dass die Mutter seiner Kinder regelmäßig umherfliegenden Kugeln ausweichen musste. Das konnte man ihm schlecht verübeln.

»Vielen Dank«, sagte ich. »Vielleicht komme ich noch darauf zurück. Ich kann auch Ranger fragen, ob er mir eine seiner konspirativen Wohnungen zur Verfügung stellt. Oder ich ziehe mich zurück in meine eigenen vier Wände, das geht auch. Aber dann müsste ich eine Alarmanlage installieren lassen. Ich will keine unliebsamen Überraschungen mehr erleben, wenn ich nach Hause komme.« Leider fehlte mir für eine Alarmanlage das nötige Kleingeld. Egal, ich konnte mich sowieso nicht dazu überwinden, auch nur in die Nähe meines verlausten Sofas zu treten.

»Was willst du denn jetzt heute Abend machen?«

»Ich muss noch mal zu meinen Eltern und aufpassen, dass nicht wieder jemand einbricht. Morgen ziehe ich aus. Wenn ich erst mal weg bin, sind sie in Sicherheit.«

»Willst du wirklich die ganze Nacht aufbleiben?«

»Ja. Du kannst ja später noch vorbeikommen, wenn du willst. Dann können wir Monopoly spielen.«

Morelli grinste. »Monopoly? Wie könnte ich das Angebot abschlagen? Wann geht deine Oma normalerweise ins Bett?«

»Nach den Elf-Uhr-Nachrichten.«

»Dann komme ich so gegen zwölf vorbei.«

Ich spielte mit Bobs Ohr.

»Was ist?«, fragte Morelli.

»Es ist, weil wir …«

»Es gibt kein Wir.«

»Ein bisschen Wir gibt es schon.«

»Ich will dir sagen, was ich denke. Es gibt ein Du, und es gibt ein Ich, und manchmal sind wir zusammen. Aber ein Wir in dem Sinne gibt es nicht.«

»Da fühlt man sich ein bisschen einsam«, sagte ich.

»Mach es nicht schwieriger, als es schon ist«, sagte Morelli.

Ich bestieg meinen alten Buick und begab mich auf die Suche nach einem Spielwarengeschäft. Eine Stunde später hatte ich meine Einkäufe erledigt, saß wieder im Auto auf der Fahrt Richtung Heimat. In der Hamilton musste ich an einer Ampel bremsen, und den Bruchteil einer Sekunde später fuhr mir jemand hinten auf. Kein großer Zusammenstoß, eher ein Stubser. Es reichte, um den Buick ins Wanken zu bringen, aber ich wurde nicht nach vorne geschoben. Meine erste Reaktion war der Standardspruch meiner Mutter, den sie immer parat hat, wenn etwas geschieht, was ihr Leben komplizierter machen könnte. *Womit habe ich das verdient?* Es war sicher kein großer Schaden entstanden, aber nervenaufreibend waren die Folgen so eines Missgeschicks allemal. Ich zog die Handbremse an und legte den Leerlauf ein. Eigentlich musste ich jetzt aussteigen und die Scheiß Schadenfeststellung für die Versicherung vornehmen. Ich stöhnte und sah erst mal in den Rückspiegel.

In der Dunkelheit war nicht viel zu erkennen, aber was ich sah, versprach wenig Gutes. Ich sah große weiße Ohren, Hasenohren an dem Mann, der auf dem Beifahrersitz saß. Ruckartig drehte ich mich um und schaute durchs Heckfenster. Der Hase setzte mit seinem Wagen ein paar Meter zurück und rammte mich erneut. Diesmal mit mehr Wucht. Der Buick machte einen Hopser nach vorne.

Scheiße.

Ich löste die Handbremse, legte den Gang ein und raste los über die rote Ampel. Der Hase blieb mir dicht auf den Fersen. An der Chambers Street bog ich ab und fuhr kreuz und quer, bis ich vor Morellis Haus zum Stehen kam. Es waren keine Autoscheinwerfer mehr hinter mir zu sehen, aber das war keine Garantie, dass der Hase weg war. Vielleicht hatte er seine Scheinwerfer nur ausgemacht und wartete irgendwo heimlich auf mich. Ich sprang aus dem Wagen, lief zu Morellis Haustür und schellte, dann hämmerte ich gegen die Tür und schrie: »Aufmachen! Aufmachen!«

Endlich machte Morelli auf, und ich lief schnell ins Haus. »Der Hase ist hinter mir her«, sagte ich.

Morelli steckte den Kopf nach draußen und suchte die Straße ab. »Von Hasen weit und breit keine Spur.«

»Er saß im Auto. Auf der Hamilton ist er mir hinten reingefahren, und dann hat er mich verfolgt.«

»Was war es denn für ein Auto?«

»Das konnte ich in der Dunkelheit nicht erkennen. Ich habe nur zwei lange Ohren auf dem Beifahrersitz gesehen.« Mein Herz raste, und ich japste nach Luft. »Ich dreh noch mal durch«, sagte ich. »Der Kerl kann einen zur Weißglut bringen. Lässt mich von einem Hasen verfolgen. Was für ein krankes Hirn denkt sich so etwas aus?«

Während ich weiter über den Hasen und den teuflischen Verstand von Eddi Abruzzi schwadronierte, musste ich daran denken, dass es zum Teil auch meine eigene Schuld war, hatte ich doch selbst Abruzzi gegenüber erwähnt, ich fände Hasen niedlich.

»Wir haben die Tatsache, dass ein Hase in den Mord an Soder verwickelt ist, den Medien gegenüber nicht erwähnt, deswegen ist die Möglichkeit, dass es sich um einen Trittbrettfahrer handelt, gering«, sagte Morelli. »Geht man also von der Vermutung aus, dass Abruzzi hinter all dem steckt, dann ist das fragliche Hirn alles andere als krank, sondern hoch intelligent. Abruzzi ist nicht dumm.«

»Nur verrückt.«

»Verrückter geht's nicht. So viel ich weiß, sammelt er Militaria und trägt diese Dinge bei seinen Kriegsspielen, kleidet sich zum Beispiel als Napoleon.«

Bei der Vorstellung von Abruzzi im Kostüm von Napoleon musste ich lachen. Eine groteske Figur, nur noch übertroffen von dem Mann im Hasenkostüm.

»Der Hase muss mich vom Haus meiner Eltern aus bis hierher verfolgt haben«, sagte ich zu Morelli.

»Was hast du gemacht, als du von hier aufgebrochen bist?«

»Ich habe ein Monopoly-Spiel gekauft, das mit der alten traditionellen Spielaufteilung. Und wenn wir nachher spielen, will ich das Rennauto sein.«

Morelli holte Bobs Leine vom Garderobenhaken und

schnappte sich eine Jacke, »Ich begleite dich, aber wenn deine Oma mitspielt, musst du den Rennwagen mir überlassen. Das ist das Mindeste, was du für mich tun kannst.«

Um vier Uhr in der Frühe wachte ich urplötzlich auf.

Ich war mit Morelli auf dem Sofa. Dort war ich eingeschlafen, aufrecht sitzend, Morellis Arm auf meiner Schulter. Zwei Monopolyspiele hatte ich verloren, danach hatten wir den Fernseher eingeschaltet. Der Fernseher war jetzt aus, und Morelli lümmelte sich in den Polstern, seine Pistole lag auf dem Couchtisch neben dem Handy. Die Lichter waren aus, nur die Deckenleuchte in der Küche brannte. Bob schlief tief und fest auf dem Fußboden.

»Draußen treibt sich jemand herum«, sagte Morelli. »Ich habe eine Streife benachrichtigt.«

»Ein Hase?«

»Weiß ich nicht. Ich will lieber nicht ans Fenster gehen und den Kerl vertreiben, bevor wir Unterstützung haben. Einmal hat er versucht, die Haustür zu öffnen, dann ist er ums Haus herumgegangen und hat am Hintereingang das Gleiche probiert.«

»Ich höre gar keine Sirene.«

»Die Kollegen kommen ohne Sirene«, flüsterte er. »Ich hatte Mickey Lauder am Apparat, und ich habe ihm gesagt, er soll in einer Zivilstreife kommen und sich anschleichen.«

Hinterm Haus war ein gedämpfter Schlag zu vernehmen, dann lautes Geschrei. Morelli und ich liefen zum Hintereingang und schalteten das Verandalicht an. Mickey Lauder und zwei Polizisten hielten zwei Personen am Boden.

»Ich fasse es nicht«, sagte Morelli und grinste. »Es sind deine Schwester und Albert Kloughn.«

Mickey Lauder konnte sich ein Grinsen ebenfalls nicht

verkneifen. In ihrer Schulzeit waren er und Valerie zusammen ausgegangen. »Tut mir Leid«, sagte er und half ihr hoch, »ich habe dich im ersten Moment gar nicht erkannt. Du hast deine Frisur verändert.«

»Bist du verheiratet?«, fragte Valerie.

»Ja. Glücklich. Vier Kinder.«

»Ich frage nur so, aus Neugier«, sagte Valerie und seufzte.

Kloughn lag noch auf der Erde. »Sie hat nichts Verbotenes getan«, sagte er. »Sie kam nicht ins Haus rein. Die Türen waren abgeschlossen, und sie wollte niemanden wecken. Einbruch wäre das ja wohl nicht gewesen, oder? Ich meine, man darf doch noch in sein eigenes Haus einbrechen. Was bleibt einem schon anderes übrig, wenn man den Hausschlüssel vergessen hat.«

»Ich habe dich doch mit den Kindern zusammen ins Bett gehen sehen«, sagte ich zu Valerie. »Wie bist du aus dem Haus gekommen?«

»Auf die gleiche Weise, wie du dich früher aus dem Haus geschlichen hast, als du noch auf der Highschool warst«, sagte Morelli. Er grinste noch breiter als eben. »Aus dem Badezimmerfenster erst auf das Verandadach, von da auf die Mülltonne.«

»Sie müssen ja 'ne heiße Nummer sein«, sagte Lauder zu Kloughn. »Wegen mir hat sie sich nie aus dem Haus geschlichen.«

»Eigenlob stinkt zwar«, sagte Kloughn, »aber ich weiß, was ich wert bin.«

Grandma tauchte im Bademantel hinter mir auf. »Was ist denn hier los?«

»Die Bullen haben Valerie erwischt.«

»Im Ernst?«, sagte Grandma. »Tut ihr mal ganz gut.«

Morelli steckte seine Waffe in den Hosenbund seiner Jeans.

»Ich hole nur eben meine Jacke und bitte Lauder, dass er mich nach Hause bringt. Du kommst jetzt allein zurecht. Deine Oma ist ja bei dir. Tut mir Leid, dass ich beim Monopoly immer gewonnen habe, aber du spielst einfach grottenschlecht.«

»Ich habe dich nur gewinnen lassen, weil du mir einen Gefallen getan hast.«

»Das kannst du deiner Oma erzählen.«

»Ich unterbreche nur ungern dein Frühstück«, sagte Grandma zu mir, »aber vor der Tür steht ein großer, unheimlicher Mann, der will dich sprechen. Er sagt, er hätte ein Auto abzuliefern.«

Das musste Tank sein.

Ich ging zur Haustür, und Tank übergab mir einen Schlüsselbund. Seitlich an ihm vorbei sah ich nach draußen auf die Straße. Ranger hatte mir einen neuen schwarzen Honda CRV besorgt, fast das gleiche Auto, das explodiert war. Aus Erfahrung wusste ich, dass der neue Wagen mit allem möglichen Schnickschnack ausgestattet sein würde, und an einer Stelle, an der ich nie nachgucken würde, hatte er vermutlich auch einen Sender an Bord. Ranger blieb gern auf dem Laufenden, wo seine Autos und seine Leute abblieben. Hinter dem Wagen wartete ein ebenfalls neuer schwarzer Land Rover mit Fahrer.

»Das ist für Sie«, sagte Tank noch und gab mir ein Handy. »Ihre Nummer ist einprogrammiert.«

Damit war er auch schon wieder verschwunden.

Grandma sah hinter ihm her. »War der von der Leihwagenfirma?«

»Könnte man sagen.«

Ich kehrte zurück zur Küche und trank meinen Kaffee, zwischendurch hörte ich mit der Fernabfrage den Anrufbeantworter in meiner Wohnung ab. Es waren zwei Anrufe von meiner Versicherung da. Im ersten wurde mir mitgeteilt, ich bekäme per Eilpost Formulare zugeschickt, im zweiten, mein Vertrag sei gekündigt. Auf den drei nächsten war nur Atmen zu hören, wahrscheinlich der Hase. Die letzte Nachricht war von Evelyns Nachbarin, Carol Balog.

»Hallo, Steph«, hörte ich ihre Stimme. »Evelyn und Annie habe ich nicht gesehen, aber irgendwas Seltsames geht hier vor. Ruf mich an, sobald du kannst.«

»Ich verschwinde«, sagte ich zu meiner Mutter und Grandma. »Meine Sachen nehme ich wieder mit. Ich ziehe für einige Tage zu einem Freund. Rex lasse ich hier.«

Meine Mutter blickte vom Gemüseschnippeln auf. »Du ziehst doch nicht etwa wieder zu Morelli, oder?«, wollte sie wissen. »Ich weiß nicht, was ich den Leuten sagen soll. Was soll ich den Leuten sagen?«

»Keine Sorge, ich ziehe nicht wieder zu Morelli. Du brauchst den Leuten gar nichts zu sagen. Es gibt nichts zu erzählen. Wenn du mich sprechen willst, kannst du mich auf meinem Handy erreichen.« An der Haustür blieb ich noch mal stehen. »Morelli meinte, ihr solltet euch eine Vorlegekette anschaffen. Ein einfaches Schloss biete nicht genug Sicherheit.«

»Was soll schon passieren?«, fragte meine Mutter. »Bei uns gibt es nichts zu klauen. Das hier ist ein achtbares Viertel. Hier passiert doch nie irgendwas.«

Ich trug meine Tasche nach draußen, warf sie auf den Rücksitz und glitt hinters Steuer. Carol Balog wollte ich lieber persönlich sprechen, nicht am Telefon. Die Fahrt zu ihrem Haus dauerte nur zwei Minuten. Ich hielt an und sah rechts und links die Straße hinunter, alles normal. Ich klingelte, und Carol öffnete.

»So ruhig heute«, sagte ich. »Wo stecken die Leute alle?«

»Beim Fußball. Samstags gehen die Kinder mit ihrem Papa zum Fußballspiel.«

»Was hast du denn nun Seltsames beobachtet?«

»Kennst du die Pagarellis?«

Ich schüttelte den Kopf.

»Die Pagarellis wohnen neben Betty Lando, sie sind vor einem halben Jahr eingezogen. Der alte Mr. Pagarelli sitzt den ganzen Tag auf der Veranda. Er ist Witwer, wohnt zusammen mit seinem Sohn und seiner Schwiegertochter. Die Schwiegertochter will nicht, dass der Alte im Haus raucht, deswegen sitzt er auf der Veranda. Betty hat mir nun erzählt, neulich hätte sie sich mit ihm unterhalten, und er hätte damit geprahlt, dass er für Eddie Abruzzi arbeitet und so. Abruzzi würde ihn dafür bezahlen, dass er mein Haus beobachtet. Na? Ist das nicht unheimlich? Ich meine, was geht ihn das an, dass Evelyn abgehauen ist? Wo ist das Problem – solange sie regelmäßig ihre Miete zahlt.«

»Sonst noch was?«

»In der Einfahrt steht Evelyns Wagen, ist plötzlich heute Morgen aufgetaucht.«

Das war wie ein Schlag ins Gesicht. Stephanie Plum, Meisterdetektivin. Ich war schon hinter Evelyns Auto hergefahren, und jetzt fiel es mir gar nicht mehr auf. »Hast du gehört, wie es abgestellt wurde? Hast du jemanden gesehen?«

»Nö. Lenny hat es zuerst entdeckt. Er wollte die Zeitung von draußen reinholen, da ist ihm Evelyns Wagen aufgefallen.«

»Hörst du manchmal was von nebenan?«

»Nur dich.«

Ich schnitt eine Fratze.

»Zuerst waren laufend Leute da, die Evelyn suchten«, sagte Carol. »Soder und seine Freunde. Und Abruzzi. Soder ist immer einfach reingegangen. Wahrscheinlich hatte er einen Schlüssel. Und Abruzzi auch.«

Ich sah hinüber zu Evelyns Hauseingang. »Evelyn ist nicht zufällig gerade da, oder?«

»Ich habe geklingelt und auch hinten durchs Küchenfenster geguckt, aber gesehen habe ich niemanden.«

Ich kletterte über Carols Verandazaun auf Evelyns Veranda, Carol hinter mir her. Ich klopfte an die Tür, laut und vernehmlich, legte ein Ohr ans Wohnzimmerfenster. Nichts. Ich zuckte mit den Schultern.

»Keiner da, oder?«, sagte Carol.

Wir gingen nach hinten zur Rückseite des Hauses und sahen durchs Küchenfenster. Soweit ich erkennen konnte, war alles unberührt. Ich drehte am Türknauf. Die Tür war immer noch verschlossen. Schade, dass das Fenster repariert worden war, zu gerne wäre ich ins Haus gestiegen. Erneutes Schulterzucken.

Carol und ich gingen zum Auto in der Einfahrt, ungefähr einen Meter davor blieben wir stehen.

»Im Auto habe ich nicht nachgesehen«, sagte Carol.

»Sollten wir aber«, sagte ich zu ihr.

»Du zuerst«, sagte sie.

Einmal tief Luft geholt, dann zwei Riesenschritte vorwärts. Ich sah im Wagen nach und stieß einen Seufzer der Erleichterung aus. Keine Leichen. Keine Leichenteile. Keine Hasen. Jetzt allerdings, wo ich so dicht vor dem Auto stand, fiel mir auf, dass es nicht gerade nach Parfüm roch.

»Vielleicht sollten wir doch lieber die Polizei rufen«, schlug ich vor.

Schon des Öfteren in meinem Leben hatte die Neugier über den gesunden Menschenverstand gesiegt. Das sollte mir nicht noch mal passieren. Das Auto stand behäbig in der Einfahrt, war nicht abgeschlossen, und im Zündschloss steckte der Schlüssel. Es wäre ein Leichtes gewesen, den Kofferraum zu öffnen und nachzuschauen, was drin war, aber es drängte mich nicht. Nur zu gut kannte ich den Grund für diesen Gestank. Dass ich Soder auf meinem Sofa sitzend gefunden hatte, reichte mir als traumatische Erfahrung. Ich wollte nicht auch noch Evelyn und Annie im Kofferraum von Evelyns Auto finden.

Carol und ich kauerten auf der Veranda und warteten auf die Polizeistreife. Keiner war bereit, laut zu äußern, was in seinem Kopf vorging. Zu schrecklich waren die Gedanken.

Ich stand auf, als endlich die Polizei kam, aber ich bewegte mich nicht fort von Carols Veranda. Es waren zwei Streifenwagen, in einem saß Costanza.

»Du bist ja ganz käsig im Gesicht«, sagte er zu mir. »Ist dir nicht gut?«

Ich schüttelte den Kopf. Meiner Stimme traute ich nicht.

Big Dog stand an Evelyns Auto. Er hatte den Kofferraum geöffnet und die Fäuste in die Hüften gestemmt. »Das musst du dir angucken«, sagte er zu Costanza.

Costanza ging hin und stellte sich neben Big Dog. »Du kriegst die Motten.«

Carol und ich hielten uns an den Händen. »Jetzt sag schon«, bat ich Costanza.

»Willst du es wirklich wissen?«

Ich nickte.

»Ein Toter in einem Bärenkostüm.«

Für einen Moment stand die Welt still. »Und es ist nicht Evelyn? Oder Annie?«

»Wenn ich es dir doch sage. Es ist ein toter Mann in einem Bärenkostüm. Komm her und guck selbst.«

»Ich glaube dir auch so.«

»Deine Oma wird schwer enttäuscht sein, wenn du dir das nicht ansiehst. Einen Toten im Bärenkostüm kriegt man nicht alle Tage zu Gesicht.«

Ein Krankenwagen fuhr vor, dicht gefolgt von einigen zivilen Fahrzeugen. Costanza sperrte den Tatort mit einem Band ab.

Gegenüber, auf der anderen Straßenseite, parkte jetzt Morelli und kam herübergeschlendert. Er warf einen Blick in den Kofferraum, dann sah er mich an. »Ein toter Mann in einem Bärenkostüm.«

»Das habe ich auch schon gehört.«

»Deine Oma würde dir nie verzeihen, wenn du dir das hier nicht ansiehst.«

»Soll ich mir das wirklich antun?«

Morelli untersuchte die Leiche im Kofferraum. »Nein, vielleicht lieber nicht.« Er kam auf mich zu. »Wem gehört der Wagen?«

»Evelyn, aber es hat sie niemand gesehen. Carol sagte, der Wagen sei plötzlich heute Morgen aufgetaucht. Hast du den Fall übernommen?«

»Nein«, sagte Morelli. »Der ist bei Benny. Ich bin nur auf Besichtigungstour. Bob und ich waren gerade auf dem Weg zum Park, da hörte ich deinen Notruf.«

Bob beobachtete uns von Morellis Pick-up aus. Er drückte sich die Nase an der Fensterscheibe platt und lechzte nach seinem Herrchen.

»Mit mir ist so weit alles in Ordnung«, sagte ich. »Ich rufe dich an, wenn hier alles erledigt ist.«

»Hast du ein neues Handy?«

»Paketangebot mit dem CRV.«

Morelli sah sich meinen neuen Wagen an. »Mietwagen?«

»So was Ähnliches.«

»Scheiße, Stephanie. Hast du den Wagen etwa von Ranger bekommen? Das heißt ...« Er hob abwehrend die Hände. »Interessiert mich gar nicht.« Er sah mich scheel an. »Hast du ihn mal gefragt, wo er dauernd die neuen Autos herhat?«

»Er meinte, er würde es mir sagen, aber dann müsste er mich töten.«

»Schon mal auf die Idee gekommen, dass er es vielleicht ernst meinen könnte?« Er stieg in seinen Pick-up, schnallte sich an, und der Motor heulte auf.

»Wer ist denn Bob?«, fragte Carol.

»Bob ist der andere, der in seinem Wagen sitzt und lechzt.«

»Ich würde auch lechzen, wenn ich in Morellis Wagen säße«, sagte Carol.

Benny kam mit einem Klemmbord in der Hand zu uns. Benny war Anfang vierzig und überlegte sich wahrscheinlich schon, ob er nicht in zwei Jahren in Frührente gehen sollte. So ein Fall wie dieser machte die Aussicht auf Frühpensionierung noch verlockender. Ich kannte Benny nicht persönlich, aber Morelli hatte gelegentlich von ihm gesprochen. Daraus hatte ich entnehmen können, dass er ein grundanständiger Polizist war.

»Ich muss Ihnen ein paar Fragen stellen«, sagte Benny.

Allmählich kannte ich diese Fragen auswendig.

Ich saß auf der Veranda, mit dem Rücken zum Auto. Ich wollte nicht sehen, wie sie den Toten aus dem Kofferraum holten. Benny setzte sich mir gegenüber. Ich schaute an ihm vorbei und sah Mr. Pagarelli, der uns von seiner Veranda aus beobachtete. Ich fragte mich, ob wohl auch Abruzzi uns beobachtete.

»Wissen Sie was?«, sagte ich zu Benny. »Langsam wird es langweilig.«

Er sah mich an, als wollte er sich entschuldigen. »Ich bin gleich fertig.«

»Sie waren nicht gemeint. Ich meinte dieses Theater hier. Der Bär, der Hase, das Sofa, alles.«

»Haben Sie schon mal daran gedacht, sich einen neuen Job zu suchen?«

»Ich denke jeden Tag daran.« Andererseits hatte der Job auch seine schönen Seiten. »Ich muss jetzt gehen«, sagte ich. »Ich habe noch einiges zu erledigen.«

Benny schlug sein kleines Polizistennotizbüchlein zu. »Seien Sie vorsichtig.«

Genau das hatte ich vor. Ich hüpfte in mein Auto und schlängelte mich an den Kranken- und Polizeiwagen vorbei, die die Straße blockierten. Es war noch keine zwölf Uhr, Lula würde noch im Büro sein. Ich musste mit Abruzzi reden, aber ich war zu feige, ihn allein aufzusuchen.

Ich parkte am Straßenrand und rauschte durch die Tür ins Büro. »Ich will mit Eddie Abruzzi reden«, sagte ich zu Connie. »Weißt du, wo ich ihn finden kann?«

»Er hat ein Büro in der Stadt. Aber ich weiß nicht, ob er samstags auch da ist.«

»Ich weiß, wo du ihn finden kannst«, brüllte Vinnie aus seinem Refugium. »Auf der Rennbahn. Er ist jeden Samstag auf der Rennbahn, bei Sonne und Regen, solange die Pferde laufen.«

»Die Bahn in Monmouth?«, fragte ich ihn.

»Ja. Monmouth. Er steht immer direkt an der Strecke.«

Ich wandte mich an Lula. »Hast du Lust, raus zur Rennbahn zu fahren?«

»Ja, warum eigentlich nicht. Vielleicht habe ich ja Glück. Ich setze auf ein Pferd. In meinem Horoskop steht, dass ich heute eine gute Entscheidung treffen werde. Nur, dein Horoskop besagt, dass du heute unbedingt vorsichtig sein sollst. Dein Horoskop war echt herbe.«

Das erstaunte mich nicht sonderlich.

»Wie ich sehe, fährst du ein neues Auto«, sagte Lula. »Ein Mietwagen?«

Ich verschloss den Mund.

Lula und Connie wechselten viel sagende Blicke.

»Für den Wagen wirst du blechen müssen, meine Liebe«, sagte Lula. »Und ich will alles haarklein erzählt bekommen. Also mach dir zwischendurch lieber Notizen.«

»Ich will nur die Maße«, sagte Connie.

Es war ein herrlicher Tag, und der Verkehr floss leicht dahin. Wir fuhren Richtung Küste, zum Glück hatten wir nicht Juli, denn im Juli wäre die Straße ein einziger Parkplatz.

»In deinem Horoskop stand nichts über gute Entscheidungen«, sagte Lula. »Ich glaube daher, es wäre ratsamer, wenn ich heute entscheide, was zu tun ist. Daher entscheide ich, dass wir uns die Rennpferde ansehen und uns von Abruzzi fern halten. Worüber willst du eigentlich mit ihm reden? Was willst du dem Mann sagen?«

»So genau habe ich mir das noch nicht überlegt, aber im Endeffekt läuft es auf ›Verpiss dich!‹ hinaus.«

»Oh, oh«, sagte Lula. »Das ist, glaube ich, keine sehr gute Entscheidung.«

»Benito Ramirez hat sich an der Angst anderer Menschen aufgegeilt. Ich habe das Gefühl, Abruzzi ist genauso. Er soll wissen, dass das bei mir nicht funktioniert.« Und ich will wissen, was er eigentlich will. Ich will wissen, warum Evelyn und Annie eigentlich so wichtig für ihn sind.

»Benito Ramirez hat sich an der Angst anderer Leute nicht nur aufgegeilt«, stellte Lula klar. »Das war erst der Anfang.

Das Vorspiel. Ramirez wollte den Leuten auch Schmerzen zufügen. Und er hat dir so lange Schmerzen zugefügt, bis du tot warst oder dir gewünscht hast, du wärst tot.«

Die Dreiviertelstunde, die wir für die Fahrt zur Pferderennbahn brauchten, dachte ich darüber nach. Das Schlimme daran war: Ich wusste, dass Lula Recht hatte. Ich wusste es aus erster Hand, sozusagen. Ich hatte Lula als Erste gefunden, nachdem Ramirez mit ihr fertig war. Soder auf meinem Sofa, das war dagegen ein wohltuender Anblick.

»So stelle ich mir richtige Arbeit vor«, sagte Lula, als wir auf den Parkplatz fuhren. »Hat ja nicht jeder Mensch so einen guten Job wie wir. Klar, es wird auch schon mal auf uns geschossen, aber dafür brauchen wir heute auch nicht in irgend so einem überfüllten Büroturm zu sitzen.«

»Heute ist Samstag«, sagte ich. »Heute brauchen die meisten Menschen nicht zu arbeiten.«

»Ja, gut«, sagte Lula. »Aber so was wie heute könnten wir auch an einem normalen Wochentag machen.«

Mein Handy flötete.

»Setz zehn Dollar auf Roger Dodger im fünften Lauf«, sagte Ranger und legte auf.

»Wer war das?«, fragte Lula.

»Ranger. Ich soll zehn Dollar auf Roger Dodger im fünften Lauf setzen.«

»Hast du ihm gesagt, dass wir zur Rennbahn fahren?«

»Nein.«

»Wie macht er das bloß?«, fragte Lula. »Woher weiß er, wo wir sind? Ich sage dir, der Mann ist nicht von dieser Welt. Der ist vom Himmel gefallen oder kommt sonst wo her.«

Wir sahen uns um, ob wir verfolgt wurden. Unterwegs war mir gar nicht in den Sinn gekommen, dass man uns vielleicht beschattete. »Wahrscheinlich hat er das Auto mit einem Peilsender ausgestattet«, sagte ich. »So wie OnStar, nur dass unser Standort direkt an die Bat Cave gemeldet wird.«

Wir ließen uns von dem Besucherstrom durch das Haupttor bis in den Bauch der Tribüne treiben. Das erste Rennen war bereits gelaufen, in der Schalterhalle für Wettscheine herrschte Nervosität und strenger Schweißgeruch. Die Luft war zum Schneiden, erfüllt von kollektiver Angst und Hoffnung und dem Nervenkitzel, der einen auf Rennbahnen befällt.

Lula rollte die Augen mal hierhin, mal dorthin, unsicher, wohin sie zuerst gehen, welchen widerstreitenden Verlockungen sie erliegen sollte, den Nachos, dem Bier oder dem Schalter für Fünf-Dollar-Einsätze.

»Wir brauchen eine Rennzeitung«, sagte sie. »Wie viel Zeit haben wir noch? Ich will dieses Rennen auf keinen Fall versäumen. Guck mal, ein Pferd, das heißt Entscheidungsträger. Das ist ein Wink Gottes. Zuerst mein Horoskop, und jetzt das hier. Mein Schicksal hat es so gewollt, dass ich heute hier herkommen sollte und auf dieses Pferd setze. Macht Platz. Lasst mich durch.«

Ich stand mitten im Raum und wartete auf Lula, die sich einen Wettschein kaufte. Um mich herum Menschen, die nur ein Thema kannten, Pferde und Jockeys, Menschen, die im Augenblick lebten, die jede Abwechslung liebten. Ich dagegen konnte mir keine Ablenkung leisten. Ich dachte nur an Abruzzi. Er verfolgte mich. Er jagte mir Angst ein. Er bedrohte mich. Und ich, ich war stinkwütend. Ich hatte die Faxen dicke. Lula hatte Recht, Benito Ramirez war ein grausamer Sadist gewesen. Und was Abruzzi betraf, auch in dem Punkt hatte sie Recht: Es war keine gute Idee, ihn zur Rede zu stellen. Aber versuchen wollte ich es trotzdem. Ich konnte nicht anders. Natürlich musste ich ihn zuerst mal finden, und das würde nicht so einfach wie ursprünglich angenommen. Ich hatte vergessen, wie riesig das Areal der Rennbahn war, wie viele Menschen hier zusammenkamen.

Die Glocke für die Schließung der Wettschalter ertönte, und Lula kam zu mir gerannt. »Ich habe einen gerade noch rechtzeitig geschafft. Wir müssen uns beeilen, damit wir noch einen Platz ergattern. Ich will das Rennen nicht verpassen. Ich weiß, dass mein Pferd gewinnen wird, auch wenn es ein Außenseiter ist. Heute Abend gehen wir beide groß essen, ich lade dich ein.«

Wir fanden zwei freie Plätze auf der Haupttribüne und sahen die Pferde die Startbox betreten. Wenn ich noch meinen eigenen Honda CRV gehabt hätte – da wäre ein Opernglas im Handschuhfach gewesen. Leider war das Opernglas jetzt ein Batzen aus geschmolzenem Glas und Metall, vermutlich komprimiert auf die Größe einer Münze.

Systematisch suchte ich mit den Augen die Menschenmenge nach Abruzzi ab. Die Pferde liefen los, und die Menge brandete nach vorne, die Menschen schrien, wedelten mit den Programmheften. Es war unmöglich, irgendwas zu erkennen, es war ein einziges Farbenmeer. Lula neben mir kreischte und hüpfte auf und ab.

»Los, du Scheißkerl, nun mach schon«, schrie sie. »Los, komm, streng dich an, du Lahmarsch!«

Schwer zu sagen, was ich mir wünschte. Einerseits wünschte ich ihr, dass ihr Pferd gewann, andererseits befürchtete ich, dass dann ihre Marotte mit dem Horoskop nur noch schlimmer werden würde.

Jetzt liefen die Pferde in die Zielgerade ein, und Lula kreischte wie wild. »Ja«, schrie sie. »Ja. Ja. Ja.«

Ich wandte mich ihr zu. »Du hast gewonnen, stimmt's?«

»Da kannst du einen drauf lassen. Ich habe das große Los

gezogen. Zwanzig zu eins. Ich muss die Einzige sein in dem ganzen irren Trubel hier, die genialerweise auf dieses vierbeinige Laufwunder gesetzt hat. Und jetzt hole ich mir meinen Gewinn ab. Kommst du mit?«

»Nein. Ich warte hier. Ich will nach Abruzzi Ausschau halten, jetzt, wo sich die Menge allmählich zerstreut.«

13

Ich sah die Menschen von der Tribüne alle nur von hinten, das war das Problem. Ist es schon nicht leicht, einen vertrauten Menschen auf diese Weise zu erkennen, umso schwieriger jemanden, den man nur bei zwei Gelegenheiten kurz gesehen hat.

Lula ließ sich auf den Platz neben mir plumpsen. »Du glaubst es nicht«, sagte sie. »Gerade habe ich dem Leibhaftigen in die Augen geschaut.« Sie hielt ihren Wettschein fest umklammert, mit der freien Hand bekreuzigte sie sich. »Du lieber Himmel. Jetzt sieh sich einer das an. Ich bekreuzige mich. Was soll das? Ich bin Baptistin. Baptisten machen nicht dieses Brimborium ums Kreuz.«

»In die Augen des Leibhaftigen?«, fragte ich.

»Abruzzi. Abruzzi ist mir über den Weg gelaufen. Ich hatte mir gerade mein Geld abgeholt und eine neue Wette abgeschlossen, da wäre ich beinahe mit ihm zusammengestoßen. Eine Fügung. Er sah an mir herab, ich sah ihm in die Augen, und beinahe hätte ich mir in die Hose gemacht. Wenn ich in diese Augen schaue, gefriert mir das Blut in den Adern.«

»Hat er was zu dir gesagt?«

»Nein. Er hat mich angelacht. Schrecklich. Ein Lachen, das aussieht wie ein Schlitz in einer Gesichtsmaske. Es reicht nicht bis zu den Augen. Und dann, seelenruhig, dreht er sich um und geht weg.«

»War er allein? Was hatte er an?«

»Er war wieder in Begleitung von diesem Darrow. Ich glaube, Darrow ist so ein Schlägertyp. Was Abruzzi anhatte? Keine Ahnung. Wenn der Mann zwei Meter vor mir steht, setzt mein Gehirn aus. Als würden mich diese unheimlichen Augen aufsaugen.« Lula schüttelte sich. »Buah.«

Jedenfalls wusste ich jetzt, dass Abruzzi hier war und auch, dass er zusammen mit Darrow hier war. Wieder bahnte ich mir meinen Weg durch die Menge der Pferdenarren, und ich erkannte einzelne Personen wieder. Erst strömten sie zu den Wettschaltern, dann schritten sie gemächlich zurück zu ihren angestammten Plätzen an der Bahn.

Es waren Leute aus New Jersey, die Jüngeren in T-Shirt und Jeans, die Älteren im Freizeitanzug aus Polyester und Strickhemden mit Knopfleiste. Ihre Mienen waren gespannt und ihre Körper mit einer kräftigen Schutzschicht aus tiefgefrorener Fischkost, Würstchen und Bratfett gepolstert.

Aus den Augenwinkeln sah ich, dass Lula sich schon wieder bekreuzigte.

Sie erhaschte meinen Blick. »Ein Trost«, sagte sie. »Die Katholen haben da echt eine trickreiche Entdeckung gemacht.«

Das dritte Rennen hatte angefangen, und Lula schoss wie eine Rakete von ihrem Platz auf. »Lauf, Damenwahl, lauf!«, brüllte sie. »Da! Men! Wahl! Da! Men! Wahl!«

›Damenwahl‹ gewann um eine Nasenlänge, und Lula war wie vom Donner gerührt. »Ich habe schon wieder gewonnen«, sagte sie. »Irgendwas ist hier faul. Sonst gewinne ich nie.«

»Warum hast du auf ›Damenwahl‹ gesetzt?«

»Das lag irgendwie nahe. Ich bin auch eine Dame, und ich musste eine Wahl treffen.«

»Hältst du dich wirklich für eine Dame?«

»Und ob!«, sagte Lula.

Diesmal folgte ich ihr von der Tribüne hinunter zum Wettschalter. Sie bewegte sich vorsichtig, sah sich um, da sie ein zweites Zusammentreffen mit Abruzzi vermeiden wollte. Ich sah mich aus gegenteiligem Grund um.

Plötzlich blieb sie wie angewurzelt stehen. »Da ist er«, sagte sie. »Da drüben an dem Schalter für Fünfzig-Dollar-Wetten.«

Ich hatte ihn auch erkannt. Er war der Dritte in der Schlange, hinter ihm Darrow. Ich spürte, wie sich jeder Muskel in meinem Körper zusammenzog, als würde sich zwischen meinen Augäpfeln und dem Schließmuskel alles verspannen.

Tapfer marschierte ich zu Abruzzi und baute mich direkt vor seiner Fresse auf. »He«, sagte ich. »Kennen Sie mich noch?«

»Natürlich«, sagte Abruzzi. »Ihr Foto steht eingerahmt auf meinem Schreibtisch. Wussten Sie, dass Sie mit offenem Mund schlafen? Sieht sogar ziemlich niedlich aus.«

Ich wurde ganz kleinlaut, auf keinen Fall wollte ich irgendwelche Gefühle zeigen. In Wahrheit blieb mir die Spucke weg. Eine Schockwelle des Abscheus überkam mich, die mir den Magen verdarb. Ich hatte mir schon gedacht, dass er etwas zu den Fotos sagen würde, aber mit so einer Bemerkung hatte ich nicht gerechnet. »Sie plustern sich ja nur auf mit diesen idiotischen Mätzchen, weil Sie vertuschen wollen, dass Sie bei Ihrer Suche nach Evelyn nicht weiterkommen«, sagte ich. »Sie hat etwas in ihrem Besitz, das Sie haben wollen, und Sie kommen einfach nicht ran. Das ist es doch, stimmt's?«

Jetzt war es Abruzzi, dem es die Sprache verschlug. Im ersten erschreckenden Moment befürchtete ich, er würde mich schlagen. Doch dann riss er sich zusammen, und die Farbe kehrte in sein Gesicht zurück. »Was für eine kleine dumme Pute Sie doch sind«, sagte er.

»Ja«, entgegnete ich, »Ihr schlimmster Albtraum.« Na gut, das klang wie eine Zeile aus einem drittklassigen Film, aber das hatte ich immer schon mal zu jemandem sagen wollen. »Und Ihre Hasennummer lässt mich eiskalt. Das erste Mal, als Sie Soder in meine Wohnung verschleppten, war sie ja noch ganz clever, aber jetzt ödet sie mich an.«

»Sie haben gesagt, Sie fänden Häschen süß«, sagte Abruzzi. »Mögen Sie die Tierchen nicht mehr?«

»Hören Sie auf zu spinnen«, sagte ich. »Suchen Sie sich ein neues Hobby.«

Ich machte auf dem Absatz kehrt und stolzierte davon.

Lula wartete am Durchgang, der zu unseren Plätzen auf der Tribüne führte. »Was hast du zu ihm gesagt?«

»Dass er beim vierten Rennen auf ›Sahnehäubchen‹ setzen soll.«

»Das kannst du mir nicht erzählen«, sagte Lula. »So erbleichen sieht man einen Mann nicht alle Tage.«

Als ich an meinen Platz kam, schlotterten mir die Knie, und meine Hände zitterten so schlimm, dass ich mein Programmheft kaum halten konnte.

»Lieber Gott«, sagte Lula. »Du kriegst mir doch nicht am Ende noch einen Herzinfarkt.«

»Mir geht es gut«, sagte ich. »Das macht nur die Aufregung wegen der Pferderennen.«

»Ja, ja, so was habe ich mir schon gedacht.«

Ein hysterisches Kichern entwich meinem Mund »Du musst nicht denken, dass Abruzzi mir Angst eingejagt hätte.«

»Klar. Du hast vor nichts Angst«, sagte Lula. »Du bist eine knallharte, abgebrühte Kopfgeldjägerin.«

»Jawohl. Genau«, sagte ich. Dann konzentrierte ich mich auf meine Hyperventilation.

»Das sollten wir öfter machen«, sagte Lula, nachdem sie aus meinem Wagen gestiegen war und ihren Trans Am aufschloss.

Ihr Wagen stand am Straßenrand, gegenüber vom Büro. Das Büro war geschlossen, aber der neue Buchladen nebenan hatte geöffnet. Die Lichter brannten, und im Fenster sah ich Maggie Mason Bücherkisten auspacken.

»Das letzte Rennen war ein Rückschlag für mich«, sagte Lula, »aber davon abgesehen, ist es heute prima für mich gelaufen. Ich lass es einfach ruhig angehen. Das nächste Mal fahren wir nach Freehold, da brauchen wir auch keine Angst zu haben, deinem Intimfeind über den Weg zu laufen.«

Lula fuhr los, ich blieb da. Jetzt war ich in der gleichen Situation wie Evelyn. Ich hatte keinen sicheren Ort, an den ich mich zurückziehen konnte. Weil mir nichts Besseres einfiel, ging ich ins Kino. Nach der Hälfte des Films verließ ich den Saal wieder, stieg ins Auto und fuhr nach Hause. Den Honda stellte ich auf den Mieterparkplatz, schloss ihn ab und begab mich schnurstracks zum Hintereingang, der zur Halle im Erdgeschoss führte. Mit dem Aufzug schwebte ich in den ersten Stock, zockelte den Flur entlang und schloss die Tür zu meiner Wohnung auf. Einmal tief Luft geholt und rein ging es. Es war sehr still. Und dunkel.

Ich machte das Licht an, erst eins, dann alle Lichter, die ich hatte. Dann schlenderte ich von Zimmer zu Zimmer, vermied jeden Kontakt mit dem verlausten Sofa. In der Küche holte ich sechs Plätzchen aus der Tüte mit tiefgefrorenen Schokoladenbacklingen und legte sie auf ein Blech. Ich schob sie in den Backofen, stellte mich davor und wartete.

Nach fünf Minuten roch es im ganzen Haus nach Selbstgebackenem. Durch den Backdunst aufgeputscht, stiefelte ich ins Wohnzimmer und betrachtete das Sofa. Das Sofa war wunderbar. Keine Flecken. Keine Abdrücke von Leichen.

Siehst du, Stephanie, sagte ich mir. Das Sofa ist einwandfrei. Es gibt keinen Grund, sich vor dem Sofa zu gruseln.

Ha!, raunte mir eine unsichtbare Irma ins Ohr. Totenläuse kann man mit bloßem Auge nicht erkennen. Das weiß doch jedes Kind. Glaub mir, auf deinem Sofa tummeln sich die fettesten Totenläuse, die es gibt. Die Totenlaus aller Totenläuse hat ihr Revier auf deinem Sofa aufgeschlagen.

Ich wollte Platz nehmen auf dem Sofa, aber ich vermochte nicht, mich dazu durchzuringen. In meinem Kopf bildeten Soder und das Sofa eine untrennbare Einheit. Mich auf das Sofa setzen? Da hätte ich mich auch gleich auf Soders abgesägtem Schoß niederlassen können. Die Wohnung war zu klein für uns beide, das Sofa und mich. Einer von uns beiden musste weichen.

»Tut mir Leid«, sagte ich zu dem Sofa. »Nimm es nicht persönlich, aber du gehörst der Vergangenheit an.« Mit dem Rücken an einer Lehne schob ich das Sofa quer durchs Wohnzimmer in den kleinen Flur vor der Küche und weiter durch die Wohnungstür nach draußen in den Hausflur. An der Wand zwischen meiner und Mrs. Karwatts Wohnung stellte ich es ab. Danach eilte ich zurück in meine Wohnung, schloss die Tür hinter mir ab und stieß einen Seufzer aus. Mir war ja bewusst, dass es in Wirklichkeit keine Totenläuse gab. Vernunftmäßig ist das leider eine unumstößliche Tatsache. Totenläuse sind eine rein emotionale Geschichte.

Ich holte die Plätzchen aus dem Backofen, verteilte sie auf einen Teller und trug sie ins Wohnzimmer. Ich schaltete den Fernseher ein und fand sogar einen interessanten Film. Von

Totenläusen an Fernbedienungen hatte Irma nicht gesprochen, deswegen ging ich mal davon aus, dass sie sich nicht auch an elektrischen Geräten vergriffen. Ich rückte einen Küchenstuhl vor die Glotze, verzehrte zwei Plätzchen und sah mir den Film an.

Zwischendurch klingelte es an der Tür. Es war Ranger. Ganz in Schwarz, wie üblich, und mit prallvollem Kombigürtel. Er sah aus wie Rambo, das Haar hinten zusammengebunden. Schweigend stand er da, als ich aufmachte. Die Mundwinkel verzogen sich leicht, die Andeutung eines Lächelns.

»Dein Sofa steht im Hausflur, Babe.«

»Es ist von Totenläusen befallen.«

»Habe ich mir gedacht, dass dir eine gute Erklärung einfällt.«

Empört schüttelte ich den Kopf. »Was bist du doch für ein Angeber.« Er hatte mich nicht nur bis zur Pferderennbahn verfolgt, zudem hatte sein Tipp auch noch fünffachen Gewinn eingebracht.

»Auch Superhelden müssen sich ab und zu mal was gönnen«, sagte er, sah hinter mich, schob mich beiseite und ging ins Wohnzimmer. »Markierst du dein Territorium mit Plätzchenduft?«

»Ich brauchte etwas, um die bösen Geister zu vertreiben.«

»Gibt es Ärger?«

»Nö.« Jedenfalls nicht, seit ich das Sofa in den Hausflur abgeschoben hatte. »Also. Was gibt's?«, sagte ich. »Gehst du zur Arbeit? Deine Klamotten sehen danach aus.«

»Ich musste heute Abend ein Gebäude sichern.«

Einmal hatte ich ihn dabei begleitet, als sein Team ein Gebäude gesichert hatte. Dazu gehörte auch, dass ein Drogenhändler aus einem Fenster im zweiten Stock geworfen wurde.

Er nahm sich ein Plätzchen vom Teller auf dem Boden. »Tiefgefrorene?«

»Jetzt nicht mehr.«

»Wie ist es gelaufen auf der Rennbahn?«

»Ich habe Eddie Abruzzi getroffen.«

»Und?«

»Wir haben uns ein Wortgefecht geliefert. Ich habe nicht alles erfahren, was ich wissen wollte, aber ich bin fest davon überzeugt, dass sich etwas in Evelyns Besitz befindet, das er haben will.«

»Ich weiß, was es ist«, sagte Ranger und knabberte friedlich an seinem Plätzchen.

Ich glotzte ihn mit offenem Mund an. »Was?«

Er lachte. »Wie dringend ist es denn?«

»Soll das ein Spiel sein?«

Langsam bewegte er den Kopf hin und her. Nein. »Das ist kein Spiel.« Er drückte mich an die Wand und lehnte sich gegen mich. Er schob ein Bein zwischen meine, seine Lippen streiften zart über meine Lippen. »Ist es wirklich so dringend, Steph?«, fragte er mich wieder.

»Sag schon.«

»Setze ich alles auf deine Schuldenliste.«

Als würde ich mir jetzt darüber den Kopf zerbrechen. Mein Kredit war schon seit Wochen überzogen! »Willst du es mir nun sagen oder nicht?«

»Ich hatte dir doch erzählt, dass Abruzzi diese kindischen Kriegsspiele liebt. Das heißt, eigentlich geht es über Kriegsspiele hinaus. Er sammelt Militaria. Alte Waffen, Armeeuniformen, militärische Orden. Es bleibt aber nicht beim Sammeln, er trägt diese Sachen auch noch. Meistens dann, wenn er spielt. Manchmal auch, habe ich gehört, wenn er mit einer Frau zusammen ist. Und manchmal, wenn er Schulden eintreibt. Jetzt geht das Gerücht, dass einer seiner Orden fehlt. Angeblich soll der Orden Napoleon gehört haben. Das Gerücht besagt, dass Abruzzi versucht haben soll, den Orden zu kaufen, aber der Typ, dem er gehört hat, wollte ihn nicht verkaufen, deswegen soll Abruzzi ihn ermordet und den Orden an sich genommen haben. Er soll ihn zu Hause auf seinem Schreibtisch aufbewahrt haben. Immer wenn er gespielt hat, hat er den Orden angelegt. Das würde ihn unbesiegbar machen, hat er wohl gedacht.«

»Und dieser Orden soll jetzt bei Evelyn sein?«, fragte ich ungläubig.

»Soweit ich das verstanden habe, ja.«

»Wie ist sie denn an den Orden gekommen?«

»Das weiß ich nicht.«

Er drückte sich wieder an mich, und die pure Begierde rutschte durch meinen Magen bis in den Unterleib. Ranger fühlte sich hart an, überall, und alles an ihm, sein Schenkel, seine Pistole, alles war steif.

Er senkte den Kopf und küsste mich am Hals. Mit der Zunge berührte er die Stelle, die er gerade geküsst hatte, dann küsste er sie wieder. Seine Hand glitt unter mein T-Shirt, die Handfläche wärmte meine Haut, die Finger berührten meinen Brustansatz.

»Zahltag«, sagte er. »Ich bitte zur Kasse.«

Beinahe wäre ich auf dem Boden zusammengesackt.

Er nahm mich an die Hand und zog mich ins Schlafzimmer. »Der Film«, sagte ich. »Die beste Szene kommt erst noch.« Ehrlich gesagt, konnte ich mich an keine Einzelheit aus dem Film erinnern. Kein Name, keine Szene, nichts.

Er stand dicht vor mir, sein Gesicht wenige Zentimeter vor meinem, seine Hand in meinem Nacken. »Wir werden es jetzt miteinander treiben, Babe«, sagte er. »Und es wird sehr schön.« Dann küsste er mich wieder, der Kuss wurde intensiver, verlangender, intimer.

Ich legte meine Hände flach auf seine Brust, spreizte die Finger, und ich spürte den starken Muskel darunter, spürte sein Herz schlagen. Hat er also doch ein Herz, dachte ich. Ein gutes Zeichen. Wenigstens war er *in Teilen* ein menschliches Wesen.

Er löste sich aus dem Kuss. Er warf die Schuhe von sich, ließ den Pistolengürtel fallen und zog sich nackt aus. Das Licht war gedämpft, aber es reichte, um zu sehen, dass das, was die Kampfuniform versprach, auch von dem Körper darunter gehalten wurde. Er bestand aus prallen Muskeln und weicher dunkler Haut, und er hatte perfekte Maße. Seine Augen waren weit geöffnet, sein Blick konzentriert.

Er schälte mich aus den Kleidern und stemmte mich aufs Bett. Und dann, ganz plötzlich, war er in mir. Er hatte mir mal gesagt, dass eine Nacht mit ihm mich für andere Männer verderben würde. Damals hielt ich das für eine ungeheuerliche Drohung. Jetzt fand ich sie nicht mehr ungeheuerlich.

Als es vorbei war, blieben wir noch eine Weile nebeneinander liegen. Schließlich fuhr er mit der Hand über meinen ganzen Körper. »Es wird Zeit«, sagte er.

»Was denn jetzt noch?«

»Du hast doch nicht geglaubt, du kämst so leicht davon mit der Rückzahlung deiner Schulden.«

»Ach so. Kommen wir jetzt zu den Handschellen?«

»Ich brauche keine Handschellen, um eine Frau willfährig zu machen«, sagte Ranger und gab mir einen Kuss auf die Schulter.

Er küsste mich auf die Lippen, senkte dann leicht den Kopf, küsste mein Kinn, meinen Hals, mein Schlüsselbein.

Er rutschte tiefer, küsste meine Brust, meine prallen Brustwarzen. Er küsste meinen Nabel, meinen Bauch, und dann legte er seine Lippen auf meine … oh, Wahnsinn! Wahn! Sinn!

Am nächsten Morgen lag er immer noch in meinem Bett. Er drückte sich an mich, sein starker Arm hielt mich eng umschlungen. Von dem Wecker an seiner Uhr wachte ich auf. Er stellte ihn ab und rollte zur Seite, um auf seinen Pager zu sehen, den er am Abend zuvor auf den Nachttisch gelegt hatte, neben die Pistole.

»Ich muss gehen, Babe«, sagte er. Schon war er angezogen und verschwunden.

Oh, Scheiße. Was habe ich bloß gemacht? Ich habe Es gemacht. Es. Mit ihm. Mit dem Hexenmeister. Heiliger Bimbam. Reg dich erst mal ab, Steph. Betrachten wir das mal in aller Ruhe. Was ist gerade passiert? Wir haben – es – gemacht. Und dann ist er gegangen. Sein Abgang war vielleicht eine Idee zu abrupt, aber so war Ranger nun mal. Hatte ich etwas anderes erwartet? Und gestern Nacht war er alles andere als abrupt. Er war … einfach wahnsinnig. Ich seufzte und quälte mich aus dem Bett, duschte, zog mich an und ging in die Küche, um Rex guten Morgen zu sagen. Aber Rex war nicht da. Rex wohnte vorübergehend bei meinen Eltern.

Ohne Rex kam mir die Wohnung verwaist vor, deswegen brach ich auf zu meinen Eltern. Es war Sonntag, die Aussicht auf Doughnuts ein zusätzlicher Anreiz. Sonntags, auf dem Nachhauseweg von der Messe, kaufen meine Mutter und Grandma immer Doughnuts.

Valeries Tochter, die sich für ein Pferd hielt, galoppierte in Sonntagskleidung durchs Haus. Als sie mich sah, hörte sie auf zu galoppieren, und ihre Miene wurde nachdenklich. »Hast du Annie schon gefunden?«

»Nein«, sagte ich. »Aber ich habe mit ihrer Mutter telefoniert.«

»Wenn du das nächste Mal mit ihrer Mutter telefonierst, sag ihr, dass Annie in der Schule viel verpasst. Sag ihr, ich wäre jetzt in die Lesegruppe Schwarzer Hengst aufgenommen worden.«

»Schon wieder schwindelst du«, sagte Grandma. »Du bist erst in der Lesegruppe Schwarze Drossel.«

»Ich will aber keine Schwarzdrossel sein«, sagte Annie. »Schwarzdrosseln sind Kacke. Viel lieber wäre ich ein schwarzer Hengst.« Sie galoppierte davon.

»Zum Schießen, das Kind«, sagte ich zu Grandma.

»Ja«, sagte Grandma. »Erinnert mich sehr an dich, als du in ihrem Alter warst. Ausgeprägte Fantasie. Die verdankt ihr meinem Zweig der Familie. Nur hat sie bei deiner Mutter eine Generation übersprungen. Deine Mutter und Valerie und Angie sind durch und durch Schwarzdrosseln geblieben.«

Ich nahm mir einen Doughnut und goss mir eine Tasse Kaffee ein.

»Irgendwie siehst du heute anders aus«, stellte Grandma fest. »Ich kann es nicht genau benennen, aber du lächelst die ganze Zeit, seit du das Haus betreten hast.«

Ranger. Verflixt. Schon heute Morgen beim Zähneputzen war mir das Lächeln aufgefallen. Es wollte einfach nicht weichen! »Erstaunlich, was guter Schlaf bewirkt«, sagte ich zu Grandma.

»Ich hätte nichts dagegen, wenn ich auch so lächeln könnte«, erwiderte sie.

Valerie setzte sich zu uns an den Tisch. Sie sah mürrisch aus. »Was soll ich bloß mit Albert machen?«, fragte sie.

»Hat sein Haus keine zwei Badezimmer?«

»Er wohnt bei seiner Mutter, und er hat noch weniger Geld als ich.«

Wundern tat mich das nicht. »Richtige Männer sind eine seltene Spezies«, sagte ich. »Und hat man einen gefunden, stimmt immer irgendwas nicht an ihm.«

Valerie sah in die Doughnuttüte. »Die ist ja leer. Wo ist mein Doughnut?«

»Den hat Stephanie gegessen«, sagte Grandma.

»Ich habe nur einen einzigen Doughnut gegessen!«

»Oh«, sagte Grandma, »dann war ich es. Ich hatte drei Stück.«

»Warum habt ihr nicht mehr Doughnuts gekauft?«, sagte Valerie. »Ich brauche jetzt unbedingt einen Doughnut.«

Ich nahm meine Tasche, hängte sie mir über die Schulter. »Ich könnte auch noch einen vertragen. Ich hole neue.«

»Ich komme mit«, erklärte Grandma. »Ich will mal in deinem neuen schwarzen Auto fahren. Kannst du mich nicht ans Steuer lassen?«

Meine Mutter stand am Herd. »Wehe, du lässt sie ans Steuer! Du übernimmst die Verantwortung. Wenn sie einen Unfall baut und ins Krankenhaus muss, musst du sie anschließend auch regelmäßig im Pflegeheim besuchen.«

Wir fuhren zu Tasty Pastry in der Hamilton. In meiner Highschool-Zeit hatte ich da mal gejobbt – und dort auch meine Jungfräulichkeit gelassen. Hinter der Auslage mit den Liebesknochen, nach Feierabend, bei Morelli. Gerade noch hatte ich einen Doughnut an ihn verkauft, und schon lag ich flach. Morelli war ein Meister im Flachlegen.

Ich stellte meinen Wagen auf dem kleinen Parkplatz neben Tasty Pastry ab. Der übliche Stau nach Gottesdienstschluss war vorbei, und der Platz war leer. Sieben Parkbuchten grenzten mit der Stirnseite an die rote Backsteinwand der Bäckerei, ich stellte mich in die mittlere.

Grandma und ich gingen in den Laden und kauften noch mal ein Dutzend verschiedene Doughnuts. Wahrscheinlich war das zu viel des Guten, aber lieber zu viel des Guten, als unter Doughnutentzug zu leiden.

Wir verließen den Laden wieder und schritten auf Rangers CRV zu, als plötzlich ein grüner Ford Explorer auf den Platz raste und mit quietschenden Reifen vor uns zum Stehen kam. Der Fahrer trug eine Gummimaske mit den Gesichtszügen von Clinton, und auf dem Beifahrersitz hockte der Hase.

Mir schlug das Herz bis zum Hals, und ich spürte den Adrenalinstoß. »Lauf weg«, sagte ich, schubste Grandma zur Seite, tauchte eine Hand in meine Umhängetasche und suchte nach meiner Waffe. »Lauf zurück in die Bäckerei.«

Der Kerl mit der Gummimaske und der Kerl in dem Hasenkostüm waren ausgestiegen, während ihr Wagen noch ein Stück weiterrollte. Mit gezückten Pistolen kamen sie auf Grandma und mich zu und drängten uns zwischen die beiden Autos. Der Gummimaskentyp war mittelgroß und trug Jeans, Sportschuhe und eine Jacke von Nike. Der Hase hatte den großen Hasenkopf übergestülpt, dazu trug er normale Straßenkleidung.

»Los, an den Wagen, und die Hände hoch«, befahl der Maskierte.

»Wen wollen Sie denn darstellen?«, fragte Grandma. »Sie sehen aus wie Bill Clinton.«

»Der bin ich auch«, sagte der Kerl. »Los, Hände auf den Wagen.«

»Das mit Monica und der Zigarre habe ich nie kapiert«, sagte Grandma.

»Sie sollen die Hände auf den Wagen legen!«

Ich lehnte mich an das Auto, mein Verstand arbeitete rasend schnell. Vor uns auf der Straße war zwar Verkehr, aber durch die parkenden Autos war die Sicht auf den Platz versperrt. Wenn ich geschrien hätte, ich bezweifle, dass uns jemand gehört hätte, es sei denn, auf dem Bürgersteig wäre gerade jemand vorbeigegangen.

Der Hase trat dicht vor mich. »Gaba Sa ma da Ada wada.«

»Wie bitte?«

»Gabe Sa ma da Ada.«

»Wir können Sie leider nicht verstehen, weil Sie diesen albernen Hasenkopf tragen«, sagte Grandma.

»Da Ada«, sagte der Hase. »Da Ada.«

Grandma und ich wandten uns Hilfe suchend an Clinton.

Clinton schüttelte angewidert den Kopf. »Ich weiß auch nicht, was er will. Was soll Ada Ada sein?«, fragte er den Hasen.

»Da Ada, da Ada.«

»Scheiße«, sagte Clinton. »Man versteht dich nicht. Hast du vorher nicht mal ausprobiert, ob du unter der Maske überhaupt sprechen kannst?«

Clinton zeigte dem Hasen einen Vogel.

»Scha Kal«, sagte der Hase. Dann öffnete er seinen Hosenschlitz und holte seinen Pillermann hervor. Er wedelte damit vor Clinton, dann vor Grandma und mir.

»Irgendwie habe ich diese Dinger größer in Erinnerung«, sagt Grandma.

Der Hase rupfte und zupfte an sich herum, bis er einen Halbsteifen hatte.

»Scha ma. Na schla, was«, sagte der Hase.

»Ich glaube, er will Ihnen mitteilen, dass das nur das Vorspiel ist«, sagte Clinton. »Darauf können Sie sich freuen.«

Der Hase spielte immer noch an sich herum. Jetzt hatte er

den richtigen Rhythmus gefunden, und er rubbelte sich einen ab.

»Helfen Sie ihm doch ein bisschen«, sagte Clinton. »Nun machen Sie schon. Fassen Sie mit an.«

Ich presste die Lippen aufeinander. »Sind Sie verrückt! Niemals fasse ich den an!«

»Ich fasse mit an«, sagte Grandma.

»Na!«, sagte der Hase, und sein Gehänge machte schlapp.

Von der Straße bog ein Auto auf den Parkplatz, und Clinton stieß den Hasen an. »Wir hauen ab!«

Sie zogen sich zurück, hielten die Waffen aber weiter auf uns gerichtet. Schnell sprangen sie in den Explorer und brausten davon.

»Ich habe einen Heißhunger auf Cannoli«, sagte Grandma. »Sollen wir uns nicht eine Tüte Cannoli kaufen?«

Ich verfrachtete Grandma in den Honda und brachte sie nach Hause.

»Wir haben den Hasen wieder getroffen«, berichtete sie meiner Mutter. »Der Kerl, der die Fotos geschickt hat. Ich glaube, der wohnt in der Nähe der Bäckerei. Diesmal hat er uns seinen Dödel präsentiert.«

Meine Mutter reagierte empört, zu Recht.

»Trug er einen Ehering?«, fragte Valerie.

»Darauf habe ich nicht geachtet«, sagte Grandma. »Seine Hand hab ich mir nicht angesehen.«

»Du wurdest mit einer Waffe bedroht und sexuell belästigt«, klärte ich Grandma auf. »Hattest du keine Angst? Bist du gar nicht wütend?«

»Das waren keine echten Pistolen«, sagte Grandma. »Außerdem waren wir auf dem Parkplatz neben der Bäckerei. So'n Ding auf einem Bäckereiparkplatz kann man doch nicht ernst nehmen.«

»Die Pistolen waren echt«, sagte ich.

»Wirklich?«

»Ganz bestimmt.«

»Ich glaube, ich muss mich hinsetzen«, sagte Grandma. »Ich dachte, der Hase wäre nur ein Exhibitionist. Könnt ihr euch noch an Sammy das Eichhörnchen erinnern? Der sich gerne in fremde Gärten schlich und dort vor den Leuten auch immer die Hosen runterließ. Manchmal haben wir ihm anschließend ein Sandwich gegeben.«

Burg hat schon so einige Exhibitionisten erlebt, manche waren geistig minderbemittelt, manche hatten sich im Vollrausch entkleidet, wieder andere sich nur einen üblen Scherz erlauben wollen. Meistens reagieren die Leute genervt, aber tolerant. Nur manchmal, wenn einer seinen Laden im falschen Garten aufmacht, kann es schon mal passieren, dass er eine Schrotladung in den Hintern verpasst bekommt.

Ich rief Morelli an und erzählte ihm von unserer neuerlichen Begegnung mit dem Hasen. »Diesmal hatte er Clinton dabei«, sagte ich. »Und die dicksten Freunde waren sie nicht gerade.«

»Du musst Anzeige erstatten.«

»Von dem würde ich nur ein einziges Körperteil wiedererkennen, aber ich glaube, davon habt ihr in euren Verbrecheralben keine Fotos.«

»Trägst du eine Waffe?«

»Ja, aber ich bin irgendwie nicht rangekommen.«

»Schnall sie um die Hüfte. Verdecktes Tragen einer Waffe ist sowieso verboten. Und es wäre auch ganz hilfreich, wenn du Munition einlegen würdest.«

»Ich hatte doch Munition eingelegt.« Ranger hatte das für mich getan. »Habt ihr den Mann aus dem Kofferraum mittlerweile identifiziert?«

»Thomas Turkello, alias Thomas Turkey. Ein gedungener Schläger aus Philadelphia. Galt als entbehrlich, ist meine Vermutung. Lieber ihn umlegen, als das Risiko eingehen, dass er was ausplaudert. Der Hase gehört wahrscheinlich zum engeren Kreis der Familie.«

»Habt ihr sonst noch was gefunden?«

»Was hättest du denn gern?«

»Abruzzis Fingerabdrücke auf einer Mordwaffe.«

»Nein, tut mir Leid, damit kann ich nicht dienen.«

Ich zögerte, das Gespräch zu beenden, aber im Moment hatte ich nichts weiter zu sagen. In Wahrheit hatte ich ein flaues Gefühl im Magen, das ich nicht genauer benennen wollte. Es war meine höllische Angst vor der Einsamkeit. Ranger war ein Feuerwerk, ein Zauberer, aber irgendwie nicht ganz von dieser Welt. Morelli dagegen war ein Mann, der alles hatte, was ich von einem Mann erwartete, nur: Er wollte mich so haben, wie ich nicht sein wollte.

Ich legte auf und zog mich ins Wohnzimmer zurück. Bei meinen Eltern darf, wenn man vorm Fernseher sitzt, nicht gesprochen werden. Selbst wenn einem persönlich eine Frage gestellt wird, besitzt der Angesprochene die Diskretion, Hörverlust zu markieren. So sind die Regeln.

Grandma und ich saßen nebeneinander auf dem Sofa und verfolgten den Wetterbericht. Schwer zu sagen, wer von uns beiden nach dem Überfall den schlimmeren Schock davongetragen hatte.

»Wahrscheinlich doch ganz gut, dass ich es nicht angefasst habe«, stellte Grandma fest. »Obwohl, ich muss gestehen, neugierig war ich schon. Das Teil war nicht gerade hübsch, aber zum Schluss wurde es doch ganz schön dick. Hast du je so einen Dicken gesehen?«

Genau der richtige Zeitpunkt, um das Recht des Fernsehzuschauers auf Antwortverweigerung in Anspruch zu nehmen.

Noch ein paar Minuten Wetterbericht, dann ging ich wieder in die Küche und genehmigte mir meinen zweiten Doughnut. Ich packte meinen Kram zusammen und machte mich auf die Socken. »Ich gehe«, sagte ich zu Grandma. »Ende gut, alles gut. Stimmt's?«

Grandma antwortete nicht. Grandma war völlig bedröhnt von dem Wetterbericht. Von Norden her rückte ein Hochdruckgebiet heran.

Ich fuhr zurück zu meiner Wohnung. Diesmal holte ich die Pistole aus der Tasche, bevor ich aus dem Auto stieg. Ich überquerte den Parkplatz und betrat das Gebäude. Vor meiner Wohnungstür hielt ich inne. Das war immer die heikelste Stelle. War ich erst mal in der Wohnung drin, fühlte ich mich einigermaßen sicher. Ich hatte eine Vorlegekette und zwei Türschlösser. Nur Ranger konnte unangekündigt hereinkommen. Entweder schritt er einfach wie ein Geist durch die Tür, oder er löste sich wie ein Vampir in Dampf auf und glitt unter der Türschwelle hindurch. Irgendeine Methode musste es dafür geben, ich kannte sie nur nicht.

Ich schloss die Tür auf und durchsuchte meine Wohnung, wie man es aus Filmen über CIA-Operationen kennt, schlich mich von Zimmer zu Zimmer, in geduckter Haltung, mit gezückter Waffe, jederzeit bereit abzudrücken. Krachend stieß ich Türen auf und sprang auf die andere Seite. Gut, dass keiner zuguckte, es musste ziemlich albern ausgesehen haben. Ebenfalls gut, dass mir keine Hasen entgegenhoppelten und mir ihre Schwengel hinstreckten. Vergewaltigung durch einen Hasen, dagegen waren Spinnen und Schlangen die reinste Lust.

Zehn Minuten nachdem ich meine Wohnung betreten hatte, rief Ranger an.

»Bist du die nächste halbe Stunde zu Hause?«, fragte er. »Ich schicke jemanden vorbei, der dir eine Alarmanlage einbaut.«

Der Mann der Geheimnisse kann also auch Gedanken lesen.

»Der Junge heißt Hector«, sagte Ranger. »Er ist schon unterwegs.«

Hector war schlank, ganz in Schwarz gekleidet, ein Latino. Auf seinem Hals war ein Gangslogan tätowiert, unter einem Auge eine einzelne Träne. Hector war Anfang zwanzig, und er sprach tatsächlich nur Spanisch.

Er stand gerade an der geöffneten Wohnungstür und nahm eine letzte Einstellung an der Alarmanlage vor, als Ranger kam. Ranger grüßte Hector kaum hörbar auf Spanisch und sah sich den Sensor an, der in meinen Türknauf eingebaut worden war.

Dann sah Ranger mich an, aber er verriet mit keiner Miene, was in ihm vorging. Unsere Blicke trafen sich, wir hielten ihnen eine ganze Weile stand, dann wandte sich Ranger wieder Hector zu. Mein Spanisch beschränkt sich auf Burrito und Taco, der Unterhaltung zwischen Ranger und Hector konnte ich also nicht folgen. Hector redete und gestikulierte, Ranger hörte zu und stellte Fragen, dann gab Hector ihm ein kleines technisches Gerät, sammelte sein Werkzeug zusammen und ging.

Ranger lockte mich mit gekrümmtem Zeigefinger her.

»Das ist die Fernbedienung. Ein Tastenfeld, das so klein ist, dass du es an den Schlüsselbund fürs Auto hängen kannst. Deine Tür wird mit einem vierstelligen Zifferncode geöffnet und wieder geschlossen. Das Fernbedienungsgerät sagt dir auch, ob jemand versucht hat, die Tür aufzubrechen. Du bist nicht mit irgendeiner Überwachungszentrale verbunden, es wird kein Alarm ausgelöst. Deine Wohnungstür ist aus feuersicherem Stahl, Hector hat zusätzlich noch einen Bodenriegel angebracht. Wenn du von innen abschließt, müsste eigentlich alles sicher sein. Was deine Fenster betrifft, da kann ich leider nicht viel machen, und die Feuerleiter ist auch eine Schwachstelle. Es wäre nur halb so schlimm, wenn du deine Pistole auf den Nachttisch legen würdest.«

Ich sah mir die Fernbedienung genauer an. »Kommt die auch auf die Rechnung?«

»Welche Rechnung? Was wir beide uns gegenseitig geben, ist nicht zu bezahlen, nie und nimmer, nicht mit Geld, nicht mit Gefühlen. Und jetzt muss ich zurück an die Arbeit.«

Er wandte sich zum Gehen, aber ich packte ihn am Hemdkragen. »So schnell kommst du mir nicht davon. Wir sind hier nicht im Film. Hier geht es um mich. Was meinst du damit? Was ist nicht mit Geld und nicht mit Gefühlen zu bezahlen?«

»So läuft das eben.«

»Und was für eine Arbeit ist das, an die du jetzt zurückmusst?«

»Ich führe gerade im Auftrag einer Behörde eine Überwachung durch. Du und ich, wir beide sind unabhängige Unternehmer. Du wirst doch jetzt nicht etwa Einzelheiten von mir verlangen, oder?«

Ich ließ seinen Hemdkragen los und stieß einen Seufzer aus. »Das kann ich nicht. Es wird nicht funktionieren.«

»Ich weiß«, sagte Ranger. »Du musst mit Morelli ins Reine kommen.«

»Wir brauchten mal eine Auszeit voneinander.«

»Ich halte mich nur zurück, weil es meinen Absichten entgegenkommt. Aber ich bin auch Opportunist, und ich fühle mich zu dir hingezogen. Und wenn mir deine und Morellis Auszeit zu lange dauert, lande ich sowieso irgendwann wieder in deinem Bett. Wenn ich es wirklich wollte, könnte ich dich ganz von Morelli wegbringen. Aber das wäre für alle Beteiligten nicht von Vorteil.«

»Liebe Güte.«

Ranger lachte. »Schließ deine Tür ab.« Und schon war er verschwunden.

Ich schloss die Tür ab und schob den Bodenriegel vor. Den onanierenden Hasen hatte ich fast schon wieder vergessen, das war Rangers Verdienst. Wenn es mir jetzt nur noch gelänge, auch nicht mehr an Ranger zu denken ... Es stimmte ja, was er sagte, alles, ausgenommen – möglicherweise – das mit Morelli. Morelli könnte ich nicht so einfach vergessen. Oft genug im Laufe der Jahre hatte ich es versucht, und nie hatte ich Erfolg damit gehabt.

Mein Telefon klingelte, der Teilnehmer am anderen Ende machte Kussgeräusche. Ich legte auf, und wieder klingelte es. Noch mehr Kussgeräusche. Als es das dritte Mal klingelte, zog ich den Stecker aus der Dose.

Eine halbe Stunde später stand jemand vor meiner Tür. »Ich weiß, dass du da bist«, schrie Vinnie. »Dein Auto steht auf dem Parkplatz.«

Ich schob den Bodenriegel zur Seite, machte anschließend die Türschlösser auf und hängte die Vorlegekette aus.

»Meine Fresse«, sagte Vinnie, als sich endlich vor ihm die Tür öffnete. »Man könnte meinen, du würdest Wunder was für Schätze in diesem Rattenloch horten.«

»Ich bin der Schatz.«

»Als Kopfgeldjägerin taugst du jedenfalls nicht. Wo ist Bender? Mir bleiben noch zwei Tage, Bender aufzutreiben, andernfalls muss ich das Geld ans Gericht zahlen.«

»Und deswegen bist du hergekommen, um mir das zu sagen?«

»Ja. Ich habe mir gedacht, vielleicht müsste man dir das mal wieder ins Gedächtnis zurückrufen. Meine Schwiegermutter ist zu Hause zu Besuch, die macht mich wahnsinnig. Ist doch eine gute Gelegenheit zu fliehen und Bender zu suchen. Ich habe versucht dich anzurufen, aber dein Telefon funktioniert nicht.«

Was soll's, ich hatte ohnehin nichts Besseres zu tun. Ich hockte da wie eine Gefangene in meiner eigenen Wohnung, und mein Telefon war abgestellt.

Vinnie sagte ich, er sollte unten in der Eingangshalle auf mich warten, dann begab ich mich auf die Suche nach meinem Pistolengürtel. Ich wurde fündig und kam in die Halle mit dem schwarzen Nylonholster und meiner geladenen 38er.

»Alle Achtung«, sagte Vinnie schwer beeindruckt. »Endlich meinst du es mal ernst.«

Genau. Ich meinte es ernst. Ich wollte mich nicht von einem Hasen betatschen lassen. Wir fuhren von dem Parkplatz herunter, ich am Steuer, Vinnie spielte am Radio herum. Ich fuhr Richtung Stadtzentrum, sah mit einem Auge auf die Straße vor mir, mit dem anderen in den Rückspiegel. Ein grüner Geländewagen fuhr hinter mir auf, wechselte die Spur und überholte mich. Der Mann am Steuer trug eine Clinton-Maske, auf dem Beifahrersitz hockte wieder der fette, hässliche Hase. Der Hase drehte sich zur Seite, stellte sich auf den Sitz, steckte den Kopf durch das Verdeck und sah sich nach mir um. Seine Ohren flatterten im Wind, und er hielt sich seinen blöden Hasenkopf mit beiden Händen.

»Der Hase!«, rief ich. »Mach ihn kalt. Nimm meine Pistole und schieß auf ihn.«

»Bist du wahnsinnig?«, sagte Vinnie. »Ich kann doch nicht auf einen unbewaffneten Hasen schießen.«

Ich hatte alle Hände voll zu tun, meine Pistole aus dem Halfter zu ziehen und gleichzeitig das Steuer nicht loszulassen.

»Dann erschieße ich ihn eben! Mir egal, ob ich dafür in den Knast muss. Das soll es mir wert sein. Ich schieße auf den Kerl mit seinem blöden Hasenkopf.« Mit Gewalt zerrte ich die Pistole aus dem Halfter, aber ich wollte nicht durch die Windschutzscheibe von Rangers Auto schießen. »Übernimm mal das Steuer«, schrie ich Vinnie an. Ich kurbelte das Fenster herunter, lehnte mich heraus und feuerte einen Schuss ab.

Umgehend duckte sich der Hase. Der Geländewagen gab Gas und scherte aus in eine Seitenstraße. Ich wartete, bis die Kreuzung frei war, dann bog ich ebenfalls links ab. Ein Stück vor mir sah ich die grüne Kiste, die erneut abbog, und dann noch mal, bis wir zum Schluss wieder auf der State landeten. Vor einem Laden bremste der Wagen plötzlich ab, und die beiden Männer flüchteten zu Fuß weiter hinter ein Backsteingebäude. Ich hielt neben dem Explorer, Vinnie und ich sprangen aus dem Wagen und liefen hinter den beiden her. Wir verfolgten sie einige Häuserblocks weit, dann querten sie einen Hinterhof, und wir verloren sie aus den Augen.

Vinnie krümmte sich und japste nach Luft. »Wieso machen wir Jagd auf diesen Hasen?«

»Der Hase hat eine Brandbombe auf meinen Honda geworfen.«

»Ach so, ja. Jetzt fällt es mir wieder ein. Ich hätte dich vorher fragen sollen. Ich wäre im Wagen geblieben. Junge, Junge, ich kann es kaum glauben. Lehnt die sich einfach aus dem Fenster und schießt aus dem fahrenden Auto. Für wen hältst du dich eigentlich? Den Terminator? Deine Mutter zieht mir die Hosen stramm, wenn sie das erfährt. Was hast du dir dabei gedacht?«

»Ich war aufgeregt.«

»Aufgeregt? Ich würde sagen, du bist Amok gelaufen.«

14

Wir befanden uns in einem Viertel mit großen alten Häusern. Einige waren renoviert, andere warteten noch auf ihre Renovierung, wieder andere waren in mehrere Wohnungen unterteilt worden. Die meisten Häuser standen auf riesigen Grundstücken, etwas zurückgesetzt von der Straße. Neben einem dieser Häuser waren der Hase und sein Partner verschwunden. Vinnie und ich schlichen um das Haus herum, blieben hier und dort stehen, lauschten und hofften, der Hase würde sich verraten. Wir guckten zwischen den in der Einfahrt geparkten Wagen und hinter jeden Busch.

»Nirgendwo zu sehen«, sagte Vinnie. »Ich glaube, die sind weg. Entweder sind sie uns entwischt und zu ihrem Wagen zurückgelaufen, oder sie haben sich hier in dieses Haus verkrochen.«

Wir sahen uns das Haus näher an.

»Willst du die Hütte durchsuchen?«, fragte Vinnie.

Es war ein fetter viktorianischer Bau. Schon häufiger war ich in solchen oder ähnlichen Häusern gewesen, es gab dort Unmengen Wandschränke, Durchgänge und zugemauerte Türen. Bestens geeignet für Verstecke. Eine Qual, sie zu durchsuchen, besonders für Schlotterhosen wie mich. Hier draußen an der frischen Luft zog die Vernunft wieder in mein Hirn ein, und je länger ich draußen blieb, desto rasanter verging mir die Lust, die Hasenjagd fortzusetzen.

»Ich glaube, bei dem Haus muss ich passen.«

»Akzeptiert«, sagte Vinnie. »In so einem Gemäuer kriegt man schnell seine Rübe weggepustet. Allerdings passt das überhaupt nicht ins Bild. Du spielst doch sonst immer gerne die Verrückte. Du sollst dir nicht andauernd diese alten Al-Capone-Filme reinziehen, das verdirbt den Charakter.«

»Das musst du gerade sagen! Wer hat denn hier auf Pinwheel Sobas Haus geschossen? In Schutt und Asche hättest du es beinahe gelegt.«

Ein verknittertes Lächeln huschte über Vinnies Gesicht. »Ich hatte für einen Moment die Kontrolle verloren.«

Mit gezückten Pistolen gingen wir zurück zum Auto, achteten auf jedes Geräusch, auf jede Bewegung. Ein paar hundert Meter vor dem Laden sahen wir Rauchwolken hinter dem Backsteingebäude hervorquillen. Schwarzer, beißender Rauch, der nach verbranntem Gummi roch. Rauch, der entsteht, wenn ein Auto Feuer fängt.

In der Ferne heulten Sirenen, und mich packte wieder das bekannte Vogel-flieg-Gefühl. Angst nistete sich in der Magengrube ein, rasch gefolgt von stoischer Gelassenheit, ein Zeichen, dass Verdrängung einsetzte. Es konnte nicht sein, was nicht sein durfte. Nicht schon wieder ein Auto. Nicht Rangers Auto. Es musste ein anderes Auto sein. Ich fing an, mit Gott zu verhandeln. Bitte, bitte, lieber Gott, mach, dass es der Explorer ist, ich verspreche dir auch, mich zu bessern. Ich gehe in die Kirche, ich esse mehr Gemüse, und ich treibe auch keine Unzucht mehr mit dem Massagekopf an meiner Dusche.

Wir bogen um die Ecke, und tatsächlich, Rangers Auto stand in Flammen. Okay, lieber Gott, das war's. Ich nehme alle Angebote zurück.

»Ach, du liebe Scheiße«, sagte Vinnie. »Das ist ja dein

Auto. Der zweite Honda CRV, den du innerhalb einer Woche niedergebrannt hast. Das könnte eine neue persönliche Bestleistung sein.«

Draußen vor dem Laden stand der Verkäufer und verfolgte das Spektakel. »Ich habe alles gesehen«, sagte er. »Es war ein riesiger Hase. Er kam in den Laden gerannt und nahm sich eine Flasche Brennflüssigkeit. Die goss er über das schwarze Auto und zündete es mit einem Streichholz an. Dann fuhr er mit seinem grünen Auto davon.«

Ich steckte meine Pistole in den Halfter und hockte mich auf die Bordsteinkante vor dem Laden. Schlimm genug, dass der Wagen gänzlich hinüber war, viel schlimmer, dass meine Tasche darin gelegen hatte. Kreditkarte, Führerschein, Lippenstift, Verteidigungsspray und mein neues Handy, alles futsch. Den Schlüssel hatte ich stecken lassen, und an dem Schlüsselbund befestigt war die Fernbedienung mit dem Tastenfeld für das neue Schloss an meiner Wohnungstür.

Vinnie setzte sich neben mich. »Es macht doch immer einen Heidenspaß, mit dir loszuziehen«, sagte er. »Das sollten wir öfter machen.«

»Hast du ein Handy bei dir?«

Morellis Nummer wählte ich als erste, aber Morelli war nicht zu Hause. Ich dachte nach. Ranger war als Nächster an der Reihe.

»Yo«, sagte Ranger, als er abhob.

»Es gibt da ein kleines Problem.«

»Sag bloß. Hat sich dein Auto gerade in Luft aufgelöst?«

»Es ist irgendwie ausgebrannt.«

Schweigen.

»Und die Fernbedienung, die du mir gegeben hast – die war im Auto.«

»Babe.«

Vinnie und ich hockten immer noch auf der Bordsteinkante, als Ranger eintraf. Er trug Jeans, ein schwarzes T-Shirt und Boots, und fast sah er ganz normal aus. Er schaute sich das qualmende Autowrack an, dann schaute er mich an, kopfschüttelnd. Eigentlich war das Kopfschütteln nur ein angedeutetes Kopfschütteln. Den Gedanken, der das Kopfschütteln ausgelöst hatte, wollte ich mir lieber nicht ausmalen. Es konnte nichts allzu Nettes gewesen sein. Ranger sprach mit einem der Polizisten und gab ihm seine Karte. Dann winkte er Vinnie und mich in sein Auto und setzte uns vor meiner Wohnung ab. Vinnie stieg in seinen Caddie und verabschiedete sich.

Ranger lachte und wies auf die Waffe in meinem Halfter. »Steht dir gut, Babe. Schon auf jemanden geschossen heute?«

»Versucht hab ich's.«

Er lachte leise, hakte einen Arm um meinen Hals und küsste mich auf die Schläfe.

In der Eingangshalle wartete Hector auf uns. Hector sah aus, als müsste er eigentlich in Häftlingskleidung und Fußfesseln herumlaufen. Aber, wer weiß, vielleicht ist Hector ein ganz harmloser Mensch. Vielleicht weiß er nur nicht, dass eine tätowierte Träne unterm Auge für einen Gangmord steht. Und selbst wenn er es wüsste, es ist ja nur eine einzige Träne, er wäre also kein Serienmörder oder so.

Hector übergab Ranger eine neue Fernbedienung für die Tür und sagte etwas auf Spanisch zu ihm. Ranger erwiderte auf Spanisch, dann führten sie das übliche komplizierte Abschiedsritual mit viel Händegeklatsche vor, und Hector verzog sich wieder.

Mit einem Knopfdruck auf das Tastenfeld öffnete Ranger meine Wohnungstür und trat ein. »Hector hat bereits nachgeschaut. Alles in Ordnung.« Er legte das Gerät auf den Küchentresen. »Das neue Tastenfeld ist auf dieselbe Ziffernfolge programmiert wie das alte.«

»Tut mir Leid mit dem Auto.«

»War nur eine Frage der Zeit, Babe. Ich schreibe es als Spesen ab.« Er warf einen Blick auf das Display seines Pagers. »Ich muss gehen. Leg den Bodenriegel vor, wenn ich draußen bin.«

Mit einem Fußtritt schob ich den Bodenriegel vor, dann ging ich unruhig in der Küche auf und ab. Auf-und-ab-Gehen soll beruhigend wirken, aber je mehr ich auf und ab ging, desto unruhiger wurde ich. Ich brauchte ein Auto für morgen, und ich wollte nicht schon wieder ein Auto von Ranger annehmen müssen. Ich wollte nicht als Posten auf dem Spesenkonto abgeschrieben werden. Nicht unter Reisespesen, nicht unter »sexueller Bewirtung«.

Aha!, sagte meine innere Stimme. Jetzt kommen wir endlich zum Wesentlichen. Dieses Auf-und-ab-Gehen hat mit dem Auto gar nichts zu tun. Du bist nur deswegen gefrustet, weil du mit einem Mann gepimpert hast, der nur auf Sex aus war, mehr nicht. Weißt du, was du bist?, fragte die Stimme. Eine Scheiß Heuchlerin.

Und?, fragte ich die Stimme. Was willst du mir damit sagen?

Ich kramte in meinen Küchenschränken nach einem Tastykake, guckte im Kühlschrank nach. Ich wusste zwar, dass die Tastykakes alle waren, aber ich suchte trotzdem weiter. Ein sinnloses Unterfangen. Meine Spezialität.

Na gut. Gehe ich eben raus und kaufe welche. Mit der neuen Fernbedienung in der Hand, die Ranger mir dagelassen hatte, stürmte ich aus der Wohnung. Ich knallte die Tür zu, drückte die Codeziffer, da merkte ich plötzlich, dass ich gar nichts dabei hatte außer diesem automatischen

Schlüssel. Keine Autoschlüssel. Gut, die waren nicht nötig, weil ich kein Auto mehr hatte. Aber ich stand auch ohne einen Cent und ohne Kreditkarte da. Stoßseufzer. Ich musste zurück in die Wohnung und mir das alles noch mal überlegen.

Ich drückte die Codenummer und zielte auf das Türschloss. Nichts passierte, die Tür ging nicht auf. Ich wiederholte die Prozedur, wieder nichts. Ich besaß keinen richtigen Schlüssel mehr, ich hatte nur dieses blöde Tastenfeld auf der Fernbedienung. Kein Grund zur Panik. Bestimmt machte ich nur irgendwas falsch. Erneuter Versuch. So kompliziert kann es ja nicht sein. Ziffernfolge eingeben, und die Tür springt auf. Vielleicht hatte ich die Ziffern vertauscht? Ich probierte einige andere Kombinationen. Wieder kein Glück.

Scheiß Technik. Technik ist für'n Arsch. Technik ist echt das Letzte.

Immer mit der Ruhe, redete ich mir zu. Schließlich willst du hier nicht noch mal so eine saudumme Nummer wie eben abziehen, die Ballerei aus dem Autofenster heraus. Warum sich wegen einer blöden Fernbedienung aufregen? Ich atmete ein paar Mal tief durch und gab die Ziffern ein letztes Mal ein. Schließlich umfasste ich den Türknauf, zog und drehte daran herum, aber die Tür wollte einfach nicht aufgehen.

»Verdammte Scheiße!« Ich warf die Fernbedienung auf den Boden und hüpfte auf und ab. »Scheiße! Scheiße! Scheiße!« Ich trat gegen das Gerät, und es flog bis ans andere Ende des Hausflurs. Ich lief hinterher, zog meine Pistole aus dem Halfter und schoss auf das Tastenfeld. Peng! Die Fernbedienung sprang hoch, und ich schoss noch mal.

Eine Asiatin öffnete ihre Wohnungstür. Sie sah zu mir herüber, erschrak, schluckte einmal, zog sich rasch zurück und schloss die Tür hinter sich zu.

»Entschuldigung«, rief ich ihr durch die geschlossene Tür zu. »Es ist mit mir durchgegangen.«

Ich erlöste die Fernbedienung von ihren Qualen und schlich zurück in den Teil des Hausflurs, wo auch meine Wohnung lag.

Meine Nachbarin von nebenan, Mrs. Karwatt, stand in ihrer Tür. »Gibt es Ärger, meine Liebe?«, fragte sie.

»Ich habe mich aus meiner Wohnung ausgeschlossen.« Zum Glück hatte ich bei Mrs. Karwatt einen Ersatzschlüssel deponiert.

Sie gab ihn mir, ich steckte ihn ins Türschloss, aber die Tür ließ sich nicht öffnen. Mrs. Karwatt bat mich in ihre Wohnung, und von dort aus rief ich Ranger an.

»Ich kriege die beschissene Tür nicht auf«, sagte ich.

»Ich schicke Hector vorbei.«

»Nein! Mit Hector kann ich mich nicht verständigen.« Außerdem macht er mir Angst.

Zwanzig Minuten später saß ich mit dem Rücken an der Wand im Hausflur, da kamen Ranger und Hector.

»Was ist los?«, fragte Ranger.

»Die Tür geht nicht auf.«

»Wahrscheinlich nur eine Panne beim Programmieren. Hast du das Gerät dabei?«

Ich legte die Fernbedienung in die Hand, die Ranger mir hinhielt.

Ranger und Hector untersuchten das Gerät, sie blickten auf, sahen sich an, zogen anerkennend die Augenbrauen hoch und lachten.

»Ich glaube, ich sehe, wo das Problem ist«, sagte Ranger. »Jemand hat auf die Fernbedienung geballert.« Er drehte sie um. »Wenigstens hast du sie getroffen. Schön, dass sich das Schießtraining auszahlt.«

»Aus nächster Nähe treffe ich alles.«

Hector benötigte gerade mal zwanzig Sekunden, um meine Tür zu öffnen, und zehn Minuten, um die Sensoren auszubauen.

»Sag Bescheid, wenn du die Alarmanlage wieder installiert haben willst«, sagte Ranger.

»Es würde mein Gewissen beruhigen, aber lieber gehe ich mit verbundenen Augen in eine schlangenverseuchte Wohnung.«

»Willst du es noch mal mit einem neuen Auto probieren? Wir könnten das Risiko erhöhen. Wie wäre es mit einem Porsche?«

»Verlockendes Angebot, aber vielen Dank. Morgen erwarte ich einen Scheck von der Versicherung. Sobald ich das Geld habe, bitte ich Lula, mich zu einem Autohändler zu fahren.«

Ranger und Hector zogen wieder ab, und ich schloss mich in meine Wohnung ein. Mit den Schüssen auf die Fernbedienung hatte ich meine Aggressionen ordentlich abgebaut, jetzt war ich wesentlich milder gestimmt. Mein Herzschlag setzte nur gelegentlich aus, und das Augenzucken fiel kaum auf. Ich verzehrte die letzten Krümel des tiefgefrorenen Plätzchenteigs; es war kein Tastykake, schmeckte aber trotzdem einigermaßen lecker. Dann schaltete ich den Fernseher ein und sah mir ein Hockeyspiel an.

»Oh, oh«, begrüßte mich Lula am nächsten Morgen. »Sehe ich richtig? Bist du da gerade mit einem Taxi vorgefahren? Ist irgendwas mit Rangers Auto passiert?«

»Es ist ausgebrannt.«

»Sag bloß?«

»Meine Tasche war drin. Ich muss mir eine neue Tasche kaufen.«

»Da bin ich genau die Richtige für«, sagte Lula. »Wie spät ist es? Haben die Geschäfte schon geöffnet?«

Es war Montagmorgen, zehn Uhr. Die Geschäfte hatten längst geöffnet. Dass meine Kreditkarte dahingeschmolzen war, hatte ich bereits gemeldet. Ich war in Kauflaune.

»Moment mal«, sagte Connie. »Was ist mit der Aktenablage?«

»Die ist so gut wie erledigt«, sagte Lula. Sie nahm einen Stapel Akten und verstaute ihn in einer Schublade. »Wir bleiben sowieso nicht lange weg. Stephanie kauft immer die gleiche Tasche. Sie geht schnurstracks auf den Verkaufsstand von Coach zu und holt sich eine von diesen protzigen schwarzen Umhängebeuteln aus Leder, und das war's dann.«

»Übrigens, mein Führerschein ist auch verbrannt«, sagte ich. »Kannst du mich noch zur Zulassungsstelle fahren?«

Connie verdrehte die Augen an die Decke. »Haut schon ab.«

Gegen Mittag kamen wir in der Quaker Bridge Mall an. Ich kaufte mir eine Umhängetasche, anschließend probierten Lula und ich noch einige Parfums aus. Wir waren auf der oberen Etage, gingen gerade auf die Rolltreppe zu, auf dem Weg zum Parkplatz und nach Hause, da baute sich vor mir bedrohlich eine bekannte Gestalt auf.

»Sie schon wieder!«, sagte Martin Paulson. »Was haben Sie bloß an sich? Ich werde Sie einfach nicht los.«

»Kommen Sie mir nicht blöd«, wehrte ich mich. »Ich bin schwer enttäuscht von Ihnen.«

»So ein Pech aber auch. Beinahe tut es mir richtig Leid. Was machen Sie hier eigentlich? Wollen Sie wieder einer unschuldigen Menschenseele Gewalt antun?«

»Ich habe Ihnen keine Gewalt angetan.«

»Sie haben mich umgestoßen.«

»Sie sind hingefallen. Zweimal.«

»Ich habe Ihnen gesagt, dass mein Gleichgewichtssinn gestört ist.«

»Ich habe keine Lust, mich hier mit Ihnen zu streiten. Also, lassen Sie mich gefälligst durch.«

»Hören Sie schlecht?«, setzte Lula noch einen drauf. »Aus dem Weg!«

Um Lula besser zu sehen, drehte sich Paulson um, wurde aber durch den Anblick offenbar so überrumpelt, dass er das Gleichgewicht verlor und nach hinten fiel, die Rolltreppe hinunter. Vor ihm standen zwei Leute, die er wie Kegel weghaute. Alle drei landeten am Fuß der Treppe auf einem Haufen.

Lula und ich liefen die Stufen hinunter zu dem Menschenknäuel.

Der einzige Verletzte schien Paulson zu sein. »Ich habe mir das Bein gebrochen«, wimmerte er. »Wetten, dass mein Bein gebrochen ist? Wie oft soll ich Ihnen denn noch sagen, dass ich Probleme mit meinem Gleichgewichtssinn habe. Nie hört einer auf mich.«

»Dafür gibt es wohl einen triftigen Grund, dass niemand auf Sie hört«, sagte Lula. »In meinen Augen sind Sie ein Windbeutel, mehr nicht.«

»Das ist alles Ihre Schuld«, sagte Paulson. »Sie haben mich zu Tode erschreckt. Auf Sie sollte man die Modepolizei hetzen. Was soll Ihr blödes gelbes Haar? Sie sehen aus wie Harpo Marx.«

»Hunh«, sagte Lula. »Ich verdufte. Ich lasse mich nicht länger beleidigen. Ich muss sowieso wieder zurück an die Arbeit.«

Wir waren an der Ausfahrt des Parkplatzes, da hielt Lula plötzlich an. »Warte mal. Habe ich auch meine Einkaufstüten hinten auf den Rücksitz gestellt?«

Ich drehte mich um und sah nach. »Nein.«

»Mist! Die muss ich fallen gelassen haben, als dieses Stück Affenscheiße mich angerempelt hat.«

»Macht nichts. Fahr vor bis zum Eingang. Ich springe raus und hole sie.«

Am Haupteingang ließ Lula mich raus, und ich verfolgte unseren Weg zurück bis zur Mitte des Einkaufszentrums. Um zur Rolltreppe zu gelangen, musste ich an Paulson vorbei. Sanitäter hatten ihn auf eine Krankenbahre gelegt und bereiteten ihn für den Transport vor. Mit der Rolltreppe fuhr ich hoch in den ersten Stock und fand die Einkaufstüten neben der Bank auf dem Boden liegen, da, wo Lula sie stehen gelassen hatte.

Eine halbe Stunde später trafen wir wieder im Büro ein, und Lula schüttete ihre Einkaufstüten auf dem Sofa aus. »Eine Tüte zu viel«, stellte sie fest. »Diese braune Tüte hier gehört nicht mir.«

»Die lag zusammen mit den anderen auf dem Boden«, sagte ich.

»Oje«, sagte Lula. »Zwei Doofe, ein Gedanke? Lieber gar nicht reingucken in die Tüte. Ich habe kein gutes Gefühl dabei.«

»Du hattest Recht mit deinem unguten Gefühl«, sagte ich, als ich einen Blick in die Tüte geworfen hatte. »Es ist eine Hose drin, die könnte Paulson gehören. Dazu ein paar Hemden. Und noch etwas. Ach, du Scheiße, ein Karton, in Geschenkpapier für einen Kindergeburtstag eingewickelt.«

»Ich schlage vor, du wirfst die Tüte in den Müll und wäschst dir anschließend gründlich die Hände«, sagte Lula.

»Das kann ich nicht. Der Typ hat sich gerade das Bein gebrochen. Und hier ist ein Geschenk für ein Kind drin.«

»Ist doch nicht schlimm«, sagte Lula. »Soll er im Internet nachgucken und noch ein paar Sachen klauen und ein neues Geschenk kaufen.«

»Es ist meine Schuld«, sagte ich. »Ich habe versehentlich die Tüte von Paulson mitgenommen. Dann muss ich sie ihm auch wieder zurückbringen.«

In der Umgebung von Trenton gibt es mehrere Krankenhäuser. Wenn Paulson ins St. Francis eingeliefert worden war, brauchte ich nur ein Stück die Straße hoch und ihm die Tüte geben, bevor er entlassen wurde. Und die Chancen, dass er ins Francis eingeliefert worden war, standen gut, denn es war das Krankenhaus, das seinem Zuhause am nächsten war.

Ich rief dort an. Man sagte mir, Paulson sei tatsächlich in der Notaufnahme, und man müsse davon ausgehen, dass er dort noch eine Weile bliebe.

Nicht, dass ich mich auf das Wiedersehen mit Paulson gefreut hätte, aber es war ein netter Tag, und es tat gut, draußen an der frischen Luft zu sein. Ich beschloss, zu Fuß zum Krankenhaus zu gehen, danach wollte ich zu meinen Eltern, mir ein Essen schnorren und Rex guten Tag sagen. Ich hängte mir die neue Tasche um die Schulter und fühlte mich stark, weil meine Pistole drin war. Und ein neuer Lippenstift. Ich bin eben doch ein Profi.

Ein paar Häuserblocks weit schlenderte ich die Hamilton entlang, kurz vor dem Haupteingang des Krankenhauses bog ich in eine Seitenstraße zum Eingang der Notaufnahme. Ich fand die Dienst habende Krankenschwester und bat sie, Paulson die Tüte zu übergeben.

Damit hatte ich die Verantwortung für die Tüte abgegeben, diese Sorge war ich also los. Ich war extra diesen Umweg gegangen, damit Paulson seine Tüte wiederbekam, und ich verließ das Krankenhaus mit einem Hochgefühl; ich war stolz auf mich und darauf, was für ein guter Mensch ich doch war.

Meine Eltern wohnten gleich hinter dem Krankenhaus, im Zentrum von Burg. Ich ging am Parkhaus vorbei und blieb an der Kreuzung stehen. Es war früher Nachmittag, und es herrschte nur wenig Verkehr auf den Straßen. Der Schulunterricht war noch nicht zu Ende, die Restaurants waren leer.

Ein einzelnes Auto rollte die Straße entlang und hielt vor dem Stoppschild. Links von mir parkte ein Auto am Straßenrand. Ich hörte Schritte auf Kies, drehte mich um, und hinter dem abgestellten Wagen tauchte der Hase auf, diesmal in voller Hasenmontur.

»Buh!«, sagte er.

Unwillkürlich schrie ich auf, er hatte mich erschreckt. Ich stieß eine Hand in die Umhängetasche und suchte nach meiner Pistole, doch plötzlich stand eine zweite Person direkt vor mir und packte mich am Riemen. Es war der Mann mit der Clinton-Maske. Wäre ich rechtzeitig an meine Pistole herangekommen, ich hätte ihn liebend gerne erschossen. Ich wäre auch an meine Waffe herangekommen, wenn er allein gewesen wäre. Leider war dem nicht so, ich wurde übermannt.

Im nächsten Moment ging ich zu Boden, beide Männer landeten auf mir, ich schrie, trat um mich, wehrte mich mit Händen und Füßen. Die Straßen lagen verlassen da, aber ich machte viel Lärm, denn es waren Häuser in der Nähe. Wenn ich nur lange und laut genug brüllte, dachte ich, musste mich jemand hören. Das Auto an der Kreuzung machte plötzlich einen Schwenker und bremste wenige Zentimeter vor uns ab.

Der Hase riss die hintere Tür auf und versuchte, mich auf die Sitzbank zu schieben. Ich spreizte Arme und Beine, klammerte mich an den Wagen und schrie mir die Lunge aus dem Leib. Der Mann mit der Clinton-Maske versuchte sich an meinen Beinen; als er mir zu nahe kam, trat ich einmal aus und versetzte ihm mit meinen schweren CAT-Schuhen einen Kinnhaken. Der Kerl taumelte rückwärts und kippte um. Rumms! Fiel einfach platt auf den Rücken.

Jetzt war auch der Fahrer des Wagens ausgestiegen. Er trug eine Richard-Nixon-Maske, aber an der Figur erkannte ich den Mann sofort. Das musste Darrow sein, ganz klar. Ich wand mich aus der Umarmung des Hasen. Offenbar ist es gar nicht so einfach, Dinge oder Menschen festzuhalten, wenn man ein Hasenkostüm mit richtigen Hasenpfötchen trägt. Ich stolperte über die Bordsteinkante und fiel hin, rappelte mich wieder auf und rannte los, was das Zeug hielt, der Hase hinter mir her.

An der Kreuzung stand ein Auto, und schreiend flitzte ich daran vorbei. Meine Stimme klang heiser, wahrscheinlich war es eher ein Krächzen, das aus meinem Mund kam. Mein Knie war aufgerissen, mein Arm zerkratzt, er blutete, und die Haare hingen mir im Gesicht, wild und durcheinander, weil ich mich mit dem Hasen auf dem Boden gewälzt hatte. Das Auto war mir kaum aufgefallen, es war silberfarben, mehr hatte ich nicht erkannt. Hinter mir hörte ich den Hasen. Ich gab mein Äußerstes, mir brannten die Lungen, aber mir war klar, der Hase würde mich einholen. Vor lauter Angst konnte ich nicht denken, blind lief ich einfach die Straße entlang.

Ich hörte, wie ein Motor angeschmissen wurde, die Reifen drehten durch. Darrow, dachte ich, kommt und holt mich. Ich schaute mich um, aber dann erkannte ich, dass es gar nicht Darrow war. Es war das silberfarbene Auto, ein Buick LeSabre, und hinterm Steuer saß meine Mutter. Sie raste direkt auf den Hasen zu, der über die Kühlerhaube geschleudert wurde, das künstliche Fell flog wie nach einer Explosion in Fetzen davon und landete als Klumpen seitlich auf der Straße. Das Auto von Darrow bremste scharf und kam neben dem Hasen zum Stehen. Darrow und der andere Mann mit Gummimaske stiegen aus, kratzten den Hasen vom Asphalt, verfrachteten ihn in den Kofferraum und fuhren davon.

Knapp einen Meter neben mir hielt meine Mutter. Ich humpelte zum Auto, sie gab das Türschloss frei, und ich stieg ein.

»Heilige Muttergottes«, sagte sie. »Richard Nixon, Bill Clinton und ein Hase waren hinter dir her.«

»Ja«, sagte ich. »Gut, dass du gerade vorbeigekommen bist.«

»Ich habe den Hasen überfahren«, sagte sie. »Wahrscheinlich ist er tot.«

»Es war ein böser Hase. Er hat den Tod verdient.«

»Er sah aus wie der Osterhase. Ich habe den Osterhasen getötet«, schluchzte sie.

Ich kramte ein Papiertaschentuch aus der Handtasche meiner Mutter und gab es ihr. »Hast du Valium dabei? Oder was Ähnliches? Klonapin oder Ativan?«, fragte ich sie und durchsuchte ihre Handtasche etwas gründlicher.

Meine Mutter putzte sich die Nase und fuhr los. »Kannst du dir überhaupt vorstellen, was das für eine Mutter bedeutet, die Straße entlangzufahren und mit ansehen zu müssen, wie ihre Tochter von einem Hasen gejagt wird? Wieso besorgst du dir nicht endlich eine anständige Arbeit? So wie deine Schwester.«

Ich verdrehte die Augen. Schon wieder kam sie mir mit meiner Schwester, der Heiligen Sankt Valerie.

»Und sie geht mit einem netten Mann aus«, sagte meine Mutter. »Ich glaube, er hat ehrenwerte Absichten. Und er ist Anwalt von Beruf. Er wird mal viel Geld verdienen.« Meine Mutter kehrte zurück zur Kreuzung, damit ich mir meine Umhängetasche wieder holen konnte. »Und du? Was wird mal aus dir?«, wollte sie wissen. »Mit wem gehst du aus?«

»Frag nicht so blöd«, sagte ich. Ich ging mit niemandem aus, ich hatte Geschlechtsverkehr mit Batman.

»Ich weiß gar nicht, was ich jetzt machen soll«, sagte meine Mutter. »Glaubst du, ich muss den Unfall der Polizei melden? Was soll ich denen sagen? Wie hört sich das denn an? Etwa: Ich wollte gerade kalten Braten bei Giovichinni kaufen, da sehe ich, wie ein Hase meine Tochter verfolgt. Er rennt ihr hinterher auf die Straße, und ich überfahre ihn, aber jetzt ist er weg.«

»Weißt du noch, als ich klein war und wir mal ins Kino fahren wollten und Daddy den Hund auf der Roebling Street überfahren hat? Wir sind ausgestiegen und haben nach dem Hund gesucht, aber wir konnten ihn nicht finden. Er war einfach irgendwohin verschwunden.«

»Der Hund tat mir so Leid.«

»Ja, aber ins Kino sind wir trotzdem gegangen. Ich finde, wir sollten jetzt auch den kalten Braten kaufen.«

»Es war ein Hase!«, sagte meine Mutter. »Der hatte nichts auf der Straße zu suchen.«

»Genau.«

Schweigend setzten wir unsere Fahrt zu Giovichinni fort

und hielten vor dem Geschäft an. Wir stiegen aus und besahen uns die Vorderseite des Buick. Am Kühler klebte ein Fetzen Hasenfell, aber ansonsten sah der LeSabre völlig intakt aus.

Während meine Mutter mit dem Metzger verhandelte, rief ich von einer Telefonzelle aus heimlich Morelli an. »Es ist mir etwas peinlich«, sagte ich, »aber meine Mutter hat eben den Hasen überfahren.«

»Überfahren?«

»Ja, mit dem Auto, auf der Straße. Was sollen wir machen?«

»Wo seid ihr gerade?«

»Bei Giovichinni. Fleisch kaufen.«

»Und der Hase?«

»Weg. Er war mit zwei anderen Männern zusammen. Die beiden haben ihn vom Straßenbelag gekratzt und sind mit ihm weggefahren.«

Langes Schweigen am anderen Ende der Leitung. »Mir fehlen die Worte«, erklärte Morelli.

Eine Stunde später hörte ich Morellis Pick-up vor dem Haus meiner Eltern vorfahren. Morelli trug Jeans und Boots und eine Baumwolljacke, die Ärmel hochgekrempelt. Die Jacke war so weit, dass sie die Waffe verbarg, die er immer um die Taille gegürtet trug.

Ich hatte geduscht und das Haar gekämmt, aber ich hatte keine frische Kleidung dabei, deswegen hatte ich immer noch die zerrissenen, blutverschmierten Jeans und das dreckige T-Shirt an. Das Knie war aufgeplatzt, am Arm hatte ich eine Schürfwunde, an der Backe eine Kratzwunde. Ich kam Morelli auf der Veranda entgegen und schloss hinter mir die Tür. Ich wollte nicht, dass Grandma Mazur uns nachkam.

Morelli musterte mich ausgiebig von oben bis unten. »Die

Wunde am Knie könnte ich abküssen, davon würde sie bestimmt heilen.«

Eine durch jahrelange Doktorspiele erlernte Fähigkeit.

Wir setzten uns nebeneinander auf die Stufe, und ich erzählte ihm von dem Hasen, der Bäckerei und der versuchten Entführung an der Straßenkreuzung. »Ich bin mir ziemlich sicher, dass Darrow am Steuer saß«, sagte ich.

»Soll ich ihn festnehmen lassen?«

»Nein. Ich könnte ihn nicht hundertprozentig identifizieren.«

Morelli musste plötzlich lachen. »Und deine Mutter hat den Hasen wirklich überfahren?«

»Sie hat gesehen, dass er mich verfolgt. Da hat sie ihn überfahren. Er ist in hohem Bogen durch die Luft geflogen.«

»Sie muss dich ganz schön gern haben.«

Ich nickte. Meine Augen füllten sich mit Tränen.

Ein Auto fuhr vorbei. Zwei Männer saßen drin.

»Das könnten sie sein«, sagte ich. »Zwei von Abruzzis Leuten. Ich versuche vorsichtig zu sein, darauf zu achten, ob ich verfolgt werde oder nicht, aber die Kerle wechseln andauernd die Wagentypen. Und kennen tu ich von den Männern nur Abruzzi und Darrow. Die anderen tragen immer Gesichtsmasken. Ich kann nie sicher sagen, ob mir jemand auf den Fersen ist oder nicht. Und abends, wenn man vor lauter Scheinwerfern vorne und hinten nichts sieht, ist es noch schlimmer.«

»Wir sind fieberhaft auf der Suche nach Evelyn, überprüfen die Nachbarn, ob sie als mögliche Zeugen in Frage kommen, aber bis jetzt haben wir keinen Hinweis. Abruzzi hat sich bestens abgesichert.«

»Willst du meine Mutter wegen der Geschichte mit dem Hasen noch sprechen?«

»Gibt es Zeugen?«

»Nur die beiden Männer im Auto.«

»Normalerweise nehmen wir keine Unfälle auf, in die Hasen verwickelt sind. Es war doch wirklich nur ein Hase, oder nicht?«

Morelli lehnte es ab, zum Abendessen zu bleiben. Das konnte ich ihm schwerlich übel nehmen. Valerie hatte Kloughn eingeladen, und am Tisch saß man Ellbogen an Ellbogen.

»Ist das nicht der niedliche Kerl von neulich?«, flüsterte mir Grandma in der Küche ins Ohr. »Sieht aus wie das Knack&Backmännchen von Pillsbury.«

Nach dem Abendessen überredete ich meinen Vater, mich nach Hause zu bringen.

»Was hältst du von diesem Clown?«, fragte er mich unterwegs. »Anscheinend ist er ganz verliebt in Valerie. Kannst du dir vorstellen, dass daraus etwas Ernsthaftes werden könnte?«

»Jedenfalls ist er nicht vom Tisch aufgestanden, als Grandma sich erkundigte, ob er noch Jungfrau ist. Das ist ein gutes Zeichen, finde ich.«

»Ja, da hat er nicht gekniffen. Er muss wirklich unter Druck stehen, wenn er bereit ist, sich auf diese Familie einzulassen. Hat ihm jemand gesteckt, dass die Pferdegöre Valeries Tochter ist?«

Mit Mary Alice würde es schon keine Probleme geben. Vermutlich empfand Kloughn sogar Sympathie mit einem Kind, das eben anders war. Was er allerdings wohl kaum aushalten würde, war der Anblick von Valerie in ihren flauschigen rosa Puschen. Man sollte dafür sorgen, dass er diese Pantoffeln niemals zu Gesicht bekam.

Es war knapp neun Uhr, als mein Vater mich vor meiner

Tür absetzte. Der Parkplatz war voll, und in allen Fenstern des Hauses brannte Licht. Die Rentner, Opfer von Nachtblindheit und Fernsehsucht, richteten sich für den Abend ein. Um neun Uhr waren sie schon leicht neben der Tasse, abgefüllt mit literweise Alkohol und Fernsehgedudel, um zehn pfiffen sie sich eine kleine Tablette ein und begaben sich in stundenlange Schlaflähmung.

Als ich auf meine Wohnungstür zuging, merkte ich plötzlich, dass ich Rangers Alarmsystem allzu vorschnell abgelehnt hatte. Es wäre doch ganz nett zu erfahren, ob in der Wohnung jemand Unerwünschtes auf mich wartete oder nicht. Ich steckte die Pistole in den Hosenbund und legte mir einen Plan zurecht. Ich wollte die Tür öffnen, die Waffe zur Hand nehmen, alle Lichter einschalten und noch mal die oberpeinliche Fernsehbullennummer abziehen.

Die Küche ließ sich leicht überprüfen. Nichts. Als Nächstes kamen das Wohnzimmer und das Esszimmer an die Reihe. Ebenfalls leicht zu überprüfen. Das Badezimmer war schon schwieriger, dort musste ich mich dem Duschvorhang stellen. Ich musste mir merken, ihn in Zukunft offen stehen zu lassen. Ruckartig schob ich ihn zur Seite und stieß gleichzeitig meinen angehaltenen Atem aus. Kein Toter in meiner Badewanne.

Im Schlafzimmer war so weit alles in Ordnung, auf den ersten Blick. Leider wusste ich aus schmerzlicher Erfahrung, dass das Schlafzimmer reichlich Versteckmöglichkeiten für alle nur erdenklichen Dinge bot, zum Beispiel auch für Schlangen. Ich schaute unterm Bett nach und in allen Schubladen. Ich klappte die Schranktür auf und durfte wieder erleichtert aufatmen. Kein Toter. Ich hatte die ganze Wohnung durchsucht und niemanden gefunden, ich durfte die Tür abschließen und mich sicher fühlen.

Gerade kam ich aus dem Schlafzimmer, da traf es mich: eine seltsame bildliche Erinnerung von etwas, das nicht an diesen Platz gehörte. Ich ging zum Kleiderschrank zurück und machte die Tür auf. Und da war es, zusammen mit meinen anderen Kleidern, eingequetscht zwischen meiner Wildlederjacke und einem Jeanshemd: das Hasenkostüm.

Ich stülpte mir Gummihandschuhe über, holte das Hasenkostüm aus dem Schrank und legte es draußen im Aufzug ab. Ich wollte nicht, dass schon wieder eine Horde Kriminaltechniker in meine Wohnung einfiel. Von dem öffentlichen Fernsprecher in der Eingangshalle aus rief ich anonym bei der Polizei an und meldete das Hasenkostüm im Aufzug. Danach kehrte ich in meine Wohnung zurück und legte *Ghostbuster* in den DVD-Spieler ein.

Zwischendurch kam ein Anruf von Morelli. »Du weißt nicht zufällig etwas von einem Hasenkostüm in eurem Aufzug, oder?«

»Wer? Ich?«

»Nur so, aus purer Neugier: Wo hast du es gefunden? Ich sag's auch nicht weiter.«

»Es hing in meinem Schrank.«

»Liebe Güte.«

»Soll das ein Zeichen sein, dass der Hase das Kostüm jetzt nicht mehr braucht?«

Tags darauf rief ich als Erstes Ranger an. »Ich wollte dich noch mal fragen, ob du wegen des Alarmsystems …«

»Kriegst du immer noch ungebetenen Besuch?«

»Gestern Abend habe ich ein Hasenkostüm in meinem Kleiderschrank gefunden.«

»Steckte jemand drin?«

»Nein. Es war nur der Anzug.«

»Ich schicke Hector vorbei.«

»Hector macht mir Angst.«

»Ja, mir auch«, sagte Ranger. »Aber er hat seit über einem Jahr keinen mehr umgebracht. Außerdem ist er schwul. In dem Punkt kannst du also sicher sein.«

15

Der nächste Anruf war von Morelli. »Ich bin gerade auf der Wache, und mir ist da etwas Interessantes zu Ohren gekommen«, sagte er. »Kennst du einen gewissen Leo Klug?«

»Nein.«

»Er ist Metzger in Sal Cartos Fleischerei. Deine Mutter kauft wahrscheinlich ihr Schabefleisch bei ihm. Leo ist ungefähr so groß wie ich, aber dicker. Er hat eine Riesennarbe im Gesicht und schwarzes Haar.«

»Ach, ja. Jetzt weiß ich, wen du meinst. Ich war vor ein paar Wochen da, Würstchen kaufen. Er hat mich bedient.«

»Hier geht man davon aus, dass Klug ein bisschen schwarzgeschlachtet hat.«

»Ich nehme an, du sprichst nicht über Tierfleisch.«

»Mit Tieren beschäftigt er sich nur am Tag, nachts ...«

»Gefällt mir nicht, die Richtung, die unser Gespräch nimmt.«

»Klug hat sich vor einiger Zeit mit Leuten zusammengetan, die für Abruzzi arbeiten. Heute Morgen nun wurde Klug tot aufgefunden, Opfer eines Unfalls mit Fahrerflucht.«

»Ach du liebes Lottchen.«

»Er wurde am Straßenrand gefunden, einen halben Block vom Metzgerladen entfernt.«

»Weiß man schon, wer ihn überfahren hat?«

»Nein, aber nach meiner Erfahrung würde ich sagen, der Fahrer muss betrunken gewesen sein.«

Für einen Moment hingen wir unseren Gedanken nach.

»Deine Mutter sollte mit dem LeSabre mal in die Autowaschanlage«, sagte Morelli.

»Ich werd' verrückt. Meine Mutter hat Leo Klug getötet.«

»Das habe ich lieber nicht gehört«, sagte Morelli.

Ich legte auf und kochte einen Kaffee, dann machte ich Rührei und steckte eine Scheibe Brot in den Toaster. Stephanie Plum, Hausfrau des Jahres. Ich schlich mich auf Zehenspitzen in den Hausflur und klaute Mr. Woleskys Zeitung, die ich beim Frühstück las.

In dem Moment, als ich die Zeitung zurückbrachte, traten Ranger und Hector aus dem Aufzug.

»Ich weiß, wo sie ist«, sagte Ranger. »Ich habe gerade einen Anruf bekommen. Fahren wir.«

Ich warf einen scheelen Blick auf Hector.

»Um Hector brauchst du dich nicht zu kümmern.«

Ich schnappte mir Jacke und Tasche aus der Wohnung und hatte Mühe, mit Ranger Schritt zu halten. Er fuhr wieder den Pick-up mit den Insektenaugen. Ich erklomm den Beifahrersitz und schnallte mich an.

»Wo ist sie?«

»Newark Airport. Jeanne Ellen kam gerade mit ihrem NVGler zurück, und da sah sie Dotty, Evelyn und die Kinder in dem Warteraum des Flugsteigs nebenan. Ich habe Tank den Flug überprüfen lassen, der sollte um zehn Uhr losgehen, aber der Start verzögert sich um eine Stunde. Wenn wir Glück haben, schaffen wir es noch rechtzeitig.«

»Wo wollten sie denn hin?«

»Nach Miami.«

In Trenton herrschte reger Verkehr, weiter draußen flaute er etwas ab, erst auf dem Turnpike nahm er wieder zu. Zum Glück kamen wir problemlos durch.

Als wir die Ausfahrt zum Flughafen erreichten, sah ich auf die Uhr, es war fast zehn. Wenige Minuten später hielt Ranger vor dem Terminal von Delta Airlines. »Es wird knapp«, sagte er. »Geh schon mal rein, ich suche solange einen Parkplatz. Wenn du eine Pistole dabei hast, lass sie hier im Wagen liegen.«

Ich gab ihm meine Pistole und zog los. Auf dem Bildschirm am Flugschalter las ich die Abflugzeiten. Die Maschine war angeblich pünktlich, sollte immer noch vom gleichen Gate aus starten. Ich reihte mich in die Schlange vor der Sicherheitsschleuse ein und knackte mit den Fingergelenken. So dicht war ich jetzt an Evelyn und Annie, ich konnte es kaum glauben. Es wäre echt die Härte, wenn ich sie hier verpassen würde.

Ich passierte die Schleuse und folgte den Hinweisschildern zum Gate. Jedes Gesicht sah ich mir an, während ich den Gang entlangging. Mein Blick richtete sich weiter nach vorne, und da erkannte ich sie, Evelyn und Dotty und die Kinder, am übernächsten Flugsteig. Sie saßen und warteten, es war nichts Ungewöhnliches an ihnen, zwei Mütter und ihre Kinder auf dem Weg nach Florida.

Ruhig näherte ich mich ihnen und setzte mich auf den freien Platz neben Evelyn. »Ich muss mit dir reden«, sagte ich.

Sie schienen nicht sonderlich überrascht, als könnte sie nichts mehr aus der Fassung bringen. Beide sahen sie müde aus, die Kinder unausgeschlafen. Die Kinder hatten ihren Spaß, lärmten und tobten herum, Kinder, wie man sie jeden Tag auf Flughäfen antrifft, völlig überdreht.

»Ich wollte mich noch bei dir melden«, sagte Evelyn. »Von

Miami aus hätte ich dich bestimmt angerufen. Du kannst Granny ausrichten, dass es mir gut geht.«

»Ich möchte wissen, vor wem oder was du davonläufst. Wenn du es mir nicht sagst, mache ich dir Ärger. Ich werde dafür sorgen, dass du hier nicht wegkommst.«

»Nein«, sagte Evelyn heftig. »Bitte tu das nicht. Es ist wichtig, dass wir die Maschine kriegen.«

Es erfolgte die erste Aufforderung an die Passagiere, sich an Bord zu begeben.

»Die Polizei von Trenton sucht dich«, sagte ich. »Sie will dich im Zusammenhang mit zwei Mordfällen befragen. Ich könnte den Sicherheitsdienst rufen, er soll dich zurück nach Trenton bringen.«

Evelyn wurde blass. »Er würde mich umbringen.«

»Wer? Abruzzi?«

Sie nickte.

»Vielleicht ist es besser, wenn du es ihr sagst«, meinte Dotty. »Uns bleibt nicht mehr viel Zeit.«

»Als Steven die Bar an Abruzzi verlor, kam Abruzzi mit ein paar Leuten zu mir nach Hause, und er – er hat mir was angetan.«

Instinktiv atmete ich laut hörbar ein. »Das tut mir Leid«, sagte ich.

»Das war seine Methode, uns Angst einzujagen. Mit dem Kerl ist es wie mit Katz und Maus. Er spielt gerne mit seinen Opfern, bevor er sie tötet. Und er hat seine Freude daran, Frauen zu dominieren.«

»Warum hast du dich nicht an die Polizei gewandt?«

»Er hätte mich umgebracht, bevor ich meine Aussage hätte machen können. Schlimmer noch, er hätte Annie was angetan. Bei Leuten wie Abruzzi arbeiten die Mühlen der Justiz besonders langsam.«

»Warum ist er jetzt noch hinter euch her?« Die Antwort darauf kannte ich bereits von Ranger, aber ich wollte sie aus Evelyns Mund hören.

»Abruzzi ist ein Fanatiker. Er spielt gerne Kriegsspiele. Und er sammelt alte Orden und solche Sachen. Ein besonderer Orden stand immer auf seinem Schreibtisch. Ich glaube, es war sein Lieblingsstück, weil es mal Napoleon gehört hat.

Na gut. Als Steven und ich geschieden wurden, gestand das Gericht Steven ein Besuchsrecht zu. Jeden Samstag hat er Annie abgeholt. Vor einigen Wochen gab Abruzzi bei sich zu Hause eine Geburtstagsparty für seine Tochter, und er verlangte von Steven, dass er zusammen mit Annie kommt.«

»Sind Annie und Abruzzis Tochter miteinander befreundet?«

»Nein. Das ist nur Abruzzis Art, seine Macht zu demonstrieren. Ständig bringt er solche Sachen. Die Menschen in seiner Umgebung nennt er nur seine Truppen. Sie müssen zu ihm aufblicken wie zu einem Paten, zu Napoleon oder wie zu einem berühmten General. Für seine Tochter veranstaltete er also diese Party, und er erwartete von seinen Truppen, dass sie mit Kind und Kegel teilnahmen.

Steven gehörte auch zu seinen Truppen. Er hatte seine Bar an Abruzzi abtreten müssen, und seitdem war es so, als ob Abruzzi über ihn verfügt. Steven hat die Bar nicht gerne abgegeben, aber ich glaube, er gehörte ganz gern zur Familie von Abruzzi. Mit jemandem zu verkehren, vor dem alle Angst haben, gab ihm das Gefühl, ein hohes Tier zu sein.«

Bis er in zwei Teile zersägt wurde.

»Die Party ist also in vollem Gang, da spaziert Annie in Abruzzis Arbeitszimmer, sieht den alten Orden auf dem Schreibtisch liegen, nimmt ihn an sich und zeigt ihn den anderen Kindern. Niemand passt so recht auf, und irgendwie landet der Orden in Annies Hosentasche. Und sie geht damit nach Hause.«

Der zweite Aufruf an die Passagiere erfolgte, und aus den Augenwinkeln sah ich Ranger in der Ferne stehen und uns beobachten.

»Red weiter«, sagte ich. »Wir haben noch etwas Zeit.«

»Als ich den Orden in Annies Tasche fand, wusste ich gleich, was es bedeutete.«

»Dein Freifahrtschein.«

»Genau. Abruzzi hätte Annie und mich in der Hand gehabt, solange ich in Trenton geblieben wäre. Geld zum Abhauen hatte ich keins. Einen Beruf habe ich auch nicht gelernt. Und es gab die Scheidungsvereinbarung. Allerdings war der Orden viel wert. Damit hatte Abruzzi immer angegeben.

Deswegen habe ich meine Sachen gepackt und bin gegangen. Eine Stunde nachdem mir der Orden ins Haus gekommen war, war ich auf und davon. Ich habe Dotty um Hilfe gebeten. Ich wusste nicht, an wen ich mich sonst hätte wenden sollen. Solange ich den Orden nicht verkauft hatte, besaß ich kein Geld.«

»Leider braucht es seine Zeit, um so einen Orden zu verkaufen«, warf Dotty ein. »Und es musste ja unter der Hand geschehen.«

Evelyn lief eine Träne über die Wange. »Ich habe Dotty ganz blöd mit hineingeritten, und jetzt kommt sie aus der Sache nicht wieder heraus.«

Dotty passte auf die Kinderschar auf. »Es wird schon alles gut gehen«, sagte sie. Sie wirkte nicht so, als würde sie ihren eigenen Worten glauben.

»Was ist mit den Bildern auf Annies Malblock?«, fragte ich.

»Es waren Bilder von Menschen, die erschossen werden. Vielleicht hat sie ja einen Mord beobachtet.«

»Wenn du genauer hinguckst, siehst du, dass die Leute Orden tragen. Sie hat die Bilder gemalt, als ich meine Koffer packte. Jeder, der mit Abruzzi in Kontakt kam, selbst Kinder hatten solche Dinge im Kopf, Krieg und Töten und Orden und so weiter. Der Mann war wie besessen von dem Zeug.«

Plötzlich hatte ich das Gefühl, dass ich hier nichts mehr verloren hatte. Ich musste mich geschlagen geben. Es gab keinen Zeugen für einen Mord, es gab niemanden, der mir Abruzzi vom Leib schaffen würde.

»Wir haben einen Käufer gefunden, der in Miami auf uns wartet«, sagte Dotty. »Ich habe mein Auto verkauft, um die Flugtickets bezahlen zu können.«

»Können Sie dem Interessenten trauen?«

»Es klang alles ganz gut. Ein Freund von mir holt uns am Flughafen ab. Er ist ein kluges Köpfchen, er wird die Transaktion überwachen. Ich glaube, es wird alles ganz einfach sein. Wir übergeben den Orden, ein Experte wird ihn begutachten, und Evelyn und ich kriegen einen Koffer voller Geld.«

»Und wie soll es weitergehen?«

»Wahrscheinlich müssen wir uns weiter versteckt halten. Irgendwo ein neues Leben beginnen. Und wenn Abruzzi geschnappt wird oder umkommt, können wir wieder nach Hause.«

Es gab keinen Grund, sie von ihrem Vorhaben abzubringen. Ich fand ihre Entscheidung wenig durchdacht, aber ich hatte kein Recht, sie deswegen zu kritisieren. »Viel Glück«, sagte ich. »Meldet euch. Und ruft Mabel an. Sie macht sich Sorgen.«

Evelyn sprang auf und drückte mich. Dotty scharte die Kinder um sich, und auf ging es zum Flieger nach Miami.

Ranger kam zu mir und legte einen Arm um meine Schulter. »Sie haben dir wohl eine rührselige Geschichte erzählt, was?«

»Ja.«

Er lachte und gab mir einen Kuss auf die Stirn. »Wirklich, du solltest den Beruf wechseln. Wie wäre es mit einem Pudelsalon oder Floristin.«

»Ihre Geschichte klang ziemlich überzeugend.«

»Hat das kleine Mädchen einen Mord beobachtet?«

»Sie hat einen Militärorden geklaut, der eine Menge Geld wert sein soll.«

Ranger sah mich neugierig an und grinste. »Wie schön. Unternehmertum bei so jungen Menschen, das gefällt mir.«

»Ich habe keinen Mordzeugen. Der Bär und der Hase sind tot. Und ich, ich bin ins Knie gefickt.«

»Lieber woanders hin. Und erst nach dem Essen«, sagte er. »Ich lade dich ein.«

»Die Einladung gilt aber nur für das Essen, ja?«

»Dafür auch. Ich kenne ein Restaurant in Newark, dagegen ist *Shorty's* eine Tuckenschleuder.«

Mann, o Mann.

»Ach, übrigens, ich habe mal deine 38er inspiziert, die du ins Auto gelegt hast. Es sind nur zwei Kugeln drin. Ich habe das traurige Gefühl, dass die Pistole wieder in deiner Plätzchendose verschwinden wird, wenn das Magazin leer ist.«

Ich lachte Ranger an. Auch ich spiele gern mal die Geheimnisvolle.

Unterwegs im Auto funkte Ranger Hector an, und als wir später zu Hause aus dem Aufzug traten, wartete er bereits vor meiner Wohnungstür auf uns. Er übergab Ranger den neuen Codeschlüssel, dann wandte er sich lachend mir zu, bildete mit Faust und Zeigefinger eine Pistole. »Peng!«, sagte er.

»Gut gemacht«, sagte ich zu Ranger. »Hector lernt Englisch.«

Ich schloss meine Wohnung auf und ging in die Küche. Was jetzt? Sollte ich so lange warten, bis Abruzzi aufkreuzte und mich holen kam? In welcher Gestalt würde er kommen? Würde es sehr schrecklich? Wahrscheinlich jenseits meiner Vorstellungskraft.

Meine Mutter bügelte in solchen Fällen immer. Unter Stress fängt sie an zu bügeln. Wenn meine Mutter bügelt, sollte man sich von ihr fern halten. Mabel backt immer Kuchen. Und Grandma Mazur? Was würde Grandma Mazur machen? Ganz einfach, sie würde den Wetterkanal gucken. Und ich? Was würde ich machen? Ich würde Tastykakes essen.

Nur gab es da ein Problem. Ich hatte nämlich keine Tastykakes mehr im Haus. Zum Essen mit Ranger hatte ich einen Burger verzehrt und auf die Nachspeise verzichtet. Jetzt brauchte ich Tastykakes. Ohne Tastykakes musste ich hier ausharren und meine Angst vor Abruzzi allein durchstehen. Leider konnte ich nicht raus ins Land der Tastykakes, denn ich besaß kein Auto mehr. Immer noch wartete ich auf den blöden Scheck von der Versicherung.

Da fiel mir ein: Zu dem Laden konnte man doch zu Fuß gehen. Er war nur vier Straßen weiter. Zu Fuß gehen war nicht die übliche Art der Fortbewegung für ein Jerseygirl, aber was soll's. In meiner Umhängetasche hatte ich eine Pistole, und in der Pistole steckten zwei Kugeln und warteten auf ihren Einsatz. Das stärkt das Selbstvertrauen. Ich hätte die Pistole auch gern in den Hosenbund meiner Jeans gesteckt, so wie Ranger und Joe, aber leider war der zu eng. Vielleicht sollte ich mich lieber auf einen einzigen Tastykake beschränken.

Ich schloss meine Wohnungstür ab und ging die Treppe hinunter ins Erdgeschoss. Mein Haus ist nicht übertrieben schick. Es ist sauber, und es wird ausreichend gepflegt und gewartet. Schnickschnack gibt es keinen. Qualität ebenso wenig. Dennoch ist es solide. Es hat einen Hintereingang und einen Vordereingang, und beide öffnen sich zu einer kleinen Eingangshalle. Treppe und Aufzug führen ebenfalls in die Eingangshalle. Eine Wand nehmen die Briefkästen ein. Der Boden ist gefliest. Als Ausgleich zum nicht vorhandenen Swimmingpool hat die Hausverwaltung zwei Ohrensessel und eine Topfpalme aufgestellt.

In einem der Ohrensessel saß Abruzzi. Sein Anzug war makellos, das Hemd strahlend weiß, seine Miene ausdruckslos. Er wies auf den Sessel neben sich. »Nehmen Sie Platz«, sagte er. »Wir haben miteinander zu reden.«

An der Tür wachte regungslos Darrow.

Ich setzte mich, holte meine Pistole aus der Tasche und richtete sie auf Abruzzi. »Worüber möchten Sie mit mir reden?«

»Soll mich die Waffe abschrecken?«

»Reine Vorsichtsmaßnahme.«

»Keine gute militärische Strategie für Kapitulationsverhandlungen.«

»Wer von uns beiden kapituliert denn hier?«

»Sie natürlich«, stellte er klar. »Sie werden demnächst meine Kriegsgefangene sein.«

»Darf ich mal unterbrechen? Sie brauchen dringend psychologische Hilfe.«

»Wegen Ihnen habe ich einige Truppen verloren.«

»Meinen Sie den Hasen?«

»Ein wertvolles Mitglied meiner Kompanie.«

»Den Bären?«

Abruzzi machte eine zerstreute Geste mit der Hand. »Der Bär war nur Söldner. Er wurde zu Ihren Gunsten und zu meinem Schutz geopfert. Er hatte die bedauerliche Angewohnheit, mit Menschen außerhalb meiner Familie zu tratschen.«

»Was ist mit Soder? Gehörte der auch zu Ihrer Truppe?«

»Soder hat mich im Stich gelassen. Soder hatte keinen Charakter. Er war ein Feigling. Er hatte seine Frau und seine Tochter nicht unter Kontrolle. Er war ein nutzloser Klotz am Bein. So wie seine Kneipe. Die Versicherungsbeiträge waren höher, als die Kneipe wert war.«

»Was für eine Rolle spiele ich eigentlich in diesem Spiel?«

»Sie sind der Feind. Sie haben sich auf Evelyns Seite geschlagen. Und wie Sie sicher wissen, hat Evelyn etwas in ihrem Besitz, das mir gehört. Ich gebe Ihnen eine letzte Überlebenschance. Sie können mir dabei helfen, dass ich zurückbekomme, was rechtmäßig mir gehört.«

»Wovon reden Sie eigentlich?«

Abruzzi sah herab auf meine Pistole. »Zwei Kugeln?«

»Mehr brauche ich nicht.« Meine Güte, welcher Teufel hatte mich denn da geritten? Hoffentlich stand Abruzzi als Erster auf – ich glaube, ich hatte gerade den Polstersessel nass gemacht.

»Sie wollen also Krieg?«, fragte Abruzzi. »Überlegen Sie sich das noch mal. Es wird Ihnen wenig gefallen, was jetzt geschehen wird. Es ist kein Spaß mehr, kein Spiel.«

Ich schwieg mich aus.

Abruzzi stand auf und ging zur Tür, Darrow ihm nach.

Ein paar Minuten blieb ich noch mit der Pistole in der

Hand im Sessel sitzen, wartete ab, bis mein Pulsschlag wieder auf ein normales Maß gesunken war. Dann stand ich auf und überprüfte das Sitzpolster. Trocken. Dann überprüfte ich meinen eigenen Hosenboden. Ebenfalls trocken. Ein Wunder.

Der Hungergang vier Häuserblocks weiter zum Laden mit den Tastykakes hatte an Attraktivität eingebüßt. Vielleicht sollte ich jetzt lieber auf der Stelle meine Angelegenheiten in Ordnung bringen. Die einzig unabgeschlossene Sache in meinem Leben war Andy Bender, abgesehen davon, dass ich einen Vormund für Rex bestimmen musste. Ich ging nach oben in meine Wohnung und rief im Büro an.

»Ich knöpfe mir noch mal Bender vor«, sagte ich zu Lula. »Willst du mich begleiten?«

»Kommt nicht in die Tüte. Bevor ich mich auch nur in die Nähe dieser Behausung wage, müsstest du mich schon in einen Schutzanzug gegen bakterielle Verseuchung stecken. Selbst dann würde ich nicht mitkommen. Ich sage dir, der liebe Gott hat irgendwas laufen mit dem Mann. Er hat was mit ihm vor.«

Ich legte auf und rief Kloughn an.

»Ich will mir Bender noch mal vorknöpfen«, sagte ich zu ihm. »Haben Sie Lust mitzukommen?«

»So ein Mist. Ich kann nicht. Ich würde gerne. Sie können sich vorstellen, wie gerne ich mitkäme, aber ich kann nicht. Ich habe gerade einen dicken Fall reinbekommen. Ein Unfall, direkt vor dem Waschsalon. Das heißt, nicht direkt vor der Haustür, ich musste ein paar Straßen weit laufen, um noch rechtzeitig da zu sein, aber ich glaube, es ist ein Unfall mit einem höchst interessanten Personenschaden.«

Vielleicht ganz gut so, tröstete ich mich. Vielleicht war es gerade jetzt zu diesem Zeitpunkt besser, wenn ich den Job allein erledigte. Vielleicht wäre es sogar besser, wenn ich überhaupt immer allein blieb. Leider hatte ich immer noch keine neuen Handschellen. Und was noch schwerwiegender war: Ich hatte kein Auto. Nur eine Pistole hatte ich und zwei Schuss Munition.

Ich entschied mich für die einzige mir verbliebene Alternative, ich rief ein Taxi.

»Warten Sie hier auf mich«, sagte ich zu dem Fahrer. »Es dauert nicht lang.«

Er sah mich verdruckst an, dann warf er einen Blick hinüber zu den Sozialwohnungen. »Gut, dass ich Ihren Vater kenne, sonst würde ich hier nicht stehen bleiben, nicht mal mit laufendem Motor. Kann man nicht gerade eine gehobene Wohngegend nennen hier.«

In dem Halfter aus schwarzen Nylon, den ich mir um die Wade gebunden hatte, steckte meine Pistole. Die Umhängetasche ließ ich im Taxi. Ich ging zur Haustür und klingelte.

Benders Frau machte mir auf.

»Ich möchte zu Andy«, sagte ich zu ihr.

»Das soll wohl ein schlechter Scherz sein.«

»Nein. Ich meine es ernst.«

»Andy ist tot. Ich dachte, das wüssten Sie.«

Im ersten Moment setzte mein Verstand aus. Dann kamen mir Zweifel. Sie log. Bestimmt log sie. Ich schaute über ihre Schulter hinweg in die Wohnung, sie war sauber und aufgeräumt, alle Spuren von Andy Bender waren getilgt. »Das wusste ich nicht«, sagte ich. »Was ist denn passiert?«

»Sie wissen doch, er hatte die Grippe.«

Ich nickte.

»Die hat ihn umgehauen. Es hat sich herausgestellt, dass es so ein neuer Supervirus war. Nachdem Sie gegangen waren, hat er einen Nachbarn gebeten, ihn ins Krankenhaus zu bringen. Aber die Krankheit hatte sich auf seine Lungen gelegt, und das war das Ende. Es war ein Gnadenakt Gottes.«

Mir standen die Haare zu Berge. »Das tut mir Leid.«

»Wer's glaubt, wird selig«, sagte sie und machte die Tür zu.

Ich ging zurück zu meinem Taxi und verkroch mich auf den Rücksitz.

»Sie sehen ziemlich blass aus«, sagte der Fahrer. »Ist Ihnen nicht gut?«

»Mir ist gerade was Seltsames passiert, aber sonst geht's mir gut. Allmählich gewöhne ich mich an seltsame Dinge.«

»Wohin jetzt?«

»Fahren Sie mich zu Vinnie.«

Ich stürmte ins Büro. »Du wirst es nicht glauben«, sagte ich zu Lula. »Andy Bender ist tot.«

»Willst du mich verarschen?«

Die Tür zu Vinnies Arbeitszimmer wurde aufgestoßen. »Gibt es Zeugen? Du hast ihn doch nicht etwa in den Rücken geschossen. So was sieht meine Versicherung nicht gern.«

»Ich habe ihn überhaupt nicht erschossen. Er ist an der Grippe gestorben. Ich war gerade in seiner Wohnung. Seine Frau hat mir gesagt, dass er tot ist, an der Grippe gestorben.«

Lula bekreuzigte sich. »Bin ich froh, dass ich gelernt habe, wie man ein Kreuz schlägt.«

Neben Connies Schreibtisch stand Ranger. In der Hand hielt er eine Akte, und er lachte. »Bist du da gerade eben aus einem Taxi gestiegen?«

»Könnte sein.«

Das Grinsen wurde breiter. »Verfolgst du deine NVGler neuerdings mit dem Taxi?«

Ich legte eine Hand auf meine Pistole und stöhnte.

»Komm mir nicht blöd. Der Tag ist so gut wie gelaufen, und wie du weißt, sind nur noch zwei Kugeln in meiner Pistole. Am Ende kriegt sie noch einer der hier Anwesenden verpasst.«

»Soll ich dich nach Hause bringen?«

»Ja.«

»Zu Diensten«, sagte Ranger.

Connie und Lula fächelten sich hinter unserem Rücken Luft zu.

Ich stieg in seinen Pick-up und sah nach hinten.

»Hältst du Ausschau nach jemandem?«

»Abruzzi. Er hat mich schon wieder bedroht.«

»Siehst du ihn irgendwo?«

»Nein.«

Die Fahrt vom Büro zu meiner Wohnung ist nicht weit. Nur ein paar Kilometer. Ampeln und, je nach Tageszeit, gelegentlicher Verkehr bremsen das Fortkommen. Heute hätte ich mir gewünscht, dass die Fahrt länger dauerte. Wenn ich mit Ranger zusammen war, fühlte ich mich sicher vor Abruzzi.

Ranger hielt auf meinem Parkplatz an. »In dem Geländewagen neben den Mülleimern sitzt ein Mann«, sagte er. »Kennst du den?«

»Nein. Er wohnt nicht hier im Haus.«

»Fragen wir ihn mal.«

Ranger und ich stiegen aus, gingen hinüber zu dem Geländewagen, und Ranger klopfte ans Fenster auf der Fahrerseite.

Der Fahrer kurbelte das Fenster hinunter. »Ja?«

»Warten Sie hier auf jemanden?«

»Was geht Sie das an?«

Ranger beugte sich vor, packte den Mann am Jackenkragen und zerrte ihn zu sich heran, so dass der halbe Oberkörper aus dem Fenster ragte.

»Richten Sie Eddie Abruzzi was aus«, sagte Ranger. »Würden Sie das für mich machen?«

Der Fahrer nickte.

Ranger ließ den Mann los und trat zurück. »Bestellen Sie Abruzzi, er hätte den Krieg verloren. Er soll sich verpissen.«

Beide standen wir mit gezogenen Pistolen da und hielten sie auf den Geländewagen gerichtet, bis er außer Sicht war.

Ranger blickte hoch zu meinem Fenster. »Bleiben wir noch ein paar Minuten hier unten, um dem Rest der Bande Gelegenheit zu geben, deine Wohnung zu verlassen. Ich will nicht erst noch jemanden erschießen müssen. Ich habe wenig Zeit, und die will ich nicht mit dem Ausfüllen von Polizeiformularen vertrödeln.«

Wir warteten fünf Minuten ab und gingen dann ins Haus, die Treppe hoch. Im ersten Stock war niemand. Das Display auf dem Tastenfeld des Automatikschlüssels meldete, dass versucht worden war, die Alarmanlage meiner Wohnung zu knacken. Ranger ging als Erster rein und durchsuchte alle Räume. Die Wohnung war leer.

Als er sich gerade verabschieden wollte, klingelte das Telefon. Es war Eddie Abruzzi. Er kam gleich zur Sache und verlangte Ranger.

Ranger schaltete den Lautsprecher zum Mithören ein.

»Halten Sie sich da raus«, sagte Abruzzi. »Das ist eine Privatangelegenheit zwischen dem Mädchen und mir. Das geht Sie nichts an«

»Doch. Ab jetzt mischen Sie sich nicht mehr in ihr Leben ein.«

»Sie schlagen sich also auf ihre Seite?«

»Ja, ich schlage mich auf ihre Seite.«

»Dann lassen Sie mir keine andere Wahl«, sagte Abruzzi. »Schauen Sie mal aus dem Fenster, auf den Parkplatz.« Abruzzi legte auf.

Ranger und ich gingen zum Fenster. Der Geländewagen war zurückgekehrt. Er hielt neben Rangers Pick-up, der Mann auf dem Beifahrersitz warf im hohen Bogen ein Paket auf die Ladefläche des Wagens, und umgehend stand Rangers Auto in Flammen.

Wir blieben am Fenster stehen, sahen uns das Spektakel an, hörten in der Ferne bereits Sirenen heulen.

»Hat mir gefallen, das Auto«, meinte Ranger nur dazu.

Als Morelli eintraf, war es sechs Uhr, und die Überreste des Pick-ups wurden auf einen Tieflader gehoben. Ranger erledigte gerade den Papierkram für die Polizei. Er blickte hinüber zu Morelli und nickte kurz zur Begrüßung.

Morelli stand sehr dicht neben mir. »Willst du mir mal erzählen, was hier los war?«, fragte er.

»Ganz inoffiziell?«

»Ganz inoffiziell.«

»Es gab einen Tipp, dass Evelyn am Newark Airport ist. Wir sind also hingefahren und erwischten sie noch, bevor sie an Bord ging. Nachdem ich ihre Geschichte kannte, kam ich zu dem Schluss, dass ich Evelyn ziehen lassen sollte, also ist sie ins Flugzeug gestiegen und abgeflogen. Ich hätte sowieso keinen Grund gehabt, sie zurückzuhalten. Ich wollte nur wissen, worum es bei dem Ganzen eigentlich geht. Als wir zurückkamen, warteten Abruzzis Leute auf uns. Es gab ein kleines Wortgefecht, und sie haben den Pick-up abgefackelt.«

»Ich muss Ranger sprechen«, sagte Morelli. »Du bleibst doch noch eine Weile hier, oder?«

»Wenn du mir dein Auto leihst, könnte ich uns eine Pizza holen. Ich bin völlig ausgehungert.«

Morelli gab mir die Wagenschlüssel und zwanzig Dollar. »Bring zwei Pizzas mit. Ich bestelle sie in *Pino's Pizzeria* vor, dann kannst du sie gleich abholen.«

Ich fuhr vom Parkplatz herunter Richtung Burg. Am Krankenhaus bog ich ab und sah in den Rückspiegel. Ab jetzt wollte ich vorsichtig sein. Die Angst sollte mich nicht beherrschen, aber innerlich brodelte es. Immer wieder sagte ich mir, dass es nur eine Frage der Zeit war, bis die Polizei Abruzzi etwas nachweisen konnte. Er war einfach zu schamlos, hatte sich völlig in sein wahnsinniges Spiel verrannt. Um sie zum Schweigen zu bringen, hatte er den Bären und Soder getötet, aber es gab noch andere, er konnte nicht alle töten.

Ich konnte niemanden sehen, der ebenfalls abbog, aber eine Garantie war das nicht. Ist mehr als ein Verfolgerauto beteiligt, lässt sich schwer erkennen, ob man beschattet wird oder nicht. Zur Sicherheit griff ich mir die Pistole, als ich auf den Parkplatz fuhr. Es war nur ein kurzer Fußweg. War ich erst mal in der Pizzeria drin, war ich sicher. Bei *Pino* hingen immer auch Polizisten rum. Ich kletterte aus dem Pick-up und ging auf den Eingang zu. Zwei Schritte hatte ich gemacht, da tauchte aus dem Nichts ein grüner Kleinbus auf. Er kam sanft zum Stehen, das Fenster glitt herunter, und Valerie starrte mich an, über den Mund ein Klebeband, die Augen weit aufgerissen vor Angst. Im Auto saßen noch drei Männer, einschließlich Fahrer. Zwei trugen Gummimasken, Nixon und Clinton, der dritte hatte sich eine Papiertüte übergestülpt und zwei Löcher für die Augen ausgespart. Der Etat für dieses Unternehmen erlaubte wohl nur zwei Gummimasken. Der Mann mit der Tüte über dem Kopf hielt eine Waffe an Valeries Kopf.

Was sollte ich tun? Ich war wie gelähmt. Geistig und körperlich.

»Lassen Sie die Waffe fallen«, befahl die Tüte, »und kommen Sie langsam her. Ich schwöre: Eine falsche Bewegung, und ich lege Ihre Schwester um.«

Die Waffe fiel mir von selbst aus der Hand. »Lassen Sie sie los.«

»Erst wenn Sie eingestiegen sind.«

Widerstrebend rückte ich langsam vor, und Nixon schubste mich auf den Rücksitz. Er drückte mir einen Streifen Klebeband auf den Mund und fesselte auch meine Hände damit. Der Kleinbus röhrte los, ließ Burg hinter sich, überquerte den Fluss und fuhr nach Pennsylvania hinein.

Nach zehn Minuten befanden wir uns auf einem Schotterweg. Links und rechts, versteckt unter Bäumen, lagen vereinzelt Häuser. Der Kleinbus verlangsamte das Tempo und hielt am Wegesrand an. Die Tüte machte die Tür auf und stieß Valerie aus dem Auto. Ich sah, wie sie stürzte und den Straßengraben hinunterrollte, an einem Strauch hängen blieb. Die Tüte zog die Tür wieder zu, und der Kleinbus fuhr weiter.

Wenige Minuten später bogen wir in eine Einfahrt und hielten an. Wir stiegen aus und betraten eine kleine eingeschossige Schindelhütte. Sie war hübsch eingerichtet, nicht mit teurem Zeug, aber gemütlich und sauber. Ich wurde zu einem Küchenstuhl geführt, und man sagte mir, ich solle mich hinsetzen. Eine halbe Stunde, nachdem mir der Platz zugewiesen worden war, hörte ich draußen knirschenden Kies, ein Auto fuhr vor. Die Tür zur Hütte öffnete sich, und Abruzzi trat ein. Er war der Einzige, der keine Maske trug.

Er ließ sich auf einen Stuhl mir gegenüber nieder. Wir saßen so nah beieinander, dass sich unsere Knie berührten, und ich spürte seine Körperwärme. Er beugte sich vor und riss mir den Klebestreifen vorm Mund ab.

»Wo ist sie?«, fragte er mich. »Wo ist Evelyn?«

»Das weiß ich nicht.«

Er schlug mir mit der flachen Hand ins Gesicht. Es traf mich völlig unvorbereitet und haute mich vom Stuhl. Ich landete auf dem Boden, wie geschockt, so niedergeschmettert, dass ich nicht mal weinen konnte, so verängstigt, dass ich mich nicht wehrte. Ich hatte Blutgeschmack auf der Zunge, und ich blinzelte meine Tränen weg.

Der Kerl mit der Clinton-Maske fasste mir unter die Achseln, hob mich auf und setzte mich wieder auf den Stuhl.

»Ich frage Sie noch mal«, sagte Abruzzi. »Ich werde Sie so lange fragen, bis Sie es mir sagen. Jedes Mal, wenn Sie nicht antworten, werde ich Ihnen wehtun. Mögen Sie Schmerzen?«

»Ich weiß nicht, wo sie ist. Sie trauen mir zu viel zu. Ich bin gar nicht so gut im Aufspüren von vermissten Personen.«

»Aber Sie sind doch eine Freundin von Evelyn, oder etwa nicht? Ihre Oma wohnt neben ihren Eltern. Evelyn kennen Sie seit ihrer Kindheit. Ich glaube, Sie wissen sehr genau, wo sie ist. Und ich glaube, Sie wissen auch, warum ich sie unbedingt finden muss.« Abruzzi stand auf und ging zum Ofen. Er stellte das Gas an, nahm einen Schürhaken vom Kamin und hielt ihn in die Flamme. Mit einem Tropfen Wasser prüfte er die Hitze, es zischte, und das Wasser verdampfte. »Was zuerst?«, fragte Abruzzi. »Sollen wir ihr ein Auge ausstechen, oder sollen wir uns ein bisschen mit ihr vergnügen?«

Wenn ich Abruzzi verriet, dass Evelyn in Miami war, würde er hinfliegen und sie finden. Wahrscheinlich würde er sie und Annie sogar töten. Und mich würde er auch töten, ganz egal, was ich sagte.

»Evelyn ist unterwegs. Sie reist durchs Land«, sagte ich. »Mit dem Auto.«

»Die Antwort ist falsch«, sagte Abruzzi. »Ich weiß, dass sie eine Maschine nach Miami bestiegen hat. Leider ist Miami eine große Stadt. Ich will wissen, wo sie sich in Miami aufhält.«

Die Tüte drückte meine Hände auf die Tischplatte, der Mann mit der Clinton-Maske schnitt mir die Hemdärmel ab, hielt dann meinen Kopf fest, und Abruzzi strich mit dem glühenden Schürhaken über meinen nackten Arm. Irgendjemand brüllte wie am Spieß. Ich, vermutlich. Dann verlor ich das Bewusstsein. Als ich wieder zu mir kam, lag ich auf dem Boden. Mein Arm brannte wie Feuer, und im Zimmer roch es nach Schmorbraten.

Wieder brachte die Tüte mich auf die Beine und setzte mich auf den Stuhl. Das Schlimmste an der ganzen Sache war, dass ich wirklich keine Ahnung hatte, wo Evelyn sich aufhielt. Mochten sie mich noch so sehr foltern, ich hatte nichts zu sagen. Sie hätten mich zu Tode quälen können.

»Also gut«, sagte Abruzzi. »Noch einmal. Wo ist Evelyn?«

Von draußen drang das Geräusch eines Automotors herein, der auf Touren gebracht wurde. Abruzzi hielt kurz inne, und der Kerl mit der Nixon-Maske trat ans Fenster. Plötzlich fiel gleißendes Licht durch die Vorhänge, und der grüne Kleinbus krachte durch das Panoramafenster an der Vorderseite der Hütte. Staub wirbelte auf, es herrschte allgemeine Verwirrung. Ich sprang auf, war unsicher, wohin ich mich wenden sollte, da sah ich auf einmal, dass am Steuer des Wagens Valerie saß. Ich riss die Beifahrertür auf und schrie: »Fahr los!« Sie legte den Rückwärtsgang ein, setzte mit sechzig Stundenkilometer zurück und fuhr schlingernd aus der Einfahrt.

Valeries Mund war immer noch zugeklebt, ihre Hände zusammengebunden. Sie bretterte den Schotterweg entlang, stieß auf den Highway und glitt auf die Auffahrt an der Brücke. Man musste Angst haben, dass wir mit dem Wagen in den Fluss stürzten, wenn sie nicht langsamer fuhr. Vorne, an den Scheibenwischern, klemmten Fetzen einer abgerissenen Hartfaserplatte, die Windschutzscheibe selbst war zerborsten, und der Kühler des Wagens war völlig eingedrückt.

Ich riss Valerie das Klebeband vom Mund, und sie stieß einen einzigen Schrei aus. Ihre Augen blickten wild, die Nase tropfte, ihre Kleider waren zerrissen und mit Dreck beschmiert. Ich brüllte, sie solle den Fuß vom Gaspedal nehmen, und sie fing an zu weinen.

»Herrgott noch mal«, sagte sie zwischen zwei Schluchzern. »Was führst du bloß für ein Leben? Das gibt's doch gar nicht. Das ist ja wie im Fernsehen. Scheiße!«

»Mensch, Valerie! Du hast ja Scheiße gesagt.«

»Ja, Scheiße, verdammte! Ich habe den totalen Scheiß Horror. Nicht zu fassen, dass ich dich gefunden habe. Ich bin einfach losgegangen. Ich dachte, ich gehe zurück nach Trenton, aber irgendwie bin ich im Kreis marschiert. Und dann habe ich den Kleinbus entdeckt. Ich habe durchs Fenster geguckt und gesehen, wie sie dich verbrennen wollten. Der Schlüssel hing noch in der Zündung. Und dann ... Schreck lass nach, ich muss gleich kotzen.« Sie bremste mit quietschenden Reifen am Straßenrand, machte die Tür auf und übergab sich.

Danach übernahm ich das Steuer. In ihrem gegenwärtigen Zustand konnte ich Valerie unmöglich zu Hause abliefern. Meine Mutter wäre in Ohnmacht gefallen. Zu mir zu fahren, davor hatte ich ebenfalls Angst. Ich hatte kein Handy dabei, deswegen konnte ich keinen Kontakt mit Ranger aufnehmen. Blieb nur noch Morelli übrig. Ich rauschte in Burg ein und fuhr, auf eine Eingebung hin, bei *Pino's Pizzeria* vorbei.

Morellis Pick-up war noch da, ebenso Rangers Mercedes und der schwarze Range Rover. Morelli, Ranger, Tank und Hector standen auf dem Parkplatz. Ich stellte mich mit dem Kleinbus neben Morellis Pick-up, und Valerie und ich purzelten förmlich aus der Fahrerkabine.

»Er ist in Pennsylvania drüben«, sagte ich. »In einer Hütte, zu der ein Schotterweg führt. Er hätte mich getötet, aber Valerie ist mit dem Bus in die Hütte gedonnert, und irgendwie haben wir es geschafft zu fliehen.«

»Es war absolut schrecklich«, sagte Valerie zähneklappernd. »Ich hatte eine Scheiß Angst.« Sie sah sich ihre Handgelenke an, die immer noch mit dem Klebeband zusammengebunden waren. »Meine Hände sind gefesselt«, stellte sie fest, als wäre ihr das erst jetzt aufgefallen.

Hector zog ein Messer hervor und schlitzte das Band auf, erst bei mir, dann bei Valerie.

»Wie willst du vorgehen?«, fragte Morelli Ranger.

»Du bringst Steph und Valerie nach Hause«, sagte Ranger.

Ranger blickte in meine Richtung, und für eine Weile sahen wir uns tief in die Augen. Morelli legte einen Arm um meine Schultern und schob mich sanft in seinen Pick-up. Tank half Valerie auf den Sitz neben mir.

Morelli brachte uns zu sich nach Hause. Er telefonierte, und auf einmal wurde frische Kleidung geliefert. Seine Schwester, vermutlich. Ich hatte keine Kraft mehr zu fragen. Wir halfen Valerie beim Waschen und brachten sie dann nach Hause zu meinen Eltern. Anschließend hielten wir kurz in der Notaufnahme des Krankenhauses, um meine Brandverletzungen verarzten zu lassen, danach ging es wieder zu Morelli.

»Mit mir ist heute nicht mehr viel los«, sagte ich zu Morelli. »Ich bin völlig erledigt.«

Morelli schloss die Haustür ab und machte das Licht aus. »Vielleicht solltest du dir überlegen, ob du dir nicht doch mal einen ungefährlicheren Job suchst. Als menschliche Kanonenkugel oder Testpilotin.«

»Hast du dir Sorgen um mich gemacht?«

»Ja«, sagte Morelli und zog mich an sich. »Ich habe mir Sorgen um dich gemacht.« Er drückte mich noch fester an sich und legte eine Wange an meine Stirn.

»Ich habe keinen Schlafanzug dabei«, sagte ich zu Morelli. Seine Lippen streiften mein Ohr. »Den brauchst du hier nicht, Pilzköpfchen.«

Ich wachte in Morellis Bett auf, mein Arm brannte wie wahnsinnig, und meine Unterlippe war geschwollen. Morelli hielt seine Arme um mich geschlungen, vor mir lag Bob. Der Wecker neben dem Bett klingelte, Morelli streckte den Arm aus und warf die Uhr vom Nachttisch.

»Neuer Tag, neues Glück«, sagte er.

Er rollte zur Seite, aus dem Bett, und eine halbe Stunde später war er angezogen und schon in der Küche beschäftigt. Er trug Laufschuhe, Jeans und T-Shirt. Er lehnte am Küchentresen und frühstückte Kaffee und Toast. »Costanza hat angerufen, während du im Badezimmer warst«, sagte er und warf mir über den Rand seines Kaffeebechers einen Blick zu. »Ein Streifenwagen hat vor einer Stunde Eddie Abruzzi tot aufgefunden. Er saß in seinem Auto, auf dem Parkplatz des Farmer's Market. Vermutlich Selbstmord.«

Ich sah Morelli ausdruckslos an. Selbstmord? Das sollte ich ihm abnehmen?

»Er hat einen Zettel hinterlassen«, sagte Morelli. »Er sei deprimiert, weil ein paar Geschäfte schief gegangen sind.«

Minutenlanges Schweigen.

»Es war kein Selbstmord, stimmt's?« Es war als Frage formuliert, aber in Wirklichkeit war es eine Feststellung.

»Ich bin Polizist«, sagte Morelli. »Wenn ich der Ansicht wäre, dass es etwas anderes sein könnte als Selbstmord, müsste ich der Sache nachgehen.« Ranger hatte Abruzzi getötet. Das war so sicher wie das Amen in der Kirche. Und das wusste auch Morelli.

»Meine Fresse«, sagte ich leise.

Morelli musterte mich. »Alles klar?«

Ich nickte.

Er trank den letzten Schluck Kaffee und stellte den Becher in die Spüle. Morelli zog mich an sich, drückte mich und küsste mich.

»Meine Fresse«, wiederholte ich leise. Diesmal mit mehr Gefühl. Vom Küssen verstand Morelli wirklich etwas.

Er holte seine Pistole vom Küchentresen und steckte sie in seinen Hüfthalfter. »Heute nehme ich den Ducati, den Pickup überlasse ich dir. Und wenn ich von der Arbeit komme, müssen wir beide mal ein paar Takte miteinander reden.«

»Oh, Mann. Noch mehr Gerede. Das hat uns noch nie weitergebracht.«

»Na gut, dann eben kein Gerede. Vielleicht einfach nur Blümchensex.«

Endlich eine Sportart, die mir lag.